간호윤의 실학으로 읽는 지금

지은이 간호윤(簡鎬允)

인하대학교 초빙교수, 『인천신문』 논설위원이며 『복지투데이』와 여러 매체에 글을 쓰고
있다. 그는 경기 화성, 물이 많아 이름한 '흥천(興泉)' 출생으로 순천향대학교(국어국문학과),
한국외국어대학교 교육대학원(국어교육학과)을 거쳐 인하대학교 대학원(국어국문학과)에서
문학박사학위를 받았다.

예닐곱 살 때부터 명심보감을 끼고 두메산골 논둑을 걸어 큰할아버지께 갔다. 큰할아버지처
럼 한자를 줄줄 읽는 꿈을 꾸었다. 12살에 서울로 올라왔을 때 꿈은 국어 선생이었다. 고전을
가르치고 배우며 현대와 고전을 아우르는 글쓰기를 평생 갈 길로 삼는다. 그의 저서들은
특히 고전의 현대화에 잇대고 있다. 고전을 읽고 쓰기에 자칭 '고전독작가'라 한다.

저서들은 특히 고전의 현대화에 잇대고 있다. 『한국 고소설비평 연구』(2002년 문화관광부
우수학술도서) 이후, 『기인기사』(2008), 『아름다운 우리 고소설』(2010), 『다산처럼 읽고
연암처럼 써라』(2012년 문화관광부 우수교양도서), 『그림과 소설이 만났을 때』(2014년 세
종도서 우수학술도서), 그리고 『아! 나는 조선인이다: 18세기 실학자들의 삶과 사상』(2017),
『욕망의 발견』(2018), 『연암 평전』(2019), 『아! 조선을 독(讀)하다: 19세기 실학자들의 삶과
사상』(2020)에서 『조선 읍호가 연구』(2021), 『별난 사람 별난 이야기』(2022), 『조선소설
탐색, 금단을 향한 매혹의 질주』(2022), 『기인기사록』(상)(2023), 『코끼리 코를 찾아서』
(2023), 『연암소설을 독하다』(2024), 『조선의 양심, 연암 박지원 소설집』(2024) 등 50여
권과 이 책까지 모두 직간접으로 고전을 이용하여 현대 글쓰기와 합주를 꾀한 글들이다.

'연구실이나 논문집에만 갇혀 있는 고전(古典)은 고리삭은 고전(苦典)일 뿐이다. 연구실에
박제된 고전문학은 마땅히 소통의 장으로 나와 현대 독자들과 마주해야 한다'는 생각으로
글을 쓴다. 연암 선생이 그렇게 싫어한 사이비 향원(鄕愿)은 아니 되겠다는 게 소망이다.

사이비 3
간호윤의 실학으로 읽는 지금

ⓒ 간호윤, 2024

1판 1쇄 인쇄_2024년 06월 20일
1판 1쇄 발행_2024년 06월 30일

지은이_간호윤
펴낸이_양정섭

펴낸곳_경진출판
　　　　등록_제2010-000004호
　　　　이메일_mykyungjin@daum.net
　　　　사업장주소_서울특별시 금천구 시흥대로 57길(시흥동) 영광빌딩 203호
　　　　전화_070-7550-7776　팩스_02-806-7282

값 26,000원
ISBN 979-11-93985-24-3 03810

休軒涉筆

사이비 3

간호윤의 실학으로 읽는 지금

경진출판
Kyungjin Publishing co.

깃털처럼 가벼운 글들이 난분분하는 시대이다. 『간호윤의 실학으로 읽는 지금』(사이비 3)은 단 한 줄도 농담이 없다. 선천적으로 농담을 못하기도 하지만 우리 사회가 한 없이 무거워 보여서다. 그동안 『사이비』 2(경진출판, 2019)와 『사이비』 1(작가와비평, 2016)에 단편적인 글을 갈무리했다. 모두 내 삶을 통해 이 사회를 읽은 글 모음이다.

이 『간호윤의 실학으로 읽는 지금』(사이비 3)은 그동안 언론에 연재했던 글만을 모았다. '1부 아! 조선, 실학을 독(讀)하다'는 내 전공인 실학자들의 책을 다시 한 번 읽어본 글들이다. '2부 간호윤의 실학으로 읽는, 지금'은 실학으로 보는 오늘날의 모습을 가감 없이 그려 보았다. 1~2부의 연재 기간은 5년이고 주제는 그때그때에 맞추었기에 발표 순서대로 싣되 넣을 것은 넣고 뺄 것은 뺏다. 물론 깁고 다듬는 것은 글 쓰는 이로서 기본이다.

따라서 이 글들 속에는 세월의 흐름과 사건이 보인다. 글 쓰는 이로서 이 글들과 독자들이 '의미 있는 대화'를 나누었으면 하는 바람이다. 이 말은 『간호윤의 실학으로 읽는 지금』(사이비 3)이 흥미로운 가십이거나 단순한 쾌락, 혹은 문학작품으로 쓴 글이 아니라는 점이다. 필자의 전공인 실학(實學)을 이 세상에 구현해보고자 쓴 글들이다. 당연히 실학자들의 목소리가 행간이며 글땀 글땀에 녹아들어 했다. '의미 있는 대화'

운운하며 독자들의 혜량을 기대하는 이유다.

글은 단순한 지식 전달이 아니다. 읽은 글이 머리에 들어가 가슴에 머물렀다가, 다시 발끝으로 내려오는, 긴긴 여행을 해야만 진정한 독서가 된다. 그러니 책 읽기란 눈에서 출발하여 발이라는 부표(浮標)를 향한 여정이어야만 한다.

2024년 5월 휴휴헌에서

제2부 간호윤의 실학으로 읽는, 지금

제1부 아! 조선, 실학을 독(讀)하다

01. 개를 키우지 마라

'개 이야기'는 잠시 뒤로 미루어두고 연암의 초상(肖像)을 살피는 것으로부터 말문을 열어보겠다.

연암의 둘째 아들 박종채(朴宗采)가 지은 『과정록(過庭錄)』1)에 의거하여 살펴본 연암의 생김은 이러하다.

아버지의 얼굴빛은 아주 불그레하며 활기가 도셨고 눈자위는 쌍꺼풀이 지셨으며 귀는 크고 희셨다. 광대뼈는 귀밑까지 이어졌고 기름한 얼굴에 수염이 듬성듬성하셨으며 이마 위에는 주름이 있는데 마치 달을 치어다 볼 때 그러한 것 같았다. 키가 커 훤칠하셨으며 어깨와 등은 곧추셨고 정신과 풍채는 활달하셨다.

아들이 쓴 것이기는 하지만, 연암의 인물됨이 여간 아니었던 듯하다. 그러나 연암의 바깥모습이니 이것만으로 연암을 판단해서는 안 된다. 연암은 매우 여린 심성과 강인함을 동시에 지녔기에 불의를 보면 몸을 파르르 떠는 의협인(義俠人)이자 경골한(硬骨漢)이었다.

---

1) '과정(過庭)'이란 『논어(論語)』 「계씨(季氏)」편에 나오는 말이다. 공자의 아들 백어(伯魚)가 뜰을 지날 때 공자가 불러 '시(詩)'와 '예(禮)'를 배우라고 깨우쳐준 데서 유래한다. 여기서는 박종채가 아버지의 언행과 가르침을 기록한 글이라는 뜻이다.

그의 성격에 관한 글을 찾아보면 연암은 상대에 따라 극단으로 다른 모습을 보인다. 위선자들에게는 서슬 퍼런 칼날을 들이대는 단연함을 보이다가도 가난하고 억눌린 자, 심지어는 미물에게까지 목숨붙이면 모두에게 정을 담뿍 담아 대하였다. 모나지 않은 사람이 어디 있겠느냐만, 그 낙차가 여간 아니란 점에서 연암의 심성을 읽는다.

이런 연암이 '개를 키우지 마라'고 하였다. 왜 그랬을까?

위대한 개들의 이야기는 즐비하다. 개에 대한 속담도 여간 많은 게 아니다. 심심파적으로 세어보니 한글학회 지음, 『우리말큰사전』에는 어림잡아 52개나 된다. 대부분 상대의 허물을 꾸짖는 비유로 등장한다. 그만큼 우리와 삶을 같이하는 동물이라는 반증이다. 그 중 "개 같은 놈"이니, "개만도 못한 놈"이라는 욕이 있다. 앞 것은 그래도 괜찮은데, 뒷 욕을 듣는다면 정말 삶을 다시 한 번 생각해보아야 한다. 그런데 사실하는 말이지만, 후자 쪽의 욕을 잡수실 분이 이 세상엔 꽤 된다. 사람 사는 세상, 그야말로 "개가 웃을 일이다".

'개를 키우지 마라'는 연암의 성정(性情)을 단적으로 드러내는 결절(結節)이다. 연암은 "개를 기르지 마라(不許畜狗)." 하였다. 그 이유는 이렇다.

개는 주인을 따르는 동물이다. 또 개를 기른다면 죽이지 않을 수 없고 죽인다는 것은 차마 하지 못할 일이니 처음부터 기르지 않는 것만 못하다.

말눈치로 보아 '정(情) 떼기 어려우니 아예 기르지 마라'는 소리이다. 어전(語典)에 '애완견(愛玩犬)'[2], 혹은 반려동물(伴侶動物)[3]이라는 명사가

---

2) 좋아하여 가까이 두고 귀여워하며 기르는 개. 주로 실내에서 기르는데 스피츠, 테리어, 치와와 따위가 있다.

3) 사람이 정서적으로 의지하고자 가까이 두고 기르는 동물. 개, 고양이, 새 따위가 있다.

없을 때다. 계층이 지배하는 조선 후기, 양반이 아니면 '사람'이기조차 죄스럽던 때였다. 누가 저 견공(犬公)들에게 곁을 주었겠는가.

언젠가부터 내 관심의 그물을 묵직하니 잡고 있는 연암의 메타포이다. 연암의 삶 자체가 문학사요, 사상사가 된 지금, 뜬금없는 소리인지 모르나 나는 이것이 그의 '삶의 동선(動線)'이라고 생각한다. 억압과 모순의 시대에 학문이라는 허울에 기식(寄食)한 수많은 지식상(知識商) 중 정녕 몇 사람이 저 개(犬)와 정(情)을 농(弄)하였는가?

이미 머리말에도 썼거니와 나는 연암을 켜켜이 재어놓은 언어들 중, 이 말을 연암의 속살로 어림잡고 그의 실학적 세계를 따라가 보고자 한다.

02. 종로를 메운 게 모조리 황충(蝗蟲)일세

저 물 건너 400년 전, '셰익스피어의 4대 비극'은 알아도 200년 전 조선 최고 문호인 '연암의 9전(傳)'을 아는 자는 얼마나 될까? 참 우리 것에 대해 야박한 민심이다.

각설하고, 연암의 9전 중, '종로를 메운 게 모조리 황충(蝗蟲)일세!'라 꾸짖는 「민옹전」으로 들어간다. 황충은 메뚜기와 곤충으로 벼를 갉아먹는 해충이다.

이것들은 조그만 버러지니 조금도 걱정할 것 없어. 내가 보니 종로거리를 메운 게 모조리 황충이더군. 키는 모두가 7척 남짓이고 머리는 검고 눈은 반짝이는데 입은 커서 주먹이 들락거리지. 선웃음 치면서 떼로 다니는데 발꿈치가 서로 닿고 엉덩이를 이어서는 얼마 되지 않은 곡식을 모조리 축내니, 이따위 무리들과 같은 건 없을 게야. 내가 이것들을 몽땅 잡아버리고 싶은데, 거 커다란 바가지가 없는 게 한이라네.

관에서 백성들을 다그쳐 '황충을 잡아라' 한다는 말을 듣고 민옹이 소리친 말이다. 민옹은 논이 아니라 종로거리에 키가 7척 남짓인 황충이 많다며 커다란 바가지가 없는 게 한이라고 한다. 이 「민옹전」은 연암 선생이 21세 되던 1757(영조 33)년 무렵에 지은 한문소설이다. 이 작품의 등장인물은 여러 명이지만 주로 '나'와 '민옹'이 이야기를 이끌어 나간다.

나: 민옹의 이야기를 이끄는 인물이다.

민옹: 남양 무인출신으로 첨사라는 벼슬을 지냈으나 영달하지 못하고 시골에 묻혀 울울하게 살아가는 이다. 은어와 기담을 자유롭게 구사하는 등 능갈치는 솜씨와 사날이 여간 아니어서 내 집에 머무르는 사람들이 문답을 하여 하나도 이겨내지 못한다.

민옹의 아내: 늙은 남편의 출세를 기다리다 지친 아낙이다.

악공들: 음악을 연주하느라 힘줄 세운 얼굴을 두고 민옹에게 성을 내고 있다고 따귀를 맞는다.

좌객들: 모두 민옹의 뛰어난 재주를 빛내는 조연 역할을 충실하게 하는 이들이다.

배경: 1756~1757년, 서울.

연암은 「민옹전」을 쓴 이유에서 민옹이 황충이라 부르는 사람은 '게으른 사람'들이라 하였다. 그런데 그게 그렇게 끝날 문제가 아니다. 흥미로운 성종 7(1476)년의 기록을 보면 당태종이 이 '황충'을 날로 먹는다. 당시에 왕가 사람들에게 교훈을 주기위해 '훌륭한 임금', '처음에는 훌륭했지만 나중에 나빠진 군주', 그리고 '훌륭한 왕비'를 주제로 시를 짓고 글을 써서 병풍 3개를 만들었다고 한다. 당태종(唐太宗) 이야기는 그 중 첫 번째 병풍에 기록되어 있다. 안시성 싸움에서 눈 하나를 잃은 당태종과는 상반된 모습이다. 당시 당태종은 나라의 기틀을 놓은 훌륭한 군주였고 그가 지었다는 『정관정요』라는 책은 정치학 교재처럼 읽혔다.

그런 그를 칭송하는 대목에서 언급한 것이 바로 이 황충이다. 당태종은 이 메뚜기 떼가 들이닥치자 "백성은 곡식을 생명으로 하는데, 네가 곡식을 파먹으니 차라리 나의 폐장을 파먹어라" 외치며 황충을 씹어 삼켰다고 한다. 신하들이 보는 앞에서 말이다. 너희들이 탐관오리가 되면 내 이렇게 씹어 먹겠다는 서슬 퍼런 경고였다.

황충은 풀무치, 혹은 누리라고도 하는데, '황충이 간 데는 가을도 봄'이라는 속담도 있다. 이 떼가 지나가면 농작물이 크게 해를 입어 가을이 봄같이 궁하다는 뜻이다. 사전에는 '좋지 못한 사람은 가는 데마다 나쁜 영향을 끼친다'로 풀어놓았다. 증산교 창시자인 강증산(姜甑山, 1871~1909)이 썼다는 『중화경』에서는 아예 '국가가 망할 징조'이다.

백성들이 낸 세금으로 일신의 안녕을 영위하는 이들, '메뚜기들은 조그만 벌레에 지나지 않으며 진짜 황충은 종로거리에 있다'는 민웅의 말을 새겨들어야 한다.

03. 기와조각과 똥거름, 이거야말로 장관일세!

"기와조각과 똥거름, 이거야말로 장관일세!" 연암 선생이 『열하일기』
「일신수필(馹迅隨筆)」에서 한 말이다.

똥이란 지극히 더러운 것이지만 밭에 거름을 준다면 마치 금처럼 아까워한
다. 길에 버린 재가 없고 말똥을 줍는 자는 삼태기를 메고서 말 뒤를 따라 다닌
다. 이 똥과 재를 모아 네모나게 쌓거나 혹은 팔각으로 혹은 여섯 모로, 혹은
누대의 모형처럼 만든다. 똥거름을 보니 천하의 제도가 이곳에 서 있는 것이다.
그러므로 나는 이렇게 말한다. "기와조각과 똥거름 이거야말로 장관이다!"

연암은 '똥이란 지극히 더러운 것'이라 하면서도 가로되, '장관(壯觀)!'
이라고 한다. 『열하일기』는 33참(站: 역) 2천 30리의 대 장정이다. 선생이
비록 말의 왼쪽엔 벼루요, 오른쪽엔 거울, 붓 한 자루, 먹 한 장, 작은
공책 네 권, 정리록(程里錄) 한 축이 행장의 전부였다지만 결코 눈과 귀가
모자라 천하의 장관을 놓친 게 아니다.

저 깨어진 기와 조각은 천하에 버리는 물건이지만 포개서 물결무늬
등을 만들 수 있고, 똥은 지극히 더러운 물건이지만 이를 밭에 내면
우리를 살찌우는 온갖 곡식의 거름이 되기 때문이다. 연암은 청나라에

서 이것을 보았고 이것이 북학(北學, 청나라에서 배우는 학문)이요, 실학이라 여겼다. 연암이 『열하일기』 「도강록」 '거제(車制)'에 수레와 수리기구 등에 대한 이해를 적어 놓은 것도 저러한 생각에서다.

하지만 당시 조선의 현실은 이와 정 반대였다. 박제가의 『북학의』 「분오칙(糞五則)」의 글을 보면 "한양의 성중에는 매일 인분이 뜰이나 거리에 버려지고 … 분뇨는 거두지 않고 재가 길가에 버려져 바람이 조금만 불어도 눈을 뜰 수 없고…" 하였다. 사람들은 분뇨나 재를 더러운 것이니 가치 없다 여기고 내쳤다. 그래 연암은 '본 것이 적은 자는 해오라기를 기준으로 까마귀를 비웃고 오리를 기준으로 학을 위태롭다 여기는 것과 무엇이 다르랴'고 말한다.

연암의 「예덕선생전(穢德先生傳)」은 이러한 생각으로 잉태해 낸, 똥으로 풀어 본 못난 양반들 비판 소설이다. 「예덕선생전」은 '똥을 푸지만 덕이 있는 엄 행수 선생 이야기' 정도 의미다. 엄 행수는 서울 민가의 인분이나 가축의 똥을 수거하는 일을 하는 역부이다. 그런데 나라 안 제일의 학자 선귤자(蟬橘子)가 이 엄 행수라는 분뇨수거인에게 '예덕선생'이라는 칭호를 지어 바치고 벗으로 삼는다. 그러자 선귤자의 제자인 자목(子牧)이, 분뇨수거인에게 선생이란 칭호가 다 뭐냐고 대드는 데서 이야기가 시작된다. 선귤자는 엄 행수에게 선생이란 칭호를 붙이는 이유를 이렇게 말한다.

엄 행수는 똥을 져서 밥을 먹고 있으니 지극히 불결하다 하겠다. 그러나 그가 밥을 얻을 수 있는 까닭을 따지자면 지극히 향기롭다. 그의 몸가짐은 더럽기 짝이 없지만 그 옳음을 지키는 것은 지극히 높다. 그 뜻으로 미루어 보면 비록 만 섬에 해당하는 부역이다. 이 점에서 보면 깨끗한 것에도 더러운 것이 있고 더러운 것에도 깨끗한 게 있을 뿐이다.

또 선귤자는 우도(友道)까지 끌어와 설파하며 제자를 곰살궂게 꾸짖는다. 그러나 제자 자목은 건성으로 코대답만 하다가 발끈해서는 귀를 틀어막고 "이야말로 선생님이 저를 시정의 똥이나 퍼 나르는 종 따위 일들로 가르치려는 것일 뿐입니다" 하며 독설을 퍼붓고 달아난다.

연암 당대도 그렇지만 지금도 두 종류의 인간이 있다. 똥만 싸는 자와 치우는 사람, 일하지 않는 자와 자가품이 들도록 일만 하는 사람, 세습적인 가해자와 세습적인 피해자이다. 부모 잘 만나 똥질과 방귀질만 하는 자와 그걸 치우고 끼닛거리의 거름으로 만드는 자 중 남우세스런 짓을 누가 하는지는 자명하다.

04. 『연암집(燕巖集)』, 갑신정변을 일으키다!

연암 선생은 "남을 아프게도 가렵게도 못하고, 구절마다 쓸데없이 노닥거리기만 하고 이런들 저런들 흐리터분하다면 이런 글을 장차 어디에 쓰겠는가(言不痛不癢 句節汗漫優柔不斷 將焉用哉)?"(박종채, 『과정록』) 하였다. 모쪼록 독자들이 가렵기라도 했으면 좋겠다.

"아니 될 말이요."
"아니 됩니다."
"절대, 절대로 불가하오이다."
…

반남박씨(潘南朴氏) 문중 회의는 그렇게 끝이 났다. 『연암집』을 간행하려던 연암의 손자 박규수(朴珪壽, 1807~1876)의 계획은 수포로 돌아갔다. 박규수의 나이 55세, 그해에 연행사로 중국을 다녀왔다. 할아버지 연암이 44세에 열하를 다녀왔으니 그만큼 견문이 늦은 셈이다. 연암이 간 길을 70여 년 만에 걷는 감회란, 연행한 사람 모두 『열하일기』를 언급하며 박규수에게 이것저것을 물었다. 북경에서 사귄 문인들은 규수의 글이 할아버지 글에 잇대고 있음을 보고 매우 반겼다. 그리고 1865년 2월 박규수가 정 2품 자헌대부에 가자(加資)되고 연암은 이조참판에 추증되었다. 규수는 이 일을 계기로 『연암집』 간행을 실행에 옮기기로 하였다. 아버지(연암의 아들로 이름은 박종채)가 모아 놓은 『연암집』은 문고 16권, 『열하일기』 24권, 『과농소초』 15권 등 총 55권이었다. 그러나 그것은 생각으로만 그쳐야 했다.

규수의 동생 선수(瑄壽, 1821~1899) 역시 1864(고종 1)년 증광별시문과에 장원급제한 이후 관직에 올랐다. 그는 사간원대사간, 암행어사, 이조참의, 성균관대사성을 거쳐, 갑신정변 직후에는 공조판서, 형조판서 등을 지냈으나 그도 그뿐이었다. 『연암집』 간행은 이후를 기다려야 했다.

하지만 연암의 글은 박규수에 의해 이미 갑신정변의 싹을 틔우고 있었다. 그 해가 1869년, 63세인 박규수는 평양감사로서 제너럴셔먼호 사건을 해결하고 중앙 정계로 복귀했다. 그는 박영효, 김옥균 등, 조선을 이끌 인재를 선별하여 문하에 두고 『연암집』을 강독하기 시작한다.

김평묵(金平默, 1819~1891)은 "박규수 재상은 그의 조부 지원 이래로 외국의 학문 연구를 깊이 했다. 늘 말할 때 외국의 사정에 이르면 반드시 정신이 편안해지는 듯했다. 서인(西人) 후배들 중에 조금이라도 재주가 있어 그의 문하를 출입한 자면 모두 그의 의논을 계승하였는데, 그들 대개가 나랏일에 참여했다"(『중암별집』 권10, 부록 124쪽)고 적바림해 놓았다.

박규수의 『연암집』 강의 여운은 15년 뒤, 1884년 12월 4일(음력 10월 17일) 우정국 낙성식 축하연을 계기로 현실로 나타났다. 연암이 이승을 하직한 지 79년 된 해였다. 갑신정변은 조선 역사상 왕권을 무너뜨리고 국민주권국가 건설을 지향한 최초의 정치개혁운동이었다. 개화당 김옥균(金玉均, 1851~1894), 박영교(朴泳敎, 1849~1884), 박영효(朴泳孝, 1861~1939), 홍영식(洪英植, 1855~1884), 서광범(徐光範, 1859~1897), 김윤식(金允植, 1835~1922) 등이 청나라에 의존하는 척족 중심의 수구당을 몰아내고 개화정권을 수립했다. 아! 비록 3일천하였지만 갑신정변은 조선의 근대화를 앞당기는 역사적 소명은 충분했다.

　그 신사상은 내 일가 박규수 집 사랑에서 나왔소. 김옥균, 홍영식, 서광범, 그리고 내 백형(박영교)하고 재동 박규수 집 사랑에 모였지요. … 박규수는 연암 박지원의 손자로서 재동집에 있었는데 김옥균 등 영준한 청년 등을 모아 놓고 『연암집』을 강의하였소. … 『연암집』에 귀족을 공격하는 글에서 평등사상을 얻었지요.

　이광수(李光秀)가 갑신정변을 "조선을 구미식 신정치사상, 자유민권론, 오늘날 말로 봉건에서 부르주아로 이행하려는 신사상으로 혁신하려던 대운동"으로 정의 내리고 혁신사상이 유래한 경로를 물은 데 대한 박영효의 답변 정리이다.

　연암의 글이 갑신정변의 동인이니 그만큼 혁신사상이란 말이다. 갑신정변의 주역들이 박규수의 문하로 모여든 연암주의자들이란 말이다. 귀족을 공격하는 글은 「양반전」·「호질」 따위의 연암소설 일체와 『열하일기』임은 굳이 언급할 필요조차 없다. 글이란 이토록 나라를 뒤집어엎을 만큼 무섭다. 물론 무섭게 써야 하지만 말이다.

※ 박규수 문하의 제자들은 조선으로서, 또 연암학을 공부한 제자로서, 공과 실이라는 측면에서 살필
　필요가 있다. 박규수의 제자 모두 조선의 개화를 이끈 선각자들이라는 긍정적인 면과 그들 중, 상당수
　는 친일 행위를 한 부정적인 면 때문이다.

05. 갑산파와 목민심서 1

: 흥미로운 기록부터 본다

다산 정약용이야말로 이조가 배출한, 아니 박해한 위대한 학자다. 그는 천주교로 개종했다는 의심을 받았다. 그의 정적들은 그를 비참하게 만들기 위해 수단과 방법을 가리지 않았다. 이 학자의 진가를 알고 있었던 정조(正祖)가 그를 어여삐 보지 않았더라면, 그는 아마 처형되고 말았을 것이다. 그는 16년 동안 유배생활을 하면서 매우 광범위한 주제를 다룬 70여 권(저자 주: 선생의 저서는 약 500여 권이 넘는다.)의 귀중한 원고를 남겼다. 그런데 요즘에도 노론계에 속하는 인사들은 그가 남인이었다는 이유 하나만으로 그의 책을 읽지도, 사지도 않는다.

노론의 후손들이 그를 증오한다는 『윤치호일기: 1916년~1943년』이다. 여기서 요즈음은 일제치하인 1930년대이다. 다산 선생 사후, 120년이 지난 뒤다. 그것도 을사오적이 나라를 팔아먹은 식민치하였다. 이 나라를 다스렸던 사람들 후손이기에, 아니 그 당시에도 권력을 누리던 이들이었기에 모골이 송연해진다.

하지만 모두 이런 파렴치한들만 이 땅에 존재했던 것은 아니었다. 같은 시기이지만 위당(爲堂) 정인보(鄭寅普)는 "선생(茶山) 한 사람에 대한 고구(考究)는 곧 조선사의 연구요, 조선 심혼(心魂)의 명예 내지 전 조선

성쇠존망에 대한 연구"라고 평가하였다. 일제의 식민지배에 대응하기 위한 내면의 힘을 다산 정약용에게서 찾고자 했다는 뜻이다. 그러고 해방을 맞았다. 다산의 학문은 남과 북으로 나뉘어졌다.

실학: 실지에 소용되는 학문. 곧 실생활 가운데서 진리를 찾고 이를 실천에 옮기려던 학풍을 가리키는데 17~18세기의 조선조에서 융성했었다. (한 글학회 지음, 『우리말 큰사전』, 1992)

실학: 17세기 초부터 19세기 중엽까지에 우리나라의 일부 진보적인 봉건 양반 들이 당시의 부패 타락한 봉건통치배들의 썩어빠진 학문을 비판하고 국 가 및 사회경제생활에서 현실적으로 나서는 문제들을 풀려고 한 진보적 인 학문. 주자성리학에 대립된다. (사회과학원 언어연구소 편, 『조선말대 사전』, 1992)

일찍이 다산학에 눈 뜬 최익한(崔益翰, 1897~?)은 "고심의 혈을 기울여 먹물[墨汁]을 대신한 것이 선생의 붓이었다. 온 세상 사람의 백안(白眼)을 무릅쓰고 뒷사람의 지기(知己)를 대상으로 한 것이 선생의 저작"이라 하였다. 그러나 일제하에서 저런 냉대를 받은 선생의 글은 해방 후 또 북한에서 몹쓸 꼴을 보고야말았다.

처음에 공산주의자들은 다산 선생을 조선 최초의 공산주의자로 꼽았 다. '여전제(閭田制)'가 토지를 공동 소유, 공동 경작하여 생산물을 노동 일수에 의한 공동 분배를 기초로 하기 때문이라 한다. 그러나 북한에서 오히려 『목민심서』는 금서가 되었다. 이유는 『목민심서』를 연구하던 북한의 정치 세력인 갑산파와 1인 독재를 하려는 김일성이 마찰을 빚었 기 때문이다. 갑산파는 김일성을 신격화하는 것에 동의하지 않았고 경 제 노선도 달랐다. 갑산파는 결국 김일성에 의해 숙청당했다.

갑산파는 광의의 개념으로 보면 김일성과 함께 빨치산 활동을 했던 세력들이다. 대체로 이들은 함경도 갑산 출신으로 대다수가 갑산공작위원회라는 단체 출신들이라 '갑산파'라 칭해졌다. 갑산파는 '자본주의의 최고 단계'를 추구하는 제국주의에 매우 비판적이었다. 갑산파의 리더인 박금철(朴金喆, 1912~1967?)의 경우 1930년대에 김일성과 함께 조선민족해방동맹을 결성해 활동했고 보천보 전투에도 참전하였다.

특히 이들은 한국의 전통 사상에 관심을 갖고 그것을 통해 북한 사회를 이끌려하였다. 이들은 정통 마르크스주의에 입각해 민족문화 유산과 실학사상에 관심을 가졌다. 여기서 갑산파가 중심적으로 관심을 가진 전통 사상가는 바로 다산 정약용이었고 그 책은 『목민심서』였다.

갑산파는 『목민심서』를 간부들의 필독문헌으로 지정, 각급 당 하위조직에 하달하였다. 최익한의 연구는 그 결정판이었다. 최익한은 선생을 체제 내부의 유교 개혁가에서 북한 사회주의를 예비한 자생적 혁명사상가로 전환시켰다. 선생 서거 120주년에는 이를 기념하는 글이 정기간행물에도 실렸다.

06. 갑산파와 목민심서 2

갑산파의 『목민심서』를 통한 사회주의 구현은 결국 김일성과 마찰을 빚는다. 김일성은 중공업 중시 정책을 추구하면서 군비 확장을 꾀하여 남한을 적화 통일하려 했다. 이에 반해 갑산파는 과도한 국방비 지출을 줄이고 인민 생활 향상에 힘써야 한다는 실용주의 노선이었다.

갑산파는 주민들의 삶의 질 향상을 위해서 소비재 생산과 경공업 투자를 늘릴 것을 요구하면서 김일성의 이른바 '국방·경제 병진노선'에 반발했다. 결국 유일주체사상을 굳히려는 김일성은 갑산파 제거를 결심하기에 이른다.

1967년 5월 4일부터 8일까지 비공개로 진행된 제4기 15차 전원회의에서 '민족적인 것을 살리고 주체를 세운다'는 구실 아래 박금철과 리효순 등 갑산파를 '봉건유교사상을 퍼뜨렸다', '『목민심서』와 같은 반동적인 책을 당 간부들에게 필독 도서로 읽게 하였다' 따위의 죄목으로 숙청해 버렸다. 소위 갑산파가 봉건주의, 수정주의, 부르주아 사상을 퍼뜨렸다는 이유였다.

1967년을 기점으로 『근로자』, 『천리마』, 『조선문학』에 실린 실학에 대한 우호 글들도 사라졌다. 그 자리에는 김일성 유일주체사상을 확립하려는 글들로 채워졌다. 선생을 위시한 실학자들은 봉건주의라는 한계성을 지닌 비판의 대상이 되었다.

추론컨대, 『목민심서』의 주체와 객체의 문제였다. 『목민심서』의 주체는 어디까지나 관리(官吏)요, 객체는 소민(小民, 백성)이었기 때문이다. 민이 주체가 되는 민본주의를 주창한 공산주의자로서 민을 객체화하여 통치나 보호의 대상으로만 파악한 『목민심서』의 한계성을 예리하게 파고든 것이다. 하지만 이는 아이러니하게도 김일성 자신의 우상화를 꾀하기 위한 논리에 지나지 않는다.

각설하고, 이를 계기로 북한에서는 도서정리사업을 벌린다. 갑산파가 연구했던 『목민심서』를 비롯한 정약용의 저서들은 금서가 되었다. 북한에서 다산에 대한 연구는 1980년대 이후에야 조금씩 재개되며 몇 권의 서적도 출간되었다.4)

물론 선생과 실학에 대한 한계성을 명확히 지적하고 있다. 1974년에 출간된 정성철, 『실학파의 철학사상』은 연구서임에도 불구하고 사상화된 글이다. 그는 이 책에서 경애하는 수령 김일성동지 운운하며 '실학파들이 어떠한 리론에 기초하여 사대주의를 반대하였는가를 똑똑히 알아야 한다. 그들이 소유한 학문은 주로 옛날 중국 사람들의 철학리론에서 나온 것이며 이미 그 자체가 유물론적이 못되고 관념론적이었다'고 규정하였다. 그러고는 '더욱이 정약용은 다른 선행 실학가 홍대용, 박지원과 달리 사회역사에 대한 견해와 자연관에서도 관념론적 입장'이라 못박았다.

1990년에 들어서 리철화·유수가 번역한 『정약용작품집』(1)이 출간되었다. 리철화 역시 이 책 '머리말'에서 선생을 피착취 인민대중의 근

---

4) 최우석 「이순신·정약용 등 우리 위인 깎아내리면서도 김일성 가계 미화에는 평균 A4 6장씩 할애」, 『월간조선』 통권 제445호, 2017년 4월, 370~385쪽 참조.

본적인 이해관계의 대변자는 못 된다고 보았다. '그는 자체가 양반 관료인 것으로 하여 봉건왕권이나 양반 통치제도, 통치계급 자체를 부정하지 못하였으며 따라서 결코 근로인민의 근본 이익을 대변할 수 없었다. 그의 작품에 일관된 사상은 정통적인 봉건유교사상이였다'고 지적하였다.

그러나 선생의 한계성을 짚으면서도 '대표적인 실학자로 진보적인 사회정치사상과 미학적 견해를 가지고 당시 사회의 현실문제들을 예술적으로 해명함으로써 우리나라 중세문학발전에 긍정적인 기여를 하였다'고 결론지었다. 저들로서도 선생의 진보적 실학정신만은 부인치 못함을 알 수 있다. 이 책은 김일성이 생존했을 때 출간되었다. 역사에는 가정이 없지만 갑산파가 승리했다면 『목민심서』가 구현되는 가상의 나라는 어떠했을까?' 하는 생각을 해본다.

07. 호를 통해 본 다산 1

이름과 자는 부모의 자식에 대한 마음이 담겨 있지만 호(號)에는 세계관과 인생관이 투영되어 있다. 특히 다산의 경우는 더욱 그렇다. 선생의 아명은 귀농(歸農)이다. 부친 정재원이 사도세자 변고에 시파에 가담하였다가 벼슬을 잃어 귀향할 때 다산이 출생하여 자를 귀농이라 지었다. 관명(冠名)은 약용(若鏞)이다. 관명은 관례를 치르고 어른이 되면서 새로 지은 이름으로 보통 항렬에 따라 짓는다.

그런데 선생은 항렬자인 약(若)은 생략하고 '정용'이라 자칭했다. 「자찬 묘지명」에서 "이는 열수(洌水) 정용(丁鏞)의 묘이다. 본명은 약용(若鏞), 자는 미용(美庸), 호는 사암(俟菴), 당호는 여유당(與猶堂)이다."로 적어 놓았다.

자는 미용, 송보(頌甫), 호는 삼미(자)(三眉子), 열수(洌水), 열수초부(洌水樵夫), 태수(苔叟), 문암일인(門巖逸人), 탁옹(籜翁), 죽옹(竹翁), 균옹(筠翁), 탁피려인(籜皮旅人), 다산(茶山), 철마산초(鐵馬山樵), 자하산방(紫霞山房), 사암(俟菴), 당호는 여유당(與猶堂), 시호는 문도(文度)이다.

선생은 천연두를 앓아 오른쪽 눈썹 위에 흔적이 남아 눈썹이 세 개로 나누어지자 스스로 호를 '삼미자(三眉子)'라고 했다. 『삼미자집』이 있는데, 이는 10세 이전의 저작이다.

열수라는 호는 선생의 세거지가 마현으로 한강가이어서다. 한강의 옛 이름이 '열수'임을 고증하여 자호하였다. 열수와 열수초부는 지인들과 시를 주고받으며 가끔씩 사용했다.

선생의 당호는 여유당이다. '여유'라는 뜻은 노자(老子)가 지은 『도덕경』 15장의 한 구절에 보인다.

여(與, 조심함이여)함이여! 겨울 냇물을 건너듯이 두려워하고 유(猶, 머뭇거림이여)함이여! 사방에서 너를 엿보는 것같이 네 이웃을 두려워하라(與兮 若冬 涉川 猶兮 若畏四隣).

선생은 풀이를 이렇게 하였다. "아아! 여와 유, 이 두 자는 내 병을 고치는 약이 아니겠는가? 대저 겨울에 냇물을 건너는 사람은 추위가 뼛속을 파고들어 아주 부득이 하지 않으면 건너지 않는다. 사방 이웃이 두려운 사람은 다른 사람이 염탐하고 살피는 것이 제 몸에 닥칠까 염려하여 비록 매우 부득이한 경우라도 하지 않는 법이다(嗟乎 之二語 非所以 藥吾病乎 夫冬涉川者 寒螫切骨 非甚不得己 弗爲也 畏四隣者 候察逼身 雖甚不得己 弗爲也)"라 자탄한다.

선생은 그렇게 남의 시선이 두려웠다. 그래 자신을 삼가며 지은 호가 바로 '여유' 두 자였다. 이 해가 선생 나이 39세인 1800년이다. 바로 선생을 아껴 주던 정조가 승하한 해이기도 하다. 선생은 이미 정조의 죽음에서 이 세상을 험난하게 살 것임을 직감하고 지은 호이다. 선생은 '여유당'을 집에다 편액하여 걸었다.

그러구러 세월이 흘러 선생은 탁옹, 죽옹, 균옹이란 호를 썼다. 모두 '대나무 늙은 이'이다. '대나무 껍데기 나그네'인 탁피려인이란 호도 이 시절 지은 듯싶다. 다산으로 이주하기 전 해인 1807년, 선생은 강진읍 귀양살이하는 곳에서 채소밭에 대를 심고 「종죽시(種竹詩)」를 지었다. 아래는 「다산팔경 노래(茶山八景詞)」 중 한 수이다.

잔설 덮인 응달에 바위 기운 쩡쩡하고	淺雪陰岡石氣淸
높은 가지에 잎 지느라 새삼스레 소리날 때	穿柯墜葉有新聲
한 언덕에 남아 있는 어린 대나무가	猶殘一塢蒼篔竹
서루의 세밑 풍경을 지켜주고 있구나	留作書樓歲暮情

'다산'은 지명으로 강진현 남쪽에 있는 만덕사(萬德寺) 서쪽에 있다. 본래 처사 윤(박)단(尹博, 1628~1675)의 정자 이름이다. 선생은 이 다산으로 옮긴 뒤 대를 쌓고, 못을 파고, 꽃나무를 심고, 물을 끌어 폭포를 만들었다. 또 동쪽 서쪽에 두 암자를 짓고 서적 천여 권을 쌓아놓고 석벽에 '정약용의 석벽'이란 뜻으로 '정석(丁石)' 두 자를 새겼다. 이 해가 1808년 선생 나이 47세 된 봄이었다.

(2로 이어진다.)

08. 호를 통해 본 다산 2

선생은 다산초암(茶山草庵), 다산동암(茶山東菴), 다산정사(茶山精舍), 다산서각(茶山書閣), 다산서옥(茶山書屋), 다산(茶山), 다산선생(茶山先生)이라 칭하였다. 선생의 허다한 저작이 모두 이 다산 시절 이루어졌다. 선생의 호로 다산이 널리 알려질 수밖에 없는 이유이다. 지명에서 온 차나무가 많은 산 '다산(茶山)'이지만 이를 거꾸로 하면 '산다(山茶)'가 된다. 선생은 특히 이 시절 차를 애호하였지만 산다도 많이 재배하였다. 선생은 『아언각비』 「산다(山茶)」에서 "산다는 남방의 아름다운 나무이다. … 내가 강진 다산에 있을 때 산다를 많이 재배하였다(山茶者 南方之嘉木也 … 余在康津 於茶山之中 多栽山茶)"라며, 산다를 우리말로 동백, 춘백이라 부른다며 매우 못마땅하게 여긴다. 선생은 이 산다를 좋아하여 「다산화사(茶山花史) 20수」를 짓기도 하였다.

동백(산다) 잎이 잇닿아 푸른 숲을 이뤘는데	油茶接葉翠成林
무소 갑옷처럼 단단하고 모 난 잎 속에 학 머리처럼 붉은 꽃 무성하네	
	犀甲稜中鶴頂深
봄바람 부니 눈에 꽃이 가득히 들어오고	只爲春風花滿眼
뜰 한 쪽에서 피거나 지거나라네	任他開落小庭陰

산다 꽃은 학 머리처럼 붉다. 그 잎은 단단하고 뾰족하며 차 잎과 비슷하여 음료로도 쓰기 때문에 '차'라는 이름을 얻었다고 한다. '다산'을 뒤집으면 '산다'이니, '다산서 산다'도 된다. 이래저래 선생의 삶을 담아낸 호임이다.

'철마산 나무꾼'이란 철마산초(鐵馬山樵), 혹은 철마산인은 선생의 향리에 있는 산 이름에서 따왔다. 「아언각비서」에 '기묘년 겨울 철마산초 서'라 하였다. 이 해가 선생 나이 58세인 1819년으로 귀양에서 돌아온 다음 해이다.

'자하산방', 혹은 '자하산인'은 『대동선교고(大東禪敎考)』에 쓴 호이다. 이 책은 선생이 강진에 있을 때, 초의선사의 청에 의해 삼국시대 이후 우리 불교 역사와 고승들의 전기를 엮은 책이다.

'사의재'는 강진 유배시절 거처하던 당호이다. 선생은 「사의재기(四宜齋記)」에 이렇게 써 놓았다.

생각은 마땅히 담백해야 하니 담백하지 않은 바가 있으면 그것을 빨리 맑게 해야 하고, 외모는 마땅히 장엄해야 하니 장엄하지 않은 바가 있으면 그것을 빨리 단정히 해야 하고, 말은 마땅히 적어야 하니 적지 않은 바가 있으면 빨리 그쳐야 하고, 움직임은 마땅히 무거워야 하니 무겁지 않은 바가 있으면 빨리 더디게 해야 한다.

이에 이 방에 이름을 붙여 '사의재(四宜齋)'라 한다. 마땅하다[宜]라는 것은 의롭다[義]라는 것이니, 의로 제어함을 이른다. 나이 많아짐을 생각해보니 뜻한 바 학업이 무너져 버린 게 슬프다. 스스로 반성하기를 바랄 뿐이다.

이때가 1803년 12월 10일이었다. 귀양 온 지 3년째, 42세인 선생은 흔들리는 마음을 저렇게 다잡았다.

'사암(俟菴)'은 선생이 마지막까지 아낀 호였다. 선생은 이미 자신의 시대가 끝났다는 것을 알았다. 물론 조선의 병도 깊어졌다. 선생은 「상중씨(上仲氏)」에서 "천하가 이미 썩은 지 오래 되었습니다(天下腐已久)" "백성들이 도탄에 빠지는 것이 어찌 이 정도까지 심하기야 하겠습니까(生民之塗炭 豈若是之甚乎)?"라고 조선을 진단하였다. 나이는 들고 자신이 남긴 서적이나마 알아줄 후학을 기다리는 수밖에 없었다. 아마도 선생의 호 '기다리는 집'이란 뜻의 '사암'은 이러한 의미이리라. 그렇다면 지금이 선생이 기다리던 시기인지도 모르겠다.

 1935년 8월 6일, 식민지하 조선중앙일보에 실린 김태준 선생의 「진정한 정다산 연구의 길: 아울러 다산론에 나타난 속학적 견해를 비판함」(10)의 마지막 구절을 유념할 필요가 있다.

 벌써 한 시대가 유전하여 왔다. 이제는 다산이 꿈꾸고 그리던 그 시대도 세계역사에서 폐막하려하거늘 아직도 다산몽(茶山夢)에서 깨지 못한 완고(頑固, 고루한 사람)들이 다산을 그대로 부흥하고자 하니 어이하리오. 우리는 단순한 고전 부흥에서 마땅히 일보 전진하여야 할 것이다.

 나는 저 김태준 선생이 지적하는 어리석은 '완고'는 아닌지 곰곰 생각하며 이 글을 마친다.

09. 우리나라에서 가장 나쁜 버릇을 고쳐라

연암(燕巖) 박지원(朴趾源, 1737~1805)과 다산(茶山) 정약용(丁若鏞, 1762 ~1836) 선생이 한목소리로 "우리나라에서 가장 나쁜 버릇을 고쳐라"고 통매를 하였다.

요즈음 시류를 타고 한자 학습 또한 갖은 차림새로 학생들에게 짐을 지운다. 그 중『천자문』을 전가의 보도처럼 휘두른다. 국내 수위의 인터 넷 서점에 들어가『천자문』에 관한 책을 검색해 보니 무려 600여 권을 거뜬하게 넘는다. 무슨 공부에 마법이라도 되는 듯『마법천자문』에서 만화까지, 학생들 있는 집에는 어김없이『천자문』한 권쯤은 예사로이 찾는다. 가히『천자문』의 화려한 부활이다.

마을의 꼬마 녀석이 천자문을 배우는데 읽기를 싫어하여 꾸짖었답니다. 그랬 더니 녀석이 말하기를, "하늘을 보니 파랗기만 한데 '하늘 천(天)' 자는 푸르지가 않아요. 이 때문에 읽기 싫어요!"라 하였습니다. 아이의 총명함이 창힐을 주려 죽일만합니다.

연암의 「답창애지삼(答蒼厓之三)」이란 편지다. 전문이 겨우 서른 녁자 에 불과하지만 시사하는 바는 차고 넘친다. 「답창애지삼」은 유한준에게 준 편지이기에 의미하는 바가 깊다. 유한준은 '문필진한'이니, '시필성당'이니 외워대던 사대주의의 전형적 사고를 지닌 고루한 지식인이기 때문이다. 어린아이와 선생의 대화를 통해 연암은 자신의 언어인식을 재미있게 드러냈지만 저기에 『천자문』의 허가 숭숭 뚫려 있다. '아이의 총명함이 한자를 만든 창힐을 주려 죽일 만하다'는, 맺음 말결에 『천자문』 학습의 잘못됨을 경고하는 연암의 의도가 또렷하다.

순진무구한 어린아이의 마음으로 본 하늘은 그저 파랄 뿐이다. 그런데 '하늘 천(天)' 자에는 전혀 그런 내색조차 없다. 『천자문』의 첫 자부터 이러하니 나머지 999자를 어떻게 감당해 내겠는가. 그러니 '읽기 싫어요!' 외치는 어린아이의 내심을 똥기는 말이다.

사실 하늘천, 따지, 검을현, 누를황. 이 '천지현황(天地玄黃)'이란 넉자의 풀이는 쉽다. '하늘은 검고 땅은 누르다' 아닌가? 그렇다면 저 꼬마둥이처럼 글자 속으로 좀 들어가 보자. '하늘이 왜 검지요?'

'……?'

아마도 답을 내리면 동서고금을 넘나들이 하는 석학 선생이라야 가능하지 않을까? 우주의 진리를 담은 묘구다. 이를 두고 공부하기 싫은 어린아이의 자조적 푸념으로 치부하여 저 아이만 나무랄게 아니다. 선생이 제대로 설명치 못하니 아이들은 직수굿이 공부란 그러려니 하고 중 염불 외듯 배강(背講, 책을 보지 않고 뒤 돌아앉아 욈)만 할 뿐이다. '배울 학(學), 물을 문(問)'인 학문은 여기서 사라진다.

『천자문』은 1구 4자 250구, 모두 1,000자로 된 고시(古詩)이기에, 주석 없이는 이해하기 어려운 부분이 지나치게 많다. 그런데도 아무런 비판 없이 우리나라에서 어린아이들의 학습교재로 쓰인 게 천 년하고도 수백 년을 더해야 할 만큼 그 연원이 오래다. 당연히 여러 선각자들의 비판이 있을 법한 데, 연암과 다산 이외에 눈 밝은 학자들을 찾기 어렵다. 이른바 사회적으로 공인된 관념의 틀거지에 스스로를 가두고 세상을 바라보았기 때문이다.

다산은 『담총외기(談叢外記)』에 실린 「천자문불가독설(千字文不可讀說)」에서 이 『천자문』의 폐해를 명확히 짚는다. 『천자문』이 아이들에게 암기 위주의 문자 학습을 강요하여 실제 경험세계와 동떨어지게 한다는 지적이다. 즉 『천자문』은 천문 개념에서 색채 개념으로, 또 다시 우주 개념으로 급격히 사고를 전환하기에, 어린아이들이 일관성 있게 사물을 이해하지 못한다는 주장이다. 아래는 『다산시문집』 제17권 「증언(贈言)」 '반산 정수칠에게 주는 말'이다.

> 어린아이를 가르치는데, 서거정의 『유합』과 같은 책은 비록 『이아』와 『급취편』의 아담하고 바름에는 미치지 못하나 주홍사의 『천자문』보다는 낫다. 현·황이라는 글자만 읽고, 청·적·흑·백 따위 그 부류를 다 익히지 않으면 어떻게 아이들의 지식을 길러 주겠는가? 초학자가 『천자문』을 읽는 것이 이것이 우리나라의 제일 나쁘고 더러운 버릇이다.

저러한 선각께서 "이것이 우리나라의 제일 나쁘고 더러운 버릇(最是吾東之陋習)"이라 했다. 뜻 모르는 글 암기만으로는 학문을 성취할 수 없어서다. 그래, '오동누습'이라고까지 극언하였거늘, 오늘날에도 아이들 책상마다 『천자문』이 놓여 있으니 어찌된 셈인가? 『천자문』으로 공부깨나 한 분들에게는 경을 칠 일인지도 모르겠으나, '비단보에 개똥'이라는 우리네 속담을 생각해봄직도 하다. 이 대한민국, 저 연암과 다산 선생의 실학적 사고를 언제쯤 따라잡을까?

10. 『곽우록(藿憂錄)』, 촉나라 개가 눈을 보고 짖다!

촉(蜀)나라는 중국 남방이다. 사시사철 더운 곳이기에 눈이 내릴 리 없다. 그곳 개가 아마도 눈이 오는 다른 지역에 갔나 보다. 그러니 눈을 보고는 짖어댄 것이다. 촉견폐설(蜀犬吠雪)[5]은 흔히 식견이 좁은 사람이 저보다 나은 사람을 비난한다는 의미로 쓰이는 촉견폐일(蜀犬吠日)[6]과 같은 말이다. 성호 선생은『곽우록(藿憂錄)』을 쓰는 자신을 이 개에 비유하였지만 성호 선생 말이 개소리일 리는 만무하다.

선생은 사안에 따라 의견을 달리할 줄 알았다. 식무자(識務者)에 대한 견해가 그 대표적인 사례다. 율곡(栗谷) 이이(李珥, 1536~1584)와 반계(磻溪) 유형원(柳馨遠, 1622~1673)을 식무자로 꼽았기 때문이다. 식무자란 시무(時務)[7]을 아는 자다. 식무자는 나라를 경영하는 준걸로『삼국지』에도 보인다. 유비(劉備)가 사마덕조(司馬德操)에게 세상일에 대해 물으니, 사마덕조가 "속된 선비가 어찌 시무를 알겠습니까. 시무를 아는 자는 준걸이니 오늘날 준걸로는 복룡(伏龍)과 봉추(鳳雛)가 있습니다" 하였다. 『삼국지』「촉지」"제갈량전"에서다.

---

5) 촉나라 개가 눈을 보고 짖다.
6) 촉나라는 산이 높고 늘 안개가 짙어 해를 보기가 어렵다. 그래 개가 어쩌다 본 해를 보고 짖는다는 뜻.
7) 시급한 일이나 그 시대에 중요하게 다루어야 할 일.

선생은 "국조 이래로 식무자는 오직 이율곡과 유반계 두 사람 뿐"이라고 하였다. 또 선생은 정주(程朱)와 이황(李滉) 학문을 탐독한 성리학적 질서를 존숭하면서도 주자에게만 치우치는 폐풍에서 벗어나 수사학적(洙泗學的)인 수기치인(修己治人)학을 추구하였다. 그것은 당시 사회 실정에 깊은 관심을 가지고 경세치용에 실효를 거둘 준비가 되어 있어야만 한다는 실학이었다. 당연히 사장(詞章)과 예론(禮論), 주자집전(朱子集傳)·장구(章句) 풀이에만 경도된 주자학적 학풍을 배격하였으며 나아가 중국을 통해 전래된 서학(西學)으로까지 독서 폭을 넓혔다. 선생이 정통적인 유학자이면서도 당대의 성리학적 사고에 경도되지 않은 이유는 이러한 독서 덕분이었다.

선생은 그래서 "한 자라도 의심을 가지면 망언이라 하고 참고·대조만으로도 범죄라 한다. 주자의 글도 이러하니 고대 경전은 말할 것도 없다. 이렇게 되면 우리나라 학문은 고루와 무지를 면하지 못한다"(『성호사설』권2상 「논학문」)고 하였다.

선생의 학문과 세계관은 중농주의가 바탕이다. 따라서 상업을 노골적으로 배척했지만 최종적으로는 실학(實學)에 초점을 두었다. 선생은 "어려서 배움은 성장해서 행하려 함이다. 평소에 자신을 알아주지 않는다 하는데 알려질 만하게 되기를 힘써야 한다. 반드시 그만한 재료를 준비해 놓아야만 실학(實學)이라 한다"고 하였다.

이를 보면 선생은 '학문'이란 성장해서 행하려는 것으로 알려질 만한 실력을 쌓고 구해야 한다는 말이다. 결국 학문을 하는 목적은 현실에 적용하기 위함이다. 이것을 넉 자로 줄여서 학문은 실제 사회에 이바지하는 것이라는 유학의 한 주장인 '경세치용(經世致用)'이다. 다만 선생이 도가, 불가, 패관 등의 책을 읽지 않은 게 아쉽다.

선생의 실학은 아들 맹휴, 손자 구환, 종자(從子) 병휴, 종손(從孫) 중환,

가환, 삼환, 정환, 철환 등에게로 이어졌다. 다산 정약용(丁若鏞, 1762~1836)은 환갑 때 지은 「자찬묘지명(自撰墓誌銘)」에서 15살에 선생의 글을 접하고 사숙(私淑)[8]했고 선생의 종손인 이가환, 자형 이승훈 등과 사귀었다고 했다. 이 외에 『지봉유설(芝峯類說)』의 저자인 이수광(李睟光, 1563~1628)과는 집안끼리 세교하였다. 증조부 상의가 일찍이 이수광과 더불어 주청사(奏請使)로 중국에 다녀온 일이 있고, 선생의 딸이 이수광의 후손과 혼인을 하였다. 다산 정약용은 이익 선생 '일가 학자들이 숲을 이루었다' 하여 "일가학림(一家學林)"이라 경칭했다.

선생의 학통을 이은 제자로는 역법(曆法, 천문학)의 소남(邵南) 윤동규(尹東奎, 1695~1773), 산학(算學, 수학)의 하빈(河濱) 신후담(愼後聃, 1702~1761), 『동사강목』을 지은 순암(順菴) 안정복(安鼎福, 1712~1791), 경학(經學, 유교 경전) 분야의 녹암(鹿菴) 권철신(權哲身, 1736~1801) 등이 있다. 이 흐름이 후일 다산 정약용에게까지 이른다.

이러한 성호 선생이 자신의 저서 『곽우록』에서 자신을 촉나라 개에 비유하였다. '촉나라 개'는 성호 선생인가? 아니면 저 당시나 지금이나 폐풍을 답습하여 현실에 안주하려는 무리인가?

---

8) 직접 가르침을 받지 않았으나 마음으로 그 사람을 본받아 학문을 닦음.

11. 송곳 꽂을 땅조차 없다

다산 정약용이 사숙(私淑)한 실학의 개척자 성호 이익, 선생의 고향은 안산이고 농부이자 실학자였다. 당파는 남인으로 증조부 상의(尙毅)는 의정부좌찬성, 할아버지 지안(志安)은 사헌부지평을 지냈다. 아버지 하진(夏鎭, 1628~1682)은 사헌부대사헌에서 사간원대사간으로 환임(還任, 본래 직임으로 다시 임명)되었다가 1680(숙종 6)년 경신대출척 때 진주목사로 좌천, 다시 평안도 운산에 유배되어 55세로 사망했다.

선생은 1681년 10월 18일 운산 출생으로, 아버지 하진은 전부인 이씨(李氏) 사이에서 낳은 3남 2녀와 후부인 권씨 사이에서 낳은 2남 1녀를 남겼다. 선생은 후부인 권씨(權氏) 사이에서 사내 중 막내로 태어났다. 선생은 아버지를 여윈 뒤에 선영이 있는 안산의 첨성리(瞻星里)로 돌아와 어머니 권씨 슬하에서 자랐다. 선생은 10세가 되어서도 글을 배울 수 없으리만큼 병약했었는데, 후일 이복 둘째 형 잠(潛)에게 글을 배웠다.

선생은 25세 되던 1705년 증광시에 합격하였으나, 녹명(錄名)이 격식에 맞지 않았던 탓으로 회시에 응할 자격을 박탈당했다. 녹명이란 과거 응시자의 자격을 심사하는 제도다. 과거를 응시하기 전에 들른 녹명소에 먼저 시조 및 그 아버지·할아버지·외할아버지·증조부의 관직과 성명·본관·거주지를 적은 '사조단자(四祖單子)'와 '보단자(保單子)'를 제출

한다. 보단자는 종6품 이상의 조정 관리가 서명 날인한 신원보증서다. 녹명을 받은 관리는 사조단자와 보단자를 접수한 다음 응시자의 사조 가운데 『경국대전』에 어긋나는 결격 사유가 없을 때 녹명록에 기입하였다. 선조를 따져 과거에 응시할 자격을 준다는 말이다. '부모가 반 팔자'란 속담과 꼭 들어맞는 셈이니, 인재 선출과는 거리가 영판 먼 법이었다.

바로 다음 해 9월에 선생이 스승처럼 섬긴 둘째 형 잠이 47세를 일기로 옥사하였다. 잠이 옥사한 이유는 장희빈(張禧嬪)을 두둔하는 소를 올렸기 때문이다. 잠은 역적으로 몰려 17, 18차의 형신(刑訊) 끝에 죽었고 이에 선생은 큰 충격을 받았다. 선생은 이 사건을 계기로 과거에 응할 뜻을 버리고 평생을 첨성리에 칩거하며 셋째 형 서(漵)와 사촌형 진(溍)과 어울리며 학문에만 전념하였다. 마침 근처에 성호(星湖)라는 호수가 있어 호로 삼았다. 선생은 이곳에서 재야의 선비로서 일평생 농사를 짓고 글을 썼다.

선생은 76세에 어찌나 굶주림이 심한지 "졸지에 송곳 꽂을 땅조차 없게 되었으나 어찌할 수가 없다"고 한탄하였다. 글하는 사람이 살기 어렵기는 저때나 이때나 매일반이다. 당시 상황을 선생은 이렇게 적어 놓았다.

요즈음 선비집이 극도로 가난하지 않은 집이 없다. 내 궁핍은 차치하고라도 만나는 사람마다 누구나 살기 어렵다고 한다.

80세 되던 해인 1760년, 제자 권철신(權哲身)에게 보낸 편지의 내용은 세상에 대한 푸념 반, 자기 학문에 대한 체념 반이었다. 특히 평생 해온 유학을 학술(유술)이라 하며 무익하다고 한다. 평생 유학자로서 실천궁행을 하였지만 소득이 없는(?) 학문에 대한 소회를 담아낸 게 아닌가

한다.

요즘 세상 풍습이 물과 같이 기울어져 수십 년 전에 비하면 판연히 달라졌소. 나는 사람과 대면하여 일찍이 유술(儒術)을 갖고 말하지 않았소. 무익하기 때문이오.

83세 되던 1763(영조 39)년 조정에서는 우로예전(優老例典)[9]에 따라 첨지중추부사로서 승자(陞資)[10]의 은전을 베풀었으나 이미 선생에게는 의미 없는 일이었다. 선생은 그해 12월 17일 오랜 병고 끝에 한 많은 삶을 마무리하였다.

평생 지속된 선생의 검소함은 장례에서도 드러났다. 선생은 별세 후, 수의는 평소 입던 옷으로 하고 종이 이불을 덮고 미리 종이에 써놓은 "성호징사여주이공지구(星湖徵士[11]驪州李公之柩)"를 관 위에 까는 명정으로 삼았다. 관도 칠하지 않고 송진을 발랐다. 유해는 선영이 있는 안산 첨성리에 안장되었다. 저서로 『성호사설』, 『곽우록』, 『성호선생문집』, 『사칠신편』, 『상위전후록』, 『근사록』, 『심경』, 『이자수어』 등이 있다.

현재 안산에는 '송곳 꽂을 땅조차 없다'고 토로하였던 성호 선생을 기리는 '성호기념관'이 썩 훌륭하게 건립되었다. 모쪼록 성호 선생의 '실학이란 지적 향기'가 욱욱하니 퍼졌으면 한다.

---

9) 연세가 많이 드신 분들에 대한 예우.
10) 직위가 정삼품 이상의 품계에 오르던 일.
11) 징사(徵士)는 선비란 의미.

12. 곽식자가 육식자를 근심하다 1

성호 선생이 지은 『곽우록(藿憂錄)』의 집필 목적은 '간뇌도지(肝腦塗地)'다. 『성호사설』의 부록격인 『곽우록』은 유형원의 『반계수록』에 많은 영향을 받았다.

나는 천한 사람이다. … 육식자(肉食者, 고기를 먹는 관리)가 묘당(廟堂, 당시의 의정부, 지금은 정부)에서 하루아침이라도 계획을 잘못하면 곽식자(藿食者, 콩잎을 먹는 백성)의 간(肝)과 뇌(腦)가 들판에 흩어지는 일이 어찌 없겠습니까?

'콩잎 곽(藿)'은 백성이요, '근심 우(憂)'는 걱정이니, 책 제목은 곧 '백성 걱정'이라는 뜻이다. 즉 "곽식자"는 콩잎을 먹고사는 백성으로, 고기반찬을 먹고사는 관리인 '육식자'에 빗댄 말이다. 조조(祖朝)라는 백성이 진헌공(晉獻公)에게 글을 올려 나라 다스리는 계책을 듣기 요청하자 헌공이 "고기 먹는 자가 이미 다 염려하고 있는데 콩잎 먹는 자가 정사에 참견할 게 뭐 있느냐(肉食者謀之 藿食者何有)"고 했다는 데서 유래했다. 그렇다면 끝은 어떻게 되었을까? 진헌공은 조조를 스승으로 삼는다(『설원』 '선설'항).

선생은 "나는 천한 사람이다(余賤人也)"이지만, "관리가 잘못하면 간과 뇌수가 들판에 흩어져 죽는 것은 백성"이니 "어찌 목숨이 달린 일에 간여하지 않을 수 있겠는가?" 하고 묻는다. 선생은 백성들의 간과 뇌수가 들판에 흩어지는 참혹한 죽음을 형상화한 '간뇌도지'라는 표현을 끌어왔다.

이 말을 하는 선생의 심정을 구차하게 몇 자 글줄로 설명할 필요 없다. "나는 곽식자인 천한 백성이기에 국가 문제를 논할 자격이 없지만 육식자인 당신들이 잘못된 정책을 실시하니 우리 백성들이 이렇게 간뇌도지하지 않느냐"는 항변이요, 자신이 『곽우록』을 지을 수밖에 없다는 격정적 절규인 것이다.

사실 국민이 백성인 이 시대에도 국민들이 관리를 상대하기가 버겁다. 더욱이 저 시절 조선은 왕국이었다. 왕에게 대드는 글줄을 쓴다는 것은 목숨 줄이 여러 개가 아니라면 할 수 없는 매우 비효율적인 행위였다.

각설하고 『곽우록』의 내용부터 살펴보면 국가에서 해결해야 할 시급한 문제를 조목별로 정리하였다. 즉 「경연(經筵)」·「육재(育才)」·「입법(立法)」·「치민(治民)」·「생재(生財)」·「국용(國用)」·「한변(捍邊)」·「병제(兵制)」·「학교(學校)」·「숭례(崇禮)」·「식년시(式年試)」·「치군(治郡)」·「입사(入仕)」·「공거사의(貢擧私議)」·「선거사의(選擧私議)」·「전론(錢論)」·「균전론(均田論)」·「붕당론(朋黨論)」·「논과거지폐(論科擧之弊)」 등 19개 항목에 논학제(論學制)를 첨부하였다. 경연·육재·입법·치민·생재·국용·한변·학교·숭례·식년시·치군·입사 등 12개 항목은 『성호문집』에는 없고 『곽우록』에만 보인다. 이를 당시의 통치법인 『경국대전(經國大典)』 「육전(六典)」에 의거하여 나누어보면 아래와 같다.

① 이(吏): 관리의 종류와 임명에 대한 내용 - 경연·육재·입법·치민·입사·공거

사의·선거사의·붕당론(8항)

② 예(禮): 교육, 과거 시험과 여러 가지 의례에 대한 내용 – 학교·숭례·식년시·
논과거지폐·논학제(5항)

③ 호(戶): 인구와 조세, 봉급 등에 대한 내용 – 생재·국용·전론·균전론(4항)

④ 병(兵): 국방에 대한 내용 한변·병제(2항)

⑤ 형(刑): 재판과 형벌, 재산 상속, 노비에 대한 내용 병제(1항)

이로 미루어 보면 선생이 가장 강조하는 것은 관리 제도와 교육, 과거
제도다. 다리, 산업 등에 대한 공조(工曹)와 관련된 내용은 전연 보이지
않는다.

조선왕조인 저 시절과 대한민국인 이 시절, 무엇이 다를까? 우리는
선생에게서 무엇을 배우려 하는가?

아래는 『성호선생언행록』에 실린 글로, 성호 선생이 자신의 저서 『곽
우록』을 두고 한 말이다.

이 계책이 지금은 끝내 시행되지 못하더라도 후세에 만일 채택되어 시행됨으
로써 평범한 한 남편과 아내가 그 혜택을 받게 된다면 내가 죽은 후라도 어찌
큰 행복이 아니겠는가(終不能行乎 今後 世若有採 而行之使 一夫一婦得蒙其澤
則 雖身死之後豈非厚幸).

이 글을 쓰는 지금, 이 땅의 국회는 몇 달째 공전하고 있다. 하지만
후안무치한 의원들은 꼬박꼬박 불로소득을 잘만 챙긴다. 모쪼록 성호
선생의 뜻이 이 땅에서 실현되기를 간곡한 마음으로 기대해본다.

13. 곽식자가 육식자를 근심하다 2

지면상 『곽우록』의 내용 중 「경연」만 본다.

전임 대통령은 임기 내내 국민과 소통 부재가 문제였다. 성호 선생의 견해를 끌어 오자면 이것은 대통령을 보좌하는 관리들의 문제다. 성호 선생은 국가 통치의 잘잘못은 오직 군주의 마음에 달려 있고 군주가 마음을 바로잡게 하는 게 학문이며, 왕에게 학문을 알려주는 것이 경연관(經筵官)의 역할이라고 했다.

경연의 목적은 왕에게 경사를 가르쳐 유교 이상 정치를 실현하는 것이다. 하지만 왕에 따라 경연 본래의 임무가 퇴색되기도 하였다. 17세기에 붕당정치(朋黨政治)가 펼쳐지면서다. 경연은 왕이 산림(山林) 유현(儒賢)을 불러 그들의 학덕과 정치 이론을 듣고 국정에 반영하는 자리였지만, 탕평책(蕩平策)이 추진된 영조·정조 연간에는 거꾸로 되었다. 왕이 신하 말을 듣지 않고 경연을 유교 경전에 근거하여 자신의 주장을 합리화하는 자리로 만들었다. 문제는 여기에 있었다. 왕을 위한 탕평이었지 백성을 위한 탕평은 아니었기 때문이다.

탕평책은 본래 『서경(書經)』 홍범(洪範) 제14장 '탕탕평평(蕩蕩平平)'에서 나왔다.

치우침과 무리 지음이 없으면	無偏無黨
왕도는 탕탕하다	王道蕩蕩
무리 지음과 치우침이 없으면	無黨無偏
왕도는 평평하다	王道平平

탕평책은 이렇듯 신하들이 무리를 짓지 않고 당쟁을 하지 않으니 왕으로서는 탕탕평평이었다. 이는 견제 세력이 없다는 말이다. 신하와 왕이, 신하와 신하들이 서로 견제하지 않으면 권력은 부패할 수밖에 없다. 담헌 홍대용 선생은 그래 "폐하! 탕평책 백 년이면 나라가 망합니다"고 일갈하였다. 담헌 선생 지적대로 정조 사후, 탕평책은 세도정치라는 괴물로 변하였고 조선을 망국으로 끌고 갔다.

각설하고, 다시 경연으로 돌아와, 처음에는 경전 중심이었다가 차츰 성리서와 사서가 추가되는 경향을 보였다. 강의는 한 사람이 교재 원문을 음독·번역·설명하고 나면 왕이 질문하고 다른 참석자들이 보충 설명을 하는 식이었다. 주로 홍문관에서 근무하는 참상관이 강의를 맡았으나 필요한 경우에는 그 분야 전문가를 불러 강의를 맡기기도 하였다.

때론 강의 내용과 연관하여 자연스럽게 정치 현안이 논의되었다. 그렇기에 강의가 끝난 뒤 정치 문제도 협의하였다. 대간(臺諫)이 경연이 끝난 뒤에 왕 앞에서 시사성이 있는 문제를 제기하면 왕과 대신이 논의하여 처리도 하였다. 요즈음으로 치면 전제왕권을 반관반민(半官半民)·비영리·자원봉사 등 조직이 수행하는 공공활동인 거버넌스(governance) 체제로 바꾸자는 의미다.

따라서 경연은 나라를 다스리는 데 가장 중요한 기능을 하였다. 그렇기에 왕에게 시강을 하는 경연관들이 수행하는 역할이 매우 중대하였다. 당시 선생은 이 경연 기능에 문제가 있다고 보았다. 잠시 『곽우록』으로 들어가 선생의 육성을 들어보자.

"지금 강연하는 자들이 모두 사과(詞科)12) 출신이기는 하지만 경서 뜻을 연구하지 않았습니다. 그리고 연신(筵臣)13)으로 선발하는 데에도 다만 문벌이 빛나고 번성함을 택해 인원을 보충하고 승진하는 발판으로 할 뿐이고 그 경연에 능한가 않은가는 애당초 생각지도 않습니다."

선생이 하는 말을 들어보면 당시 경연관 선발에 문제가 있음을 알 수 있다. 경서를 연구하지 않는 경연관은 경연관이 아니다. 더욱이 문벌로 경연관을 선발하니 임금에게 가르침을 주는 경연관 본연의 임무를 다할 수 없음은 당연한 결과였다. 유수원 선생도『우서』2 '문벌의 폐해를 논함(論門閥之弊)'에서 이를 강력히 규탄하고 있다. 하지만 문벌의 폐단은 지금까지도 장구히 이어져 온다. 이 글을 쓰는 이 시절 금수저, 은수저, 동수저, 그리고 흙수저라는 카르텔의 최상단에 있는 금수저가 바로 저 문벌, 혹은 학벌이다. 문벌과 금수저라는 '그들만의 리그'는 지금도 연면하다는 사실에 몸서리쳐진다.

마지막으로 선생이 만든 '삼두회(三豆會)'로 갈음한다. 선생은 검소함을 깨우치려 종족들의 모임인 삼두회를 만들었다. 삼두는 콩을 갈아 끓인 죽 한 그릇, 황권저14) 한 접시, 청국장 한 그릇을 가리킨다. 곽식자 모임인 삼두회를 통하여 음식에 사치를 부리는 육식자 탐관오리들을 은연중 비판한 것이다. 모쪼록 육식자들이 진정 곽식자들을 걱정하는 세상이 되었으면 한다.

---

12) 사부(詞賦)로 선발한 과거란 뜻으로, 문과를 달리 이르는 말.
13) 경연에 관계하던 벼슬아치.
14) 콩나물, 파, 붉은 고추, 마늘을 섞고 소금물을 부어 만든 콩나물 김치가 아닌가 한다.

14. 혜강, 1,000여 권을 저술한 그는 누구인가?

19세기 실학자 중 남한에서 최고로 치는 학자는 두말할 것 없이 다산 정약용이다. 다산 정약용은 약 550여 권의 책을 저술하였다. 그렇다면 북한에서는 누구일까? 바로 혜강 최한기다. 혜강은 약 1,000여 권의 책을 저술하였다. 반면 남한에서 혜강은 낯설고 북한에서 다산의 『목민심서』는 얼마 전까지만 하여도 금서였다. 사상을 떠나 두 사람의 실학은 큰 차이가 있다. 다산의 글이 국가를 위한 담론이라면 혜강은 세계 평화를 위한 거대 담론이라는 사실이다. 그리고 혜강 쪽이 더 평등, 민주주의, 인도주의에 가깝다.

혜강은 1,000권의 저술을 남겼는데, 아마도 이것이 진역(震域, 우리나라의 별칭) 저술 상 최고의 기록이고 신·구학을 통달한 그 내용도 퍽 재미있다.

최남선의 「조선상식문답속편」에 보이는 글이다. 그러나 선생의 저저술은 지금 극히 일부만 남아 있다.

혜강 최한기는 서울에서 책만 사다 책값으로 재산을 탕진해버렸다. 그래서 도성 밖으로 이사를 가야만 했다. 어느 친구가 "아예 시골로 내려가 농사를 짓는 게 어떻겠느냐" 하니까, "에끼 미친 소리 말게. 내 생각을 열어주는 것은 오직 책밖에 없을진대, 책 사는 데 서울보다 편한 곳이 있겠는가?" 하고 면박을 주었다.[15]

이건창의 『명미당집』에 보이는 말이다.

저간 연구에 따라 선생의 저술목록을 학문영역으로 분류해 보면 아래와 같다. 목록만 보아도 어느 실학자에 비하여 뒤지지 않는다. 그러나 우리는 이 혜강에 대해 무엇을 알고 있는지 곰곰 짚어볼 일이다.

Ⅰ. 자연과학: 선생의 저술에 자연과학 및 기술 분야가 가장 많이 보인다. 선생은 서양과학의 지식을 받아들여 소개하는 데 큰 비중을 두었다. 이 서구자연과학이 선생의 사상 전반에 큰 자극을 주었고 여기서 선생 자신만의 독특한 기 철학을 세우게 되었다. 따라서 선생에게 서양에서 들어온 자연과학적 지식은 그의 철학과 분리될 수 없는 일관성을 지닌다.

① 농업·농기계

*『농정회요(農政會要)』: 현존 미상, 『육해법』에 앞선 저작으로 추정.
*『육해법(陸海法)』: 2권 1책, 32세(1834)작.

② 기계일반

*『심기도설(心器圖說)』: 1책, 40세(1842)작.

③ 지리

*고산자 김정호와 합작하여 「만국경위지구도(萬國經緯地球圖)」: 현존 미상, 32세 모각(摸刻).
*「청구도(靑丘圖) 서(序)」: 32세 작.
*『지구전요(地球典要)』: 13권 7책, 55세(1857)작.

④ 천문

*『의상이수(儀象理數)』: 3권, 권3만 현존, 37세(1839)작.
*『성기운화(星氣運化)』: 12권, 65세(1867)작.

---

15) 이건창, '명미당집'.

*『준박(蹲駁)』: 1권, 연대 미상.

⑤ 수학

*『습산진벌(習算津筏)』: 3권 2책, 48세(1850)작.

⑥ 의학

*『신기천험(身機踐驗)』: 8권, 64세(1866)작.

Ⅱ. 철학: 선생의 철학적 저술인 『신기통』과 『추측록』은 34세에 이루어졌다. 자연과학을 바탕으로 한 철학적 사유 완성이 30대 중반에 이루어졌다는 사실이 놀랍다. 그것은 신기(神氣)가 천(天)·인(人)과 인(人)·물(物)을 소통케 하는 원리로서 작용한다는 뜻이다. 선생은 이러한 소통의 방법으로서 추측(推測)이 기(氣)·이(理)·정(情)·성(性)·동(動)·정(靜)·기(己)·인(人)·물(物)·사(事)에서 실현된다고 한다. 즉 추측은 처음에는 멀지만 자꾸 생각하다보면 가까워지고 다시 먼 곳에는 있는 것이 가깝게 다가오는 것이 추측이다.

*『추측록(推測錄)』: 6권 3책, 34세(1836) 작.
*『신기통(神氣通)』: 3권 2책, 34세 작.
*『기측체의(氣測體義)』: 9권 5책, 『신기통』과 『추측록』을 합한 책.
*『명남루수록(明南樓隨錄)』: 2권 1책, 저작 연대 미상.
*『기학(氣學)』: 2권 1책, 55세(1857)작.
*『운화측험(運化測驗)』: 2권 1책. 1860년 동지에 기화당(氣和堂)에서 쓴 서문이 있다. 『명남루전집』 제3책에도 수록되어 있다.
*『우주책(宇宙策)』: 12권 6책, 현존 미상, 『지구전요』에 앞선 저작으로 추정, 현존 『명남루수록』과 내용상 연관성이 있는 것으로 보임.

Ⅲ. 사회사상 및 제도: 자연스럽게 선생의 학문영역은 이러한 자연과학과 철학적 기반 위에서 사회문제까지 확대되었다.

*『강관론(講官論)』: 4권 1책, 34세 작.
*『감평(鑑枰)』: 1권, 36세(1838)작, 『인정』 권7에 수록됨.
*『소차류찬(疏箚類纂)』: 2권 1책, 41세(1843)작.
*『인정(人政)』: 25권 12책, 58세(1860)작.

선생의 저술은 현재 10분의 1 정도만 보존되어 전해진다.

15. 『기측체의(氣測體義)』,
인간 만물의 생성은 모두 기의 조화이다

선생은 당대의 학문을 허무학(虛無學)·성실학(誠實學)·췌마학(揣摩學)·낭유학(稂莠學)이라 일소에 부치고 자신의 학문을 운화학(運化學: 기학)이라 하였다. 허무학은 귀신, 허무를 이론 근거로 삼는 유해하거나 무익한 학문으로 방술잡학, 외도이단, 선과 불교, 서양종교가 여기에 속한다. 성실학은 유학으로 허무학의 귀신잡설을 물리치기는 하였으나 기에 대한 증험이 없기 때문에 통일된 기준이 흔들리고 주관적 억측으로 빠져든다고 하였다. 다음이 췌마학이다. '췌마'란 아무런 근거도 없이 남의 마음을 미루어 헤아려 상상하고 억측한다는 의미이다. 췌마학으로는 음양학, 성리학 등이 있다. 선생은 당시에 성리학을 췌마학으로 내치고 "있거나 없거나 상관할 것 없는 것(有無不關者)"이라 하였으니 대단히 독기서린 말이다. 다음이 낭유학(稂莠學)이다. 낭유란 잡초를 뜻하는데 낭유학은 방술학, 외도학(불교, 도교, 천주교 등)을 가리킨다. 선생에게 이런 학문들은 모두 헛된 학문이었다.

그렇다면 선생이 주장하는 자신의 학문은 무엇인가. 선생은 '기(氣)'를 요체로 하는 운화학을 만들었으니 이것이 바로 '기학(氣學)'이다. 이 기학을 학술적, 논리적으로 가장 먼저 체계화한 글이 『기측체의(氣測體義)』이다. 『기측체의』는 선생 나이 34세, 1836년에 기(氣)의 용(用)에 대해 논한 『추측록』 6권과 기(氣)의 체(體)를 논한 『신기통』 3권을 묶어 만든 책이다. 이 책은 후일 중국 인화당에서 활자로 간행되었으니 그 명성을 짐작할 만하다. 『기측체의』 서문은 이렇다.

대개 천지와 인간 만물의 생겨남은 모두 기(氣)의 조화에 말미암는다. 이러한 기에 대해서는 후세로 오며 여러 일을 겪으며 경험으로 점점 기가 밝아졌다. 그러므로 이치를 궁구하는 자들이 표준을 가지게 되었으므로 ('기가 먼저냐?' '이가 먼저냐?'는) 분란을 종식시키게 되었다. 이로부터 연구하는 사람이 진량(津梁, 나루와 다리로, 연구하는 사람이 '중심'을 가지게 된 것을 비유한 것)이 생겨 거의 어그러지고 잘못되는 일이 없게 되었다. 기의 체(體)를 논하여 『신기통』을 짓고 기의 용(用)을 밝혀 『추측록』을 지었는데, 이 두 글은 서로 겉과 속이 된다. 이 기는 사람이 날마다 쓰고 행함에 품성을 기르고 발동하는 것이므로 비록 이 기를 버리고자 해도 버릴 수 없다. 지식을 만들어내는 것도 이 기를 통달하는 데서 나오지 않는 것이 없으니, 기를 논한 글을 여기에 대략 그 단서로 열어 놓았다. 두 책을 합하여 편찬하였는데, 『추측록』이 6권이고 『신기통』이 3권으로 총 9권이다. 이것을 이름하여 『기측체의』라 하였다.

『기측체의』를 짓는 선생의 서문이다. 선생은 모든 만물을 만드는 것도 기요, 우리의 일상을 주재하는 것도 기요, 지식을 만들어내는 것도 기라 한다. 선생이 말하는 '기'는 전통적 주자학에서 기가 아니다. 즉 공기와 같은 것을 말한다. 선생은 그 근거 예를 여섯 가지나 들었다. 가장 이해하기 쉬운 예를 보자면 '앞 동쪽 창을 휙 닫으면 서쪽 창이 저절로 열리는 것이 바로 기가 있다는 증명'이라 한다. 선생은 이 기의 무한한 쓰임의 공덕을 '신(神)'이라 하였다.

선생은 또 이 기가 체와 용으로 이루어진다고 하였다. 그렇다면 체는 무엇이고 용은 무엇인가? '체'를 논한 것이 『신기통』이고 '용'을 밝힌 것이 『추측록』이다. 선생은 위 글 뒤에 "즉 기는 실리의 근본이요 추측은 지식을 확충하는 요체이다. 이 기에 연유하지 아니하면 궁구하는 것이 모두 허망하고 괴탄하다. 추측에 말미암지 않으면 안다는 게 모두 근거 없고 증험할 수 없는 말일 뿐이다(則氣爲實理之本 推測爲擴知之要 不緣於是 氣 則所究皆虛妄怪誕之理 不由於推測)"라 하였다.

선생이 당시의 학문체계를 허무학·성실학·췌마학·낭유학이라 하고 이들 학문을 배척하는 이유는 '기가 없어 허망하고 괴탄하며 추측이 없어 근거 없고 증험할 수 없다'에서 찾은 것이다.

이제 기의 체를 논한 『신기통』부터 본다. 선생은 "하늘이 낸 사람의 형체는 모든 쓰임을 갖추고 있는데, 이것이 신기를 통하는 기계(器械, 귀·눈 등 신체의 기관)이다. 눈은 빛깔을 보여주는 거울이고, 귀는 소리를 듣는 대롱이고, 코는 냄새를 맡는 통이고, 입은 내뱉고 거둬들이는 문이고, 손은 잡는 도구이고, 발은 움직이는 바퀴이다. 통틀어 한 몸에 실려 있는 것이요, 신기(神氣)가 이것들을 맡아 처리한다."라고 『신기통』 서문을 시작한다. 즉 선생이 말하는 '신기통'은 모든 감각기관이 서로 통하는 것이다. 선생은 신기통을 체통(體通: 몸), 목통(目通: 눈), 이통(耳通: 귀), 비통(鼻通: 코), 구통(口通: 입), 생통(生通: 생산 양육), 수통(手通: 손), 족통(足通: 발), 촉통(觸通: 피부), 주통(周通: 두루함), 변통(變通: 변함)으로 나누었다. 이 중 변통만을 보겠다.

공명·부귀에는 저절로 하늘과 사람의 통하는 바가 있다. 만약 변통을 통하여 얻었다면 그것은 진정한 공명·부귀가 아니다. 변통을 기다리지 않았는데 남들이 나에게 돌려주는 것이 진정한 공명이요, 부귀이다. 대개 공명을 이루는 것은 대소를 막론하고 그 이룬 것이 나에게 있는 것이지만, 그 공명을 공명으로 여겨 주는 것은 오로지 남에게 달려 있다. … 그러므로 부귀공명은 천명을 순수히 받아들이고 인사에 호응하여 구차하게 변통하는 것을 일삼지 말아야 한다. 일신의 공명부귀를 공명부귀로 여기지 말고, 공론의 공명부귀로써 진정한 공명부귀로 삼아야 할 것이다.

『신기통』이 이렇듯 기의 실체를 다루었다면 『추측록』은 기의 작용을 다룬 책이다.

16. 『기학(氣學)』,
온 세상이 하나가 되는 이상세계를 구현하다

선생은 『추측록』 서에서 "하늘을 이어받아 이루어진 것이 인간의 본성[性]이고, 이 본성을 따라 익히는 것이 미룸[推]이며, 미룬 것으로 바르게 재는 것이 헤아림[測]이다. 미룸과 헤아림은 예부터 모든 사람들이 함께 말미암는 대도(大道)다."라 하였다.

이것은 경험을 통한 자기 생각 확장이요, 이 과정이 바로 추측이다. 선생은 『추측록』 '추측제강(推測提綱)'에서 "물건을 씹어서 맛을 가리는 것은 미루어서 헤아리는 것이고, 조화해서 맛을 내는 것은 헤아려서 미루는 것이며 글을 읽어서 뜻을 아는 것은 미루어서 헤아리는 것이고 글을 지어서 말에 통달하는 것은 헤아려서 미룸이다." 하였다. 그러고는 다음과 같이 구체적으로 그 5단계 추측 방법을 제시하였다.

① 추측측리(推氣測理): 기를 바탕으로 미루어 이를 추측하는 것
② 추정측성(推情測性): 정의 나타남을 미루어 성을 알아내는 것
③ 추동측정(推動測靜): 움직임을 미루어 머무름을 알아내는 것
④ 추기측인(推己測人): 자기 자신을 미루어 남을 알아보는 것
⑤ 추물측사(推物測事): 사물 보는 것을 미루어 일을 짐작하는 것

이제 선생의 『기학』을 보겠다.

『기학』은 2권 1책이다. 1권은 서문과 100개의 문단, 2권은 125개 문단과 혜강의 장남인 병대가 쓴 발문이 있다. 선생은 『기학』 '서'에서 "무릇 기의 본성은 원래가 활동운화하는 물건이다(夫氣之性 元是活動運化之物)"라 명백히 밝혔다. 그러고 우주는 이 기로 꽉 차 있다고 하였다.

선생은 기(氣)의 본성을 '활동운화' 단 넉 자로 정리하지만 그 의미는 다대하다. 지금까지 구구히 내려오는 이(理)와 기(氣)에 대한 명쾌한 정리이기에 그렇다. 여기서 활(活)은 끊임없이 움직이는 생명성이고 동(動)은 진작(振作)시키는 운동성이고 운(運)은 주선(周旋)이란 순환성이요, 화(化)는 변통(變通)이라는 변화성이다. 그래 만단변화가 모두 기가 쌓여 서로 밀고 당기면서 질서정연하게 운행하는 거라는 인식이다. 이 세상이 이 기의 활동에 의해 스스로 창조되었다는 우주 창조론이다. 선생은 "이 우주에는 오직 이 기만 있다고 믿는다(方信宇宙 惟有此氣)"고 단언한다. 그렇기에 선생은 천하에 형체 없는 사물은 없다는 '무무(無無, 없는 것은 없다)'론을 편다.

선생은 이 기를 '형질(形質)의 기'와 '운화(運化)의 기'로 나누었다. 선생은 『기학』 권1~6에서 '형질의 기는 우리가 쉽게 볼 수 있는 지구, 달, 태양, 별과 형체가 있는 만물이다. 비와 갬, 바람과 구름, 추위와 더위, 건조하고 습함 등은 사람이 보기 어려운 운화의 기라 한다. 또 형질의 기는 운화의 기로 말미암아 모여 이루어진 것이니 큰 것은 장구하고 작은 것은 곧 흩어진다'고 설명하고 있다. 즉 형질의 기는 보고, 듣고 맛보고 만질 수 있으나 운화의 기는 감각으로 파악하기 어렵기 때문에 사람들이 잘못 본다고 하였다.

선생은 이렇듯 세상을 생동하는 기의 집적체로 보았기에 모든 것은 살아 움직인다고 인식하였다. 따라서 '가정운화'니 '학문운화' 따위 표현도 거리낌 없이 사용하였다. 사실 선생의 글을 조곤조곤 따질 것도 없이 이 우주에 존재하는 모든 사물은(인간도 포함) 끊임없이 생성, 성장, 소멸하는 변화 속에 존재한다. 단 한 개의 사물도 생성된 것은 반드시 소멸하기 때문이다.

그렇다면 기학의 학(學)은 무엇인가? 선생은 '선각자가 깨우친 것을 아직 깨닫지 못한 자에게 가르치면 배우는 자는 자기가 배운 것을 생업으로 삼는다. 살아가면서 이것을 뒷사람에게 전승하게 되는데, 이것을 일컬어 학'이라 하였다. 그러고는 예로부터 내려온 학을 셋으로 분류한다.

첫째가 백성의 삶에 보탬이 되는 학, 둘째가 백성의 일에 해로움이 되는 학, 셋째가 백성의 도리에 아무런 손해나 이익이 없는 학이다. 이 학을 가르는 기준은 허를 버리고 실을 취하는 '사허취실(捨虛取實)'이다. 선생은 물론 첫째가 진정한 학이고 『기학』이 여기에 속한다고 한다. 이는 인문, 사회, 자연을 아우르는 통합학문적인 성격이다. 선생은 이를 '일통학문(一統學問)'이라 명명하였다. 이 일통학문이야 말로 세계 평화를 외치는 지도자들이라면 새겨들을 만한 이상세계를 구현하는 거대담론이다.

17. 『인정(人政)』,
사회의 정치적 질서도 인간에 근본하는 것!

　선생은 일통학문을 구현하기 위한 구체적 방법으로 '삼대운화론'을 펼친다. '천인(天人運化, 그 근원을 말한다면 학문의 근본 바탕, 그 끝을 말한다면 학문의 표준)', '활동운화(活動運化, 기학의 근본), '통민운화(通民運化, 기학의 중심 축)'가 그것이다. 천인운화와 활동운화는 개인의 인식에 대한 깨달음이다. 특히 천인운화란 하늘과 사람이 일치되는 삶이다. 천인(天人)은 천도(天道, 천지자연의 도리)와 인도(人道, 인간의 정신적, 물질적 삶과 관련된 일체의 사무)를 합한 말이다. 통민운화는 이 깨달음을 정치와 교육에 의해서 인류 사회에 확산시켜서 인류 공동체가 도달하게 되는 세계이다.

　이 통민운화를 선생은 다시 사등운화(四等運化)로 설명한다. 수신(修身)의 요체로서 깨달음으로 얻은 천인운화를 개인의 삶에 적용하는 '일신(一身)운화', 제가(齊家)의 요체로서 천인운화를 가족에게 적용하는 '교접(交接)운화', 다음이 치국의 요체로서 천인운화를 국가에 적용하는 '통민(統民)운화', 마지막으로 평천하(平天下)의 요체로서 천인운화를 천하에 적용하는 가장 큰 '대기(大氣)운화'다. 이른바 '수신제가치국평천하'라는 관용어를 이렇게 요령 있게 기학에 적용시켰다.

선생은 대기운화에서 일신운화까지 '일통(一統)운화'를 이루면 사해가 동포된다고 하였으니, 그야말로 거대담론 중 거대담론이다. 18세기 중엽 조선의 한곳에서 이런 생각을 하는 거인이 있었다. 이 글을 쓰다 보니 이웃 나라를 꽤나 괴롭히는 일본(아베) 행태가 그야말로 소인배짓거리로 가소로울 뿐이다.

이제 '사회의 정치적 질서도 인간에 근본하는 것'이라 외치는 『인정(人政)』을 보자. 선생 철학의 근본 입장과 사회사상을 밝혀주는 저술이 바로 이 『인정』이다. 『인정』은 25권으로 4문 1천 4백 36조로 구성되어 있다. 선생의 저술 중 가장 방대하다. 36세 때 지은 『감평』을 그 속에 포함하여 58세 때 완성한 것으로서 사상적 원숙기에 이룬 저술이다. 선생은 『인정』에서 '사회의 정치적 질서도 인간에 근본하는 것이요, 자연과 인간의 조화도 인간을 통하여 추구될 수 있다'는 인도(人道) 철학을 사회적으로 해명하였다.

『인정』의 체계는 크게 측인문(測人門), 교인문(敎人門), 선인문(選人門), 용인문(用人門) 네 편으로 구성되어 있다. '측인'은 사람을 헤아려 인성과 적성을 탐색해 보는 일이요, '교인'은 인재를 가르치고 기르는 일이며, '선인'은 인재를 선발하는 일이며, '용인'은 심사숙고해서 뽑은 사람을 적재적소에 등용하는 일을 의미한다.

『인정』 권11 교인문 4 '사무진학문(事務眞學問)'을 보겠다.

무릇 온갖 사무가 모두 참되고 절실한 학문이다. 온갖 사무를 버리고 학문을 구하는 것은 허공에서 학문을 구하는 격이다. … 만약에 상투적인 고담준론만 익혀 문자로 사업을 삼고 같은 출신들로 전수 받은 자들에게 일을 맡긴다면 안온하게 처리하지 못한다. 그들에게 남을 가르치게 해 보아도 조리를 밝혀 열어주지 못 한다. 이름은 비록 학문한다고 하나 사무를 다루고 계획함에 몽매

하니 실제로 남에게 도움과 이익을 주는 일도 적다.16)

우리 학문은 공허함이 병폐이다. 지금도 책과 삶이 어우러지는 '실학'
은 찾아보기 어렵다. 선생은 '사무가 참된 학문(事務眞學問)'이라고 단언
한다. 저 시절 선생 말이 이 시절에도 유용하다는 사실을 어떻게 이해해
야 하나? 지금도 이어지는 우리의 헛된 교수행태를 지적하는 말이기
때문이다. 선생은 '사(士)·농(農)·공(工)·상(商)과 장병(將兵) 부류'를 학문
의 실제 자취(皆是學問之實跡)'라 하였다.

현재 우리 국문학계만 보아도 그렇다. 국문학과가 점점 개점폐업 상
태가 되는 까닭은 실학이 안 되기 때문이다. 거개 학자들의 논문은 그저
학회 발표용이니 교수자리 보신책일 뿐이다. 심지어 대중들의 문학인
고소설조차 그렇다. 연구라는 게 「춘향전」, 「흥부전」, 「홍길동전」 등
정전(正典)이 아닌, 정전(停典)이 되어 버린 몇 작품에 한정되고 그나마
작품 연구자체만 순수학문연구라고 자위(自爲)한다. 내 일신의 안녕과
영화만을 생각하니 국문학 전체가 보일 리 없다. 나 자신도 내가 우리나
라 국문학 발전을 저해함을 통렬히 반성하며 이 글을 쓴다.

---

16) 『인정』 제11권 교인문 4 '사무진학문(事務眞學問)'.

18. 고산자는 누구인가?

아! 어떻게 이정도로 자료가 없을까? 우리 역사상 최고, 최다 지리지를 편찬한 지리학자인 고산자 김정호, 그것도 겨우 150여 년 전이다. 없어도 너무 없기에 다시 한 번 우리의 역사의식을 되돌아본다. 문득 연산군의 섬뜩한 저 말이 생각난다. 『연산군일기』에 보이는 글줄을 다시 읽으며 이 글을 쓴다.

임금이 두려워하는 것은 역사뿐이다. … 이제 이미 사관에게 임금의 일을 쓰지 못하게 하였다. 그러나 차라리 역사가 없는 게 더욱 낫다. 임금의 행사는 역사에 구애될 수 없다.

『대동여지도』를 만든 김정호를 모르는 한국인은 없다. 그러나 우리는 선생이 태어난 연대도 이승을 하직한 연대조차 모른다. 선생에 대해 남아 있는 기록이 거의 없어서다. 거의 없는 기록 몇에서 찾아낸 선생의 자취를 더듬어 본다.

선생의 자는 백원(伯元)·백원(百源)·백온(伯溫)·백지(伯之), 호는 고산자(古山子)를 썼다. 선생의 직업도 불분명하다. 실학자 겸 지리학자요, 지도 제작가, 각수(刻手)인 것은 분명한데 소설가(?)라는 문헌도 있다. 또 '광

우리 장수의 남편', 혹은 '군교(軍校) 다니는 집'이라 부르기도 한 것을 보면 선생은 잔반계층이나 중인층으로 미천한 신분이었던 듯하다. 문헌에 따라 이름도 정호(正浩)와 정호(正皞)로 다르다. 본관이 청도(淸道)라 하나 족보 어디에도 선생에 대한 기록은 없다. 태어난 곳은 황해도 봉산(鳳山) 또는 토산(兎山)이라 하고 언제 서울로 왔는지는 모르나 도성 숭례문 밖의 만리재나 약현(현재 중림동) 부근에 살았다는 설이 유력하다.

일설에 외딸이 있다고 하나 확인할 방법은 없고 정인보의 「고산자의 대동여지도」에 의하면 아들이 있었던 듯하나 이 또한 확인이 어렵다.

선생에 대한 기록은 『청구도』에 수록된 최한기의 「청구도제(靑邱圖題)」, 이규경의 『오주연문장전산고(五洲衍文長箋散稿)』에 수록된 「만국경위지구도변증설(萬國經緯地球圖辨證說)」과 「지지변증설(地志辨證說)」, 신헌의 『금당초고(琴堂初稿)』에 수록된 「대동방여도서(大東方輿圖序)」, 유재건의 『이향견문록(里鄕見聞錄)』에 수록된 「김고산정호(金古山正浩)」, 그리고 일제 하 『조선어독본』, 정인보의 「고산자의 대동여지도」에 산재해 약간 남아 있다.

그 대략을 따라 잡으면 이렇다.

31세경인 1834년 이전부터 『신증동국여지승람(新增東國輿地勝覽)』에서 시문(詩文)·인물 등을 제외한 내용을 큰 글씨로 적고 다른 자료를 참고하여 여백이나 첨지에 깨알 같은 글씨로 교정·첨가한 『동여편고(東輿便攷)』 2책(1책 결본)을 편찬.

1834년 『청구도』 2첩을 완성. 최한기의 부탁으로 보급용의 중형 낱장본 지도로 판각한 서양식 세계지도인 『지구전후도(地球前後圖)』 편찬.

37세 경인 1840년 후반까지 3차에 걸쳐 개정판 『청구도』를 제작하였다. 한양 지도인 목판본 『수선전도(首善全圖)』, 전통식과 서양식이 결합된 세계지도인 『여지전도(輿地全圖) 편찬.

1834~1850년까지 『동여도지(東輿圖志)』 3책(경기·강원·황해)을 편찬하기 시작하였지만 완성을 보지 못하고 포기한다.

50세경인 1853~1856년에 『여도비지(輿圖備志)』 20책을 최성환(崔瑆煥)과 함께 편찬.

1856~1859년 기본 내용을 완전히 개정한 필사본 『동여도』 23첩 편찬.

54세경인 1857년에 전국 채색 지도인 『동여도』 편찬.

1860년 목판본 『대동여지도』 22첩이 너무 커서 한눈에 조선 전체를 보기 어려운 단점을 극복하기 위해 목판본 『대동여지전도(大東輿地全圖)』 교간(校刊).

1861년에 『대동여지도』 22첩을 완성하여 교정 간행. 『동여도지』에 서문을 작성하여 수록.

58세경인 1861~1866년 3월경까지 『대동지지(大東地志)』 32권 15책을 편찬하다 미완으로 남겼다. 『대동지지』 권1에 고종이 민비를 맞았다는 "중궁전하는 민씨이며 본적은 여주이고 부원군 민치록의 딸(中宮殿下閔氏 籍驪州 府院君致祿女)"이라는 기록이 있다. 이 해가 1866년 3월이다. 선생의 생존 근거는 여기까지가 마지막이다. 이후 현재까지 선생의 졸년을 찾을 수 있는 문헌은 없다. 이때의 나이가 63세경이 아닐까 한다. 기록이 있다 하더라도 선생의 삶은, 선생이 남긴 지도만큼 풍성치는 못할 듯하다. 선생이 간 길을 아픈 마음으로 독(讀)한다.

19. 식민사관의 희생자가가 된 김정호와 『대동여지도(大東輿地圖)』
: 김정호에 대한 첫 기록, 그것은 식민사관이다!

선생을 가장 유명하게 만든 것은 1861(철종 12)년에 제작한 목판본 『대동여지도』 22첩이다. 그리고 연구가 깊어지면서 『청구도』·『동여도』· 『대동여지도』란 3대 지도와 『동여도지』·『여도비지』·『대동지지』를 제작한 사람으로 알려지게 되었다. 선생은 평생 국토정보의 효율적이고 체계적인 이해를 위해 많은 사람들이 효과적으로 이용할 수 있는 지도의 제작과 지리지의 편찬에 매진한 진정한 학자이자 출판인이요, 조각가였다.

그러나 안타깝게도 '김정호' 이름 석 자가 알려지기 시작한 것은 일제 강점기였다. 기록 중 비교적 상세한 내용은 일제하 『조선어독본』 권5 제4과(조선총독부 발행, 조선인쇄주식회사, 1934)에 보인다. 이 교과서는 식민지 조선 백성 교화용이기에 식민사관이 숨겨져 있다. 식민사관이란 '김정호도 못 알아보는 어리석은 조선'이다. 이만한 기록이라도 남았다는 사실이 반가우면서도 반갑지 않은 까닭이 여기 있다. 독본 내용을 간추리면 이렇다.

『대동여지도』를 완성하는 데 10여 년이 걸렸다.
팔도를 돌아다닌 것이 세 차례, 백두산에 오른 것이 여덟 차례이다.

인쇄 판목을 구하기 위해 경성에 자리 잡고 소설을 지어 자금을 마련했다. 딸과 함께 지도판을 새기는 데 10여 년이 걸렸다.

인쇄된 몇 벌은 친구들에게 주고 한 판은 자기가 소장하였다.

병인양요가 일어나자 어느 대장에게 주었고 그 대장이 홍선대원군에게 바쳤다.

홍성대원군은 완성된 지도가 외국에 알려질 경우를 두려워하여 수십 년 간 고생하여 만든 목판을 태워버리고 김정호와 그의 딸을 함께 옥사시켰다.

『대동여지도』는 러일전쟁에서 군사 활동에 지대한 영향을 끼쳤고 총독부 토지조사사업에도 긴요하게 활용되었다.

그러고 책 말미를 "아, 정호(正嘷)의 간고(艱苦) 비로소 혁혁(赫赫)한 빛을 나타내었다 하리로다."라 끝맺는다. 백두산을 여덟 차례 오르고 대원군에 의해 지도 판목은 태워지고 딸과 함께 옥사했다는 말의 진원지가 여기였다. 더욱이 러일전쟁 운운까지 읽으면, 또 한 번 선생의 삶을 생각하게 한다. 선생이 이런 치욕을 받으려 『대동여지도』를 만든 것은 아니기에 말이다. 더욱이 이 기록에는 교활한 식민사관이 숨어 있기에 선생의 삶과 『대동여지도』가 서글퍼진다.

더욱 가슴 아픈 것은 해방 후 대한민국에서 출간된 우리 초등 『국어』 5-2학기(혹은, 5-1학기) 교과서에 일제하의 저 기록이 그대로 수록되었다는 슬픈 사실이다. 지금까지 온 국민이 알고 있는 선생에 대한 왜곡된 이야기는 저 해방 후 교과서가 정점을 찍어 놓았다. 해방 후 교과서 집필진의 이러한 교과서 왜곡 제작은 통탄할 일이며 만고의 못된 행위이다.

그런데 『조선어독본』 권5 제4과 김정호에 대한 내용은 동아일보 1925년 10월 9일자에 '고산자를 회함'이란 글을 바탕으로 엮은 것이었다.

'고산자를 회함'은 "一. 아직 알리지 아니 하였지마는 알리기만 하면 조선 특히 요즈막 조선에도 그럴 듯한 초인초업이 있느냐고 세계가 놀라고 감탄으로 대할 자는 고산자 김정호 선생과 및 그 대동여지도의 대성공이다. 그렇다. 그는 대성공이다. 누구에게든지 보일만하고 언제까지든지 내려갈 위대한 업적이다. 그는 세간에 알려지지 않은 불우한 사람이다. 그러나 김정호 및 대동여지도는 조선의 국보이다"로 시작한다. 이렇게 시작된 글은 1~6까지 1925년 10월 9일, 10일자 이틀에 걸쳐 강개한 논조로 이어진다. (이 글에서는 『대동여지도』 원본이 다 불태워졌다고 하였다. 그러나 1923년에 이미 조선총독부에서 『대동여지도』 목판을 소장하고 있었다.)

이 글은 경성 제대에서 실시한 고지도 전람회에 『대동여지도』가 전시된 것을 보고 쓴 것으로 추정된다. 이 글 마지막은 "아직도 잘 알리지 아니 하였지마는 마침내 아무 보람도 더 들어나게 될 이 잠룡적 위인에게 대한 경앙이 새로워짐을 스스로 깨닫지 못하노니 조선이 은인 구박의 잘못을 통매심책(痛悔深責)할 날이 과연 언제나 오려나 어허."라는 체념으로 맺는다. 이는 우리 민족의 어리석음을 간교하게 주입시키려는 일제치하 식민사관이 분명하다.

그러나 지금도 우리는 우리 것보다는 외국 문물을 더 선호한다. 학문역시 우리 고전보다 외국 현대 이론에 더 귀 기울인다. 저 말이 지금도 맞기에 이 글을 쓰는 내내 마음이 영 불편하다.

20. 『대동여지도』는 진실로 보배이다

이제 몇 남은 기록들로 선생의 삶을 추적해 보겠다.

『청구도』에 대한 기록은 오주 이규경의 『오주연문장전산고』 「지지변증설」에 보인다. 이규경은 '근자에 김정호가 『해동여지도』 두 권을 만들었는데 바둑판 모양이고 자호(字號)에 따라 볼 수 있도록 하였다. 그 정밀함이 이전에 만든 사람들의 작품보다 훨씬 훌륭하다' 하였다.

여기서 이규경이 말하는 『해동여지도』는 지도의 설명으로 미루어 보아 『청구도(靑邱圖)』를 지칭한 듯하다. 또 같은 글에서 '『방여고(方輿考)』 20권을 저술하였는데 『동국여지승람』에서 시문(詩文)을 제거하고 빠지고 생략한 것을 보충하였다'고도 하였다. 연구 결과 이 『방여고』는 현재 영남대학교 소장본 『동여도지(東輿圖志)』로 밝혀졌다.

그런데 이러한 지도를 만들게 한 사람이 있었다. 그의 이름은 위당(威堂) 신헌(申櫶, 1810~1884)이다. 신헌은 무신의 가문에서 태어났으나 정약용·김정희 등과 교류하며 실사구시 학문을 추구한 사람이다. 그는 1862년 통제사, 1864년에 형조·병조, 공조 판서를 지냈다. 1866년 병인양요 때 강화의 염창(鹽倉)을 수비, 난이 끝난 후 조참찬 겸 훈련대장을 지내고 수뢰포(水雷砲)를 제작한 공으로 가자되기도 하였다. 1868년 어영대장, 공조판서를 역임, 1875년 운양호 사건이 일어나자 이듬해 판중추부사로서 일본의 구로다(黑田淸隆)와 강화에서 병자수호조약을, 1882년 경리통리기무아문사(經理統理機務衙門事)로 미국의 슈펠트와 조미수호조약을 각각 체결하였고 이해 판삼군부사(判三軍府事)가 되었다.

이런 이력으로 보아 신헌은 매우 국방과 외교에 밝았다. 당연히 지리에 대한 이해가 있었고 선생과 가까운 사이라는 게 설득력 있다. 실질적으로 선생이 대동여지도를 제작할 때 참고자료의 수집과 고증을 해주었을 정도로 지리학에 대한 식견도 상당하였다. 또 관리였기에 국가 창고나, 비변사 등에 있는 지도를 열람하거나 빌릴 수도 있었을 것이고 이를 선생에게 보여주었을 것도 추론케 한다.

아래는 신헌의 『금당초고(琴堂初稿)』 「대동방여도서(大東方輿圖序)」 내용이다.

나는 일찍이 우리나라 지도에 관심을 갖고 있었으며 비변사나 규장각에 있는 지도나 옛날 집에 좀먹다 남은 지도 등을 널리 수집하여 증거로 삼고 여러 지도를 서로 대조하고 여러 지리지 따위를 참조하여 하나의 완벽한 지도를 만들고자 노력하였다. 그리하여 이 작업을 김 군 백원(金君百源)에게 위촉하여 완성하였다.

그런데 위 글에서 맨 마지막 구절을 유념해 볼 필요가 있다. "그리하여 이 작업을 김백원에게 부탁하여 완성하였다(因謀金君百源 屬以成之)."라 하였다. 신헌은 선생을 '김 군 백원'이라고 하였다. 분명 연령적으로는 신헌은 김정호보다 7~8세 아래이다. 그런데 '김 군'이라 호칭하였다. 선생의 신분이 양반이 아님을 추측케 하는 어휘임이 분명하다. 같은 신분이라면 '김 공' 정도로 호칭한다.

이제 유재건의 『이향견문록』 권8 『서화(書畫)』에 수록된 「김고산정호

(金古山正浩)」를 본다.

　김정호는 스스로 호를 고산자라 하였다. 본디 공교한 재주가 많고 여지(輿地, 지구 또는 대지)에 관한한 학문에 벽이 있어 널리 살피고 수집하여 일찍이 『지구도』를 만들고 또 『대동여지도』를 만들었다. 그림을 잘 그리고 또 판각도 잘하여 인쇄하여 세상에 펴냈는데 상세하고 정밀하기가 고금에 견줄 만한 것이 없었다. 내가 그 한 부를 얻었는데 진실로 보배로 삼을 만하다. 또 『동국여지고』 10권을 편집하였는데 미처 탈고하지 못한 채 몰(沒)하였다. 매우 슬픈 일이다.

　유재건은 '선생이 만든 지도를 소장하고 있으며 선생의 지도에 대한 학문적 관심과 상세하고 정밀하여 진실로 보배'라고 극찬하고 있다. 유재건의 『이향견문록』의 서문을 조희룡이 썼는데 이 해가 1862년이다. 아래 『겸산필기』는 인용 서목인데 이 역시 유재건이 지었으나 남아 있지 않아 출간 년도를 모른다. 선생이 1866년까지는 생존하였기에 유재건이 『이향견문록』을 후일 증보했음을 알 수 있다.

　또한 열 권의 『동국여지고』 운운은 『대동지지』 32권이 아닌가 한다.
　선생의 『대동여지도』는 위에서 살핀 여러 경우의 수와 이전에 있었던 농포자(農圃子) 정상기(鄭尙驥, 1678~1752)와 같은 지도 제작자들에 힘입어 만들어진 것으로 보아야 한다. 물론 선생이 이 지도 제작 과정에서 여러 곳을 직접 가보고 한 것은 분명하다.

21. 『대동여지도』는 참학문이다

조선학의 대학자 정인보는 고산자 김정호가 『대동여지도』를 제작한 것에 대해 이렇게 그 의의를 부여하였다. 지금의 우리들이 고산자의 『대동여지도』에서 무엇을 배워야 할지를 제시하고 있는 글이다.

이제 고산자의 『대동여지도』를 보는 이, 이에서 조선인의 손으로 묘사한 조선의 고매한 정신을 보고 이에서 우리 선대 사람의 구시(求是, 바름을 구함)·구실(求實, 실질을 구함)의 진학문(眞學問, 참 학문)을 보고 이에서 주(州)와 현(縣)이 나누어지고 합함, 성터가 옮겨지고 바뀐 것을 찾아 옛 역사의 남긴 흔적을 어루만지고 이에서 산수, 역참, 방면, 마을터의 본명을 알아 고어의 잔형을 살피게 된다. 이 『대동여지도』의 가치는 스스로 정해지는 것이나 이보다 명리에 마음이 없는 고산자의 분발하는 마음과 뜻 앞에는 밖으로부터 닥치는 어려움이 없다. 고산자의 지극한 정성이 화폭 밖에 은은하게 비치어 말없는 큰 교훈을 길이길이 후인에게 끼치는 이 한 가지가 이 『대동여지도』의 가치를 더 한창 솟구치게 하는 것임을 우리들은 반드시 알아야 할 것이다.[17]

17) 정인보, 「고산자의 대동여지도」, 양주동 편, 『민족문화독본』 상, 청년사, 1946, 129쪽(『양주동 전집』, 동국대학교 출판부, 1998에 재수록). 저자가 현대에 맞게 풀어 썼다.

인터넷에 있는 흥미로운 글 하나를 소개하며 고산자 장을 마친다.

지난 2009년 10만원권 화폐 도안으로 『대동여지도』를 쓰려다 취소되는 해프닝이 있었다. 그 이유는 『대동여지도』 목판본에 독도가 나오지 않기 때문이다. 김정호는 분명히 독도를 알고 있었고, 이전에 제작한 청구도에 독도를 표기하였다. 따라서 『대동여지도』에 독도가 나오지 않는 이유는 명확하지는 않다. 『대동여지도』가 목판으로 제작되어 정확한 축척의 위치에 독도를 표기하는 것이 어려웠을 것이라는 것이 현재의 추정이다. 안타까운 일이다. 김정호의 업적을 기념하여 천문학자인 전영범이 2002년 1월 9일 보현산천문대에서 발견한 소행성 95016의 이름을 김정호(Kimjeongho)라고 지었다. 김정호는 하늘에 있다.[18]

그러나 최근 일본에서 『대동여지도』 채색 필사본이 발견되었다. 울릉도 부분에 독도가 기록 되어 있음이 밝혀졌다. 연구자들의 전언을 들으면 이렇다.

일본의 개인이 소장하고 있는 필사본 『대동여지도』로, 그 전래는 20세기 초 '평양부립도서관'에 소장되었던 자료이다. 판본과 형태적인 규모는 목판본(신유본, 갑자본)과 같이 22첩(疊)으로 구성되어 있으며, 절첩된 전질은 사각의 책갑(冊匣)으로 한 질을 이루고 있다. 이 지도는 필사하여 그린 것으로, 지명과 자연경관·역사기록 등등을 추가로 기록하고, 지역별로 채색함과 더불어 지리적인 측면에서 '독도'를 추가하는 등, 전체적으로는 '한국연구원 소장 필사본 『대동여지도』'와 유사한 점이 많다. 특히 이 지도의 제작 연대는 '1864년 이후

---

18) [네이버 지식백과] 대동여지도 – 김정호가 만든 자세하고 편리한 지도(다큐사이언스, 홍현선, 국립과천과학관).

어느 시기부터 1889년 이전에 제작된 것'으로 규명된다.[19]

마지막으로 선생이 남긴 「동여도지서(東輿圖志序)」를 본다. 선생이 왜 지도 제작에 힘썼는지를 알 수 있다. 그것은 일신의 영화가 아니다. '천하의 형세를 살핌이고 나라를 다스리는 틀'이라 하였다. 이야말로 거대 담론 아닌가.

대체로 여지(輿地)에 도(圖, 지도)와 지(志, 지리지)가 있는 것은 오래전이다. 지도는 직방(職方, 주나라 때 관명으로 천하의 지도 관장하는 직책)이 있고 지지에는 한서(漢書, 역사서)가 있다. 지도로 천하의 형세를 살피고 지지로 역대의 제작을 안다. 이는 실로 나라를 다스리는 큰 틀이다(夫輿志之有圖有志古也 圖有職方志自漢書, 圖以觀天下之形勢 志以推歷代之制作 實爲國之大經也).

---

19) 남권희·김성수·등본행부, 「새로 발견한 '일본 소재 필사본 『대동여지도』'의 서지적 연구」, 『서지학연구』 제70집, 2017.6, 295~335쪽 '초록'에서 인용.

22. 동무는 누구인가?

이제마(李濟馬)의 호는 동무(東武)이다. 무관 벼슬을 하여 호를 동무라고 지었다. 자는 무평(懋平), 자명(子明)이다. 어릴 적 이름은 제마(濟馬). 전주이씨 안원대군파『선원속보(璿原續譜)』에는 그의 이름이 섭운(燮雲), 섭진(燮晉)으로 되어 있다. 별호로 반룡산노인(盤龍山老人)을 썼다.

선생은 함경남도 함흥에서 태어났다. 선생에게는 재미있는 탄생 이야기가 전한다. 선생의 아버지 이진사는 원래 술이 약한 사람이었다. 어느 날 향교에서 일을 보고 오다가 주막에서 많은 술을 마시게 되었고 주모의 딸과 하룻밤을 보냈다. 이 주모의 딸은 박색이었다고 한다. 열 달이 지난 어느 날 새벽, 할아버지 이충원(李忠源, 1789~1849)의 꿈에 어떤 사람이 탐스러운 망아지 한 필을 끌고 와서 "이 망아지는 제주도에서 가져온 용마인데 아무도 알아주는 사람이 없어 귀댁으로 끌고 왔으니 맡아서 잘 길러 달라" 하고는 가버렸다. (이능화는『조선명인전』에서 어머니가 제주도에서 가져온 말의 꿈을 꾸었다고 하였다. 그러나 이능화의 기록에는 연대 등이 부정확하다.)

그때 주모의 딸이 강보에 갓난아기를 싸안고 왔다. 충원은 꿈과 연결지어 모자를 받아들였다. 아이는 꿈에 '제주도 말'을 얻었다 하여 아기 이름을 '제마(濟馬, 제주도 말)'라 지었다고 한다.

선생은 태조 이성계의 고조인 목조의 2남 안원대군의 19대손이다. 1837(헌종 3)년 3월 19일 갑신일 오시에 함경남도 함흥군 주동사면 둔지리 사촌에 있는 반룡산(盤龍山) 자락 아랫마을에서 진사 이반오(李攀五, 1812~1849)의 넷째 부인인 경주김씨 사이에서 장남이자 서자(庶子)로 태어났다. 그러나 이진사에게 아들이 없었기 때문에 할아버지가 서자로 입적을 안 시켰다. 따라서 호적상으로 서손이 아니다.

선생은 7세부터 큰 아버지에게 글을 배우고 10세에 문리가 트였다. 말타기와 활쏘기 등 무예를 좋아하였다. 13세에 향시에 장원하였지만 아버지와 할아버지가 같은 해에 모두 작고하여 집을 떠났다. 그 후 선생의 여정을 찾으면 의주의 홍씨 집에 머물며 서책을 탐독했다고 전한다. 1863년 27세에 운암(芸菴) 한석지(韓錫地, 1769~1863)의 『명선록(明善錄)』을 발견하였다. 선생은 이 운암을 '조선의 제일인자'라 칭송하였다. '명선(明善)'은 유학의 근본정신을 선(善)으로 규정하고 당시 성리학적 유학에 대한 이해를 넘어서서 유학의 원류를 찾아 밝힌다[明]는 비판적 의미가 담긴 책이다.

선생은 이후 35세인 1871년 연해주를 여행하고 「유적」을 지었다. 39세에 무과에 등용되어 다음해에 무위별선(武衛別選) 군관(軍官)으로 입위(入衛)되었고 1880년 44세에 『격치고(格致藁)』를 집필하기 시작하였다. 선생은 50세인 1886년 경상남도 진해현감 겸 병마절도사에 제수되었고 이듬해 2월 현감으로 부임하여 1889년 12월에 퇴임하였다. 54세인 1890년 관직에서 물러나 서울로 왔으니 약 4년여의 관직이었다.

선생은 1894년 58세에 서울 남산에 있는 이능화(李能和, 1869~1943) 집에서 『동의수세보원(東醫壽世保元)』 상·하 2권을 저술 완료하였다. 이 『동의수세보원』은 '우리나라 의술로 평생을 장수하고 원기를 보전한다'는 의미이다. 60세인 1896년에 최문환(崔文煥)의 난을 평정한 공로로 정3

품인 통정대부 선유위원(宣諭委員)에 제수되었다. (최문환의 난은 항일의병 활동의 일환으로 보는 견해가 우세하다. 현재 최문환은 국가보훈처 공적조서에 그 이름이 보인다.) 선생은 "수구하는 자는 나라를 그르치고 개화하는 자는 나라를 어지럽힌다."(『동무유고』 「답중천우순서」)고 하였다. 즉 수구와 개화 모두에 대한 양비론을 견지한 것으로 미루어 보면 선생이 최문환을 못마땅해 한 것은 사실로 보인다. 선생은 이듬해 이 공로로 고원군수(高原郡守)로 임명되었으나 부임하지 않았다.

선생은 62세에 함흥에서 64세인 1900년 가을까지 만세교 옆에 '원기를 보존하는 곳'이란 뜻의 보원국(保元局)이라는 약국을 열었고 이 해 9월 21일 문인(門人) 김영관의 집에서 생을 마감한다. 선생은 죽기 전에 자신의 묏자리를 미리 보아 놓고 그곳에 무덤을 쓰라고 일러주었다 한다. 그러나 그곳은 '좌청룡'이 없는 묏자리였다. 그런데 뒷날 왼쪽에 저수지가 생겨 '수[좌]청룡'이 생겼다고 한다.

23. 『격치고(格致藁)』,
이 책이 천리마가 되지 않겠는가?

　선생의 역작인 『격치고』를 살펴보겠다.

　선생은 「격치고서」 마지막 문장에서 "『격치고』라는 원고가 어찌 곽외가 말한 천리마와 같은 역할을 하지 않겠는가(藁亦 豈非郭隗千里馬之乎)!"라 외쳤다. 하지만 『격치고』를 아는 사람은 드물다. 아직 『격치고』의 시대가 천리마처럼 등장하지 않았지만 그 또한 모를 일이다.

　『격치고(格致藁)』라 하였으니 '격치(格致)'라는 말부터 풀어본다. 격치는 『대학』에 보이는 '격물치지(格物致知)'에서 가져온 말이다. 이치를 궁구하는 공부를 오래도록 힘써 하면 하루아침에 활연관통(豁然貫通, 모든 이치가 툭 트이게 됨)하게 된다는 뜻이다. 선생은 '격'을 바로 잡는다는 의미로 해석했다. 즉 선생은 '사물의 고유한 법칙을 궁리하여 알고 그 올바른 법칙에 따라 자신을 바로잡아 『중용』의 도와 『대학』의 덕을 자신에게 구현함으로써 도덕을 완성하는 것'이다.

　이 격치는 1880년대에 중국에서 백화문으로 서양의 과학(science)이라는 말을 번역할 때 썼다. 장지연도 이 격치를 'science'로 이해하였다. 그렇다면 '격치고'는 '과학에 대한 책' 정도의 의미로 이해해 봄직하다.

　『격치고』는 세 권이며 부록으로 「제중신편」을 넣어 엮었다. 이제 『격치고』 중 우리에게 유용하게 사용될 만한 글줄을 따라잡는다.

『격치고』 권1 유략(儒略)

'유략'은 유학 사상을 요약해서 핵심을 파악한다는 의미이다. 구체적으로는 사심신물(事心身物)이라는 사원(四元) 구조로 세계를 파악하기 위한 인식론을 제시한다. 사심신물은 선생이 독창적으로 유학사상을 바라보는 틀이다. 이를 통해서 유학의 기본 경전인 『사서』에 담긴 중요한 철학적 주제인 학문사변(學問思辨), 성의정심(誠意正心), 수신제가(修身齊家), 치국평천하(治國平天下) 등을 재해석한다.

사물(事物)

1조목: 사물[物]은 몸[身]에 깃든다. 몸은 마음[心]에 깃든다. 마음은 일[事]에 깃든다(物宅身也 身宅心也 心宅事也).

이른바 선생이 말하는 '사상(四象)'이다. '사심신물(事心身物)'로 선생은 사물, 몸, 마음, 일, 이 넷이 상호작용하면서 사상의 기초가 된다고 한다. 물과 사가 본체라면 신과 심은 작용으로 체용의 관계이다. 또 물과 신은 공간을, 심과 사는 시간으로 볼 수 있으니 시간과 공간의 일체화다. 선생은 사심신물의 '사상'과 인의예지 사덕을 항상 결부시켜 설명한다. 이는 사상이 인간 본성에 내재화된 사덕을 통해 드러나는 것이라는 뜻이다. 선생은 기본적으로 인간의 본성을 선하다고 판단하여 자신의 논리를 전개한다.

선생은 2조목에서 "사물은 머물러 있는 것, 몸은 활동하는 것, 마음은 깨닫는 것, 일은 맺는 것"이라 풀이하였다. 선생은 이렇게 모든 것을 넷으로 풀어낸다. 아래 12-2조목은 살아가며 난관에 부딪칠 때 도움을 줄 수 있는 말이다.

12-2조목: 어두운 마음은 배우는데 어두운 것이다. 닫힌 마음은 분별하는데 닫힌 것이다. 막힌 마음은 묻는데 막힌 것이다. 얽힌 마음은 생각하는데 얽힌 것이다.

관인(觀仁)
1조목: 어짊을 관찰한다[觀仁]는 것은 무엇을 의미하는가. 힘써 일하는 것을 봄이다.

아래 6조목은 우리가 잘 아는 사단(四端)을 끌어왔다. 즉 인의예지로 이 역시 네 개가 서로 상호작용을 한다.

6조목: 지혜가 없는 어짊[仁]은 깊이 생각하지 않는 어짊이다. 이는 어진 것 같지만 어진 게 아니다.
어질지 못한 지혜[智]는 간교하고 교활한 지혜이다. 이는 지혜로운 것 같지만 지혜가 아니다.
의로움 없는 예의[禮]는 번거롭고 실속 없는 예의이다. 이는 예의인 것 같지만 예의가 아니다.
예의 없는 의로움[義]은 강제적이고 억압하는 의로움이다. 이는 의로움인 것 같지만 의로움이 아니다.

독자들께서는 선생이 말하는 인의예지를 깊이 되새김해 볼 일이다.

24. '나 하나쯤'이 아니라 '나 하나'가 중요하다

『격치고』 권1 유략(儒略)을 계속 본다.

천하(天下)

하나의 힘이 먼저 힘을 쓰면 모든 힘들이 그 힘을 따르게 된다. 하나의 담력이 먼저 담력을 쓰면 모든 담력들이 그 담력을 돕는다. 하나의 염려가 먼저 염려하면 모든 염려들이 그 염려를 이루게 된다. 하나의 계획이 먼저 계획을 하면 모든 계획들이 그 계획을 구하게 된다(一力先力 衆力趨力 一膽先膽 衆膽助膽 一慮先慮 衆慮成慮 一計先計 衆計救計).

과문의 소치이지만 '하나'의 힘을 이렇게 긍정하는 글은 본 적이 거의 없다. '나 하나쯤'이 아니라 '나 하나'가 중요하다. 우리는 알고 있다. 세상은 끊임없이 변하고 그 변화는 어떤 '한 사람'부터라는 사실을. 다만 우리는 그 한 사람이 '내가 아닌 너였으면 한다'는 사실을, 외면하고 있다는 사실을.

사계(四戒)

말, 마음, 몸, 힘에 대해서 말한다. 선생은 말은 순수하고 마음은 어질고 몸은 현명하고 힘은 충실하라고 조언한다.

천시(天時)

선생은 격물치지할 대상을 인간의 본성과 현실에서 발현되는 구체적인 인간의 마음으로 보았다. 왜 인간의 본성과 마음을 알아야 하는가? 선생은 이렇게 답한다.

35조목: 앎에 이르면 뜻이 성실해지고 뜻이 성실해지면 본성에 능하게 된다. 사물을 연구하면 마음이 바르게 되고 마음이 바르면 사물에 능하게 된다(致知誠意 意誠能性 格物正心 心正能物).

선생은 인간의 본성과 마음을 연구하고 지극한 앎을 추구하는 목적은 성실에 있다고 한다. 성실한 뜻은 인간의 본성을 올바르게 유지할 수 있게 하고 마음에서 거짓을 제거할 수 있게 하기 때문이다. '앎'과 '행동'의 초점은 성실과 상호작용에 있다고 선생은 말한다.

천하색아(天下索我)

5조목: 천하가 기만하더라도 너는 반드시 기만하지 말아야 한다. 천하가 거짓말할지라도 너는 반드시 거짓말하지 말아야 한다. 천하가 거짓일지라도 너는 반드시 거짓이지 말아야 한다. 천하가 속일지라도 너는 반드시 속이지 말아야 한다 (天下擧誑 汝必無誑 天下擧詒 汝必無詒 天下擧譎 汝必無譎 天下擧伴 汝必無伴).

선생의 글을 몇 번이고 읽는다. 분명 일반 백성에 대한 글인데 선생은 성인이나 할 법한 이야기를 한다. 그만큼 이 글을 읽는 사람들을 높이는 게 아닌가.

아지(我止)

16-2조목: 타인에 기대어 요행을 바란다는 것은 속으로 방심하고 있기 때문이다. 자신이 마땅히 행동해야 하는 일에 태만한 것은 속에 게으른 마음을 품고 있어서다. 몸이 행동해야 할 때 앞장서서 행동하면 세상이 돕는다. 마음이 요행을 바라는 것을 끊어버리면 사방에서 도울 것이다(賴人僥倖 內懷放心 怠吾當行, 內懷逸心 身先當行 天下助也 心絶僥倖 四方佑也).

선생의 말을 믿든 안 믿든 실행한다고 나쁠 일은 없다. 구구절절 옳은 말 아닌가.

『격치고』 권2 반성잠(反誠箴)

권2 「반성잠」은 『주역(周易)』의 팔괘(八卦)를 편명으로 삼아서, 『대학』과 『중용(中庸)』의 도(道), 태극(太極)의 도(道) 등을 세부적으로 논의하고 있다. 반성은 '진실로 돌아간다'는 의미이다. 선생은 어려서부터 거짓을 행하면 반드시 낭패를 겪었다며 진실로 돌아가라고 한다.

태잠(兌箴)(下截)

5조목: 한 사람의 마음에는 군자의 마음과 소인의 마음이 있다. 군자의 마음은 알기 쉽고 소인의 마음은 알기 어렵다. 알기 쉬운 마음이 많고 알기 어려운 마음이 적은 사람을 이름하여 군자라 한다. 알기 어려운 마음이 많고 알기 쉬운 마음이 적은 사람을 이름하여 소인이라 한다(以一人之心 而有君子之心焉 有小人之心焉 君子之心易知 小人之心難知 易知之心 多而難知之心少者 名曰君子難知之心 多而易知之心少者 名曰小人).

사람들은 누구나 군자의 마음을 좋아하고 소인의 마음은 싫어한다.

그러나 '반성잠' 들어가는 글에서도 선생이 밝혔듯이 누구나 군자의 마음과 소인의 마음을 갖고 있다. 이 글을 쓰는 나를 미루어 보아도 그렇다. 이 글을 읽는 독자들께서는 어떻게 생각하시는지?

25. 누구나 가난, 비천, 곤궁, 궁핍을 원하지 않는다

『격치고』 권2 반성잠(反誠箴)을 계속 본다.

손잠(巽箴)

15조목: 가난은 스스로 원하는 게 아니지만 거짓을 좋아하는 것은 스스로 원하는 것이다. 비천은 스스로 원하는 게 아니지만 게으름을 좋아하는 것은 스스로 원하는 것이다. 곤궁은 스스로 원하는 게 아니지만 사치를 좋아하는 것은 스스로 원하는 것이다. 궁핍은 스스로 원하는 게 아니지만 인색하기 좋아하는 것은 스스로 원하는 것이다(貧不自願 好詐自願賤不自願 好懶自願困不自願 好侈自願窮不自願 好嗇自願).

누구나 가난, 비천, 곤궁, 궁핍을 원하지 않는다. 그렇다고 노력이 모자라서 그러한 것도 아니다. 선생 역시 이를 부정하지 않는다. 그러나 14조목에서 '잘못을 지으면 저절로 가난해지고 입신이 빗나가 저절로 비천해지고 도모하는데 헤매면 저절로 곤궁해지고 성공하는데 헤매면 저절로 궁핍해진다'고 하였다. 선생은 23조목에서 가난은 서로 도와야 한다고 가난의 해결 방안을 써놓았다.

26조목: 원망을 만약 보복하지 않으면 악한 사람이 함부로 행동하게 되고 덕을 만약 보답하지 않으면 착한 사람이 쇠잔하여 미미하게 된다. 악한 사람이 함부로 행동하는 것을 어질지 못하다고 말할 수 있고 착한 사람이 쇠잔하여 미미해지는 것은 의롭지 못하다 말한다(怨若不報 惡人橫行 德若不報 善人殘微 惡人橫行 可謂不仁善人殘微 可謂不義).

선생의 악에 대한 견해가 자못 흥미롭다. 악한 사람이 함부로 행동하지 못하게 보복하라고 한다. 그러나 내가 살아가는 이 세상에 '권선징악은 소설에나 있는 것이 아닌가?' 하는 의문은 나만의 생각일까.

『격치고』 권3 「독행편(獨行篇)」
「독행편」은 인간의 심성에 대한 논의로 '홀로 꿋꿋하게 나아가라'는 글이다. 선생은 인의예지(仁義禮智)의 실현과 그것을 실현하지 못한 비박탐나(鄙薄貪懦)의 원인과 결과에 대한 분석을 한다. 「독행편」은 선생이 1882년에 썼다. 선생 작품 중에서 가장 완결된 작품으로 그의 사상이 잘 녹아 있는데 글은 문답식으로 되어 있다.

이 편 이름을 독행이라 한 뜻은?
대답한다: 좋아하면서도 그 사람의 나쁜 점을 안다면 중립을 지켜서 한쪽으로 쏠리지 않는다. 나쁘면서도 그 사람의 좋은 점을 안다면 화목하면서 휩쓸리지 않는다. 이와 같이하면 자연히 독행하게 된다. 독행은 마음이 흔들리지 않는 것이다. 사람의 진실과 거짓에 대해 알면 미혹될 까닭이 없다. 미혹되지 않으면 마음이 바르게 된다. 마음이 바르면 흔들리지 않는다. 마음이 흔들리지 않으면 세상에 은둔하더라도 중용을 지켜 고민함이 없다(篇名獨行 何義耶? 曰: 好而知其惡 則中立而不倚 惡而知其美 則和而不流 如此者自然獨行 獨行者不動心 知人

誠僞則不惑 不惑則正心 正心則不動心 不動心則遯世中庸而無悶).

선생은 '독행'을 '흔들리지 않는 마음' 부동심(不動心)이라 정의하였다. 이 「독행편」 시작은 『대학』 8장 , 『중용』 10장, 『주역』 「문언 건괘」, 『중용』 11장을 연결한 문장이다. 『대학』 8장에서 '좋아하면서도 그 사람의 나쁜 점을 알고 나쁘면서도 그 사람의 좋은 점을 아는 사람은 드물다' 고 하였다. 『중용』 10장에서는 '군자는 화목하게 지내지만 중립을 지켜서 한쪽으로 쏠리지 않는다'고 하였다. 『주역』 「문언 건괘」에서는 '세상에 은둔하더라도 고민하지 않는다' 하였고 『중용』 11장은 '군자는 중용의 길을 걷기에 세상에 은둔하더라도 후회하지 않는다. 이러한 모습은 오직 성인만이 한다'를 끌어왔다. 결국 선생이 지은 이 '독행편'은 성인, 군자가 되는 방법이다.

선생은 이 「독행편」을 등불과 반딧불에 비교하며 "어두운 밤과 같은 이 시대에 도움을 준다고 하였다. 선생이 구체적인 방법으로 예를 든 것은 간사한 거짓을 막고 찾는 구체적인 방법인 '순수한 마음 확립[己誠立]'이다. 이 '순수한 마음 확립'이야말로 진실과 거짓을 아는, 즉 사람을 아는 '지인사상(知人思想)'의 출발점이란다.

26. 사람이 사람을 아는 것!

사람이 사람을 아는 것이야말로, 선생이 주창하는 사상의학의 단초인 지인지학(知人之學)이다. 선생의 글은 이렇게 이어진다.

사람의 성실과 거짓에 대해 알면 의심하지 않고 의심하지 않으면 마음이 바르게 되고 마음이 바르게 되면 마음이 흔들리지 않고 마음이 흔들리지 않으면 세상을 벗어나 은둔하여 중용에 힘쓰고, 세상이 나를 알아주지 않음을 근심하지 않는다(知人誠僞則不惑 不惑則正心 正心則不動心 不動心則遯世中庸而無悶).

선생은 "사람에 대해 알려고 한다면 비록 온갖 지혜를 다 동원하더라도 반드시 자신의 성실함이 확립되어야 하고 자신의 성실함이 확립되어 있지 않으면 끝내 사람의 거짓을 알고 그 마음을 모른다(欲知人者 雖竭智千百 而若己誠不立 則終莫能知人之僞 而悉其情也)"고 하여 사람을 안다는 것이란 인간 심성과 거짓을 아는 것이며 사람을 아는 전제조건은 자신의 성실을 먼저 확립해야 한다고 말한다. '성실하지 않으면 사람의 거짓과 그 심정을 모른다'가 선생이 사람을 안다는 요지이다.

1조목: 선생은 사람을 네 가지의 유형으로 나누어서 파악했다. 이는 선한 인간형이다.

예자(禮者): 밝고 성의가 있다.　　　　　　禮者顯允

인자(仁者): 즐겁고 편안하다.　　　　　　仁者樂易

의자(義者): 가지런하고 단정하다.　　　　義者整齊

지자(智者): 도량이 넓고 활달하다.　　　　智者闊達

이는 선생의 사상의학의 바탕으로 예의 바른 자-태양인, 어진 자-태음인, 의로운 자-소음인, 지혜로운 자-소양인이다. 선생은 『맹자』의 사단(四端, 仁 義 禮 智)을 인용하여 네 인간형을 만들어 놓았다. 사람을 보는 새로운 패러다임의 제시이다.

3조목: 인간 유형을 비루한 자, 경박한 자, 탐욕스런 자, 나약한 자 네 유형으로 나누었다. 이는 악한 인간형이다.

비자(鄙者): 비루한 자는 견문이 좁고 탐욕스럽다-권세를 탐하는 인간형이다.

박자(薄者): 교활하고 간사하다-명예를 탐하는 인간형이다.

탐자(貪者): 교만하고 제멋대로이다-재물을 탐하는 인간형이다.

나자(懦者): 사기치고 속인다-지위를 탐하는 인간형이다.

(鄙者陋埶 薄者狡回 貪者驕橫 懦者詐僞)

그런데 흥미로운 점은 앞서 살펴 본 선한 인간형인 예자, 인자, 의자, 지자의 경우와는 다르게 비자, 박자, 탐자, 나자의 특성은 설명이 지리할 정도로 길게 서술하고 있다. 선생은 선은 성인, 군자, 소인에게 모두 한 가지로 같기 때문에 알기 쉽지만 악과 소인의 마음은 백 가지 만 가지로 다르기 때문에 알기 어렵다고 보았기 때문이다. 이는 우리가 살아가면서도 느낀다. 나를 속이려는 자의 마음을 알아내기란 보통 어렵지 않기 때문이다.

『격치고』 부록 제중신편(濟衆新編) 오복론(五福論)

부록 「제중신편」은 '여러 대중의 삶에 지침이 되는 글'이다. 건전한 삶을 영위하기 위한 '양생'에 있어서 마음을 다스림이 중요하다는 의학 철학적 논의가 간략하게 제시되어 있다.

오복론(五福論)

기존의 식색재명수(食色財名壽)가 아니라 타고난 수명을 다하는 수(壽), 마음씀씀이가 아름다운 미심술(美心術), 책읽기를 좋아하는 호학서(好學書), 재산을 일구는 가산(家産), 세상에 이름을 알리는 행세(行世)이다. 그 이유를 선생은 이렇게 적어 놓았다. 선생 글은 뫼비우스 띠처럼 꼬리에 꼬리를 물어 설명한다.

타고난 수명을 다하지 못하면 마음씀씀이가 아름다워도 이익될 게 없고 마음씀씀이가 아름답지 못하면 책을 읽어도 쓸 데가 없고 책을 읽지 않으면 집안에 재산이 있어도 성공할 수 없고 집안에 재산이 없으면 세상에 나가 활동해도 실속이 없다(不得壽則 美心術而 無益 不美心術則 讀書而 無用 讀書而 無用不讀 書則 家産而 無成 不家産則 行世而 無實).

선생은 8조목에서 아예 "책 읽는 군자가 훌륭한 사람(讀書之君子 上人)" 이라 하였다. 천학비재(淺學菲才)인 나로서는 책 읽고 글 쓰며 매일 고통을 절감한다. 그래도 선생이 말하는 오복 중 '호학서'란 복은 있나보다 생각하니 조금은 이 글을 쓰는 게 위로된다.

27. 『임원경제지(林園經濟志)』,
흙 국(土羹)과 종이 떡(紙餠)인 학문은 안 한다

저술기간 36년, 참고서적 900여 권, 총 113책 50여 권, 글자 수 250여
만 자, 표제어 1만여 개의 방대한 정보, 설명을 위한 삽화까지 담아 낸
조선최고의 실용 백과사전, 이것이 바로 서유구 선생이 지은 『임원경제
지』이다. 선생은 "밥버러지가 되지 마라. 관직이 없는 이들은 자기 식솔
의 의식주는 자신이 책임져라. 주경야독의 건강한 선비정신을 지켜라."
는 말을 입버릇처럼 달고 산 실학자였다. 그렇기에 선생은 실생활에
도움이 안 되는 고루하고 헛된 학문을 '흙으로 끓인 국(土羹)이요 종이에
그린 떡(紙餠)'이라고 까지 경멸한다. (나 또한 이 글이 '토갱'과 '지병'이
되면 어쩌나하는 걱정을 하며 쓴다.)

그러나 이 조선판 브리테니커 사전을 편찬한 서유구 선생은 자신의
평생을 '오비거사(五費居士)'라 정리했다. '다섯 가지를 낭비한 삶'이란
뜻이다. 선생이 다섯 가지를 낭비 사람인지 아닌지는 독자들께서 셈
칠 일이고 우선 그 약력부터 살펴본다.

풍석 서유구 선생의 자는 준평(準平), 호 풍석(楓石), 시호는 문간(文簡)
이다. 서울 생(生)이며 본관은 대구(大邱, 달성)이며 당파는 소론이었다.
선생은 영조와 정조, 순조, 헌종에 이르기까지 4명의 임금이 다스리던

시대를 살면서 82세까지 장수했다.

북학파와 교류하며 특히 연암 박지원에게 사상적 영향을 받았다. 형 서유본과 선생은 모두 연암 박지원의 제자이다. 선생은 젊은 시절 글을 발표할 때 꼭 연암에게 보여주고 허락을 받았다. 박지원의 글을 비판한 순조의 장인인 김조순(金祖淳, 1765~1832)과 싸움은 널리 회자될 정도였다.

선생은 판서 서종옥(徐宗玉)의 증손으로, 할아버지는 대제학으로 문명을 들날린 서명응(徐命膺, 1716~1787)이고 작은 할아버지는 삼정승을 지낸 서명선(徐命善, 1728~1791)이다. 생부는 이조판서 서호수(徐浩修, 1736~1799)이며 어머니는 김덕균(金德均)의 딸이다. 중부는 서형수(徐瀅修, 1749~1824)이고 당숙(堂叔) 서철수(徐澈修)에게 입양되었다. 선생의 할아버지 서명응은 『고사신서(攷事新書)』를, 아버지 서호수는 『해동농서(海東農書)』를 지었다. 형은 서유본(徐有本, 1762~1822)으로 『좌소산인문집(左蘇山人文集)』을 남겼으며 부인이 『규합총서(閨閤叢書)』의 저자이자 여류 시인으로 유명한 빙허각(憑虛閣) 이씨이다.

선생의 가문은 그야말로 벌열 중에 내로라하는 가문이었다. 이 달성 서씨 가문은 이용후생학(利用厚生學)을 종합하고 농서를 집대성한 19세기 최고의 실학자 집안이다. 가학이 이렇듯 농학(農學)인 집안은 조선 500년 역사상 찾기가 어렵다.

선생은 27세인 1790년 증광 문과에 병과로 급제. 초계문신으로 발탁되어 규장각에 들어가 정조의 총애를 받았다. 34세에 순창 군수가 되었는데 이때 농서를 구하는 정조의 윤음에 접하고, 도 단위로 농학자를 한 사람씩 두어 각기 그 지방의 농업 기술을 조사, 연구하여 보고하게 한 다음, 그것을 토대로 내각에서 전국적인 농서로 정리, 편찬하도록 하자는 방안을 제시하였다. 이 제안이 실현되지는 않았지만, 정조의 윤음으로 가학이기도 한 농학을 체계화시킬 필요성을 느끼게 한 중요한 계기가 되었다.

그러나 정조가 승하하고 노론의 세상이 되고 1806년 43세에 중부 서형수가 김달순(金達淳)의 옥사에 연루되자 삭직을 청하는 상소를 올려 체직(遞職, 벼슬자리가 새로운 사람으로 갈리는 것)되며 벼슬로부터 멀어진다. 이후 선생은 금화, 대호, 번계, 두릉으로 거처를 옮기며 농사를 짓는다. 이 기간에 아들 서우보의 도움을 받으며『금화지비집(金華知非集)』, 『금화경독기(金華耕讀記)』,『번계모여집(樊溪耄餘集)』,『임원경제지』 등을 저술하다. 이 시절 선생은 세 들어 살며 죽조차도 마음 놓고 먹지 못하는 가난이 이어졌다. 선생은 손에 못이 박히도록 농사지어 어머니를 봉양했다.

1827년 선생이 64세 되던 해 2월, 효명세자가 18세 나이에 부왕 순조의 건강 악화를 이유로 대리청정하게 되며 선생의 벼슬길이 트인다. 3월, 강화부 유수가 되고 6월에 아들 서우보가 33세로 사망하는 비극적인 일을 겪는다. 아들 서우보는 선생을 도와『임원경제지』를 만들었다. 이후 선생은 벼슬에 있으면서도 계속 농사관련 저술에 힘을 쏟아『종저보(種藷譜)』를 지었다. 76세에 벼슬을 사직하고 79세에「오비거사생광자표」를 짓고 1845년 82세 11월 1일, 시중드는 자에게 거문고를 타게 하고는 연주가 끝나자 숨을 거두었다고 한다. 이유원은 이 일을 적고 '신선이 된다는 일'과 같다고 하였다.

28. 나라의 병폐 고칠 경륜 깊이 감추고

아래는 『임원경제지(林園經濟志)』에 대한 평이다.

나라의 병폐고칠 경륜 깊이 감추고	醫國深袖經綸手
임원의 즐거운 일 나눠 즐기실 뿐	林園樂事聊分甘
내 와서 『임원경제지』 구해 읽어 보니	我來求讀十六志
신기루 속 보물처럼 엿보기도 어려워라	海市百寶難窺探

박규수(朴珪壽, 1807~1876)의 『환재집(瓛齋集)』, 『환재선생집』 권3 「시」 '정서풍석치정상서(呈徐楓石致政尙書)'에 보이는 시이다. 박규수는 이 책을 '신기루 속 보물'이라 하였다. 박규수는 연암의 손자로 개국통상론을 주장한 조선 후기 개화 사상가였다. 문장도 내로라할 정도였으며 벼슬도 우의정까지 오른 이다. 결코 지나가는 말로 '신기루 속 보물'할 이가 아니다.

그러나 선생은 자신의 삶을 '오비거사(五費居士)'라 정리했다. '다섯 가지를 낭비한 삶'이란 뜻이다. 선생은 생전에 '오비거사생광자표(五費居士生壙自表)'라는 자찬묘지명을 지었다. 79세 때 글이니 이승 하직 3년 전이다.

학문에 괴로울 정도로 빠져 들었으나 터득한 것이 없고 벼슬살이하느라 뜻을 빼앗겨서 지난날 배운 것을 지금은 모두 잊었다. 마치 '도끼를 잡고 몽치를 던지는 수고(不勝其斧之握而推之投也)'이다. 이것이 첫 번째 낭비이다.

관리로서 온 힘을 다하여 '손에 굳은살이 박이고 눈이 흐릿하게 되는 수고(不勝其手之胝而目之蒿也)'를 했지만 나아가지 못했다. 이것이 두 번째 낭비이다.

농법을 묵묵히 익혔지만 '일만 가지 인연이 기왓장 깨지듯 부서졌다(萬緣瓦裂)'. 이것이 세 번째 낭비이다.

이것이 병인(1822·순조 22)년 가을과 겨울 사이에 있었던 세 가지 낭비이다. 그 이후 다시 두 가지 낭비가 있었다.

아버지가 귀양에서 풀려나 후한 벼슬을 차례로 거쳤으나 군은에 보답 못하고 기력이 소모되어 휴가를 청했으니 마치 '물에 뜬 거품처럼 환몽 같다(幻若浮漚)'. 이것이 추가되는 첫 번째 낭비이다.

『임원경제지』를 편찬, 교정, 편집하는 수고가 30여 년이다. '공력이 부족해 목판으로 새기자니 재력이 없고 간장독이나 덮는 데 쓰자니 조금 아쉬움이 있다(以之壽梓則無力 以之覆瓿則有餘)'. 이것이 또 한 가지 낭비이다.

선생은 이미 70하고도 9년을 산 것이 '작은 구멍 앞을 매가 휙 지나가는 것과 다름없다(無異過空之鷃隼)'며 "아아, 정말로 산다는 것이 이처럼 낭비일 뿐이란 말인가(嗟夫人之生也 固若是費乎)?" 차탄한다. 선생은 손자 태순(太淳)에게 이렇게 부탁한다.

"내가 죽은 뒤에는 우람한 비를 세우지 말고, 그저 작은 비석에 '오비 거사 달성 서 아무개 묘'라고 써준다면 족하다(吾死之後 勿樹豐碑 但以短碣書之曰 五費居士達城徐某之墓可矣)."

각설하고 우선 선생의 실학사상을 살피려 「금석사료서(錦石史料序)」 부터 본다.

나는 일찍이 이렇게 말했다. '오늘날 부질없이 메뚜기, 기장, 조 따위를 말하면서 세상에 조금도 도움이 되지 않는 경우는 저술하는 선비가 가장 그러하다. 그 중 용렬한 자는 빚을 내고 새경이나 받고자 남의 집 울타리 밑에 빌붙어 산다. 그 중에 현명한 자는 괴이한 말과 근거 없는 이치로 허위를 일삼아 실용에 절실하지 않는다. 이익이 없는 학문에 정신이 피폐해지면서 오히려 두려워하면서도 재목을 허비하여 책을 찍어 이 시대를 가르치고 먼 훗날 전해질 것을 기대하는 자가 천하에 어찌 한정이 있겠는가.'

이를 보면 선생의 실학 정신은 명백하다. 선생은 실학 중에서도 농학에 힘썼다. 「행포지서(杏圃志序)」에 보이는 글이다.

나는 오로지 농학(農學)에 골몰한 자이다. 궁벽한 늙은이가 기운을 소진시키면서 그치지 않는 것은 참으로 무엇 때문인가? 나는 일찍이 경예(經藝)의 학문을 하였다. … 처사가 마음속으로 홀로 마음을 헤아려 말하지만 흙으로 끓인 국일 뿐이요 종이에 그린 떡일 뿐이다. 잘 쓴들 무슨 이익이 있겠는가. 이에 그런 글들을 폐하고 범승지(氾勝之, 전한(前漢)의 농학가로『범승지서(氾勝之書)』를 지었다), 가사협(賈思勰, 북위(北魏)의 농학가로『제민요술(濟民要術)』을 지었다)의 재배기술이나 익혀 망령되이 오늘 앉아서도 말할 수 있고 일어서서도 실용에 베풀 수 있는 것은 오직 이것이라고 생각한다.

선생은 실생활에 도움이 안 되는 고루하고 헛된 학문을 '흙으로 끓인 국이요 종이에 그린 떡'이라고 '토갱지병(土羹紙餠)' 넉 자로 정리한다. 이만 하면 선생의 실학사상은 증명된 셈이니『임원경제지』로 들어간다. 여기서 한 가지 알고 넘어갈게 있다. 이 책의 내용은 다른 책에서 80~90%는 가져 온 편집이란 점이다. 편집은 이 책 저 책에서 발췌 수록

하였다는 의미이다. 그러나 선생이 아무 것이나 실어 놓은 게 아니란 점에 유념해서 이 책을 보아야 한다.

29. 사람이 세상을 살아가는 처세에는 출처(出處) 두 가지 방법이 있다

　선생은 「예언(例言)」에서 "사람이 세상을 살아가는 처세에는 출처(出處) 두 가지 방법이 있다. '출'이란 관리가 되어 세상을 구제하고 백성에게 은택을 베푸는 것으로 임무를 삼는다, '처'는 향촌에 살면서 힘써 먹을 것을 해결하고 뜻을 기르는 것도 그 임무이다(一凡人之處世 有出處二道 出則濟世澤民 其務也 處則食力養志 亦其務也)"라 하였다. 선생은 물론 출처 두 가지를 다하였지만 『임원경제지』 편찬 이유는 '처'에 더 있다. 그래 선생은 "임원(林園)으로써 표제를 삼은 것은 사관(仕官)이 세상을 구제하는 방책이 아님을 분명히 하는 까닭(以林園標之 所以明非仕宦濟世之術也)"이라고 밝혔다. 『임원경제지』에 대해 설명한 「예언」 중 한 부분을 더 본다.

　밭 갈고 베 짜고 씨 뿌리고 나무 심는 기술과 요리하고 목축하고 사냥하는 방법은 모두 시골 생활에 필요한 것들이다. 그리고 기후를 점쳐 농사에 힘쓰고 집터를 살펴 살 곳을 정하는 것 및 재산을 늘려 생계를 꾸리고 기물을 갖추어 일상생활을 편리하게 하는 일 또한 마땅히 있어야 할 것들이다. 그래서 지금 그와 관련된 글들을 수집하는 바이다.

자기 힘으로 먹고사는 일이 진실로 갖추어졌다면 시골에서 살면서 맑게 마음을 닦는 선비로서 어찌 다만 구복(口腹)을 채우기 위한 일만 하겠는가? 화훼 가꾸는 법을 익히고 고상한 취미생활로 교양을 쌓는 것으로부터 섭생하는 방법에 이르기까지 모두 그만둘 수 없는 것들이다. 의약(醫藥)으로 말하면 궁벽한 시골에서 위급할 때를 대비하는 데 유용하고 길흉의 예절은 대략 강구하여 행해야 할 것들이다. 그래서 그에 대한 글들 또한 아울러 수집했다.

또 선생은 이렇게 말했다. 중국의 문헌을 많이 끌어온 데 대한 선생의 변이기도 하지만 이 글을 쓰는 분명한 의도가 있다.『임원경제지』저술 원리 및 범례이기도 하다.

인간이 살아가는데 토양이 각기 다르고 습속도 같지 않다. 그러므로 생활의 필요에 따라 하는 것이 과거와 현재의 격차가 있고 인간이 살아가는 데 사는 땅이 각기 다르고 관습과 풍속이 같지 않다. 그러므로 시행하는 일이나 필요한 물건은 모두 과거와 현재의 차이가 있고 나라 안과 나라 밖의 구분이 있게 된다. 그러니 중국에서 필요한 것을 우리나라에서 시행한다면 어찌 장애가 없겠는가? 이 책은 우리나라를 위해 나왔다. 그래서 자료를 모을 때 당장 눈앞에서 적용할 방법만 가려 뽑았다. 그러하지 않은 것은 취하지 않았다. 또 좋은 제도가 있어서 지금 살펴보고 행할 만한 것인데도 우리가 미처 준비하지 못한 것도 모두 상세히 적어 놓았으니 뒤에 오는 사람들이 이들을 본받아 행하기 바란다.

선생은 "이 책은 오로지 우리나라를 위해 나왔다"고 단언하였다. 중국과 다름을 분명히 한 것은 물론 "당장 눈앞에서 적용할 방법만 가려 뽑았다"고 하였다.
이 책은 본리지~16부분으로 나뉘어 있어『임원십육지(林園十六志)』또는 『임원경제십육지』라고도 부른다. 이제 한 '지(志)'씩 설명해보겠다. '지'의 기본적인 구성방식은 강(綱)-대목(大目)-세조(細條)-표제(標題) 순이다. 예를 들자면 「본리지」에 '대목: 전제/세조: 경무결부/표제'로 되어 있다. 또 선생은 자신의 논평으로 군데군데 '안(案)', '안(按)'을 서두를 삼아 붙여 놓았으며 각 지마다 체제구성과 대략의 내용을 소개하는 '인(引)'을 작성해 놓았다.

이제 16지 중 흥미로운 몇 지만 본다.

정조지(鼎俎志) 권7: 음식 요리백과사전이다. '정'은 솥이고 '조'는 부엌이다. 11개 부문 2303항목을 통해 당시 백성의 건강한 식생활을 꾀했다. 선생이 이렇듯 부엌살림까지 소상히 적어 놓을 수 있었던 것은 벼슬을 떠난 17년 동안 직접 농사를 지어 어머니를 모셔서이다. 어머니가 하루는 선생의 손에 굳은살이 박인 것을 보고 "평생호미 한 번 잡아 본 적 없는 서울 선비들은 천하의 도둑놈들이다. 나는 굳은살 투성이 네 손이 자랑스럽다"라는 글도 보인다.

흥미로운 것은 '가수저라(加須底羅)'라는 음식이다. 이것은 『화한삼재도회(和漢三才圖會)』에서 인용을 하였는데 지금의 카스테라인 듯하다. '밀가루, 설탕, 달걀노른자를 이용하여 노구솥에서 익혀서 만든'다 하였다. 포르투갈 말인 Castella를 한자를 빌어 음차하였다. 이 가수저라에 대한 기록은 이덕무가 쓴 『청장관전서』 제65권 「청령국지(蜻蛉國志)」 2 '물산(物産)'편에도 보인다. 이덕무는 "정한 밀가루 한 되와 백설탕 두 근을 달걀 여덟 개로 반죽하여 구리 냄비에 담아 숯불로 색이 노랗도록 익히되 대바늘로 구멍을 뚫어 불기운이 속까지 들어가게 하여 만들어 꺼내서 잘라 먹는데, 이것이 가장 상품이다"라는 레시피도 적어 놓았다.

30. 농부들을 위해 이 책을 쓴 것이다

섬용지(贍用志) 권4: 집 짓는 법에서 각종 기구 사용법까지 가정의 생활 과학정보를 담았다. 가옥의 구조와 건축기술, 도량형, 각종 작업도구를 설명한다. 또한 생활도구와 교통수단 등에 관해서도 언급하고 있다. 중국 식과 조선식을 비교하는 내용도 많이 담겨 있는데, 특히 집을 짓는 제도 와 도구에 대한 논의가 중심이다. 선생은 이 글에서 조선의 여러 가지 생산, 운반 등을 포함하는 경제활동에 활용하는 도구들이 매우 적당하지 않음을 비판하면서, 척도의 통일 등을 주장하기도 하였다.

권3은 여복(女服, 여자 옷), 재봉제구(裁縫諸具) 따위 복식지구(服飾之具) 인데 선생이 이러한 것까지 다루었다는 게 놀랍다.

보양지(葆養志) 권8: 도인술, 양생술 따위다. 선생은 도인술을 대부 분 도교의 신선술에서 가져왔다. 그러나 이 도인술은 병을 치료하고 예방하려는 의도였다. 일종의 의료서로 당시 실학을 하는 이들은 이에 깊은 관심을 갖고 있었다. 아래는 권4 「수진」에 보이는 글이다.

사람은 음양의 기를 품부 받아 태어나기에 그 본래의 처음에는 조금도 흠결 이 없었다. 한 번 사물과 교접하게 되면 하늘로부터 받은 기운이 점차로 칠정에 의해 소모되고 이 때문에 기가 막히고 혈이 엉기어 병이 생겨난다. 그러므로 옛날에 군자는 도를 보아 분명히 알아서 기를 기르는 것을 말하여, 집의(集義, 올바른 일을 매일 실천함)의 공을 행하게 하였다. 반드시 먼저 곰이 목을 빼고 새가 깃을 펴게 하며, 시선을 거두고 청각을 되돌리며 도인(導引, 호흡을 통한 건강법)으로 관절을 펴게 한다. 관절이 통하면 한 기(氣)가 상하를 유행하게 한다.

선생은 「도인료병제방」의 머리말 부분에 해당하는 내용에서 이렇게 말한다.

현가(玄家)는 도인을 귀하게 여기고 약석(약)을 싫어한다. 속세의 선비는 약석을 친하게 여기고 도인을 어리석게 본다. 나는 홀로 산림에 살거나 잡초 우거진 외딴 곳에서 생활하며 평소에 의학을 공부한 적이 없고 또한 침구조차 갖추지 못하여 하루아침에 질병이 생겨 손쓸 바를 알지 못해 끝내 요절을 면치 못하고 수명을 재촉하고야 마는 사람들을 근심하였다. 이 어찌 한스럽지 않겠는가? 지금 수양가들이 말한 도인을 통한 치료 방법을 취하여 번잡한 것들은 제거하고, 핵심적인 것을 뽑아 종류별로 나누어 모았으니, 노편(盧扁, 춘추전국시대에 노(盧) 지방에 살았던 명의 편작(扁鵲))의 여러 약 처방하는 방법을 구할 필요 없이 우리 몸에 되돌려 고질병을 드러내 질병을 없앨 수 있으니, 장차 농부와 함께 공유하고자 한다. 이는 저절로 성인의 은혜로운 처방이다.

일종의 애민사상이다. 궁벽한 시골에서 의학을 공부한 적도 없고, 침구도 제대로 갖추지 못한 농부들을 위해 이 책을 쓴 것이다. 선생은 우리 몸의 자연치유력을 믿는다. 도인을 통해 오래 묵은 고질병도 없앨 수 있다고 보았다. 그리고 이를 그들과 함께 공유하고자 한 것이다. 그러고는 하나하나의 예를 들어 설명하니 이렇다.

일체의 잡병을 다스리는 방(治一切雜病方): "몸을 단정히 하고 앉아 양 손으로 무릎을 누르고 좌우로 몸을 붙잡아 기를 돌리기를 14회 한다. 일체의 잡병을 다스린다(一以身端坐 兩手按膝 左右扭身 運氣十 四口. 治一切雜病)."

인제지(仁濟志) 권28: 『임원경제지』 16지 가운데 가장 방대한 분량으로 전체 분량의 4분의 1에 달한다. 「인제지」는 본격적인 치료 의학서로 '인제'란 백성에게 혜택을 널리 베풀고 어려움을 구제한다는 뜻이다. 선생은 '인제지인'에서 '실제로 사람을 구제하는 효과를 지닌 것은 오직 의약 뿐'이라고 할 만큼 이 부분에 관심을 쏟았다. 「인제지」는 『동의보감』보다도 21만자 더 많은 분량이다. 「보양지」와 함께 양생과 예방, 치료 두 부분에 관해 당대 의학을 집대성하였다. 예를 들어 「내인(內因)」은 권1~3은 아래와 같다.

「내인(內因)」은 권1~3으로 음식·술·과로에 몸이 상함, '몸의 정기와 기혈이 허손해진 증상, 간질, 잠이 적은 증상, 벙어리, 이에서 피가 나는 증상 따위' 질환과 치료법이다. 술을 깨는 방법 중, '소금으로 치아를 문지르고 따뜻한 물로 입을 헹구어 삼키면 서너 번 만에 개운해진다'고 한다. 흥미로운 것은 '기생충'도 다루었다.

약 종류 중에는 근근채(菫菫菜)가 흥미롭다. '근근채는 밭과 들에 자라는데 싹이 처음에는 땅에 붙어서 자란다. … 싹과 잎을 채취하여 데친 후 물에 깨끗이 씻어 기름과 소금으로 조리해서 먹는다'고 기록하였다. 바로 우리가 잘 아는 '제비꽃'이다. 제비꽃은 어린잎을 나물로도 먹고 짓찧어서 상처나 환부에 바르면 해독, 지혈과 악창 등에 효과가 있다 하며 또 피부병의 일종인 태독, 중풍, 설사, 통경, 발한, 부인병, 간장기능부진 해소 및 해독 등에 이용된다.

'코로나19'로 나라 안팎이 어수선하다. 이 전염병은 열에 약하다 한다. 어서 봄이 와 강남 갔던 제비가 돌아올 무렵에 피는 꽃이라서 붙여진 이 제비꽃을 보았으면 좋겠다.

31. 산중의 구름을 혼자 즐긴다

「이운지」 권8: 「이운지(怡雲志)」는 선비들의 취미생활에 관한 기술이다. 선생은 「이운지」 '인'에서 세상에 떠도는 이야기를 인용한다. 상제(上帝)도 쉽사리 들어줄 수 없는 소원은, 경상(卿相)이나 부자로 살거나 문장으로 세상에 이름을 날리는 게 아니란다. 선생은 바로 산림에서 고아함을 키우는 게 제일 어렵다는 세상 이야기를 적는다. 선생은 상제도 들어주지 못하는 이 소원을 청복(淸福, 맑은 복)이라고 부른다. 이 글을 쓰는 나도 청복이 있는 셈이니 경상이나 부자를 부러워 말아야겠지만 그것이 그리 여의치만은 않다. '이운(怡雲)'은 중국 양나라 도홍경(陶弘景)의 시구에서 따온 말로 '산중의 구름을 혼자 즐긴다'는 뜻이다. 내용을 간추리면 아래와 같다.

세상에 떠도는 이야기에 덜 이치가 담겨 있다. 옛날 몇 사람이 상제에게 소원을 빌었다.

한 사람이 말했다.

"저는 벼슬을 호사스럽게 하여 정승 판서의 귀한 자리를 얻고 싶습니다.

상제가 "좋다. 그렇게 해주마" 허락하였다.

또 한 사람이 말했다.

"부자가 되어 수만금의 재산을 소유하고 싶습니다."

상제가 "좋다. 네게도 그렇게 해주마"라 하였다.

또 한 사람이 말했다.

"문장과 아름다운 시로 한 세상에 빛나고 싶습니다."

상제는 한참 있다가 "조금 어렵지만 그래도 그렇게 해주마" 하였다.

마지막으로 한 사람이 말했다.

"글은 이름 석 자 쓸 줄 알고 재산은 의식을 갖추고 살 만합니다. 다른 것은 바라지도 않고 오로지 임원(林園)에서 교양 있게 살면서 세상에 구하는 것 없이 한평생을 마치고 싶을 뿐입니다."

그러자 상제는 이맛살을 찌푸리며 말했다.

"이 혼탁한 세상에서 맑은 복을 누리는 것은 가당치도 않다. 너는 함부로 망령되이 그런 요구는 말고 다음 소원이나 말해보거라."

선생은 이 이야기를 이렇게 맺는다. "이 이야기는 임원에서 교양 있게 사는 일이 어렵다는 것을 말해준다. 이 일은 참으로 어렵다. 인류가 생긴 이래로 지금까지 수천 년이 되도록 과연 이 일을 이룬 사람이 몇 명이나 되는가?" 하며 "참으로 어려운 일이다(難矣哉)!"라 탄식한다.

「예규지」 권5: 생산 활동과 관련된 유통, 교역을 기술한 부분이다. 선생은 「예규지」 '인'에서 백규(白圭)의 치산 기법을 본받으려고 편명을 '예규'라 했다고 밝혔다. 백규는 중국 전국 시대 사람으로 시장의 가격 동향을 잘 살펴 부를 축적했던 인물이다. 백규의 경제론은 '남이 내다 팔면 사들이고, 남이 사들이면 내다 판다'였다. 즉 풍년이 들면 곡식이 싸지니까 싼값에 사들이고 실과 옷은 비싸지니까 내다 팔았으며, 흉년이 들어 누에고치가 나돌면 비단과 솜을 사들이고 곡식을 내다 팔았다.

이런 백규의 재산 불리는 수법을 배워보자는 취지로 쓴 게 「예규지(倪圭志)」다. 당연히 「예규지」의 주된 내용은 '재산 증식'이다. 선생은 또 같은 글에서 "자공(子貢)이 사고 파는 일로 이익을 얻은 것이 그의 현철함에 아무런 장애가 되지 않았고, 조기(趙岐)가 떡을 팔아 생계를 꾸린 것이 그의 훌륭한 학식에 아무런 방해가 되지 않는데, 우리나라 사대부들은 스스로를 높이 드러내 으레 장사를 비천한 일로 여기니, 참 고루하다"고 하였다. 사대부들에 관한 적절한 비판이지만, 이 글을 쓰는 나로서는 꽤 뜨끔하다. 더하고 빼면 영 실속 없는 '산숫셈 삶'이기에 그렇다.

이제 선생의 글을 마쳐야겠다. 선생의 농학은 『임원경제지(林園經濟志)』로 집대성되지만, 그 이전에도 기초적 연구로서 농업 기술과 농지 경영을 주로 다룬 글도 꽤 된다. 선생의 글은 실생활과 관계되어서인지 생동감이 있다. 젊은 시절 지은 『풍협고협집』 「금릉시서」를 보면 이를 알만한 낱말을 만난다. 「금릉시서」는 좌소산인(左蘇山人)으로 알려진 선생의 형 서유본의 『금릉시초』에 붙인 서문이다.

선생은 이 글에서 '아산(啞山)'과 '아시(啞詩)'라는 비평어를 만들었다. 아산은 활기 없는 병어리산이다. 따라서 아시는 선인들의 시나 모방하고 수식하는 데만 치우친 활력 없는 죽은 시를 가리킨다. 이러한 시를 '흙 인형에 의관을 입히고 말하기를 구하는 격'이라 한다. 선생은 이 글에서 형님의 시는 아시가 아니라며 "도로룽도로룽 맑은 샘물이 바위 틈에서 솟는 모양(濚濚若淸泉 從石罅迸射)"이라고 하였다. 그러고는 활기, 뇌성, 우레, 구슬, 종소리, 삼강의 거센 물결 따위 비평어를 끌어온다. 그만큼 선생이 생각하는 글은 활동력이 있는 살아 숨 쉬는 글이었다.

선생이 만년에 쓴 『금화경독기』의 한 구절로 마친다. 예나 지금이나 이 나라에서 책 내고 글 쓰는 일은 좀 서글프다.

수십 년 동안 쓰고 고치는 수고를 하여 책을 완성하였으나 이 책을 지키고 관리하는 것을 부탁할 사람이 없구나. 어쩌다 펼쳐보면 슬픔 때문에 알지 못하는 사이에 하염없이 눈물이 흐른다.

32. 『봉성문여(鳳城文餘)』, 글쓰기는 근심의 전이 행위다

문무자(文無子) 이옥(李鈺, 1760~1815), 선생은 1799년 음력 9월 13일, 괴나리봇짐 하나를 메고 서울을 출발하였다. 정조는 사망하기 한 해전, 선생에게 귀양을 명하였다. 10월 18일 귀양지인 삼가20)에 도착한다. 그리고 1800년 2월 18일까지 읍성 서문 밖(금리 하금마을) 박대성(朴大成) 점사(店舍, 주막)에 방을 얻어 120여 일을 기거하면서 밥을 사 먹으며 지냈다. 『담정총서(潭庭叢書)』에 수록된 『봉성문여(鳳城文餘)』는 이때 삼가에 머물면서 보고 느낀 기록이다.

이 책은 총 64항목으로 역사·유적·토속·민속놀이·무속·야담·필기·방언·은어 등에 관한 내용이 실려 있다. 이에는 전통문화에 대한 선생의 자존의식과 도덕관 등이 두루 드러나 있다. 한편 토속·민속놀이·무속에 관한 기록들은 당시 이 지방의 민속학 연구에 새로운 자료로 활용될 수 있다. 또한, 이 지방 방언과 도적들이 쓰는 은어에 관한 내용은 양이 얼마 되지는 않지만 희귀한 자료다. 야담·필기류에서 관찰할 수 있는 선생의 도덕관은 특이하다. 지배층의 부도덕한 행위에 대해서는 철저하게 비판적인 반면, 하층민에 대해서는 관심과 흥미를 나타내고 있다.

---

20) 지금의 경상남도 합천군 삼가면·쌍백면·가회면·대병면 일대에 있었던 옛 고을.

선생의 생생한 세태 묘사 문체는 패사소품(稗史小品)으로서 특징을 잘 반영하고 있다. 이 책의 서문에서 선생은 자신의 글쓰기를 "근심의 전이행위"라고 하였다.

선생의 본관은 전주이고 자는 기상(其相), 호는 매사(梅史)·매암(梅庵)·경금자(絅錦子)·화석자(花石子)·청화외사(靑華外史)·매화외사(梅花外史)·도화유수관주인(桃花流水館主人)이다. 경기도 남양주를 삶의 터전으로 삼은 실학자 겸 작가이며 당파는 남인계열이다.

선생은 태종의 둘째 아들 효령대군 후손이다. 선생 가문은 5대조 이경유(李慶裕, 1562~1620)와 그의 형 이경록(李慶祿)이 무과에 급제하면서 문관에서 무관으로 전신하였다. 이경유가 본처 사이에 아들을 두지 못해 서자 이기축(李起築, 1589~1645)이 대를 이었으며, 기축 역시 무과에 급제하였다. 기축의 아들로 선생의 증조부가 되는 만림(萬林)도 무과에 합격하였다. 선생의 가문은 왕족 피가 흐르고 있기는 하지만 이렇듯 무반으로 전신한데다가 기축이 서자라는 사실과, 집안 당색 또한 북인 일파인 소북 계열이었기 때문에 노론 세가 막강했던 조선 후기에 소북 출신이라는 배경은 조선 사회에서 주변부로 밀려날 수밖에 없었다. 부친은 이상오(李常五)로 1754년 집안 인물 가운데는 처음으로 진사시에 급제하였다. 첫 번째 부인 남양 홍씨21) 사이에 두 아들을 낳았고 사별하였다. 부친은 재혼하여 다시 두 아들을 두었는데 선생은 이 둘째 부인에게서 태어났다.

1764년, 본가는 경기도 남양 매화동으로 바닷가에는 집안 어장이 있었고 밭으로 일구는 땅도 있었으며 집안에는 수백 권 장서가 있어 선생은 5~6세에 이미 글을 배우기 시작했다. 16세인 1775년 최종(崔宗)의

---

21) 홍이석(洪以錫)의 셋째 딸이고 첫째 딸은 역시 실학자 유득공의 어머니다.

딸과 혼인했다. 31세인 1790년 생원시에 급제하여 성균관 유생이 되었다. 1792(정조 16)년에 선생은 성균관 유생으로 있으면서 김응일(金應一)의 사랑에서 김려와 함께 공령문(과거시험 문체)을 연습했다.

36세인 1795년 소설 문체를 썼다 하여 정조의 견책을 받았다. 이른바 정조의 '비변문체(丕變文體)'에 걸려든 것이다. 정조는 순정고문을 탕평책을 펴기 위한 고육지책이라 말하면서도 속으로는 글을 통해 정국을 끌고 가려 했다. 자신이 문을 직접 통제하여 세상 도리를 밝히는 글을 자기 치하에 두려 한 속내였다. 문풍(文風)이 세도와 관계된다고 여겼기 때문이다. (이를 두고 세칭 '문체반정(文體反正)'이라 하는데 이는 고교형(高橋亨)22)의 연구 이래 붙여진 명칭이다. 따라서 원래대로 '비변문체(丕變文體)', '문체지교정(文體之矯正)', '귀정(歸正)' 등으로 부르는 게 마땅하다.)

정조는 문체를 개혁한 뒤에 과거에 나아가도록 명했다.

이때 선생은 충청도 정산현에 충군(充軍)되었으나 그해 9월에 다시 서울로 와서 과거를 봤다. 반성문을 하루에 50수씩 지어 문체를 뜯어고친 연후에야 과거에 응시할 수 있는 벌을 받은 이후에도 정조로부터 문체가 이상하다 하여 과거에 응시하지 못하게 하는 벌인 '정거(停擧)'를 당한 것이다. 1796(정조 20)년에 다시 시험을 보아 별시 초시(初試)에 방수(榜首, 1등)를 차지했으나, 이때에도 역시 문체가 문제되어 방말(榜末, 합격자 중 꼴찌)에 붙여진다.

정조는 이렇게 하고도 못내 언짢았던가 보다. 두 해 뒤, 끝내 선생을 삼가현으로 귀양보내고야 만다.

---

22) 일제강점기 조선총독부 관리·한국 사상 연구가인 일본인 타카하시 토오루.

33. '비변문체(丕變文體)'란 그물에 걸린 희생물이었다

선생은 정조의 '비변문체(丕變文體)'란 그물에 걸린 희생물이었다. 선생이 남긴 산문과 시에서는 조선 후기 문학 중 주체적이고 개별적인 일상의 삶을 최대한 많이 그리려 애쓴 노력이 보인다. 선생의 글로는 친구인 김려가 교정하여 『담정총서(潭庭叢書)』 안에 수록한 산문 11권과 『예림잡패』가 전한다.

『담정총서』 안에 수록한 산문은 각각 제목을 가지고 있다. 『문무자문초(文無子文鈔)』·『매화외사(梅花外史)』·『화석자문초(花石子文鈔)』·『중흥유기(重興遊記)』·『도화유수관소고(桃花流水館小稿)』·『경금소부(絅錦小賦)』·『석호별고(石湖別稿)』·『매사첨언(梅史添言)』·『봉성문여(鳳城文餘)』·『묵토향초본(墨吐香草本)』·『경금부초(絅錦賦草)』 등이다. 이 가운데에는 전(傳) 23편을 비롯하여 문학사적인 의의를 지닌 글이 상당수 포함되었다.

선생은 특히 산문(散文)을 많이 지었다는 데 유의할 필요가 있다. 산문은 율격과 같은 외형적 규범에 얽매이지 않고 자유로운 문장으로 흩어 놓은 글이기 때문이다. 그렇기에 더 의미 있는, 즉 꽤 무거운 사상 같은 것을 담고자 하였다. 따라서 글은 형식적이고 건조하다.

하지만 선생의 산문은 이와 달랐다. 글은 다정다감하고 일상을 소재로 하였으며 형식에 전혀 얽매이지 않았다. '일상을 그려냈다'는 앞 문장은 선생의 글이 우리 주위에서 보이는 흔한 것을, 양반들이나 장악하고 부귀를 위해 운용하는 고귀한 한자로 써냈다는 말이다. 선생은 그렇게 양반들이 장악한 한자를 백성들과 공유하였다.

우리 사회의 갑질이 유구한 전통이라면 문자(한자)는 저들에게 부역하며 숙주 역할을 했다. 지금도 부패의 재생산에 문자(영어)가 숙주인 것처럼 말이다. 그렇게 그 시절에는 양반들의 완강한 벽에 막힌 비속한 글이었지만, 이 시절에는 선생이 그렇게 썼기에 귀한 글이 되었다. 귀한 것은 흔한 데 있다는 사실을 다시금 생각하게 만든다.

이 글을 쓰다 말고 주위를 둘러본다. 휴휴헌 창으로 들어오는 손바닥만한 햇빛도, 책상도, 연필도, 의자도, 이렇게 글을 쓰는 것도. 삼라만상(森羅萬象), 두두물물(頭頭物物), 그리고 오늘이란 날도 귀하고 귀하다.

『예림잡패』에는 「이언인(俚諺引)」이란 시 창작론과 『이언(俚諺)』 65수, 『백가시화초(百家詩話抄)』가 소개되었다. 「이언인」은 '3난(難)'으로 나누어 시를 창작하는 이론을 설명한다. 「이언」 65수는 4조(調)로 나누어 각 조에 10여 편씩 민요풍 정서를 담은 이언시이다. 이언시는 속어를 사용하여 남녀 사이 달콤한 애정 또는 시집살이의 고달픔 등을 그려낸다. 「백가시화초」에는 시론과 시를 함께 정리하였다. 이밖에 가람본 『청구야담』에서는 『동상기(東廂記)』를 그가 지었다고 했다.

선생의 사상적 기반은 유교 합리주의였다. 불교의 신비체험적 원리를 철저히 부정하고 도교의 핵심인 오행(五行) 상생설(相生說) 이론에 대해서도 그 부당함을 설파했다. 선생은 본능에 충실한 글, 허위와 위선, 가식의 껍질을 벗은 현실을 쓰려 하였다.

그러나 문체파동을 겪고 현실에서 소외되고 나서부터는 전반기에 보였던 현실주의적 세계관이 많이 사라지고 허무주의적인 의식을 보인다. 이러한 그의 인식 변화는 신비 체험에 관한 글 등에서 확인된다. 종종 선생의 글 중에 '별을 바라보고 걷다가 실족하는 듯한 이상향'을 볼 수 있는 것은 이 때문이다.

선생의 글은 종로 육의전 거리 여기저기에 벌여놓은 난전(亂廛) 같은 글이다. 그만큼 여기저기 요모조모 뜯어볼수록 감칠맛이 돈다. 선생이 쓴 글은 주제는 지극히 천한 분양초개(糞壤草芥)와 같은 사물을 주제로 하였지만, 그 속에서 사금파리처럼 반짝이는 뜻을 찾아보아야 한다는 말이다.

선생은 「백가시화초」에 시론과 시를 정리하기 전에 독서 요령을 적바림했다. 선생은 독서란 "대개 만 권 서적을 독파하여 그 정신을 취하여야 한다. 그 자질구레한 것에 어물어물해서는 안 된다. 누에는 뽕잎을 먹지만 토해 놓은 것은 실이지 뽕잎이 아니다. 벌이 꽃을 따지만 빚은 것은 꿀이지 꽃이 아니다. 독서도 이렇게 (누에나 벌이) 먹는 것과 같아야 하니…(蓋讀破萬卷取其神 非囫圇用其糟粕也 蠶食桑 而所吐者 絲非桑 蜂採花 而所釀者蜜非花也 讀書如喫飯…)"라고 하였다.

글자가 아닌 그 뜻을 읽을 것을 강조한 글이다. 그래 선생은 같은 글에서 "시는 뜻을 주인으로 삼고 사채(辭采, 시문의 문채)는 노비를 삼아야 한다(詩以意爲主 辭采爲奴婢)"라 하였다. 문자에 얽매이지 말고 그 속에 담긴 뜻을 잘 새겨 볼 일이다.

다음 회부터 선생이 자기 글을 '근심의 전이 행위'라고 명명한 『예림잡패』에 실림 『이언』을 발맘발맘 따라가 보겠다.

34. 『이언(俚諺)』, 65수는 글을 읽는 재미가 흥성거린다

『이언』 65수는 글을 읽는 재미가 흥성거린다. '이언'이 '상말'이기 때문이다. 실상 이 『이언』 한편에는 생생한 표정을 지닌 다양한 여성이 등장한다. 그니(녀)들은 때론 희망을, 때론 원망을 토로한다. 등장인물도 다양하다. 신혼의 단꿈에 젖은 새색시, 외입하는 남편을 닦달하는 아내, 노골적으로 남성을 유혹하는 기녀도 등장한다. 장면도 혼인을 올리는 것에서부터 책을 읽으며 바느질하는 모습, 밥상을 집어 던지는 부부싸움 장면에 친정에 가면 늦잠을 잘 거라는 넋두리까지 18세기 백성들의 보편적 삶이 그대로 재현되었다.

조선 말(이언)이 아니면 담아낼 수 없는 조선 풍경이다. 『이언』은 「아조(雅調)」 17수, 「염조(艶調)」 18수, 「탕조(宕調)」 15수, 「비조(悱調)」 15수 등 4부로 구성되었다. 그 중 「아조」는 도덕적이고 일상적인 감정을, 「염조」는 사랑을, 「비조」는 원망을, 「탕조」는 일탈을 노래하였다.

『이언』은 여성의 삶을 일인칭 여성 화자의 시점에서 풀어내고 있다. 지금이야 그렇지만 저 시절 남성 한문학 작가가 작품 속에 여성 화자를 내세운다는 것은 여간해선 어려운 일이었다. 어투부터 여성으로 고쳐야 하기 때문이다. 이것은 미문을 쓴다는 것과는 다른 문제이다. 그래서인지 선생은 토속적인 말과 대화체를 적극 수용하였고 구체적이고 사실적인 표현을 썼다.

이제 각 조에서 몇 편씩을 읽어 보겠다.

*첨언: 읽으면 느끼는 것이기에 필자의 설명은 오히려 사족이 될까 저어하여 붙이지 않는다. 독자들이 읽고 느낀 '그것'이 바로 선생이 이 시를 지은 '그 뜻'이다. 해석은 이 첨언과 각주 몇으로 대신한다.)

아조(雅調)

아(雅)는 떳떳함이요, 바름이라. 조(調)는 곡조이다. 무릇 부인이 그 부모를 섬기고, 그 남편을 공경하며, 그 집에서 검소하며, 그 일에 근면함은 모두 천성이 떳떳함이고 또한 사람 도리가 올바름이라. 그러므로 이 모든 작품은 어버이를 사랑하며 남편을 공경하고 근면하여 검소한 일을 일컫는다.

1. 서방님은 나무 기러기 잡으시고　　　　郎執木雕雁
　 첩은 말린 꿩을 받들었지요　　　　　　妾捧合乾雉
　 그 꿩이 울고 기러기 높이 날도록　　　雉鳴雁高飛
　 서방님과 제 정은 그치지 않을 테지요　梁情猶未已

4. 친정은 광통교 다리께고요　　　　　　兒家廣通橋
　 시댁은 수진방 골목인데도　　　　　　夫家壽進坊
　 언제나 가마에 오를 때에는　　　　　　每當登轎時
　 눈물이 치맛자락 적신답니다　　　　　猶自淚霑裳

5. 하나로 결합하였으니 검은 머리가　　　一結青絲髮
　 파뿌리 될 때까지 함께하기로 약속했지요　相期到葱根
　 부끄럼 타지 않는 데도 너무나 부끄러워　無羞猶有羞
　 서방님과 석 달 동안 말도 못했어요　　三月不共言

6. 어려서 궁체를 배워서　　　　　　早習宮體書

　　이응에 살짝 뿔이 났지요　　　　異凝微有角

　　시부모 보고 기뻐하신 말　　　　舅姑見書喜

　　"언문 여제학 났구나"　　　　　諺文女提學

　　위 시에서 '이응'은 한글 이응(異凝)을 말한다. 우리 '옛이응(ㆁ)'은 약
간 뿔처럼 솟았다. 궁체(宮體)는 궁녀들이 쓰던 아담한 서체다. 시부모는
이응을 궁체로 썼다고 여제학(女提學)이 났다고 한다. 예문관과 홍문관
의 최고 책임자인 대제학(大提學)을 여제학으로 슬며시 바꾼 것이다. 선
생의 글쓰기는 이렇게 의뭉하고 눙치며 천연스럽다. 선생은 '이응'처럼
우리말을 한자로 바꾸기를 즐겼다. 족두리(簇頭里), 아가씨(阿哥氏), 가리
마(加里麻), 사나이(似羅海) 등을 시어로 즐겨 활용하였으니 우리말에서
만 맛볼 수 있는 멋이다.

35. 새벽 두 시쯤 일어나 머리 빗고

7. 새벽 두 시쯤 일어나 머리 빗고　　　　　　　四更起梳頭

　　네 시에 어른들께 문안드렸지요　　　　　　五更候公姥

　　친정집에 가기만 하면　　　　　　　　　　誓將歸家後

　　아무것도 먹지 않고 대낮까지 늦잠 잘 거예요　不食眠日午

9. 임 위해 납의23)를 꿰매다가　　　　　　　　爲郞縫衲衣

　　꽃향기 나른하게 만들면　　　　　　　　　花氣惱惀倦

　　바늘 돌려 옷깃에 꼽고　　　　　　　　　回針揷襟前

　　앉아서 「숙향전」 읽습니다　　　　　　　　坐讀淑香傳

11. 친정집 계집종이 창 틈에 와서　　　　　　　小婢窓隙來

　　가만히 "아가씨!" 하고 불렀어요　　　　　細喚阿只氏

　　"시댁에서 허락만 해주시면　　　　　　　媤家如不禁

　　내일 아침 가마를 보내신대요"　　　　　　明日送轎子

---

23) 납의는 잘게 누빈 옷이다.

12. 초록빛 상사비단을 잘라서는	草綠相思緞
쌍침질해 귀주머니 만들었죠	雙針作耳囊
정성스레 주머니 입 세모 주름 잡아서	親結三層㡇
예쁜 손으로 낭군께 드려요	倩手捧阿郎

14. 햇살 무늬 보자기에 싸서는	包以日紋褓
대나무 상자에 넣었지요	貯之皮竹箱
손수 서방님 옷을 마름질했으니	手剪阿郎衣
손의 향내도 옷에 배어나겠지요	手香衣亦香

염조(艶調) "염(艶)은 미(美)이다(艶者美也)".

교만, 사치, 부랑, 경박, 지나친 꾸밈을 읊었다. "이 편에서 말하는 바는 거의 교만, 사치, 부랑, 경박, 지나친 꾸밈이라 비록 위로는 아(雅)에 미치지 못하지만 아래로는 질탕함(宕)에 이르지 않는 고로 이름하기를 염(艶)으로써 한다."

1. 울릉도 복숭아는 심지를 마세요	莫種鬱陵桃
내가 새로 화장한 것에 미치지 못하니까요	不及儂新粧
위성24) 버드나무일랑은 꺾지 마세요	莫折渭城柳
내 눈썹 길이에 미치지 못하니까요	不及儂眉長

2. 술집에서 온 것이라며 즐겁게 말하지만	歡言自家酒

---

24) 위성은 섬서성(陝西省) 함양현(咸陽縣) 동쪽 진(秦) 서울이었던 함양이다. 이곳 사람들은 서쪽으로 떠나는 사람들을 위수 기슭에서 송별하면서 강가 버들가지를 꺾어 건네주었다.

창가에서 온 것이라고 저는 말할래요　　　　　儂言自娼家

어찌하여 땀 배인 저고리 위에　　　　　　　　如何汗衫上

연지기름이 물들어 꽃이 만들어졌나요　　　　　臙脂染作花

4. 머리 위에 있는 게 무어냐고요?　　　　　　頭上何所有

　　나비 날아가는 두 갈래 비녀랍니다　　　　蝶飛雙節釵

　　발 아래 있는 게 무어냐고요?　　　　　　足下何所有

　　꽃 피고 금풀로 수놓은 가죽신이랍니다　　花開金草鞋

6. 동쪽 이웃 할미와 약속하고　　　　　　　　且約東隣嫗

　　내일 아침 노량진을 건너가서는　　　　　　明朝涉鷺梁

　　올 해는 아들을 낳을지 모르니　　　　　　今年生子未

　　무당에게 가 직접 물어봐야지　　　　　　　親問帝釋房25)

계속 '염조'가 이어진다.

---

25) 당시 노량진에 무당집이 많았다.

36. 은어 같은 귀밑머리 고이 쓰다듬고

전 회(回)에 이어 '염조'가 계속 이어진다.

15. 은어 같은 귀밑머리 고이 쓰다듬고　　　細掃銀魚鬢
　　　수백 번 거울 속 들여다보지요　　　　千回石鏡裏
　　　이빨 너무 흰 것 도리어 싫어　　　　　還嫌齒太白
　　　재빨리 묽은 먹물 머금어보지요　　　　忙嗽澹墨水

16. 잠깐 신랑 꾸지람 듣고는　　　　　　　暫被阿郞罵
　　　삼일 동안 아무것도 먹지를 않았지요　　三日不肯飱
　　　내가 청강도를 차고 있는데　　　　　　儂佩靑玒刀
　　　누가 다시 내게 삼가라고 말하겠나요　　誰復愼儂言

17. 복숭아꽃은 오히려 천박해 보이고　　　桃花猶是賤
　　　배꽃은 서리처럼 너무 차갑지요　　　　梨花太如霜
　　　연지와 분을 고르게 발라　　　　　　　停勻脂如粉
　　　살구꽃 화장으로 내 얼굴 꾸며보아요　　儂作杏化粧

탕조(宕調) "탕은 흐트러져서 가히 금할 수 없음을 이름이라(宕者迭而不可禁之謂也)". 이 편이 말하는 바는 모두 창기 일이다. 사람 도리가 이에 이르면 또한 질탕한지라 가히 제어할 수 없음이라, 그러므로 이름하기를 질탕(宕)으로써 하니 또한 시경에는 정풍과 위풍이 있음이라."

1. 서방님 내 머리에 대지 말아요	歡莫當儂髻
동백기름이 옷에 묻는 답니다	衣沾冬柏油
서방님 내 입술 대지 말아요	歡莫近儂脣
붉은 연지 흘러들어요	紅脂軟欲流

2. 임은 담배를 피우며 오는데	歡吸煙草來
손에는 동래죽을 쥐었네	手持東萊竹
앉기도 전에 먼저 뺏어 감춤은	未坐先奪藏
내가 은수복 사랑하기 때문이라네	儂愛銀壽福26)

6. 단오선을 탁탁 치며	拍碎端午扇
나직이 계면조로 부르니	低唱界面調
일시에 나를 아는 이들	一時知我者
하나같이 "묘하다! 묘하다!" 하네	齊稱竗妙竗

9. 손님 이름자도 알지 못하는데	不知郎名字

---

26) 손님이 물고 온 동래에서 나는 대나무로 만든 담뱃대를 빼앗고는 은수복을 사랑해서 그렇다고 한다. 아마도 담뱃대에 '은수복(銀壽福)'이라는 석 자가 새겨 있었나 보다. 은수복 석 자를 사랑해서가 아니라 기생의 눈에 그 담뱃대가 꽤 값나가는 물건이던 듯하다. 당시는 남녀노소 할 것 없이 담배를 물고 다니던 시절이었다. 정조 임금이 어떻게 하면 전 백성에게 담배를 피우게 할까라고 선비들에게 그 방책을 묻는 글을 지어 올리라고 할 때였다. 선생이 기생의 영악스러운 모습을 포착한 장면이다.

어찌 직함을 욀 수 있으리오   何由誦職啣

좁은 소매 차림은 다 포교들이요   狹袖皆捕校

붉은 옷차림은 정히 별감이라네   紅衣定別監

11. 함경도 머리 묶음 예쁘다지요   六鎭27)好月矣

머리마다 윤기 나게 주사를 찍었고요   頭頭點朱砂

검고 푸른 공단(貢緞)으로는   貢緞鴉靑色

새로이 가리마(加里麻)28)를 했답니다   新着加里麻

14. 내가 부른 사당가에   儂作社堂歌

시주하는 이 모두 스님들이네   施主盡居士

노랫소리 절정을 넘어갈 때   唱到聲轉處

스님들 "나무아애미!" 외네   那無我愛美29)

15. 상 위엔 탕평채 쌓여 있고   盤堆蕩平菜

자리엔 방문대로 빚은 술 흥건하지만   席醉方文酒

수많은 가난한 선비 아내들   幾處貧士妻

누룽지 밥조차 입에 넣지 못하겠지   鐺飯不入口

---

27) 원문에는 육진(六鎭)이라 했다. 육진은 두만강 하류 지역에 설치한 여섯 진으로 종성(鍾城), 온성(穩城), 회령(會寧), 경원(慶源), 경흥(慶興), 부령(富寧)으로 함경도 방면 고을이다. 원문의 '월의(月矣)'는 다리, 달비, 또는 다래라고 불리던 머리 장식으로 여자가 머리를 꾸밀 때 덧대어 얹는 머리카락 묶음이다.

28) 머리 위에 덮어쓰던 헝겊.

29) 원문 나무아애미를 풀이하면 "어찌 미인을 사랑치 않으리요."라는 언어유희다. 이옥 선생의 글에 조선 후기 스님들의 타락이 그대로 보인다.

37. 생명 세계로 향하던 여성의 낙관적인 소망

비조(悱調) 생명 세계로 향하던 여성의 낙관적인 소망은 비조 편 마지막 부분에서 처참한 고통 속에 수의(壽衣)를 연상시키는 죽음으로 추락한다. "시경에서 말하는 아(雅)는 원망이 있어도 슬퍼서 말문이 막힐 정도는 아님이라, 비(悱)란 원망스러운 데도 그게 깊은 것을 이름이라, 무릇 세상 인정은 아(雅)에서 하나를 잃으면 곧 염(艶)에 이르고 염하면 곧 그 형세가 반드시 탕(宕)으로 흐르니 세상이 이미 탕(宕)함이 있으니 또한 반드시 원망함이 있고, 진실로 원망을 하면 반드시 매우 심해질 것이다. 이게 비(悱)를 짓는 까닭인데, 비탄은 그 방탕함을 슬퍼하는 까닭이니 이 또한 어지러움이 극한 데서 다스림을 생각함이니 도리어 아(雅)의 뜻에서 구하자는 것이다."

1. 차라리 가난한 집 여종이 될지언정   寧爲寒家婢
   아전의 여편네는 되지를 마소   莫作吏胥婦
   순라 시작할 무렵 겨우 돌아왔다가   纔歸巡邏頭
   파루30) 치자 되돌아간다네   旋去罷漏後

---

30) 통행금지 해제를 알리려 종각에서 33번 종을 치던 일.

5. 차라리 장사꾼 아내 될지언정　　　　寧爲商賈妻

　　난봉꾼 아내는 되지 마소　　　　　　莫作蕩子婦

　　밤마다 어딜 가는지　　　　　　　　夜每何處去

　　아침에 돌아와 또 술주정이라네　　朝歸又使酒

6. 당신을 사나이라고 일컫기에　　　　謂君似羅海

　　여자인 이 몸을 맡겼는데　　　　　女子是托身

　　방자하니 나를 가엾게 여기지 않고　縱不可憐我

　　어쩌자고 자주 학대하는 건가요　　如何虐我頻

9. 밥상 국과 밥을 마구 잡아서는　　　亂提羹與飯

　　내 얼굴에 보이고는 문간으로 던졌지요　照我面門擲

　　이로부터 서방님 입맛이 달라졌지　自是郎變味

　　내 솜씨가 어찌 옛날과 다르겠나요　妾手豈異昔

12. 일찍이 자식 없어 오래도록 한이었는데　早恨無子久

　　자식 없는 게 도리어 기쁜 일이로다　無子反喜事

　　자식이 만약 제 애비를 닮았다면　子若渠父肖

　　남은 인생 또 이렇게 눈물 흘렸겠지　殘年又此涙

14. 시집 올 때 입었던 예쁜 붉은 치마는　嫁時倩紅裙

　　남겨두었다 수의를 만들려고 했는데　留欲作壽衣

　　투전놀음을 청하는 신랑을 위해서　爲郞鬪箋倩

　　오늘 아침 눈물 흘리며 팔고 왔지요　今朝淚賣歸

선생의 시는 이렇듯 당대의 삶과 인정물태 등 천지만물을 담아내려 애썼다. 「독주문(讀朱文)」이란 선생의 글로 마친다.

주자의 글은 이학가가 읽으면 담론을 잘 할 수 있고, 벼슬아치가 읽으면 상소문에 능숙할 수 있고, 과거시험 보는 자가 읽으면 대책문에 뛰어날 수 있고, 시골 마을 사람이 읽으면 편지를 잘 쓸 수 있고, 서리가 읽으면 장부 정리에 익숙할 수 있다. 천하의 글은 이것으로 족하다.

「독주문」이란 '주자의 글을 읽다'라는 의미이다. 주자(朱子, 1130~1200)가 누구인가. 주자학을 집대성한 이로 조선 500년간 그토록 숭앙해 마지않았던 송대의 유학자다. 그의 말은 조선 유학자들의 교리였다. 자칫 그의 심기라도 거슬리면 교리를 어지럽히고 사상에 어긋나는 언행을 했다고 사문난적(斯文亂賊, '사문'은 유교를 말하니 '유교의 적'이란 뜻이다)으로 몰렸다.

선생은 이런 주자의 글을 두고 '담론이나 잘하고, … 서리가 장부 정리에 익숙해질 수 있다'고까지 한다. 유교의 도리로 조심성 있게 모실 주자의 글을 일상적 유용함에 갖다 붙였다. 모욕도 이만저만이 아니다.

선생은 이렇게 당시 전범적 문장, 성리학적 세계에, 삶을 걸고 당당히 맞섰다. 선생에게 글쓰기는 오직 천지만물을 보고 이를 진솔하게 그려내려는 것뿐이었다. 요즈음 글쓰기 책들을 보면 마치 공학도 기술 연마시키듯 글쓰기 기술을 습득하란다. 아니다! 글쓰기는 선생처럼 저런 마음으로 임해야 한다. 글쓰기는 기술이 아닌 마음이 먼저 선손을 걸어야 한다.

38. 『무예도보통지(武藝圖譜通志)』,
호미나 고무래도 병기가 된다

"아버지!"를 부를 수 없는 자. 그래 어머니만 부를 수 있어 '한 다리가 짧다' 하였다. 서얼(庶孼)! 중세 조선은 서얼을 반사(半士)라 불렀다. '반쪽 선비'라 얕잡아 부르는 말이다. 산초의 맛처럼 입안이 얼얼하여 사림(士林)과 대비되는 초림(椒林)이라고도 '서(庶)' 자에 점이 넷 있어 '넉점박이'라고도 비하했으며,[31] 이인직(李人稙)은 『혈의누』에서 '일명(逸名)'이라 하였다. 아예 '이름조차 잃어버린 사람'이란 뜻이다.

바로 백동수가 야뇌, 즉 '세상을 벗어나 거친 들판을 걷는 사내'라 스스로를 부를 수밖에 없는 이유이기도 하다.

저 사람은 얼굴이 순고하고 소박하며 의복이 시속을 따르지 아니하니 야인(野人)이로구나. 언어가 질박하고 성실하며 행동거지가 시속을 따르지 아니하니 뇌인(餒人)이로구나.

백동수의 매형이자 같은 서얼인 이덕무(李德懋)가 『청장관전서』 제3

---

31) 홍명희, 「적서(嫡庶)」, 『조선일보』, 1936.2.21.

권/영처문고 1(嬰處文稿一)—기(記)에 써놓은 '야뇌' 풀이이다. 야뇌는 백동수가 스스로에게 붙인 자호(自號)이다. 이 호에서 조선 후기 거친 들판을 외롭게 걸어가는 백동수의 모습을 본다. 이덕무는 이 글에서 "대저 사람이 시속에서 벗어나 군중에 섞이지 않는 선비를 보면 반드시 조롱한다"라 하였다.

백동수는 조선 후기의 서얼 무신이다. 본관은 수원이고 휘는 동수(東脩), 자는 영숙(永叔), 호는 야뇌(野餒)·점재(漸齋)·인재(靭齋)·동방일사(東方一士)이다. 신임사화에 연루되어 강개한 죽음을 맞은 평안도병마절도사 증 호조판서 충장공 백시구(白時耇, 1649~1722)의 증손이며, 백상화(白尙華)의 손자다. 아버지는 절충장군(折衝將軍) 행 용양위부호군(行龍驤衛副護軍) 백사굉(白師宏)이다. 우리가 잘 아는 간서치 이덕무(李德懋)가 매형이다. 조부인 백상화가 증조부 백시구의 서자였기에 신분상 서얼이다.

29세인 1771(영조 47)년 식년시(式年試) 병과(丙科) 무과에 급제하여 선전관에 제수되었다. 서얼이라는 신분상의 한계와 숙종 대 이후부터 지독하게 퍼진 만과(萬科)로 인해 관직 수가 턱없이 부족해 벼슬을 얻지 못하였다.

30세인 1773년 가난을 이유로 식솔들과 함께 미련 없이 한성을 떠나 강원도 기린협으로 들어가 직접 농사를 짓고 목축을 하면서 세월을 보냈다.

33세인 1776(정조 즉위)년 정조가 친위군영인 장용영을 조직하면서 서얼 무사들을 등용할 때 창검의 일인자로 추천받았다.

46세인 1789(정조 13)년 분수문장(分守門將)에 제수되고, 장용영 초관(哨官)을 지내고, 같은 해 4월, 새로운 무예서를 편찬하라는 정조의 명에 따라 검서관(檢書官)이었던 이덕무, 박제가와 함께 『무예도보통지』 편찬에 참여하였다.

47세인 1790(정조 14)년 『무예도보통지』를 완성한다. 이후 선생은 충청도 비인현감(庇仁縣監), 평안도 박천군수(博川郡守)를 지냈고 63세인 1806(순조 6)년 경상도 단성현(慶尙道 丹城縣)에 정배(定配)되었다.

1816년 향년 74세로 서얼로서의 한 많은 삶을 마쳤다.

책을 몇 권 써 본 이들은 안다. 책은 결코 지은이만의 것이 아니라는 사실 말이다. 이 글만 하여도 이 글을 쓰는 나와, 이 글에서 활용한 자료의 원전을 쓴 수많은 저자들과 번역자들, 또 글이 세상 빛을 쬐게 만들어 준 출판인들, 여기에 종이와, 문방제구 등까지 생각하면 저자는 나 하나가 아닌 셈이다.

분명히 말하면 선생이 『무예도보통지』를 쓴 것이 아니라 이덕무와 박제가가 함께 썼고 그림은 이름 모를 화공이 그렸다. 그런데도 이 이를 굳이 끌어온 이유는 선생의 시연(試演)이 없었다면 결코 『무예도보통지』는 완성되지 못했을 것임이 명백하기 때문이다. 『무예도보통지』는 무예서이다. 이덕무도 박제가도 이름 모를 화공도 무인이 아니다. 오로지 선생만이 무예에 정통하여 이를 시연할 수 있었다. 당연히 『무예도보통지』의 출간에 으뜸 역할을 한 인물은 백동수다.

39. 운명과 시대가 어깃장을 놓다

선생은 무인이었고 서얼이었지만 재주가 뛰어났다. 하지만 운명과 시대가 어깃장을 놓았다. 저 조선에서 선생의 재주는 개밥에 편자였다. 그래 선생은 그 성격상으로 "내 일개 서얼 무인이지만 당신들 안 부럽소!" 하고 오만하게 손사래 치면 되었다. 어디라 할 곳 없이 고얀히 뿔난 소 뜸베질하듯, "젠장맞을!" 욕이나 이리저리 해대며 낮술이라도 한잔하고 모과나무 심사로 주정이나 부리고 싶은 게 솔직한 심사였으리라. 그런데 선생 주위에는 연암 박지원·이덕무·박제가 같은 좋은 글벗들이 있었다. 선생이 중년에서야 학문에 뜻을 두었지만 "무(武)로 문(文)을 일궜다"는 평가를 받게 된 이유였다.

선생은 '검선(劍仙)'이라 불리던 김체건(金體乾)의 아들 광택(光澤)에게 조선 검법을 전수받았다. 김체건은 목숨을 걸고 왜관(倭館)에 숨어들어 검술을 익힌 전설의 검객이다. 이 왜검 검술이 겨루기 중심의 피검(皮劍)이다. 김체건이 이 피검을 숙종 앞에서 시연하였는데, 재를 뿌리고 움직이면서도 발자국 하나 남기지 않았다고 한다. 광택은 영조가 세자시절 호위무사를 지냈으며 씨름판 최후의 승자인 판막이로 검술의 명인이었다. 광택이 '만지낙화세(滿池落花勢, 온 땅에 꽃잎이 후드득 떨어지는 형세)'를 취하면 몸이 감추어져 보이지 않았다고 한다. 이들 부자의 검술 세계를 적바림한 유본학(柳本學, 1770~1842?)의 「김광택전(金光澤傳)」에 보이는 내용이다.

광택을 선생으로 섬긴 야뇌는 도가적 전통 단학으로 내공을 쌓고 만약의 부상에 대비해 의술까지 익혔다. 선생은 청소년기를 이렇듯 무협의 세계에서 보냈다. 조선 최고의 검보(劍譜)인 『무예도보통지』는 여기서 탄생되었다. 연암은 이런 선생을 "영숙은 전서(篆書)와 예서(隷書)를 잘 쓰고 전장(典章)과 제도(制度)도 잘 알며, 말을 잘 타고 활을 잘 쏘았다"고 묘사하였다.

선생은 본래 집이 부유했으나 어려운 사람들만 보면 나눠주느라 곤궁한 생활을 했다.

선생에 대한 이야기는 이쯤 마치고 조선 최고의 무예보(武藝譜)인 『무예도보통지』를 살펴본다. '무예도보통지'란 무예 이십사반을 그림으로 풀어 설명한 책이란 의미다. '도(圖)'는 그림, '보(譜)'는 가상으로 상대와 겨루는 것을 상정하여 공격과 방어를 정립한 틀, '통지(通志)'는 무예의 역사를 기록했다는 뜻이다.

18세기, 정조는 무예를 진흥시키고자 하였다. 그 생각의 일단이 바로 『무예도보통지』였다. 책임은 이덕무·박제가·백동수였다. 『무예도보통지』는 고금 서적을 바탕으로 편집하였다. 그러나 오늘의 관점에서 쓰임을 주안점으로 두었기에 실학을 통한 부국강병까지 아우르는 주제를 다루고 있다. 이덕무가 쓴 「무예도보통지부진설(武藝圖譜通志附進說)」에는 중국의 제도를 본받자는 것이 좀 불편하지만, 이용후생 등 실학적 사고가 잘 드러나 있다.

대저 병기란 마지못할 때 쓰는 것입니다. 그러나 성인이 그것으로 포악을 금하고 어지러움을 제지하는 뜻으로 사용하였으니, 애당초 이용후생 목적과

서로 겉과 속이 됩니다. 그러므로 봄 사냥과 가을 사냥은 그 말을 사열함이요, 향음주례는 활쏘기를 연습이며, 투호 놀이와 축국 놀이에 이르기까지 은미한 뜻이 그 사이에 존재하지 않은 게 없으니, 이 책을 지음이 어찌 특별히 병가(兵家)만을 위하였을 뿐이겠습니까?

미루어 넓히면 무릇 농작물을 가꾸는 밭, 피륙을 짜는 일, 궁궐, 배와 수레, 교량, 성루, 목축, 도기와 주물을 만드는 일, 관복, 세숫대야나 목욕탕의 기물 등 민생이 일용하는 기구들입니다. 일은 반만 하고도 공은 배나 되는 것들입니다. 장차 그 혼미함을 열어주고 그 풍속을 잘 인도하기를 꾀하려면 주나라 성왕이 조정 관리들에게 훈계한 말을 기록한 『주관(周官)』을 잘 계승하고 중국의 옛 제도를 이어받아야 합니다. 그리하여 조정에서는 실용 있는 정책을 강론하고, 백성들은 실용 있는 직업을 지키고, 학자들은 실용 있는 책을 찬집하고, 졸병들은 실용 있는 기예를 익히고, 장사꾼은 실용 있는 화물을 교통하며, 공장이들은 실용 있는 기구를 만든다면, 어찌 나라를 지키는 데 대하여 염려하며 어찌 백성을 보호하는 데 대한 걱정이 있겠습니까. (『청장관전서』 권24)

『무예도보통지』의 실제 무예와 전투기술 그림은 선생과 병술을 잘 아는 장용영 장교들이 함께 시연(試演)하였다. 1790년 완간되었으며 4권 4책이다. 일명 『무예통지』·『무예도보』·『무예보』라고도 부른다.

40. 역사와 사회 문제를 종합적으로 다루다

임진왜란 후 군사·무예 훈련의 필요성이 높아짐에 따라 1598(선조 31)년 『무예제보(武藝諸譜)』, 『무예제보번역속집(武藝諸譜飜譯續集)』, 1759(영조 35)년 『무예신보(武藝新譜)』가 간행되었는데, 『무예도보통지』는 이 『무예제보』와 『무예신보』를 집대성하고 보완한 책으로 역사와 사회 문제를 종합적으로 다루었다. 인용된 서목만 145종에 이르는 명실공히 한·중·일 동양 3국 무예를 집대성한 책이다.

체제는 첫머리에 정조 서(序)를 비롯하여 범례, 병기총서(兵技總敍), 척·모사실(戚茅事實), 기예질의(技藝質疑), 인용서목(引用書目) 등이 있으며, 본문에는 24종 병기를 수록하였다. 책 끝에는 관복도설(冠服圖說)과 고이표(考異表)가 부록으로 포함되었다. 또 한문을 언해해놓았으며 그림을 그려 넣어 이해하기 쉽게 하였다.

『무예도보통지』에는 관계한 사람에 대한 기록이 있는 데 선생이 책 전체를 교정하였음이 보인다. 또 『정조실록』 권30(정조 14년 4월 29일 5번째 기사)에는 "기예를 살펴 시험해본 뒤에 간행하는 일을 감독하게 하였다(察試技藝 董飭開雕)"는 기록도 보인다.

행 부사직 서형수(徐瀅修)는 고교(考較, 비교하여 조사함)할 때 감동(監董,

서적 간행 따위 특별한 사업을 감독)하였으니 내하녹비(內下鹿皮) 1령(令)을 사급(賜給)하라. 별제 이덕무는 편집한 공로가 있으니 외직(外職) 4품에 제수하라. 전 찰방 박제가는 선사(繕寫, 잘못을 바로잡아 다시 고쳐 베낌)한 공로와 편집한 공로가 있으며, 전 찰방 장세경(張世經)은 어제(御製, 임금이 몸소 글을 짓거나 물건을 만듦)와 원본을 선사한 공로가 있으니, 모두 외직 중 상당하는 직책에 등용해 써라. 초관 백동수는 교정한 공로와 고교(考校, 자세히 생각하고 조사함)한 공로가 있고 일찍이 원사(元仕, 관리들이 실제 근무해야 하는 날수)가 있었으니 빈자리가 나기를 기다려 복직시키되 우선 사과(司果, 녹봉을 주기 위해 만든 벼슬로 현직에 있지 않은 문관, 무관, 음관 및 그 밖의 잡직에 있는 사람 가운데서 뽑았다)에 붙이라.

이외에 각수 등 관련자들을 시상하였다. 자, 이제 서문부터 살펴보겠다.

서문: 정조가 이 책을 간행하게 된 동기를 간략히 밝히고 있다. 이에 따르면 당시 우리나라에는 창검은 없고 궁술(弓術)만 있었다. 임진왜란 뒤 선조 때 곤봉(棍棒)·장창(長槍) 등 여섯 가지 기예를 다룬 『무예제보』가 편찬되었고, 영조 때에는 여기에 죽장창(竹長槍)·예도(銳刀) 등 12기를 더하여 『무예신보』를 간행하였으며, 다시 마상(馬上)·격구(擊毬) 등 6기를 더하여 도합 24기로 된 도보를 만든 것이라고 하였다.

인용서목: 『기효신서』·『무비지』 등 참고한 책 145종을 기록하여, 조선 무기와 외래 무기가 어떻게 융합, 흡수되었는가를 한눈에 알 수 있게 하였다.

병기총서: 군문(軍門) 건치(建置), 병서(兵書) 편찬, 내원(內苑)에서 시예(試藝) 등을 연대순으로 서술한 책으로, 조선 초부터 『무예도보통지』가 편간되기까지의 전투기술사 또는 병기사(兵技史)로서 큰 가치를 인정받았다.

척·모사실: 책을 편찬하는 데 표준으로 삼은『기효신서』와『무비지(武備志)』의 저자인 척계광(戚繼光)과 모원의(茅元義)의 소전(小傳)을 다루었다.

기예질의: 한교가 병기에 관해 명나라 허유격(許遊擊)과 나눈 문답을 모은 것이다. 이 문답 끝에 있는「한교 약전」에는『기효신서』의 구입 경로와 해석, 기예 훈련 등에 관한 일화도 실렸다. 본문 24기로 구성되었다.『무예도보통지』는 크게 찌르기, 베기, 치기, 세 가지 순서로 되어 있다. 권1이 찌르기 중심 창류다. 권2~권3에는 베기 중심 도검류 12기를 실었다.

권1: 장창(長槍)·죽장창·기창(旗槍)·당파(鐺鈀)·기창(騎槍)·낭선(狼筅) 등 여섯 가지를 다룬다.

낭선(狼筅): 길이는 1장 5척이고 무게는 7근이다. 대나무낭선과 철낭선이 있다.

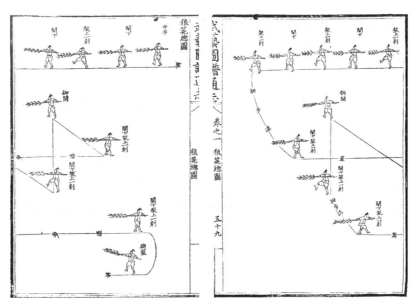

『무예도보통지』 「낭선」 부분이다.
설명 뒤에는 이렇게 「낭선총보」, 「낭선총도」를 종합적으로 그려 넣었다(우측부터 좌측으로)

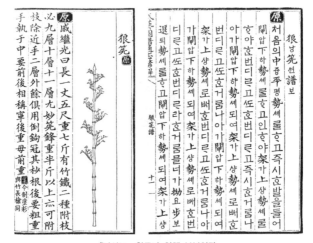

「낭선보」 한문과 언해 부분이다.
『무예도보통지』는 앞에는 한자로 뒤에는 한글로 언해해 놓았다. 군졸들에 대한 배려이다.

낭선(狼筅) 시연을 보이는 그림이다.

권2: 쌍수도(雙手刀)·예도(銳刀)·왜검(倭劍)·교전(交戰) 등 네 가지를 실었다. 특히 철을 다루는 법을 상세하게 기록하였고 왜검 항목에서는 우리나라에 왜검을 도입한 김체건에 관한 이야기를 덧붙여 그 업적을 기렸다.

권3: 제독검(提督劍)·본국검(本國劍)·쌍검·마상쌍검·월도(月刀)·마상월도·협도(挾刀) 및 요도(腰刀)와 표창(鏢槍)을 사용하는 등패(藤牌) 17등 여덟 가지 내용으로 구성되어 있다.

41. 전투에 직접 사용할 수 있는 실용적 전투서

권4: 권법(拳法)·곤봉(棍棒)·편곤(鞭棍)·마상편곤(馬上鞭棍)·격구(擊毬)·

마상재(馬上才) 등 여섯 가지 내용으로 구성되어 있다. 특히 이전 무예서

『무예도보통지』에서 「권법」을 그린 '권법보'이다. 설명은 이렇다. "권법보, [원]두 사람이 각기 좌우 손을 허리
옆에 끼고 나란히선다. 처음으로 탐마세(探馬勢)를 취하여 오른손으로 왼쪽 어깨를 쳐 벗긴다. 그러고는 즉시
요란주세(拗鸞肘勢)를 취하여 왼손으로 오른쪽 어깨를 쳐 벗긴다."('[원]'은 원래 있었던 서적에서 가져왔다는
의미이다. '권법보'의 '보(譜)'는 동작 설명을 말한다.)
흥미로운 것은 얼굴이 무예를 연마하는 무사치고는 너무 선하다는 점이다. 상대를 눕히고자 하는 강한 의지가
엿보이지 않는다. 우리 조선인의 선한 모습을 저 격정적인 무예 그림에서도 찾는다.

에는 보이지 않는 마상기(馬上技)를 실었다는 점에서 전투에 직접 사용하는 실용적 전투서이며, 기마민족으로서의 의지를 보이려는 조선식 사고를 드러내는 책이다.

『무예도보통지』는 이렇게 모두 24가지 항목으로 구분된다. 특이하게도 '안(案)'을 붙여 일상 도구의 개선과 활용 방안을 적어놓은 데서 실학적 사고, 즉 이용후생 사상이 엿보인다. 예를 들어 「기창」항에는 "호미나 고무래도 병기가 된다(鋤耰之爲兵器也)"고 하였다.

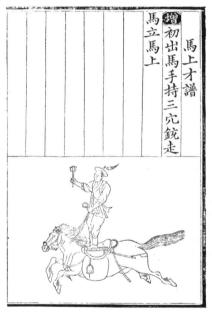

『무예도보통지』에서 「마상재」를 그린 '마상재보'이다. 설명은 이렇다.
"마상재보, [증]처음에 말을 탈 때 손에 삼혈총(三穴銃, 이는 우리 고유의 휴대용 화기로 3개의 총신으로 연결되었다 하여 '삼혈포'라고도 한다)을 갖고 말 위에 탄다."('[증]'은 새롭게 더하였다는 뜻이다.)
무사의 표정과는 달리 말의 기세가 호기롭다.

관복도설

전투에 필요한 옷 그림과 설명이다.

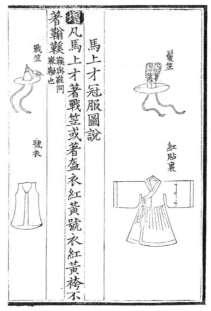

『무예도보통지』「마상재관복도설(馬上才冠服圖說)」이다. 우측 상단이 발립(髮笠, 꿩 털을 꽂은 모자), 하단이 홍첩리(紅貼裏, 상의와 하의를 따로 구성하여 허리에 연결시킨 붉은 옷으로 홍첩리 뒷배는 넓은 띠로 묶는다)이고 좌측 상단이 전립(戰笠), 하단이 호의(號衣,소매가 없거나 짧은 세 자락의 웃옷으로, 방위에 따라 색을 달리하여 소속을 나타냈다)이다. 설명은 이렇다.

"[증]무릇 말 위에서 재주를 겨루는 자는 전립(戰笠), 벙거지)이나 회의(盔衣, 투구)를 쓰고 붉고 누런색의 호의(號衣)를 입고 붉고 누런색 바지를 입는다. 옹혜(翰鞵)는 입지 않는다(혜[鞵]와 혜[鞋]는 같은 가죽신이다).

고이표

각 부대에 따라 다른 기법을 비교한 표다. 훈련도감의 당파(鏜鈀)·쌍수도·교전과 금위영(禁衛營) 예도·제독검·본국검·쌍검, 용호영(龍虎營) 왜검·월도, 어영청(御營廳) 쌍검 등 자세들이 전수하는 곳마다 각기 다르기 때문에 고이표를 만들었다.

공자도 군자가 지녀야 할 덕목으로 활쏘기를 꼽았다. 당시 무예서들이 전략과 전술 등 이론을 위주로 하는 데 비해 이 책은 24기 전투 기술을 중심으로 한 실전 훈련서로 중국, 조선, 나아가 일본 무예까지 아울렀다. 따라서 일본에 대한 인식과 이덕무의 일본 종합 이해의 기록물인 『청령국지』, 한치윤의 『해동역사』와 연결된다. 그만큼 일본과의 관계를 예의주시하고 있기 때문이다.

이 책은 당시 무예와 병기에 관하여 종합적인 조감을 할 수 있는 중요한 가치를 지니고 있다. 또한 본문 외에 당시 역사·사회 문제를 종합적으로 조감할 수 있는 각종 자료가 모아져 있어 그 진가를 더한다. 무기를 설명하는 과정에서는 각기(各技)마다 중국식·아국식(我國式)을 뚜렷이 하고, 도식·설·보·도·총보·총도로 나누어 일일이 알기 쉽게 그림과 함께 설명하고 있다. 물론 이 모든 무예 장면은 선생의 실연이 있었기에 가능했다.

선생의 또 다른 호, '인재(靭齋)' 풀이로 마친다. '인(靭)'을 파자하면 가죽혁(革)과 칼날인(刃)이다. 가죽은 부드럽고 질기며 칼날은 강하고 날카롭다. 선생은 불같은 자신의 성격을 유연하게 만들고자 이 호를 썼을 것이다. 18세기 조선을 살아내려는 선생의 자호(自號)이기에 글을 쓰는 내내 마음이 짠하다. 기남자(奇男子)라 불렸던 야뇌 백동수, 선생은 정조 사후 미관말직으로 있다가 탐관오리로 귀향을 가는 등 고난을 겪고 1816년 10월 3일, 향년 74세로 이승을 하직하였다.

42. 『동경대전(東經大全)』,
학문으로 말하자면 '동학'이라고 해야 한다

"삼정승도 무식하고 육판서도 무식하며 온갖 벼슬아치가 다 무식하더군요. 책을 읽지 않아도 부귀를 얻기에 걱정이 없거늘, 무엇 하러 입이 부르트고 손가락에 피가 나도록 고생하며 학문을 닦겠는가(三公絳灌也, 六卿釋灌也, 百司庶司皆釋灌也, 不讀書, 不患不富貴, 何苦傷吻血指而至)?"

수운 선생과 비슷한 시기를 살아낸 남종현(南鍾鉉, 1783~1840)이란 문인의 「증장동자서(贈張童子序)」에 보이는 글이다. 조선 후기를 저 문장과 한 묶음으로 엮을 수 없지만 이미 세도정치가 온 나라를 점령한 시대였다. 제 아무리 입이 부르트고 손가락에 피가 나도록 한무릎공부를 착실히 한들 출세 길은 이미 막혀버린 세상이었다. 선생 같은 이에게는. 그 중심에 과거가 있었다.

사람살이란, 그제나 이제나 세상이 어떻게 변하든 어떻게든 살아내야 한다. 선생은 유학(儒學)을 숙주(宿主)로 조선을 난장(亂場)으로 만들어버린 과거(科擧)를 버렸다. 선생이 살아내기 위해 찾은 학문은 동학(東學)이었다.

선생은 경주(慶州) 최씨로 초명은 복술(福述)·제선(濟宣), 개명한 이름이 제우(濟愚)이다. 자는 성묵(性默), 호는 수운(水雲)·수운재(水雲齋)를 애용하였다.

선생은 경북 월성군 현곡면 가정리에서 1824년 음력 10월 28일(순조 24) 몰락 양반인 근암 최옥(崔鋈, 1762~1840)과 재가한 어머니 한씨(韓氏) 사이에서 태어났다. 아버지 최옥은 두 부인과 사별하고 63세에 30세쯤 되는 세 번째 부인을 맞았으니 이 이가 선생의 어머니인 한씨 부인이다. 한씨 부인은 최옥의 제자 고모로 20세에 남편과 사별한 과부였다. 재가녀의 자식은 재주가 있어도 쓰이지 못할 때였다. 문중에서도 집안에서도 동네에서도 선생은 천덕꾸러기였다.

어릴 때 동네 아이들이 "저 복술이 놈의 눈깔은 역적질할 눈깔"이라고 손가락질하자 "오냐! 나는 역적이 되겠으니 너희는 착한 사람이 되거라" 했다는 이야기도 전한다. 선생은 어린 시절 1811년에 양자로 들인 형님 최제환(崔濟寏, ?~1879) 내외의 보살핌을 받고 자랐다. 1833년 10세 때 어머니가 사망하고, 1840년 17세 때 아버지가 사망한다. 선생은 이 아버지에게서 유학을 배웠다. 부친 최옥은 퇴계 학풍을 정통으로 계승한 유학자였다. 당시 문인들이 존숭하여 산림공(山林公)이라 불렀다 하는데 12번이나 초시에서 낙방한 불우한 선비였다.

선생의 세계(世系)를 보면 먼 조상이 신라 고운(孤雲) 최치원(崔致遠)이며 7대조 최진흥(崔震興),[32] 6대조가 승사랑(承仕郎) 최동길(崔東吉)이다. 최동길은 최진립의 4남으로 최진흥의 후사가 되었다. 최진립은 임진왜란과 병자호란 때 혁혁한 공을 세워 병조판서의 벼슬과 정무공(貞武公)의 시호가 내려진 무관이었으나, 6대조부터는 벼슬길에 오르지 못한 몰락 양반이 되었다.

하지만 이러한 집안 덕인지 선생은 총명하여 일찍부터 경사(經史)를

---

32) 본래 7대조는 최진립(崔震立)이다.

익혔다. 하지만 기울어져 가는 가세와 함께 조선 말기의 체제 내부적 붕괴 양상 및 국제적인 불안정이 선생의 유년기에 커다란 영향을 미쳤다. 더욱이 재가녀 자식이기에 문과에 응시할 수 없었다.

선생은 19세인 1842년 울산박씨(朴氏)와 혼인하였다.[33] 20세에 화재로 생가가 전소되자 전국을 유랑하며 구도의 길을 찾는다. 이 시절 갖가지 장사와 의술(醫術)·복술(卜術) 따위 잡술(雜術)에 관심을 보였고 서당에서 글을 가르치기도 하였다.

31세인 1854년까지 유불선 삼교, 서학, 무속, 도참사상을 두루 접하였다. 32세인 1855년에 『을묘천서(乙卯天書)』를 얻고 1856년 여름 경상남도 양산 통도사 근처에 있는 천성산(千聖山)에 들어가 구도(求道)하였다. 1857년 적멸굴(寂滅窟)에서 49일간 기도하였으며 36세인 1859년 10월 처자를 거느리고 경주로 돌아온 뒤 구미산 용담정(龍潭亭)에서 계속 수련하였다.

드디어 선생이 37세인 1860년 음력 4월 5일, 오전 11시 하늘님(상제[上帝], 천주[天主])과 문답 끝에 동학을 창시하였다. 선생이 하늘님에게 정성을 드리고 있던 중, 갑자기 몸이 떨리고 정신이 아득해지면서 천지가 진동하는 듯한 소리가 공중에서 들려왔다. 선생은 이러한 체험을 통하여 동학을 확립시켜나갔다. 1년 동안 가르침에 마땅한 이치를 체득하고, 도를 닦는 순서와 방법을 만들었다. 이를 '천사문답'이라 한다. 이때 하늘님에게 무극대도(無極大道, 더할 나위 없이 가장 크고 위대한 가르침)인 천도(天道)와 21자 주문(呪文)과 영부(靈符, 부적)를 받았다.

---

33) 13세에 울산 출신의 박씨와 혼인하였고 4년 뒤 아버지를 여의었다는 기록도 있다.

43. 동학을 한다

학문(學問)은 예부터 내려오던 용어로 '자신의 신념을 의심'하지만 종교(宗敎)는 20세기 초 일본을 통해 들어온 용어로 '자신의 신념을 믿'는다. 동학이 학문인 이유다. 따라서 동학은 끊임없이 배우고 물으며 진리를 찾으려 한다. 선생은 화재로 인해 집을 떠났다. 화재가 필연인지 우연인지 모르나 이 화재가 동학의 시초임엔 분명하다. 그러고 득도 한 지 겨우 4년 만에 선생은 이승을 떠났다. 선생이 하늘나라 어디로 갔는지 이승에 있는 필부인 나로서 운운할 바가 못 되니 발자취만 발맘발맘 따라가 본다.

선생은 득도한 다음 해인 1861년 음력 6월부터 본격적으로 동학 포덕 활동을 시작하고 「포덕문」을 지었다. 동학(천도교) 개조(開祖)로서 첫 걸음이었다. 이 해 동학(후일 천도교로) 3대 교주 손병희(孫秉熙, 1861~1922)가 이 세상 빛을 보았으니 우연치고는 예사롭지 않다. 곧 해월(海月) 최시형(崔時亨, 1827~1898)이 입도하니 이 이가 동학 2대 교주가 된다.

이로부터 많은 사람들이 동학의 가르침을 따르게 되자 같은 해 11월에 경주 일대 유림들이 박해를 가한다. 선생은 이들을 피해 전라도 남원 교룡산성 은적암(隱寂庵)으로 피신하여 「논학문」(일명 동학론)·「안심가」·「교훈가」·「도수사」 따위를 짓는다.

39세인 1862년 3월에 남원에서 경상도 흥해 손봉조의 집으로 돌아온다. 같은 해 9월 사술(邪術)로 백성들을 현혹시킨다는 이유로 경주 진영에 체포되었으나 수백 명의 제자들이 석방을 청원하여 무죄방면 되었다. 이 사건은 사람들에게 동학의 정당성을 관이 입증한 것으로 받아들여져 신도가 더욱 증가하였으며, 포교 방법의 신중성을 가져와 마음을 닦는 데 힘쓰지 않고 오직 이적만 추구하는 것을 신도들에게 극히 경계토록 하였다.

선생은 신도가 늘자 12월에 접주제(接主制)를 실시한다. 이는 선생의 탁견이었다. 접주제란 각지에 접(接)을 두고 접주(接主)가 관내의 신도를 다스리며 교세가 급격히 확대되어 경상도·전라도뿐 아니라 충청도와 경기도에까지 뻗쳤다. 1863년에는 교인 3,000여 명, 접소 13개 소를 확보하기에 이르른다.

40세인 1863년 7월에 최시형을 '북도중주인(北道中主人, 경상도 북부지방 포덕 책임자)'에 임명하고 해월(海月)이라는 도호를 내린 뒤 8월 14일 도통을 전수하여 제2대 교주로 삼았다. 이때 조정에서는 이미 동학의 교세 확장에 두려움을 느끼고 선생을 체포하려는 계책을 세우고 있었다. 그해 11월 20일 선전관(宣傳官) 정운귀(鄭雲龜)에 의하여 제자 20여 명과 함께 경주에서 체포되기에 이르렀다.

41세인 1864년 1월 서울로 압송되는 도중 철종이 죽자 대구 감영으로 이송되고 이곳에서 심문받다가 3월 10일 좌도난정률이라는 죄목으로 참형을 받고 순교하였다. 세도정치가 지배하던 시절이었다. 국내는 정치 부패로 백성의 삶은 피폐하였으며 국외 정세 또한 요동치고 있었다. 좌도난정률(左道亂正律)이란 '그릇된 도로 바른 도를 어지럽힌 죄'이다. 누가 그릇되고 누가 정도인지 지금은 알지만 저 시절에는 그 반대였다. 지금이라고 선생처럼 억울한 일을 당하는 사람이 없다고 단언 못하니 저러한 역사를 귀감으로 삼아 우리 삶을 반추해볼 일이다.

이제 『동경대전』으로 들어간다. 설명에 들어가기 전에 세상에 동학(東學)을 새롭게 알린 도올 선생 말부터 들어본다. 도올 선생 견해가 적확하기에 좀 길어도 그대로 인용해 본다.

동학이 창도된 애초로부터 동학의 가르침을 따르는 사람들은 '동학을 믿는다'라는 표현을 쓰지 않았다. 지금도 이러한 표현은 천도교단 내에서 운용되지 않는다. 동학의 동지들은 반드시 '동학을 한다'라고 말한다. 다시 말해서 동학은 '믿음(Belief)'의 대상이 아닌 것이다. 동학의 학은 '함(Doing)'일 뿐인 것이다. 함이란 잠시도 쉼이 없는 것이다. 동학은 했다 안 했다 할 수 있는 그런 것이 아니다. 다시 말해서 어떤 믿음의 실체로서 나로부터 객화 될 수 있는 그런 것이 아니다. 동학은 우리 삶의 끊임없는 실천일 뿐이다. 수운은 결코 하나의 종교를 창시한 사람이 아니다. 단지 선각자로서, 우리 삶의 실천의 실마리를 제공한 큰 스승님(大先生主)일 뿐이었다. 그는 동학을 하나의 종교교리로서 체계화한 적이 없으며, 교단을 만들지도 않았으며, 자신을 교주로 생각한 적이 없다. 접(接)제도라 하는 것도 사회적 실천을 위한 상부상조의 운동조직이었을 뿐이었다.[34]

---

34) 표영삼, 『동학 1』, 통나무, 2004, 13~14쪽 인용.

44. 한울과 사람이 어울리는 학(學)

개화기 일본은 화혼양재(和魂洋才)[35]를, 중국은 중체서용(中體西用)[36]을 외쳤다면 우리는 동도서기(東道西器)였다. 즉 동도서기는 우리 고유의 제도와 사상인 도(道)를 지키되 근대 서구의 기술인 기(器)를 받아들이자는 사상이다. 이 동도서기론이 등장한 것이 1880년쯤이다. 그렇다면 수운 선생이야말로 동도서기의 발판을 닦은 이이다.

선생이 동학을 창시한데는 17세기에 들어온 마테오리치의 『천주실의(天主實義)』가 영향을 미쳤을 것이다. 이를 전제로 추론한다면 선생이 내세운 믿음 대상은 서학의 '천주'가 아닌 동학의 천주(天主: 한울님)이다. '한울'은 땅과 하늘을 모두 포괄하는 우주적 개념이다. 당연히 한울이라는 개념 속에는 사람이 들어가 있다. 선생은 천주라는 신 중심 절대적인 믿음이 아닌, 사람 중심 세상인 학문을 만들고자 하였다. 이것이 '사람이 곧 한울'이라는 인내천(人乃天) 사상이요, 만물을 다스리는 불변의 진리인 천도(天道), 한울의 뜻인 천명(天命), 한울의 이치인 천리(天理), 한울의 덕인 천덕(天德)이다. 선생이 그린 동학은 이렇게 한울과 사람이 어울렁

---

35) 일본의 전통적 정신을 바탕으로 서양의 기술을 받아들임.
36) 중국의 유학을 중심으로 서양문명을 받아들임.

더울렁 어울리는 세상을 그리는 학(學)이었다.

글줄을 1800년 6월 28일, 정조가 승하하고 7월로 옮겨본다. 11세의 어린 나이로 순조가 즉위했으니 이는 대왕대비 정순왕후 수렴청정으로 이어진다. 조선의 세도정치는 그날부터 시작되었다. 대왕대비가 수렴청정을 하다가 3년 후에 죽었다. 이후 순조의 장인 김조순이 집권하여 안동김씨의 세도정치가 이어졌다. 순조에 이어 헌종·철종으로 승계되는 임금은 하나같이 무능하였다. 나라의 기강은 무너지고 쇠망의 나락으로 빠져들었다.

민란이 그 서곡을 알렸다. 철종 13(1862)년 연초부터 전국 각지에서 민란이 일어난 데 이어 10월에는 다시 제주, 함흥, 광주에서 민심이 폭발하였다. 철종은 1863년 10월부터 최제우의 동학 탄압을 논의하고 11월 20일 정운귀를 선전관으로 임명하여 체포령을 내렸다.

이 무렵 선생의 가세는 거의 절망적인 상태에까지 기울어져 있었다. 국내 상황은 삼정의 문란으로 민란이 일어났고 천재지변으로 흉년까지 들었으며, 국제적으로도 애로호사건(Arrow號事件)을 계기로 중국이 영불연합군에 패배하여 톈진조약(天津條約)을 맺는 등 민심이 불안정하던 시기였다. 선생은 이러한 상황에서 천주(한울님)의 뜻을 알아내는 데 유일한 희망을 걸고 이름을 제우(濟愚)라고 고치면서 구도의 결심을 나타냈다. '제우'는 어리석은 중생을 구제한다는 뜻이다.

이제 선생을 체포한 정운귀(鄭雲龜)의 장계 내용을 본다. 문경새재로부터 경주까지 조정의 선전관 정운귀가 명을 받고 선생을 체포하기까지의 경과가 『비변사등록(備邊司謄錄)』에 「선전관 정운귀의 서계」에 상세히 기록되어 있다. 정운귀가 서울을 출발한 날은 1863년 11월 20일 오시가량이었다. 아래 정운귀의 기록을 보면 당시 동학의 위세를 가늠할 수 있다.

새재를 넘은 후부터 여러 가지로 탐색하였으며 별도로 가려진 것을 찾아내려고 듣거나 본 것을 단서로 하여 말과 글자를 확인하면서 그 죄상을 밝히려 하였습니다. 새재에서 경주까지는 400여 리가 되며 고을도 십 수 주군입니다. 동학에 대한 이야기는 거의 날마다 듣지 않은 날이 없었고 경주를 둘러싼 여러 고을에서는 더욱 동학에 대한 이야기가 심하였습니다. 주막집 아낙네도 산골 초동도 주문을 외지 않는 이가 없었고 위천주(爲天主, 하늘님을 위함), 시천지(侍天地: 侍天主를 잘못 쓴 것임, 하늘님을 모심)라 하며 조금도 계면쩍게 여기지도 않으며 숨기려 하지도 않았습니다.

신은 감히 이 모든 사람이 그 학을 하는 것은 아니지만 이미 물든 지 오래여서 극성스러움을 가히 알 수 있었습니다. 이렇게 된 내력을 캐고 도를 전한 스승을 물어보니 모두가 최 선생이라며 혼자 깨달아 얻었고 집은 경주에 있다고 하였습니다. 이처럼 많은 사람이 떠드는 것이 한 사람이 말하는 것과 같았습니다.

그래서 신은 경주에 도착하는 날로부터 저잣거리나 절간 같은 곳에 드나들며 나무꾼이나 장사치들과 사귀어 보았습니다. 어떤 이는 묻지도 않았는데 먼저 말을 꺼내기도 하고 어떤 이는 대답도 하기 전에 상세히 전해주기도 하였습니다.

동학의 위세를 넉넉히 짐작할 수 있는 글이다.

45. 사람이 곧 하늘이라는 인내천(人乃天) 사상

「선전관 정운귀의 서계」에 보이는 '시천주(侍天主)'는 동학의 핵심으로 두 가지 해석이 있다. 하나는, 한울님은 초월자이나 부모님같이 섬길 수 있는 인격적 존재이고 다른 하나는, 사람은 누구나 나면서부터 한울님을 모시고 있다는 것을 강조하는 뜻으로 본다. 즉 사람이 곧 하늘이라는 '인내천(人乃天)' 사상이다.

따라서 선생의 한울님은 인간의 내면에 존재함과 동시에 인간 밖에 존재하는 초월자의 성격을 지니고 있다. 이러한 선생의 신관은 매우 독특한 것으로 자신의 종교 체험이 무속적인 원천에 뿌리박고 있다는 주장과 접맥된다고 보인다. 정운귀의 장계는 이렇게 이어진다.

그들이 칭하는 최 선생이란, 아명은 복술이요 관명은 제우이며, 집은 이 고을 현곡면 용담리에 있다고 하였습니다. 5~6년 전에 울산으로 이사 가 무명(白木) 장사로 살았다고 하는데 홀연히 근년에 고향으로 돌아온 후 때로는 사람들에게 다가가 도를 말한답니다. 그가 이르기를 "내가 하늘에 치성 드리는 제사를 지내고 돌아오자 공중에서 책 한 권이 떨어지므로 이에 따라 학(學)을 받게 되었다"고 했답니다.

정운귀는 "공중에서 책 한 권이 떨어지므로 이에 따라 학(學)을 받게 되었다"고 기록하였다. 이 책이 『동경대전(東經大全)』에 수록된 「논학문(論學文)」인 듯하다. 동학이 단순한 신앙이 아닌 학문임이 여기서도 확인된다. 『동경대전』에는 이외에 「포덕문(布德文)」, 「수덕문(修德文)」, 「불연기연(不然其然)」, 「축문(祝文)」, 「주문(呪文)」, 「입춘시(立春詩)」, 「절구(絶句)」, 「강시(降詩)」, 「좌잠(座箴)」, 「탄도유심급(歎道儒心急)」, 「팔절(八節)」, 「제서(題書)」가 수록되어 있다.

선생은 동학도들을 '도유(道儒)'라 칭하였다. 동학을 믿는 사람들을 유자(儒者), 즉 선비라 하였다. 양반만이 선비가 아닌, 누구나 동학을 하면 선비라는 말이 자못 의미심장하다. 이제 차례를 좇아가며 글을 독해해보겠다. 종교적인 색채가 있는 부분은 다루지 않았다.

「포덕문」

'포덕'은 덕을 널리 편다는 의미다. 선생이 도를 깨친 과정을 상세히 기록하였다. 서양 종교가 들어오고 선생의 득도 과정이 기록되어 있는 부분만 본다. 선생의 득도는 필자가 운운할 바 아니다. 다만 선생은 서양 열강의 침략과 천주교가 들어오자 꽤 혼란스러워했고 이에 대한 고민이 동학을 창시케 한 동기인 것만은 분명한 듯하다. 또한 질병에 걸린 사람들을 구제하고 천하 사람들에게 덕을 펴려는 데 동학의 목적이 있음을 알 수 있다. 선생이 말하는 경신년이 바로 동학이 창시된 1860년이다.

경신년에 접어들어 전해 들으니 "서양 사람들이 천주의 뜻이라 하여 부귀는 취하지 않는다면서도 천하를 쳐서 빼앗아 그 교당을 세우고 그 도를 행한다"고 하였다. 그러므로 나 또한 그것이 '그럴까? 어찌 그러할 까닭이 있을까?' 하는 의심이 들었다.

뜻밖에도 4월에 마음이 선뜩해지고 몸이 으슬으슬 떨렸다. 병이라 해도 무슨 병인지 알 수도 없고 말로 표현하기도 어려울 즈음이었다. 어떤 신비스러운 말씀이 갑자기 귀에 들렸다. 깜짝 놀라 일어나 소리 들리는 쪽으로 향하여 물으니 대답하시었다. "두려워 말고 두려워 말라. 세상 사람이 나를 한울님이라 이르거늘 너는 한울님을 알지 못하느냐?" 내가 그 까닭을 물으니 대답하셨다. "나 또한 공이 없으므로 너를 세상에 내어 사람들에게 이 법을 가르치게 하려 한다. 의심하지 말고 의심하지 말라!" 묻기를, "그러면서 도로써 사람을 가르치리이까?" 대답하셨다.

"그렇지 않다. 나에게 영부(靈符, 신비한 글)가 있으니 그 이름은 선약(仙藥, 신묘한 약)이요, 그 형상은 태극(太極, 우주의 근원)이요, 또 형상은 궁궁(弓弓, 태극 모양)이다. 이 영부를 받아 사람들을 질병에서 건지고 나의 주문을 받아 사람을 가르쳐서 나를 위하게 하면 너도 또한 장생하여 덕을 천하에 펴리라" 하셨다.

46. 타고난 운세가 같다는 말

이제 「논학문」을 본다. 「논학문」은 동학의 학에 대해 논리적으로 설파한 글이다. 서학과 동학에 대한 비교 설명이 흥미롭다. 글은 제자들과의 문답식으로 되어 있다.

(제자들이) 묻기를, "지금 한울님의 신령한 기운이 선생님께 내렸다고 하니 어찌 그렇게 되었습니까?

(최제우가) 답하기를, "가면 반드시 돌아오는 순환의 이법을 믿고 따랐느니라."

묻기를, "그러면 선생님이 받은 도의 이름을 무엇이라 합니까?"

답하기를, "하늘의 도이니라."

묻기를, "그것은 서양의 도와 다른 것이 없습니까?"

답하기를, "양학(洋學)은 우리 교와 비슷하면서도 다르다. 즉 주문을 외는 것은 같으나 양학에는 결실이 없느니라. 그러나 시대를 타고난 운수도 같고 주문을 외는 방법도 같지만 그 교리는 다르니라."

선생이 말하는 동학과 서학은 "운즉일(運則一, 타고난 운세가 같다), 도즉동(道則同, 주문을 외는 방법도 같다), 이즉비(理則非, 교리는 다르다)"로 정리된다. "타고난 운세가 같다는 말"은 이미 불교와 유학의 시대는 갔고 서학과 동학의 시대가 왔다는 말이다. 선생은 무조건 서학을 배척하려 하지 않았고 또 서학에 대항하여 동학을 만든 것이 아님이 여기서 드러난다.

선생이 구체적으로 말한 서학과 동학의 다른 점은 이렇다. 시시비비는 독자의 몫이기에 정리해놓기만 한다.

> 동학: 한울님의 섭리에 따라 자연스럽게 세상일을 감화한다. 저마다 그 본연의 마음을 지키고 그 기질을 바로잡아 그 타고난 천성에 따르면서 한울님의 가르침을 받으면 자연히 감화가 이루어진다.
>
> 서학: 한울님을 위하는 실속이 없고 다만 제 몸을 위한 방도만 빌 뿐이다. 몸에는 한울님 조화와 같은 신령함이 없고 한울님의 참된 가르침도 배울 수가 없다. 형식만 있고 실은 없으며 한울님을 생각하는 것 같지만 한울님을 위하지 않는다.

선생은 "한울님의 섭리에 따라 자연스럽게 세상일을 감화한다" 하였다. 이는 노장철학에서 말하는 '무위이화(無爲而化)' 사상이다. 천도교에서는 이를 '전지전능으로 나온 자존 자율의 우주 법칙'쯤으로 여긴다. 인위적인 수단이 아닌 어떤 궁극적인 섭리에 의해 저절로 감화된다는 의미다. 대화는 계속 이어진다.

> 묻기를, "도는 같다고 말하셨는데 그렇다면 선생님의 도를 '서학(西學)'이라 불러도 됩니까?"
>
> 답하기를, "그렇지 않느니라. 나 역시 동쪽나라 조선에서 태어나 동쪽에서 도를 받았으니 도는 비록 '천도(天道, 하늘의 도)'지만 학문으로 말하자면 '동학

(東學)'이라고 해야 한다. 더욱이 땅이 동쪽과 서쪽으로 나뉘었는데 어찌 서쪽을 동쪽이라 하고 동쪽을 서쪽이라 하겠느냐."

선생은 '천도'와 '동학'이라 하였다. 이는 동학이 종교와 분명 다름을 말한다. 종교는 '믿는 것'이지만 동학은 하나의 학문으로 '하는 것'이다. 사실 철학(哲學)도 그렇지만 종교(宗敎)라는 용어도 일본을 통해 들어왔다. 이규경도 『오주연문장전산고』 「석전총설」에서 불교를 '교(敎)', 혹은 '불씨(佛氏)'라 칭할 뿐이었다. 즉 서양의 'Religion'의 번역어인 종교와는 이해의 폭이 다르다. 1900년대가 넘어야 지금처럼 종교라는 말이 퍼졌다. 따라서 선생은 '서양의 학'에 대응하는 '조선의 학'으로서 동학을 말한다. 주체적인 우리의 학을 동학에서 찾은 것으로 이해하면 된다. 선생은 동학과 서학을 분명히 가르라고 한다.

「수덕문」

선생이 교인들을 가르쳐온 경험에 비추어 교인들이 덕을 닦는 올바른 방법을 제시한 글이다. 정성과 믿음을 강조했다. 맨 마지막 문장만 본다.

대저 우리 도는 마음으로 확고히 믿어야만 정성이 되느니라. 믿을 신(信) 자를 풀어보면 사람(人)의 말(言)이다. 사람의 말에는 옳고 그름이 있으니 옳은 것을 취하고 그른 것을 버리되 거듭 생각하고 또 거듭 생각하여 마음을 정하라. 한번 정한 뒤에는 다른 뒷말은 믿지 않는 것을 일러 믿음(信)이라 하니 이와 같이 닦으면 마침내 그 정성을 이룰 것이니라.

정성과 믿음은 그 법칙이 멀리 있는 게 아니다. 사람의 말로써 이루는 것이니 먼저 믿고 뒤에 정성을 다하도록 하라. 내가 지금 밝게 가르쳤으니, 어찌 믿음직한 말이 아니겠느냐. 공경과 정성을 다하여 내 말을 어기지 말도록 하라.

47. '연(然)'은 '그렇다'는 의미

「불연기연」

'연(然)'은 '그렇다'는 의미다. '불연(不然)'은 '그렇지 않다'이고, '기연(其然)'은 '그렇다'이니, 불연기연은 '그렇지 않기도 하고 그렇기도 하다'이다. 즉 그러한 이치로 보면 그렇고 그렇지 않은 이치로 보면 또 그렇지 않다는 역설의 논리. 선생은 그 도입부를 이렇게 썼다.

노래하여 말하기를, '영원한 만물이여, 제각기 이루어졌고, 제각기 형태가 있도다'. 얼핏 본대로 따져보면 그렇고 그럴듯하지만 하나부터 온 바를 헤아려 보면 그 근원이 멀고 심히 멀어서 이 또한 아득한 일이어서 미루어 말하기 어렵다.

내가 나를 생각하면 부모가 여기에 있고, 뒤의 후대를 생각하면 자손이 저기에 있다. 오는 세상에 결부시켜보면 내가 나를 생각하는 이치와 다름이 없다. 그러나 지나간 세상을 더듬어 보면 사람이 어떻게 사람이 되었는지는 분간하기 어렵다.

세상 이치가 이렇기에 선생은 "아아, 이 같은 헤아림이여, 그러한 이치(其然)로 보면 그렇고 그런 것 같지만, 그렇지 않은 이치(不然)로 생각해보면 그렇지 않고 그렇지 않다(噫如斯之忖度今 由其然而看之 則其然如其然 探不然而思之 則不然于不然)"고 하였다. 아마도 이 세상을 살아가는 사람치고 이런 의문 한번 안 품어본 사람은 없을 듯한 보편적인 의문이다. 선생의 논의를 더 들어본다.

알 수 없으며, 알 수 없노라. 나면서부터 그런 것인가? 저절로 그렇게 된 것인가? 나면서부터 알았다 해도 마음은 깜깜해 풀리지 않고 저절로 그리 되었다 해도 이치는 멀고 아득하기만 하다. 무릇 이러하니 그렇지 않은 까닭(不然)을 알지 못하기 때문에 그렇지 않다고 말하지 못하며, 그런 까닭(其然)을 알기 때문에 그러하다고 믿게 되는 것이다. 이에 그 끝을 헤아려 보고, 그 처음을 헤아려 보면 사물이 사물이 되고 이치가 이치 되는 큰 일이 얼마나 멀고도 먼 일인가. 하물며 이 세상 사람들아! 어찌 앎이 없으며, 어찌 앎이 없으랴.

선생은 이렇게 맺음말을 적었다.

이러므로 단정하기 어려운 것을 그렇지 않음(不然)이라 하고, 쉽게 단정하는 것을 그러함(其然)이라 한다. 사물의 근원을 탐구해보면 그렇지 않고 그렇지 않으며 또 그렇지 않은 일이요, 사물이 이루어진 것에 의지해보면 그렇고 또 그러한 이치가 있다.

「불연기연」은 세상일을 풀어가는 묘한 진리를 담고 있다. 기연은 '부정을 통한 대긍정'의 의미로 해석된다. 전부 부정적인 것도 생각해보면 이해 못할 게 하나도 없다는 대긍정이다.

「좌잠」

「좌잠」은 마음을 닦는 요령이다. 제자 강수(姜洙)가 찾아와 수도 절차를 묻자 써준 글이다. 5언으로 간단하게 풀어내 명쾌하다. 선생은 말과 뜻에 얽매이지 말고 정성(誠)·공경(敬)·믿음(信) 석 자에 의지하란다. 즉 마음공부를 하란 말이다.

마음공부를 하라는 이 글은 우리 인생길의 좌우명으로 부족함이 없다. 자기 삶에 정성을 다하고 사람을 공경하며 하는 일에 믿음을 갖는 마음은 몸으로부터 나온다. 즉 모든 마음은 행동으로 옮겨진다. 몸의 실천 없이는 마음공부가 존재할 수 없기 때문이다.

선생이 풀어낸 최고의 공부 방법, 그것은 강건한 몸에서 힘차게 솟는 마음공부인 셈이다. 강수는 후일 최시형을 도와 동학 재건에 온몸을 바친다. 좌잠은 아래와 같다.

우리 도는 넓고 간략하니	吾道博而約
많은 말과 뜻이 필요 없네	不用多言義
별로 다른 도리가 없으니	別無他道理
정성(誠)·공경(敬)·믿음(信) 단 석 자(字)	誠敬信三字
이 속에서 열심히 공부하여	這裏做工夫
터득한 뒤에라야 깨달음 있어	透後方可知
잡념이 일어남을 두려워 말고	不怕塵念起
오직 깨달음 더딤을 걱정하라	惟恐覺來知

선생은 이러한 말씀들로 포교를 시작했다. 1861년 6월부터 1863년 12월까지 약 1년 반 정도의 짧은 기간이었다. 그리고 곧 놀라울 정도로 동학이 세력을 얻게 되었다. 기존 유림층에서는 비난의 소리가 높아졌

다. 1863년 유림은 「동학배척통문」을 만들어 사방으로 돌렸다. 동학을 배척하는 유림의 아래 글 속에 동학이 세력을 얻은 이유가 있다.

　귀천과 등위를 차별하지 않으니 백정과 술장사들이 모이고 남녀를 차별하지 않는다. 유박(帷薄, 동학의 모임 장소인 집강소)을 설치하니 홀아비와 과부들이 모여들고 돈과 재물을 좋아해 있는 사람과 없는 사람이 서로 도우니 가난하고 궁핍한 자들이 기뻐하였다.

정녕 저러한 세상이 왔으면 좋겠다.
　선생은 공권력에 의해 포교를 시작한 지 3년 만인 1864년 3월 10일, '좌도난정률(左道亂正律)'이라는 죄목으로 대구 장대(지금의 달성공원 안)에서 참형을 당했다. 선생의 머리는 남문 밖에서 사흘 동안 조리돌림을 당했다. 좌도난정률은 '그릇된 도로 정도를 어지럽게 한 죄'다. 이후 동학농민운동가 김개남이 1893년에, 녹두장군 전봉준이 1895년에 처형당했다. 늘 동학을 알리느라 보따리를 자주 쌌다는 최보따리, 동학 2대 교주 최시형도 1898년 6월 2일 지금의 돈화문로 26(묘동 59-8)에서 스승과 같은 죄명으로 교수형을 당했다.
　이제 우리는 누가 '그릇된 도'이고 누가 '정도'인지를 잘 알고 있다. 그러나 잊으면 또 다시 '그릇된 도'가 '정도'를 해치는 세상이 온다.

48. 『의산문답(醫山問答)』, 우주의 신비를 알고 싶다

　담헌 홍대용, 그는 담대한 학자였다. 선생은 영조의 국가정책인 탕평책까지 거리낌 없이 통박하였다. 당쟁을 막기 위해 당파간 정치세력 균형을 꾀하려한 정책인 탕평책(蕩平策), 이 탕평책에 대한 선생의 견해는 탁견이지만, 영조나 정조 당대 권력자들에게는 매우 불손한 견해였다. 선생은 당시 탕평책이 '정사(正邪)'를 분명히 가리지 못한다며 「여채생서(與蔡生書)」에서 이렇게 말하였다.

　대개 논리는 바르어야 하고 치우쳐서는 안 됩니다. 하지만 자칭 탕평을 주장하여 피차에 어느 한쪽에도 치우치지 않는다고 하는 사람들은 반드시 사(邪)와 정(正)을 혼란시키며 충(忠)과 역(逆)을 섞어서 마침내 인심을 괴란시키고 온 세상을 몰락하게 만들 것입니다. 붕당(朋黨) 화는 물론 심한 것입니다만 탕평(蕩平) 화는 붕당보다 백배나 더 심하여 반드시 망국에 이르고야 말 것이니 오호라 두렵지 않겠습니까?

　선생의 이 말은 탁견이었다. 탕평책을 폈던 76년간의 영·정조 재위 기간이 지난 뒤 모든 당파가 힘을 잃었고 당연히 당쟁도 없었다. 그러나 순조 대부터 세도 정치가 강화되었고 105년 뒤인 1905년, 조선은 을사조약(乙巳條約)으로 일본에게 나라의 외교권을 박탈당한다. 안확(安廓, 1886~1946)은 그의 『조선문명사』[37] '제85절 당파와 정치발달'에서 당쟁의 폐해를 주장하는 견해에 대해 "그러나 내가 생각하니 근대 정치는 당파로 인하여 발달을 이루었는데도 오히려 당파가 진전하지 못하고 끊어지는 바람에 정치가 쇠퇴하고 말았다고 서슴없이 단언하는 바이다"라 하며 그 이유로 세 가지를 들었다. '첫째, 당파로 인하여 임금의 권한이 축소되고 신하의 권리가 신장되며 둘째, 인재의 다수가 등용되며 셋째, 당쟁 속에서 바른 길을 찾게 된다.' 안확은 당파가 오히려 정치를 발달시켰다고 주장한다. 당쟁이 없으면 모든 권한이 한 사람에게 돌아가기 때문이다. 안확이 조선 퇴락 시기를 정조시대로 상정하고 이때를 '독재 정치 말기1'로 규정하는 이유가 여기에 있다.

"탕평의 화가 붕당보다 무섭다"는 선생의 말을 귀담아들었다면 역사는 달라졌을지도 모른다. 사실 지금도 우리는 붕당과 탕평을 악과 선, 그름과 옳음이라 교육하고 배운다. 붕당의 폐해로 국론이 분열되었고 나라가 망할 수밖에 없었다는 식민사관도 배웠다. 지금도 우리는 한마음 한뜻 및 질서정연만이 옳고, 분열과 다툼은 그르다고 여긴다. 선생의 말을 통해 역사와 우리의 삶을 되짚었으면 한다. 정당들 사이에 다툼이 분분하고 사회에서 여러 가지 논의가 활발히 이루어지는 현상은 오히려 장려할 만한 일이다.

선생이 평생 추구한 학문은 실학이다. 그는 『계방일기(桂坊日記)』[38]에

---

37) 1923년에 발간된 이 책은 우리나라 최초의 체계적인 정치사 책으로 참고 도서만 8,500권에 이른다. 총 6장 140절로 통사 형식의 서술로 조선 정치사를 세계 각국 정치 체제와 비교하였다. 안확은 이 책에서 조선은 서양과 달리 역사적으로 봉건 시대가 없고 고대 그리스처럼 부족자치제를 실시하는 등 동양에서는 찾아보기 힘든 선진적이면서도 독특한 형태라고 하였다.

38) 선생이 왕세자를 모시며 나눴던 대화를 일기 형식으로 묶은 책이다. 계방이란 왕세자를 모시는 곳이란 뜻이다.

서 구체적으로 토정(土亭) 이지함(李之菡, 1517~1578)과 중봉(重峯) 조헌(趙憲, 1544~1592)의 학문을 실학이라고 하였다. 또「미호 김 선생께 올린 제문(祭渼湖金先生文)」에서 자신의 학문에 대해 "일찍이 묻고 배우는 것, 진실한 마음(實心)으로 하는 것은 실용적인 일(實事)에 있으니, 진실한 마음으로 실용적인 일을 하면 허물이 적고 업을 성취할 수 있다 들었습니다"라 하였다.

이러한 선생은 신분에 대해서도 "무능하면 양반 자제라도 가마채를 메어야 하며 유능하면 농사꾼 자식이라도 관리가 되어야 한다"고 서슴없이 말할 정도였다.

연암 박지원은 "선생은 내 평생 벗이며 학문적 동반자였지만 서로 공경하기를 내외같이 하였다. 나는 담헌에게 땅이 돈다는 지전설(地轉說)을 듣고 크게 깨달은 바가 있다"고 하였다. 그러나 연암이 호주가였던 데 반하여 선생은 술을 한 잔도 못하였다. 선생은 과거를 일찍이 폐하였고 후일 선공감감역이란 첫 벼슬을 음직으로 받았다.

벼슬길은 영천군수로 마쳤지만 포의지사와 다를 바 없었다. 스승은 미호(渼湖) 김원행(金元行, 1702~1772)이었다. 미호는 우암 송시열과 농암 김창협을 잇는 조선의 대학자였으며, 연암과 정철조 등도 제자로 삼았다.

49. 주자가 덕(德)과 업(業) 나눈 것을 통박하다

담헌은 주자의 견해에 거침없이 반기를 들 만큼 학문적 자세가 호방하였다. 「소학문변(小學問辨)」에서는 주자가 덕(德)과 업(業) 나눈 것을 통박하기도 하였다. "내가 생각하건대 마음에 얻은 것으로 말하면 덕이요, 일이 이루어진 것으로 말하면 업이다. 그 실은 한 가지이니 안배·분석하여 도리어 변통이 되게 할 필요가 없다"는 게 주자의 학설을 배척하는 요지였다.

「항주 선비 엄성에게 글을 부치고 『중용』의 뜻을 묻는다(寄書杭士嚴鐵橋誠問庸義)」에서는 아예 주자를 맹신하는 속유들을 이렇게 비판하기도 하였다.

우리나라에서는 주자를 존상하여 문로(門路)가 순정하나 중국처럼 너그럽고 활달하지 못하고 혹 범람박잡을 면하지 못합니다. 대개 기(氣)가 치우침으로 앎이 국한되고 앎이 국한되므로 지킴이 확고합니다. 지킴이 확고하기에 반드시 지키지 않을 것도 애써 감추어주고 억지로 이해하려 들지요. 이게 그 단점이 있으면 반드시 장점이 있고 장점이 있으면 반드시 단점이 있게 되는 까닭입니다. 속유(俗儒)들은 명분만 따르기에 마음과 입이(뜻과 말이) 서로 어그러져 그 주자 문하에 비위를 맞추는 신하가 되지 않는 사람이 적습니다.

위 문장 앞에 선생은 이런 말을 한다. "주자가 경전을 풀이할 때 '차라리 느슨하게 성길지언정 **빽빽**하지 말며, 차라리 졸렬할지언정 교묘하지 말라(寧疎勿密 寧拙無巧)'고 하더니, 실질적으로 주자가 경전을 풀이한 것을 보면 간혹 **빽빽**함에 치우치고 교묘함이 있는 듯하다." 한마디로 주자가 말한 경전 풀이 방법론과 실상 풀이해놓은 것은 다르다는 말이다. 당시는 주자의 해석 하나만 건드려도 사문난적(斯文亂賊)[39]으로 예사로이 몰릴 때다. 당시 내로라하는 학자인 윤휴(尹鑴, 1617~1680)조차 주자의 『중용장구』 주석을 무시하고 새 주석을 냈다는 이유로 송시열 등에게 사문난적이라 지탄받았다. 그런데도 선생은 주자를 신봉하는 사람들을 "주자 문하에 비위를 맞추는 신하(朱門容悅之臣)"라고까지 모욕하니, 학문하는 이로서 매우 담대한 발언이다.

이러한 담헌 홍대용의 생애를 일별해 본다.

담헌(湛軒, 즐거운 집)이라는 당호(堂號)로 알려진 홍대용, 그의 자는 덕보(德保), 호는 홍지(弘之)이다. 선생은 충청남도 천안시 수신면 장산리 장명 마을에서 태어나 천안에서 평생을 살았다. 본관은 남양(南陽)이고 당파는 노론에 속했다. 대사간 홍용조(洪龍祚)의 손자이며, 목사(牧使) 홍역(洪櫟)의 아들이다. 어머니는 청풍(淸風) 김씨 군수 김방(金枋)의 딸이고, 부인은 이홍중(李弘重)의 딸이다.

선생은 12세에 이미 과거에 대한 뜻을 접었으니 과거를 본들 합격할 이유가 없었다. 선생은 『담헌서』 외집 권1 항전척독 「여문헌서」에 그 심경을 이렇게 적어 놓았다.

용(容, 홍대용 자신)은 십수 세 때부터 고학(古學)에 뜻을 두어 문장이나

---

39) 성리학에서 교리를 어지럽히고 사상에 어긋나는 언행을 하는 사람을 이르는 말.

짓고 세상물정에 어두운 고루한 학문을 아니하기로 맹세하고 군무와 국정을 아우르는 학문에 마음을 두었다. 과거는 여러 번 보아도 합격하지 못했다.

20세인 1750년 선생은 미호(渼湖) 김원행(金元行, 1702~1772)에게 20세 전후부터 25세 정도까지 수업을 하였다. 김원행은 청음 김상헌과 농암 김창협의 현손이었다. 이들은 당시 내로라하는 주자학자들이었다.

24세인 1754년, 석실서원(石室書院, 김상용·김상헌을 모신 서원)에서 『소학』 '명륜장(明倫章)'을 강하였다.

35세인 1765년, 계부 홍억(洪檍, 1722~1809)의 연경사행(燕京使行)에 수행원으로 따라갔다. 이 시절에 서학을 공부하였다.

36세인 1766년, 연경에서 엄성(嚴誠)·반정균(潘庭均)·육비(陸飛) 세 사람을 만나 의형제의 사귐을 맺었다. 『담헌서』 외집 권1 항전척독(杭傳尺牘) 「여구봉서(與九峯書)」에 이들과 만남이 기록되었다.[40]

42세인 1772년, 『장자』를 읽고 아래와 같은 글을 썼다. 말줄기를 발맘발맘 따라잡으면 영락없이 묵자를 옹호하는 듯한 발언이다. 당시 유자로서 『장자』를 읽고 묵자를 가까이 한다는 것은 사문난적이 됨을 자처하는 불순한 행위임에 틀림없다. 그런데 선생의 『을병연행록』 권1 을유 십이일 초이일 '경성서 이발하여 고양 숙소하다'를 보면 "여름 버러지는 족히 더불어 얼음을 말하지 못하고 고루한 선비는 족히 더불어 큰 도를 논할 수 없다"는 『장자』 「추수(秋水)」 구절도 보인다. 주자학에 머물지 않으려는 선생의 학문 세계를 두루 짐작케 한다. 아래는 『담헌서』 외집 부록, 건곤일초정 제영, 「소인(小引)」에 보이는 글이다.

---

40) 『건(간)정록(乾淨錄)』도 이때 기록이다.

"추호(秋毫)가 크고 태산이 작다" 한 것은 장주의 과격한 이론인데 내가 지금 천지를 하나의 풀로 엮은 정자로 여기니, 장차 장주의 학문을 하려는 것일까? 30년 성인 글을 읽었는데 내가 어찌 유학을 버리고 묵자학으로 들어갈 것인가? 쇠퇴한 세상에 살면서 상실된 위신을 보자니 눈이 찌푸려지고 마음 상함이 극도에 달하였다. 아아! 만물이나 내 자신이 있다가도 없어지는 것인 줄을 모른다면 어찌 귀천과 영욕을 논할 수 있을 것인가? 갑자기 생겨났다가 갑자기 죽어가 마치 하루살이가 잠시 생겼다가 사라지는 것과 같을 뿐이다. 그만두어라, 한가로이 이 정자에서 누웠다 자다 하다가 앞으로 이 몸을 조물주에게 돌려보내리라.

44세인 1774년, 음서로 익위사시직(翊衛司侍直)에 선입되었다.

45세인 1775년, 낭관(郎官)으로 벼슬이 올라 선공감감역(繕工監監役, 토목·건설을 맡는 선공감의 9급 벼슬)이 되었다.

46세에 사헌부감찰(司憲府監察)로 승진하고 47세인 1777년, 정조 원년 7월에 태인현감(泰仁縣監)으로 제수되었으며 50세인 1780년, 정월에 영천군수(榮川郡守)로 벼슬이 올랐다.

53세인 1783년 10월, 중풍으로 별세하였다. 연암과 약속한 대로 반함(飯含)[41]을 하지 않았다. 반함을 하지 않은 이유는 '꼬바른 삶을 사는 유자로서 낯 뜨거운 짓'이기 때문이라 했다. 선생은 고향 마을 장산리에 부인과 합장되었다.

담헌 홍대용, 가장 친한 벗인 연암 박지원은 선생을 천하지사(天下之士)라 하였고 선생의 호 '담헌'은 '즐거운 집'인데, 천하 선비인 선생의 삶이 18세기 조선땅에서 즐거웠는지는 잘 모르겠다.

---

41) 염습할 때에 죽은 사람의 입에 구슬이나 쌀을 물림. 또는 그런 절차.

50. 실용에 알맞게 하는 것이 귀하다

이제 『의산문답』으로 들어간다. 『의산문답』은 『담헌서』 내집 권4 '보유(補遺)'에 들어 있다. '보유'는 『임하경륜(林下經綸)』 「논향교(論鄉校)」, 「보령소년사(保寧少年事)」, 「봉래금사적(蓬萊琴事蹟)」, 「제배첨정훈가사(題裵僉正訓家辭)」, 『의산문답(毉山問答)』 등 6편으로 구성되어 있다. 이 중 선생의 사상을 잘 보여주는 주요한 글이 『임하경륜』과 『의산문답』이다.

『임하경륜』은 선생이 생각하는 경국제민(經國濟民)[42] 포부와 그 실현을 위한 구체적 방안을 말한 하나의 건국설계도요, 정책론이다. 이 글 역시 실학에서 나왔다. 선생은 이 글에서 "옛말(語古)하기는 어렵지 않지만 지금의 일에 통하기는 어려우며, 헛말(空言)이 귀한 것이 아니라 실용에 알맞게 하는 것이 귀하다(語古非難 而通於今之爲難 空言非貴 而適於用之爲貴)."고 하였다.

적은 분량이지만 이 글은 전국 행정조직에서부터 통치기구·관제(官制)·전제(田制)·교제(校制)·교육·고선(考選)·군사·용병과 국가 통치원리까지를 언급하고 있다. '전국을 9도로 나누고 도(道)에 도백(道伯) 1인을 두며, 도를 9군(九郡)으로 나누고 군(郡)에 군수(郡守) 1인을 두며, 군은

---

42) 나라를 맡아 다스리고 백성을 구제함.

9현(縣)으로 나누고 현에 현감(縣監) 1인을 두며, 현을 9사(司)로 나누고 사에 사장(司長) 1인을 두며, 사를 9면(面)으로 나누고 면에 면임(面任) 1인을 둔다'는 행정조직 안(案)은 현재와 크게 다를 바 없는 탁견이다. 특히 각 면(面)에 학교를 하나씩 두고, 학교에 각 교관(敎官)을 둬서 8세 이상 면 자제들은 모두 교육 시키자 주창했는데 새겨들을 만하다. 선생이 말한 이유는 이렇다.

무릇 인품은 높낮음이 있고 인재는 장단점이 있다. 그 높고 낮음에 따라 단점을 버리고 장점을 취하면 천하에 전혀 버려야 할 인재란 없다. 그 뜻이 높고 재주가 많은 자는 위에 올려서 조정에 쓰고, 그 자질이 둔하고 용렬한 자는 아래로 돌려 지방에서 쓰고, 그 생각이 교묘하고 손재주가 민첩한 자는 공장으로 돌려쓰고, 그 이문을 잘 통하고 재물을 좋아하는 자는 장사로 돌려쓰고 그 모사를 잘하고 용기 있는 자는 무인으로 돌려쓰고, 눈먼 자는 점쟁이로 일을 시키고 거세된 자는 환관으로 쓰고, 벙어리·절름발이·귀머거리에 이르기까지 다 일하는 바 있지 않음이 없다. 놀고먹으면서 생업에 종사하지 않는 자는 군장(君長)이 벌주고 향당(鄕黨, 시골마을)에서 버려야 한다.

인간은 누구나 '깜냥(내가 할 수 있는 최고치의 능력 정도의 의미)'이 다르다는 것을 인정해야 한다는 말이다. 이 글을 쓰는 나 역시 됫박만한 깜냥으로 말들이 세상을 되질한다는 것을 절실히 느낀다. 그래 "나에게 주어진 깜냥대로 살아가면 된다"를 주문처럼 외워댄다.

『의산문답』은 가상 인물인 허자(虛子)와 실옹(實翁) 두 사람을 설정해 놓고 대화하는 형식이다. 이렇듯 두 사람의 대화를 통하여 자신의 의견을 밝히는 기법은 당시에 꽤 유행하였다.43) '의산'은 의무려산으로 '세상에서 상처받은 영혼을 크게 치료하는 산'이란 뜻이다. 중국 동북 요령성 북진현에 있는데 '의무려(醫無閭)' 혹은 '어미려(於微閭)', 줄여서 '의산'이나 '여산'이라고도 부른다. 우리 선조들은 동이족과 중국족이 만나는 신령한 산으로 여겼다. 선생의 『의산문답』은 이 신령한 산에서 나눈 허자와 실옹의 대화다.

그런데 이 『의산문답』은 선생과 연암 박지원을 교우관계로 볼 때 한 가지 흥미로운 점이 있다. 그것은 연암의 기록에 『의산문답』이 전연 보이지 않는다는 점이다. 역시 선생과 지근거리에 있었던 청장관 이덕무의 방대한 저술인 『청장관전서』에도 전혀 보이지 않는다. 그렇다면 '선생이 벗들에게도 보여주지 않을 어떠한 이유가 있어서 아닐까?' 하는 의문을 갖게 한다. 이에 대해 눈 밝고 귀 밝은 독자들의 고견을 기대해본다.

이 문제는 그렇게 놓아두고, 등장인물은 허자와 실옹 두 사람이지만 다루는 내용은 동서고금을 오르내리며, 담헌의 학문세계를 유감없이 보여준다. 읽기에 따라 경직된 조선사회에서 상처받은 영혼을 치료해보고자 하는 선생의 속내도 읽힌다. 그래서인지 학자들에 따라서는 '토론소설'로 보기도 한다.

허자는 숨어 살며 독서한 지 30년이 된 학자다. 그는 자신이 천지조화와 은미함을 궁구하고 오행의 근원과 삼교(三敎)의 진리를 달통하였고 사람의 도리를 날실과 경실로 삼아 이지가지 많은 세상 물리를 깨달아 통했기에 사건의 원인과 자세한 전말을 훤히 꿰뚫었다고 생각한다. 그러나 세상에 나가 사람들에게 이야기했더니, 듣는 사람마다 웃기만 할 뿐이었다. 그래 현자를 찾아다니다가 실옹을 만난다.

허자는 당시 세속적인 번잡하고 불필요한 의식이나 법규에 매달리고 헛된 것을 꾸미고 숭상하는 자다. 체면을 중시하는 양반이요, 성리학의

---

43) 이 시기 화단(畫壇)에서도 어부와 초부가 대화 나누는 '어초문답도'를 여럿 찾아볼 수 있다.

공리공담만을 학문으로 여기는 도학자요, 전통사고에 매몰된 부유(腐儒, 썩은 선비)다. 실옹은 의무려산에 숨어 사는 자로 허자에게 깨달음을 들려준다. 선생은 이 실옹을 '거인(巨人)'이라 하였다. 실옹은 선생의 이상 속에 있는 실학적인 인물이다.

이제 천문·지리와 천체운행·지구자전설 등 우주의 신비와 각종 거대 담론을 종횡무진 휘젓는 『의산문답』 속으로 들어가 보자.

51. 유학에서 현자란?

『의산문답』에서 중요한 질문과 답변을 붙좇아가 보자. 유학에서 그렇게 추구하는 인간상인 현인(賢人)으로부터 시작한다.

유학에서 현자란?

허자: 주공·공자의 업을 숭상하고 정자·주자의 말씀을 익혀서 정학(正學)을 붙들고 사설(邪說)을 배척하며 인(仁)으로 세상을 구제하고 명철함으로 몸을 보전하는 게 유교에서 말하는 이른바 현자(賢者)입니다.

실옹: 네가 도술에 미혹됨이 있음을 진실로 알겠다. 아아! 슬프다. 도술이 없어진 지 오래다. 공자가 죽은 후에 제자들이 어지럽혔고, 주자 문하의 유학자가 혼란시켰다. 그의 업적은 높이면서 그의 진리는 잊고 그의 말을 익히면서 그의 본의는 잃어버렸다. 정학을 붙드는 것은 실상 자랑하려는 마음(긍심)에서 말미암은 것이고 사설을 물리치는 것도 실상 이기려는 마음(승심)에서 말미암았으며, 인으로 세상을 구제하는 것은 실상 권력을 유지하려는 마음(권심)에서 말미암았고 명철함으로 몸을 보전하는 것은 실상 이익을 노려보자는 마음(이심)에서 말미암았다.

이 네 가지 마음이 서로 따르매, 참뜻은 날로 없어지고 온 천하는 물 흐르듯이 날로 허망으로 치닫도다. 지금 너는 겸손함을 꾸며서 거짓 공손으로 스스로를 현인이라 하며, 얼굴만 보고 음성만 듣고서 남을 현인이라 하는구나. 마음이 헛되면 몸가짐이 헛되고 몸가짐이 헛되면 모든 일이 헛되게 된다. 자신에게 헛되면 남에게도 헛되고 남에게 헛되면 온 천하가 모두 헛되게 된다. 도술에 빠지면 반드시 천하를 어지럽히나니, 네가 그것을 아느냐?

『의산문답』의 서두 부분이다. 실옹은 시작부터 파격적으로 "도술이 없어진 지 오래(道術之亡久矣)"라고 단언한다. 도술은 바로 유교다. 허자는 유교를 "정학을 붙들고 사설을 배척하며 인으로 세상을 구제하고 명철함으로 몸을 보전하는 것"이라고 하였다. 그러나 실옹은 표방은 그럴듯하나 실상은 잘난 척하는 긍심(矜心), 이기려는 승심(勝心), 권력을 유지하려는 권심(權心), 자기 몸만 보신하려는 이심(利心)이 있기에 모두 허위라고 한다. 실옹의 말은 끝내 "도술의 미혹은 반드시 천하를 어지럽힌다(道術之惑 必亂天下)"는 데까지 나아갔다.

선생이 바라보는 당시 유학자들의 학문은 조선을 어지럽히는 혹술(惑術)에 지나지 않았다. 이미 혹술이 된 학문으로 나라를 경영하려 하였으니, 그야말로 한밤중에 검둥개 찾는 격이다. 선생은 허학에 빠져 실학을 잃어버린 당시 속유(俗儒)들을 서두부터 이렇게 통매한다.

다음은 유교에서 목적인 대도에 관한 물음이다.

대도(大道) 요체란?

허자: 천지간 생물 중에 오직 사람이 귀합니다. 저 금수나 초목은 지혜도 깨달음도 없으며, 예법도 의리도 없습니다. 사람이 금수보다 귀하고 초목이 금수보다 천한 것입니다.

실옹: 너는 정녕 사람이로구나! 오륜과 오사(五事, 『서경』 「홍범」에서 말한 다

섯 가지로 얼굴은 단정하게, 말은 바르게, 보는 것은 밝게, 듣는 것은 자세하게, 생각은 투철하게)는 사람의 예의요, 무리 지어 다니고 소리쳐 울고 젖을 먹이고 하는 것은 금수의 예의요, 떨기가 모여 덩굴이 되고 오리오리로 뻗어 자라는 것은 초목의 예다. 사람으로서 물(物: 사물)을 보면 사람이 귀하고 물이 천하나, 물로서 사람을 보면 물이 귀하고 사람이 천하다. 하늘로부터 사람을 보면 사람과 물이 마찬가지다. … 대체로 군신 간의 의리는 벌에게서, 군대의 진법은 개미에게서, 예절 제도는 다람쥐에게서, 그물 치는 법은 거미에게서 각각 취해온 것이다. 까닭에 "성인은 만물을 스승으로 삼는다" 하였다. 그런데 너는 어찌해서 하늘의 입장에서 물을 보지 않고 오히려 사람 입장에서 물을 보느냐?

허자의 말은 장자의 도가적 견해와 조금도 다를 게 없다. 바로 『장자』 「제물론(齊物論)」이다. 「제물론」은 만물은 일체이며, 그 무차별 평등 상태를 천균(天均)이라 한다. 천균은 자연 상태에서 유지되는 균형 감각, 즉 조화로운 마음이다. 옳다 그르다가 아닌, 저절로 그렇게 된 것을 자연스럽게 받아들이는 태도이다. 이런 천균 상태가 되면 모든 시비는 사라지고 마음은 지극한 조화를 얻게 된다. 장자는 이를 양행(梁行)이라고도 하였다.

천균, 양행 모두 대립되는 두 가지 입장을 바라보고 두 입장을 인정하고 받아들인다. 양쪽을 모두 수용하니 그야말로 전체적 사고이다. 장자는 이렇게 보면 삶과 죽음도 하나이며 꿈과 현실의 구별도 없다고 하였다. 그리고 이와 같이 나 자신도 잊어버리는 망아(忘我)의 경지에 도달하는 것이야말로 수양의 극치라고 하였다.

선생이 유학자로서 장자의 제물론에 동조하는지는 단언키 어렵다. 다만 당대 '천지만물 가운데 오직 인간이 가장 귀하다(天地之間 萬物之中

唯人最貴'는 독선적인 인간 중심 관념을 타파하고 있는 것만은 분명하다. 선생의 견해는 '하늘로부터 본다(自天而視之)'는 천도본위(天道本位)다. 즉 하늘에서 보면 사람이나 금수나 다를 바 없다는 '인물균사상(人物均思想)'이다.

인물균사상은 1678년, 김창협이 유배지에 있는 송시열에게 『중용장구』 '수장(首章)'에 의문을 제기한 「상우재중용의의문목(上尤齋中庸疑義問目)」에서 촉발되었다. 이후 인물성동이 논쟁은 조선 후기의 최대 논쟁이 되었다. 대체로 낙하(洛下, 서울)에 사는 학자들은 인물성동론(人物性同論)을 지지하였고 호중(湖中, 충청도) 학자들은 인물성이론(人物性異論)을 주장하며 대립했다.

52. 사람과 사물의 근본은 무엇일까?

전 회에 이어 '호락논쟁'을 좀 더 설명한다. '인물성이론'을 주장한 호학파의 대표적 인물인 한원진(韓元震, 1682~1751)은 '인물성동'을 주장하는 낙학파 논리에 대해 인간과 금수의 구분이 없어진다는 '인수무분(人獸無分)', 유교와 불교의 구분이 없어진다는 '유석무분(儒釋無分)', 중화와 오랑캐의 구분이 없어진다는 '화이무분(華夷無分)' 논리라고 비판하였다. 이 논쟁이 얼마나 대단했으면 정조 임금도 '이론적으로는 인물성동 논리가 타당해 보인다'고 한마디 거들었다가는 '현실적으로는 인간과 금수의 구분이 사라진다니 께름칙하지 않느냐'며 떨떠름해하기도 하였다.

물론 선생이 여기서 말하는 인물은 인성(人性)과 물성(物性)이 아니다. 그것은 사람은 귀하고 사물은 천하다는 귀천의 문제였지만 사물과 인간이 서로의 존엄성과 권위를 인정해야 한다는 뜻임은 분명하다. 즉 본연지성(本然之性)은 인간과 사물이 똑같이 갖추었다는 주장이다. 물론 인간이 사물을, 사물이 인간을 상대적이고 객관적으로 봐야 한다는 전제가 있다.

호락논쟁은 저렇고, 이제 허자와 실옹은 사람과 사물의 근본 문제로 이야기를 전개한다. 이 시절, 이 글을 쓰는 나와 독자는 1초에 463m,

시속 1667km로 자전하고 평균 29.76km의 속도로 공전하는 지구에 산다는 것을 안다. 18세기 저 시절, 선생은 이 자전과 공전을 정확이 이해하였다.

사람과 사물의 근본은 무엇일까?

허자: 천원지방

실옹: 온갖 사물의 형체가 다 둥글고 모난 게 없는데 하물며 땅이랴! 달이 해를 가릴 때는 일식이 되는데 가려진 체(體)가 반드시 둥근 것은 달의 체가 둥글기 때문이며, 땅이 해를 가릴 때 월식이 되는데 가려진 체가 또한 둥근 것은 땅의 체가 둥글기 때문이다. 그러니 월식은 땅의 거울이다. 월식을 보고도 땅이 둥근 줄을 모른다면 거울로 자기 얼굴을 비추면서도 그 얼굴을 분별하지 못하는 것과 같다. … 태허(太虛, 우주의 본체인 허공)는 본디 고요하고 비었으며, 가득히 차 있는 것은 기(氣)다. 안도 없고 바깥도 없으며 시작도 없고 끝도 없는데, 쌓인 기가 일렁거리고 엉켜 모여서 형체를 이루며 허공에 두루 펴져서 돌기도 하고 멈추기도 하니 곧 땅과 달과 해와 별이 이것이다. 대저 땅이란 그 바탕이 물과 흙이며, 그 모양은 둥근데 공계(空界)에 떠서 쉬지 않고 돈다. 온갖 물(物)은 그 겉에 의지하여 사는 것이다.

선생은 전통적 우주관인 천원지방(天圓地方)44)과 천동지정(天動地靜)45)에 대한 통박을 한다. 선생은 유추와 비유를 통해 지구가 둥글다는 견해를 편다. 세상 모든 물체가 둥글지 않은 게 없기 때문에 지구도 둥글다는

---

44) 하늘은 둥글고 땅은 네모다.
45) 하늘은 움직이고 땅은 가만히 있다.

것이다. 또한 일식과 월식이라는 천문 현상을 통해 지구가 둥글다는 것을 유추해낸다. 달을 해가 가리는 일식이 나타나면 달이 둥글기 때문에 해를 가린 형상도 둥글다. 땅이 해를 가리는 월식이 나타날 때도 해를 가린 형상이 둥글다. 일식 현상에서 달이 둥글기 때문에 둥근 형상으로 반사되는 것처럼 해를 가린 형상이 둥근 이유는 달처럼 땅도 둥글기 때문이라는 것이다. 일식을 통해 월식 현상을 유추하고, 땅이 둥글다는 사실까지 나아갔다. 선생은 월식이 땅을 거울에 비추어본 현상이라 비유하여, 지구가 둥글다는 사실이 얼마나 자명한지 강조하고 있다.

무거운 땅덩이가 떨어지지 않는 이유?

허자: 기(氣)로써 타고 싣기 때문입니다. … 새 깃이나 짐승 털처럼 가벼운 것도 모두 밑으로 떨어집니다.

실옹: 땅과 해와 달과 별의 상하가 없는 것은 네 몸에 동서남북이 없는 것과 같다. 또 이 땅이 밑으로 떨어지지 않는 것은 누구나 괴이하게 여기면서 해·달·별이 떨어지지 않는 것은 이상하게 여기지 않음은 어째서인가? 대저 해와 달과 별은 하늘로 올라가도 오르는 게 아니며 땅으로 내려와도 내려오는 게 아니라 허공에 달리어 항상 머물러 있다. … 대저 땅덩이는 하루 동안에 한 바퀴를 도는데, 땅 둘레는 9만 리이고 하루는 12시(時)다. 9만 리 넓은 둘레를 12시간에 도니 번개나 포탄보다도 더 빠른 셈이다. 땅이 이미 빨리 돌매 하늘 기(氣)와 격하게 부딪치며 허공에서 쌓이고 땅에서 모이게 되니, 이리하여 상하 세력이 있게 되는데 이게 지면(地面) 세력이다. 땅에서 멀면 이런 세력이 없다. 또는 자석은 무쇠를 당기고 호박(琥珀)은 지푸라기를 끌어당기게 되니 근본이 같은 것끼리 서로 작용함은 물(物)의 이치다. 이러므로 불꽃이 위로 올라가는 것은 해에 근원을 두었기 때문이요, 조수가 위로 솟는 것은 달에 근원을 두었기 때문이며,

온갖 물(物)이 아래로 떨어지는 것도 땅에 근원을 두었기 때문이다. 지금 사람은 지면의 상하만 보고 망령되이 하늘의 정해진 세력을 짐작하면서 땅 둘레에 모이는 기(氣)는 살피지 않으니 또한 좁은 소견이 아니냐?

바로 지전설(地轉說, 지동설)을 말하는 부분이다. 당시에는 수학, 천문학, 의학 등은 말기(末技)였다. 그러나 선생은 "어찌 말기라 이르리오"라며 "정신의 극치"라고까지 하였다. 선생은 아예 집안에 '농수각(籠水閣)'이라는 별실을 지어 혼천의(渾天儀)와 자명종(自鳴鐘)을 연구하였다. 북경에 가서도 흠천감(欽天監, 국립천문대)에 근무하는 유송령(劉松齡, Augustinus von Halberstein)과 포우관(鮑友官, Antonius Gogeisl) 두 독일인을 만나 질문하기도 하였다. 지전설에 대한 견해는 일찍이 김석문(金錫文, 1658~1735)이 『역학이십사도총해』에서 주장했으나 선생의 견해가 좀 더 과학적·논리적이다.

53. 중국과 오랑캐의 구별이 엄격하지 않은가?

이후 선생은 실옹의 입을 빌려 지구의 자전에 대해 계란 노른자와 흰자, 그리고 회전하는 맷돌에 비유하여 '지구설'과 '지구자전설'을 편다. 또 '하늘에 가득한 별들도 세계이며 그 별들의 세계에서 보면 지구도 하나의 별'에 지나지 않는다고 '우주무한론'까지 설파한다. 선생은 또 이러한 자연과학사상으로 묫자리 문제까지 언급한다.

선생은 "대개 판판한 언덕과 높은 산은 모두 복된 땅이다. 무슨 풍화의 재앙이 있겠느냐?"며 땅의 길흉을 일소(一笑)해 붙인다. 묫자리나 집터 등 풍수사상이 위력이 대단할 때이기에 선생의 주장이 꽤나 호기롭다. 허나 「아! 조선, 실학을 독(讀)하다」의 갈 길은 멀고 지면은 좁으니 이만 생략하고 화이론으로 건너뛴다.

선생은 실옹의 입을 빌려 "하늘로부터 보면 어찌 안과 밖의 구별이 있겠느냐? 이러므로 각각 제 나라 사람을 친하게 여기고 제 임금을 높이고 제 나라를 지키고 제 풍속을 좋게 여기는 것은, 화(華)와 이(夷)가 한가지다"라 하였다. 화와 이가 다르다는 종래의 화이관(華夷觀)에서 탈피하여 이 둘을 동일선상에 놓았다. 즉 '화와 이는 하나'라는 '화이일야(華夷一也)'다. 선생은 이 화이론을 도가에서 말하는 기화론(氣化論)으로 설명하였을 뿐이다. 기화론은 신선사상과 도가사상을 원용이니 선생의 학문의 폭이 그야말로 거침없다.

중국과 오랑캐의 구별이 엄격하지 않은가?

실옹: 하늘이 내고 땅이 길러주는, 무릇 혈기가 있는 자는 모두 이 사람이며, 여럿에 뛰어나 한 나라를 맡아 다스리는 자는 모두 이 임금이며, 문을 거듭 만들고 해자(垓字, 성을 지키기 위해 판 못)를 깊이 파서 강토를 조심하여 지키는 것은 다 같은 국가요, 장보(章甫, 유학을 공부하는 선비)이건, 위모(委貌, 주나라 갓 이름)이건, 문신(文身, 오랑캐의 별칭)이건, 조제(雕題, 미개한 민족의 별칭)이건 간에 다 같은 자기들 습속이다. 하늘에서 본다면 어찌 안과 밖의 구별이 있겠느냐?

이러므로 각각 제 나라 사람을 친하고 제 임금을 높이며 제 나라를 지키고 제 풍속을 좋게 여기는 것은 중국이나 오랑캐가 한가지다.…공자가 바다에 떠서 구이(九夷)로 들어와 살았다면 중국법을 써서 구이의 풍속을 변화시키고 주나라 도를 역외(域外, 중국 밖)에 일으켰으리라. 그런즉 안과 밖이라는 구별과 높이고 물리치는 의리가 스스로 다른 역외춘추(域外春秋)에도 있다. 이것이 공자가 성인된 까닭이다.

선생이 주장한 '역외춘추설'이다. 이 또한 탁견이다. 중세적 지식과 관념은 사람과 사물, 천과 지, 화와 이를 위계적으로 바라보았다. 사람, 하늘, 중국이 세계의 중심이요 기준이라는 것을 절대적 진리로 신봉하였다. 선생은 사람과 사물, 하늘과 땅, 성계(星界, 우주)와 지계(地界, 지구), 서양과 중국, 중국과 오랑캐 사이의 중심을 해체한다. 곧 이 세상에 절대적 중심은 없다는 말이다. 사람과 사물의 구획을 나누는 경우 사람이 보기에는 사람이 귀하고, 사물이 보기에는 사물이 귀하며, 하늘에서 보면 사람과 사물이 똑같다는 논리다. 누가 중심이 되느냐에 따라 서로 위계가 달라지는 것이니 중심은 맥락에 따라 이동할 뿐이다.

여기서 춘추대의(春秋大義),46) 존화양이(尊華攘夷),47) 사대주의(事大主義)48)니 하는, 중국을 높이고 조선을 낮추는 당시 관념도 여지없이 해체한다. 선생은 '공자가 조선에 태어났으면 역외춘추를 쓰셨을 것(自當有域外春秋)'이라고 딱 잘라 말한다. 조선인이라는 자긍심으로써 중국을 사상적으로 극복해낸 말이다. '공자'라는 절대지존의 권위를 이용하여 이렇게 중국에 대한 공경을 전복해버렸다.

정인보(鄭寅普, 1893~1950년 납북)는 「담헌서 서(湛軒書序)」에서 이 구절을 두고 "이른바 『의산문답』이란 것이 바로 이것이다(所謂毉山問答者是也)"라고 하였다. 필자 역시 정인보 선생과 의견이 다를 바 없다. 『의산문답』의 핵은 바로 여기다.

선생은 당대를 살아가는 조선인으로서 '바른 마음'을 가졌기에 이러한 글을 썼다. 『임하경륜』에는 선생의 마음을 엿볼 수 있는 구절이 있다. '임하경륜'은 시골에서 원대한 나랏일을 설계한다는 뜻이다. 『담헌서』 내집 권4 '보유'에 실려 있는데, 이 책에는 특히 경국제민을 위한 독창적인 개혁안이 제시되었다. 따라서 선생이 아래 글에서 말하는 장군의 길은 바로 지도자의 길이다. 나라이건 단체이건 지도자라 자칭하는 이들은 '그 마음이 바른지' 곰곰 되씹어볼 말이다.

장수가 되려면 먼저 그 마음을 바르게 해야 한다. 성색(聲色, 아름다운 소리와 색)이 그의 절개를 바꿀 수 없으며, 금백이 그 뜻을 움직일 수 없으며, 태산이 무너지고 하해가 넘친다 하더라도 그 안색이 변하지 않아야만 비로소 사람을

---

46) 대의명분을 밝혀 세우는 큰 의리.
47) 중국을 높이고 오랑캐를 물리침.
48) 큰 나라를 섬김.

쓰고 군사를 통솔하며, 스스로를 지키고 적을 막는다.

　대저 몸 하나로 삼군(三軍)의 무리를 거느림에 있어 일을 당해서 미혹하지 않고 싸움에 있어서 두려워하지 않고 태연하게 여유가 있는 것은 다름이 아니라 그 마음이 바르기 때문이다.

54. 『천일록(千一錄)』,
내 일념은 동포를 모두 구제하는 데 있다

2021년 2월, 나라가 시끄럽다. 코로나 19정국으로 하루 살아내는 것조차 힘들다. TV만 켜면 한 사발도 되지 않는 깜냥으로 세상만사 전지전능한 듯, 말인지 됫박인지 설레발치며 어불성설 호기롭게 내 뱉는 수준 이하 자칭 논객들, 온통 먹자타령에 처첩 간의 갈등 드라마와 조상님보다 숭배 대상이 된 개-고양이 동물농장과 호들갑을 떠는 연예인 관음증, 반백년 전 노래를 거푸 내보내 국민의 의식을 영구히 박제화시키는 것을 품격 높은 미디어의 사명이라 믿고 오매불망 시청률 올리기에 치성 드리는 방송도 모자라, 글 한 줄 말 한 마디 천 근 활을 잡아당기듯 해야 할 언론인들이 찌라시급 뉴스 주워 모아 정론이라며 자음 17자 모음 11자를 '가을 도리깨질하듯' '조자룡 헌 칼 쓰듯' 하니, 그 훌륭한 바른 언론을 전달하는 훈민정음도 곡을 하지 않고는 배기지 못한다.

저 시절, 이런 때면 임금은 백성들에게 구언(求言)을 하고 신하는 상소(上疏)를 하였다. 여기서 언필칭 상소라 함은 처절하고도 서슬 퍼런 심정에 '오두가단(吾頭可斷, 제 말이 안 맞으면 제 머리를 자르옵소서!)' 각오로 도끼 하나 옆에 놓고 골수에 박힌 나랏병을 고쳐달라는 언론(言論)이다. 1796(정조 20)년 수원 화성(華城)이 축성되던 해가 그러하였다.

정조는 1791년 신해통공(辛亥通共)을 전격 실시하였다. 신해통공은 육의전을 제외한 일반 시전이 소유하고 있던 금난전권을 폐지하여 누구나 자유로운 상행위를 할 수 있게 한 정책이다. 금난전권은 국역을 진다는 조건으로 육의전과 시전 상인이 서울 도성 안과 도성 밖 10리의 지역에서 난전을 금지하고 특정 상품을 독점 판매할 수 있는 권리였다. 독과점이기에 이 육의전의 폐단은 이루 형용키 어려웠다. 정조는 이 금난전권을 비단·무명·명주·모시·종이·어물 등 6종류의 상품에 대한 육의전만 남기고 모두 없앴다. 이른바 그들만의 리그를 혁파하여 조선의 경제를 개혁해보려는 야심찬 계획이었다. 그러나 일부 상업은 성장하였으나 백성들의 궁벽한 삶은 나아지지 않았다. 이러자 정조는 백성들에게 구언을 하였고 이때 유생 우하영이 올린 상소가 바로 『천일록』이다.

우하영의 자는 대유(大猷), 호는 취석실(醉石室), 성석당(醒石堂)으로 현재의 화성시 매송면 어천리 출신이다. 선생이 즐겨 쓴 호 '취석'은 여산(廬山) 앞을 흐르는 강물 가운데 있는 반석이다. 진(晉)나라 도연명(陶淵明)이 술에 취하여 이 바위에 누워 잤다 하여 이렇게 이름이 붙여졌다 한다. 즉 '술에 취해 취석에 누우면 구태여 신선이 될 필요가 없다'는 의미쯤이니 선생의 삶을 미루어 짐작케 한다.

선생의 본관은 단양(丹陽), 실학자 겸 농부이고 여행인이기도 했다. 아버지는 정서(鼎瑞)인데 큰아버지 정태(鼎台)에게 입양되었다. 아버지 3형제에게 아들은 오직 선생뿐이어서 큰아버지에게 양자로 입양된 것이다. 당파는 힘없는 남인이고 3대 동안 벼슬이 끊어져 평생 신세가 곤궁하였다.

어린 시절 7세 때부터 할아버지로부터 글을 배우기 시작해 『사략』을 하루에 12줄씩 읽었다. 10세 때 할아버지가 별세하자 글을 배울 수 없었다. 집에 큰불이 나서 가세는 곤궁하였고, 그나마 있던 책도 전부 불에 타버려서 글공부도 못하였다. 이 시기쯤 양자로 입양된 듯하다.

그러나 선생의 이상은 컸고 기개는 꽤나 강개했다. 현인군자들처럼 "천하를 경륜하는 데 뜻을 두리라(經綸事業)" 하였다. 또 인생 백 년도 못 된다며 "이름과 행적을 죽은 뒤에 남겨야겠다(留名與跡於身後)"고 다짐장을 스스로에게 놓았다. 선생은 「취석실주인옹자서」에서 이것이 자신이 죽지 않고 살아온 이유로 들고 있다. 이런 면면으로 선생은 인생경영으로서 글쓰기를 하였음을 알 수 있다.

선생은 큰아버지에게 입양된 뒤에도 한동안 글공부를 하지 못하다 15세 때부터 과거 공부를 다시 시작하였다. 그해 가을 감시(監試, 사마시 초과)에 응시하였으나 낙방하였다. 그 후에도 선생은 여러 번 과거에 응시하였다. 그러나 회시(會試)만 모두 12번이나 떨어졌고 생활은 더욱 궁핍하여 조석으로 끼니를 잇지 못하였다.

(『천일록』을 지은 선생의 능력으로 보건대 저토록 과거에 낙방한 이유를 어디에서 찾아야 할까? 굳이 답할 필요가 없기에 독자들의 문견(聞見)에 맡긴다.)

55세 되던 1796(정조 20)년 조정에서 구언교서(求言敎書)가 내리자 선생은 자신의 견해를 정리하여 책자로 만들어 바쳤다. 63세인 1804(순조 4)년, 구언 때 이를 다시 보완하여 『천일록』이라는 제명으로 조정에 상정했으나 별로 주목을 받지 못하였다. 전자는 "수원유생우하영경륜(水原儒生禹夏永經綸)"이라는 제명으로, 후자는 "천일록"이라는 표제로 현재 규장각에 소장되었다.

선생은 71세인 1812(순조 12)년에 한 많은 삶을 마쳤다. 묘소는 경기도 화성시 매송면 숙곡리에 있다. 선생은 평생 궁벽하였고 사람들에게 꽤나 모욕을 받았다. 2,060자로 삶을 정리해놓은 「취석실주인옹자서」에서 그 모욕과 멸시를, 선생은 이렇게 담담히 묘사하고 있다.

다른 사람이 모욕하고 멸시해도 모욕하고 멸시하는 까닭은 진정 나에게 달려 있다. 나는 이런 일을 당해도 조금도 개의치 않았다. 모욕과 멸시를 받으며 구차하게 그들을 좇아 살기보다는 차라리 그들과 교류를 끊는 편이 낫겠다고 생각하였다. 만나는 사람도 거의 없고 경조사도 모두 끊었다. 본래 좋아하던 산수유람을 즐겨 전국에 걸쳐 발길이 미치지 않는 곳이 없었다.

55. 술 취해 돌 위에 누운 늙은이

"언어는 한 개의 사회적 행동이다." 일제하 모더니스트 김기림(金起林)이 「시와 언어」에서 한 말이지만 언어가 어찌 시만 한정하겠는가. 우하영 선생의 글은 조선 말엽을 치닫고 있던 저 시절, 나름 사회적 행동이었다. 그것도 임금에게 쓴, 시무책(時務策)이다. '시무'란 그 시대에 시급히 해결해야 할 일이다. 하지만 모든 일은 양면이 있는 법, 이쪽에서는 부정적인 시무지만 저쪽에서는 이득이 곱으로 느는 긍정적인 시무일 수 있다.

전대미문의 코로나 19라는 긴 터널을 통과한다. 백성들은 하루 살아내는 것조차 힘들다. 개인은 전염이라도 될까 문밖출입도 삼가고 국가는 오죽하면 설 명절조차 부모형제 간 만남도 숫자화하였다. 하지만 방송국은 연일 신청률이 올라 광고로 인한 호황이요, 각종 언택트 관련 제품은 호황에 호황을 거듭한다. 정치인들은 물리지도 않는지 이 '코로나'를 콧궁기는 발씸발씸, 입궁기는 오물오물 씹어댄다. 오죽하면 혼술족에 소주 판매가 고공행진 중이란다.

저 시절 선생은 「취석실주인옹자서(醉石室主人翁自敍, '술 취해 돌 위에 누운 늙은이'란 호로 이름한 방주인인 내가 나를 쓰다)」에 자신의 성품을 이렇게 써놓았다.

사람이 궁박하고 현달한 것은 참으로 천명이다. 한 마디 말이나 하나의 일로 백성과 나라에 참으로 보탬이 되고 후대 정치에 도움이 된다면 결코 헛되이 보내는 삶은 아니다. … 나는 몸이 자그마하고 용모도 볼품없어 스스로 현달할 상이 아니라는 것을 알고 있었으므로 벼슬과 명예, 이익에 뜻이 없었다. … 자손들에게 늘 "너희들이 기르는 금수를 천시하지 마라"고 타일렀다. 개와 말은 주인이 기른 은혜를 저버리지 않아 자신을 죽여 보답하기도 하고 팔려가 돈으로 갚기도 한다. 그런데 좋지 않은 사람들은 나라로부터 두터운 은혜를 입고 비단 옷을 입고 좋은 음식을 먹더라도 보답하지 않고 공을 등지고 사를 꾀하니 이럴 바에는 사람을 기르느니 금수를 기르는 편이 낫다. … 취하지 않고도 취하였는데 취한다는 것은 정신이 맑지 않다는 게니 그래서 옹(翁, 우하영 자신)은 성품이 어리석은 것인가? 돌이 아닌 돌인데 돌은 지각이 없으니 그래 옹은 성품이 완고한 것인가? 어리석고 완고하면 세상과 어긋나니 이 취석실에서는 과연 편안할 수 있을까?

군이 설명할 필요조차 없는 글이다. 선생은 극한의 가난으로 삶이 궁핍할망정 사람다운 사람이고자 하였다. 선생에게 궁핍은 체념하지 않는 궁핍이요, 절망하지 않는 궁핍이었다. 선생은 김육(金堉, 1580~1658)의 대동법49)을 지지하였고 조선 실학의 태두격인 성호 이익과 동일하게 중농주의자였다. 선생과 이익의 연은 깊다. 선생의 7대조인 우성전(禹性傳, 1542~1593)의 비문을 지은 분이 바로 이익이었다.

선생의 학문은 실학이었다. 선생은 「취석실주인옹자서」에서 "문헌을 널리 연구하고 고금에 얼마나 적합한지를 참작하여 정밀하게 생각을

---

49) 김육은 인조 말년과 효종 초에 대동법 시행을 강력하게 밀어붙였다. 대동법은 지주들에게 토지세를 물리고, 땅을 가지지 않은 소작농들에게는 세금 부담을 지우지 않는 제도였다. 따라서 기득권 세력은 극심하게 반발했고 권문세가들은 악법이라며 강하게 비판했다.

다하고 어느 게 이롭고 어느 게 해로우며 어느 게 편리하고 어느 게 그렇지 않은지를 생각하느라 먹고 자는 것도 거의 잊었다"고 하였다.

선생은 역사에도 관심이 깊었다. 단군과 기자를 한민족의 기원으로 보고 수천 리조차 안 되는 영토의 산천·풍토·민요·풍속 등에 무지한 우리의 현실을 개탄하였다.

선생은 세계를 하나의 유기체로 보았고 일체의 법과 자연은 자연스레 변한다고 여겼다. 상생론적 우주관이다. 이른바 한곳에 정착하지 않는 노마드(nomad, 유목)적 사고·실학적 사고다. 선생은 나라와 시대에 따라 통치 방법도 다르다고 보았기에 현재의 폐단을 고쳐 새로운 세계로 나아가면 된다고 생각하였다.

천하 만물은 세월이 오래되면 으레 해지고 망가지게 됩니다. 옷이 해지면 기워서 완전해지고 집이 망가지면 수리하여 새로워집니다. 아무리 좋은 법과 아름다운 제도라도 시행한 지 오래되면 폐단이 생기니 폐단이 생겼을 때 바로잡으면 소생할 수 있습니다. … 아침 해가 환히 빛나지만 석양이 시들하게 식는 것은 하루 사이에도 아침부터 저녁까지 태양빛이 점차 희미해지기 때문이고 봄에는 화창하다가도 겨울에 추워지는 것은 1년 중에도 봄부터 겨울까지 세율(歲律, 세월의 자리)이 변하기 때문이니 하물며 사람 일처럼 느슨해지고 폐단이 쉬운 거야 말하여 무엇하겠습니까?

이러한 생각이 있었기에 선생 글은 조선의 새로운 사회를 모색하였다. 이러니 선생 글이 어찌 사회적 행동이 아니겠는가.

56. 선비입네

늘 세상은 완장(腕章) 찬 이들의 것이다. 백성들을 위해 일을 하라고 완장을 채워줬건만 백성들에게 완장질만 해댄다. 저 시절, 선생은 당시 선비란 완장을 차고 무위도식하는 이들을 호되게 나무란다.

사회 밑바닥으로부터 첫째가는 처지에 있으면서도 스스로 '선비입네' 하고 집안의 소득을 포기한다면 위로는 노부모가 있어도 콩만 먹고 물을 들이키는 식의 변변찮은 끼니도 이을 수 없고 아래로는 처자식이 있어도 그 울부짖음을 구원할 수조차 없다. 하릴없이 세상을 업신여기고 허송세월만 한다면 이는 진정한 사람 도리가 아니니 어찌 선비라고 칭한단 말인가.

선생은 유학을 통한 왕도정치를 구현하려 하였고 구체적으로 현실의 폐단을 바로잡아 하·은·주 삼대라는 이상적인 국가는 못 되더라도 현재보다는 나은 '소강조선(小康朝鮮)'[50]을 꿈꾸었다. 선생이 보기에 소강조선의 바탕은 『소학』이요, 이를 위해서는 유교로 백성을 가르치는 '이유

---

50) 조금 안정된 세상. 요순(堯舜)시대를 가장 태평한 시대라는 뜻에서 대동시대(大同時代)라고 하고, 우(禹)·탕(湯)·문왕(文王)·무왕(武王)·성왕(成王)·주공(周公)의 시대를 대동시대보다는 못 해도 그런대로 조금 다스려진 세상이라 하여 소강시대라고 한다. 『예기』 「예운(禮運)」에 나온다.

교민(以儒敎民)' 정책이 필요했다. 선생이 지은『시무책』은 그러한 생각의 결정체다. 1796년, 정조의 구언(求言)에 선생은 그중 시급한 시무(時務)에 관한 것만 골라 책자로 만들어 상소했다. 선생이 밝힌 상소 동기부터 본다.

평소에 모아 기록해둔 것이 있는데 끝내 말하지 않을 수 없습니다. 그것을 대략 깎고 간추려서 책자를 만들어 분에 넘게 응지하는 구(具)로서 바치오니 성명(聖明, 정조)께서는 깊이 살피옵소서.

선생은 평생 시골 유생으로만 지낸 학자였기에 사람들과 거의 사귀지 않았다. 대신 천성적으로 혼자 산수 유람하기를 좋아해 전국에 선생의 발길이 닿지 않은 곳이 거의 없을 지경이었다고 한다.

이 여행을 통해 선생은 "우리나라의 산천·풍토·민요 등을 알지 못한다면 우물 안에서 벽을 보는 것과 같다"면서 직접 보고 듣고 경험한 우리나라 풍토를 소상하게 기록하였다. 선생이 산천을 유람하며 보고 들은 체험, 옛 문헌과 당대 제가들의 논설을 널리 읽고 수집하여 국가·사회 경영 및 개혁 방안을 종합한 것이 바로『천일록(千一錄)』이다.

따라서 이 책은 우리나라 역사·지리·토지제도·군제·국방·관제·농업 기술 등에 관한 전반적인 내용을 다루었다. 선생의 사유가 나라 전체에 미쳤음을 알 수 있다. 이 총체적 사유 방식은 18세기 조선 실학자들의 공통된 모습이다.

정조는 이『시무책』을 보고는 "네가 올린 13조는 모두 백성과 나라 실용에 관한 게로구나(爾所陳十有三條 皆關民國之實用)"라며 비답(批答, 신하의 상소에 대한 임금의 답)을 내렸다. 그 뒤 1804(순조 4)년 인정전(仁政殿)에 화재가 발생한 뒤 순조가 구언을 하자 상소하면서, 또 이것을『천일록』이라 이름 붙였다.

선생은 후일 정조에게 올린 '시무책'과 순조에게 올린 '천일록'을 말년에 모아 엮으면서 자서(自敍)를 붙여 『천일록』이라고 하였다. 천일록이란 "천 번 생각하여 혹 한 가지는 얻지 않을까(千慮之或有一得)" 하는 말이다. 차례를 짚어보면 다음과 같다.

제1책

제1책은 「건도」·「치관」으로 이루어져 있다. 「건도(建都)」에서는 삼국이래로 도읍의 건립 내력, 산천·풍속·농업·생리 등 인문지리적 상황에 대해 논하였다.

나라의 시초는 단군과 기자조선이었다. 한양을 대일통 기운이 있는 가장 좋은 땅(首善之地)이라 하는 경기 지방 중심의 지역주의적 사고였다. 삼국통일에 대해서는 신라는 인(仁)과 문(文), 고구려는 무(武)를 숭상하였으나 백제는 가장 비옥한 땅에 살면서도 사치스러워 역사가 짧았다고 하였다.

매우 흥미로운 것은 우리나라를 자칭 소중화(小中華, 작은 중국)라 하는 이유를 지리적 구조에서 찾았다는 점이다. 조선을 소중화라 지칭하는 이유는 대개 예악 법도와 의관문물을 중국 제도에서 들여오고 준수하였기 때문이지만, 선생은 아예 이를 부정한다. 선생은 "우리나라를 소중화라 한다. 이것은 우리나라가 중국의 예악문물을 본받고자 하였기 때문이 아니다. 우리나라의 산천과 풍속, 그 자체가 중국과 유사하기 때문이다."라 하였다.

가끔씩은 선생처럼 진실을 의심해볼 필요가 있다. 새로운 진실은 거기서 얻을 수 있기 때문이다. 선생은 조선을 소중화라 부르는 이유를 "우리나라의 산천과 풍속, 그 자체가 중국과 유사하기 때문"이라고 한다. 그러고는 "중국 산천은 모두 곤륜산에서 시작하고 우리나라 산천은 백두산에서 시작"한다고 주장한다. 또 "중국 서북 지방이 무를 숭상하고 우리나라 관서 지방인 평안도에서 장수를 많이 배출하는 게 같고, 중국 동남 지방이 문을 숭상하는 게 우리나라 동남 지방인 안동 지방에서 재상을 많이 배출한 것과 같다"는 등을 열거하며 중국과 대등한 소중화론을 펼친다.

선생은 이 외에도 중국 기북 지방과 우리나라 평안도의 좋은 말, 중국 절동과 우리나라 호남 지방의 벼농사, 중국 노 지방을 도서(圖書) 고을이라 하는 것과 우리나라 경상도를 현송(絃誦, 예악과 학문을 익힘) 고을이라 부르는 것, 또 중국의 대 지방과 우리나라 충청도 지방에서 모시를 생산하는 것이 같다고 예를 들었다.

지금도 우리는 미국에게 썩 자유롭다고 할 수 없다. 외세를 끌어들인 통일신라 이후, 당나라에 기댄 의존증이 송, 원, 명, 청으로 이어져 오늘까지 이르고 있다. 저 시절, 멸망한 명나라를 섬겨 자칭 소중화라 자칭해야 마음이 평온한 조선의 사대부들이었다. '지리와 문화가 비슷하기에 우리가 소중화'라 하는 말이 한편으로는 궁색하면서도 한편으로는 소강 조선을 꿈꾼 선생의 의기를 표현한 말이기에 꽤 호기스럽다.

57. 오로지 제대로 된 관리

"의원님 말씀하신 것처럼 읍참마속하는 자세로…" 투기한 LH공사 직원을 읍참마속의 심정으로 요절내겠다는 국토교통부 장관님 말씀이란다. 우하영 선생의 『천일록』을 연재해서 그런지 LH공사 일이 더 각별히 다가온다. 그런데 LH공사 사장을 지낸 저 분의 말씀이 하 어이없다. '읍참마속' 한 마디로, 졸지에 장관님 자신은 제갈량이요, 땅 투기를 한 LH공사 직원은 마속이 되어 버렸기 때문이다. 그야말로 개도 웃다 슬퍼할 일이다. 마속은 애국심과 사내다운 기개가 대단한 장수로 목숨을 걸고 전장에 나섰지만 제갈량의 전략을 어기고 패했다. 그렇기에 제갈량 역시 눈물을 머금고 마속을 베었다. 옥중에서 제갈량에게 「속임종여량서(謖臨終與亮書)」라는 글을 올리고 죽음을 기다렸던 마속이 저승에서 통탄하고, 이승에선 '읍참마속(泣斬馬謖)'이란 글자가 쥐구멍을 찾을 노릇이다.

차설(且說)하고, 우하영 선생의 말씀을 경청해본다. 「건도」에서 우리가 살펴볼 것은 나라를 경영하는 데 지리적 특성을 활용한다는 점이다. 경상도 양반에 대한 선생의 견해는 지금도 주의 깊게 경청할 필요가 있다. 선생은 경상도 양반들은 치산(治産)을 먼저 하고 문예를 닦기 때문에 과거나 벼슬에 연연치 않으며, 벼슬을 하지 않아도 가업을 이을 수 있기 때문에 남들에게 모욕을 당하지 않는다고 한다. 따라서 과거 급제를 못하면 빈궁한 처지로 떨어지는 경기도 양반들의 삶과는 대조적이었다.

「치관(置官)」에서는 우리나라 신라 아찬(阿湌)부터 각 관청 및 관작의 설치 내력을 다루었다. 선생은 관리를 이천부모(貳天父母, 두 번째 부모)라며 "일을 해나가는 방법은 참다움 한 가지뿐이다. 자애로운 어머니만이 품에 있는 아이의 아프고 가려운 곳을 알 수 있다"고 한다.

당시 조선의 일부 관리들은 '사불삼거(四不三拒)'[51]를 불문율로 삼았다. 재임 중에 절대로 하지 말아야 할 네 가지(四不)는 첫째, 부업을 하지 않고 둘째, 땅을 사지 않고 셋째, 집을 늘리지 않고 넷째, 재임지의 명산물을 먹지 않는 것이다. 꼭 거절해야 할 세 가지(三拒)는 윗사람의 부당한 요구, 청을 들어준 것에 대한 답례, 경조사의 부조다.

실제로 청송 부사 정붕은 영의정이 꿀과 잣을 보내달라고 부탁하자 "잣나무는 높은 산 위에 있고 꿀은 민가의 벌통 속에 있다"고 거절하였다. 우의정 김수항은 그의 아들이 죽었을 때 무명 한 필을 보낸 지방관에게 벌을 주었다. 풍기 군수 윤석보는 아내가 시집올 때 가져온 비단옷을 팔아 채소밭 한 뙈기를 산 것을 알고는 사표를 낼 정도였다. 대제학 김유는 지붕 처마 몇 치도 못 늘리게 하였으며, 조선의 공무원 김수팽은 아우의 집에 들렀다 마당에 놓여 있는 염료 항아리를 모조리 깨뜨려버렸다. 염료 항아리를 깬 이유는 이렇다. "이 놈아! 그래도 너는 말단 관리지만 입에 풀칠은 하잖니. 네 아내가 염색업을 부업으로 하면 저 가난한 백성들은 어찌 살란 말이냐."

제2책은 「전제」·「병제」로 구성되었다. 토지와 군사를 유기적 관계로

---

51) 재임 중 네 가지를 하지 말며 세 가지를 거절한다.

파악한 것은 유형원이 주장한 농병일치설인데 선생은 이를 체용(體用)이라 한다. 전제가 '체(體)'고 농정은 '용(用)'이다. 「전제」에서는 주나라의 정전제 및 우리나라의 역대 토지제도·공물제도(貢物制度)·농정 등을 논하였다.

선생은 국가의 이해득실과 백성의 평안은 제도가 아니라 "오로지 제대로 된 관리(專在得人)"에 있다고 하였다. 물론 이익처럼 선생도 "농자천하지대본"이라는 말을 굳게 믿었다. 수령칠사(守令七事)에서 농업이 가장 우선이라고 하였고 왕정의 근간도 농사에 힘씀이라고 하였다.

수령칠사란 조선시대 수령이 지방을 통치할 때 힘써야 할 일곱 가지 사항으로『경국대전』이전(吏典) 고과조(考課條)에 실려 있다. 농상성(農桑盛)52)·호구증(戶口增)53)·학교흥(學校興)54)·군정수(軍政修)55)·부역균(賦役均)56)·사송간(詞訟簡)57)·간활식(奸猾息)58)이 그것이다.

선생은 이에 아울러 농지를 조사·측량하여 실제 작황을 파악하는 양전제(量田制)를 강력히 요구하였다. 그리고 농지 확보와 관련해서는 새로운 농토 개간과 더불어 광작하는 대농 경영을 보다 집약적인 소농 경영으로 전환시킬 것을 주장했다.

「병제」에서는 우리나라의 역대 군사 제도 및 이에 대한 논의, 군사 경비, 중국·일본의 군사 제도 등을 논하였다. 선생은 우리 병제 문제의 원인을 남쪽은 왜국, 북쪽은 청나라에서 찾았다.

---

52) 농상을 성하게 함.
53) 호구를 늘림.
54) 학교를 일으킴.
55) 군정을 닦음.
56) 역의 부과를 균등하게 함.
57) 소송을 간명하게 함.
58) 교활하고 간사한 버릇을 그치게 함.

제3책은 「관방」·「관수만록」 상·하다. 조선 후기 군사 정책 및 관방 계획에 대해 상당히 구체적인 방안을 기술하고 있다. 이 시기 군정사를 연구하는 데 지금도 도움이 될 만큼 세세히 기록하였다.

「관방(關防)」은 전국 각지에 있는 관방의 상황을 논하였다. 「관수만록 (錄觀水漫)」 상·하는 정조가 1793년 정월 수원부사를 유수로 승격시키고 유수영(留守營)을 장용외영(壯勇外營)으로 정하였는데, 이에 선생이 수원의 번영과 여러 방책을 기술한 부분이다.

58. 3리에서 5리씩 거리를 두고 나무를 심자

"간 선생이 연재하는 조선조 실학이 코로나 19시대에 무슨 가치가 있지요?(.)" 아는 이의 도발적(?)이고 '단정적(.)'인 질문이다. 단정적이라 함은 저이 질문 실상인즉은, 물음이 아닌 마침표이기 때문이다. 그러면 어떤 글을 써야 할까? 후안무치(厚顔無恥)를 좌장군으로 삼고 무치망팔(無恥忘八)을 우장군으로 삼아 오로지 돈과 명예에 혈안인 추하고 졸렬한 삶을 써야 할까? 아니면 어용 언론, 영혼 없는 공무원, 탐욕 정치인, 물질만 추구하는 투기꾼이 이 땅의 주인공인 이야기를 써야 할까? 오죽하면 초등학생들 장래 희망 3위가 건물주란다. 나라에 중병이 단단히 들었다. 이 모두 나잇값 못하는 이들이 어른인척 설쳐댄 결과이다.

실학을 외친 이들 글은 중병을 고치는 약재로 가득 차 있다. 실학을 외친 이들의 삶은 코로나 19보다도 엄혹한 조선 현실이었다. 그러나 이들은 조선의 미래를 그렸다. 이들의 글은 하나같이 인간으로서 인간답게 살아보자는 글이었다. 그것은 따뜻한 인간이 살아가는 조선의 미래였다. 사람이 사람답게 사는 세상, 우리가 그리는 미래 아닌가? 연암 선생은 사람으로서 '사이비(似而非)가 되지 말라' 했고 다산 선생은 공무원으로서 탐욕을 버릴 줄 알아야 한다며 '버릴 기(棄)'를 주문했다. 우하영 선생은 "사유(四維)가 제대로 펼쳐지지 않으면 나라가 나라꼴이 못

되고 사람도 사람 꼴이 되지 못 한다" 하였다. 사유란, 국가, 나아가 인간세상을 유지하는데 필요한 '예의염치(禮義廉恥)'이다. 예의와 부끄러움을 아는 염치는 나라의 중력이요, 인간 삶의 산소와 같다. 저 실학을 외친 선생들 글을 다소곳이 두 손 모으고 삼가 따라가 볼 일이다.

『천일록』 제4책은 「과제」・「용인」・「화속」・「진정」・「곡부」・「균역」・「정전군부설」・「어장수세설」・「전화」・「주전이해설」・「채은편부설」・「채금편부설」・「조창변통설」・「육진승도설」・「평시혁파의」・「노방식목설」・「금도설」・「신명법제설」・「양육인재설」 등에 대해 논의하였다.

「과제(科制)」에 대해 선생은 이렇게 말했다.

시험을 주관하는 사람은 경중을 재는 과정에서 주객을 감별할 수 없으므로 인재와 잡된 놈이 뒤섞여 급제 결과가 달라진다. 속담에 "과거의 당락은 그 누구도 알 수 없다"고 한 것은 이 때문이다.

선생은 과거에 대한 욕심이 가장 절실한 현안이라며 이러한 과거 때문에 선비들의 풍습이 날로 천박해지고 권세가들에게 청탁하는 부정이 생긴다고 여겼다. 선생이 추천하는 방법은 '과천법(科薦法, 과거제와 추천제 병행)'이다. 이는 이익이 주장한 과천합일설과 같다.

「용인(用人)」은 과거로만 인재를 선출하는 데서 생기는 폐단에 대한 글이다. 선생은 고위 관리들로 하여금 서울이든 시골이든 가릴 것 없이 당색이 다른 인재를 추천하라고 한다. 선생은 당색이 나타난 뒤로 세상의 도가 어지러워지고 공의(公義)가 사라졌으며 염치가 어그러졌고 관직의 법도도 어지러워졌다고 한다. 음사(蔭仕)제도도 지나치다 한다.

몇 년 전, 선생 의견과 비슷한 '인재추천카드를 통한 열린 채용'을 실험하는 회사가 신문에 실렸다. ○○유플러스라는 회사인데 모든 임원

(상무보 이상)에게 나이와 학력에 제한을 두지 말고 인재를 뽑으라며 '입사티켓'을 5장씩 주었단다. 추천을 받은 자들은 별도의 전형 없이 직원으로 채용된다. 그 회사는 '파격적인 인재채용실험'이라고 생색내지만 이미 300년 전에 선각자들이 같은 방법을 써서 인재를 채용하라 했음을 알면 어떻게 생각할까? 문제는 티켓을 가진 자들이 '인재추천카드'를 쓰는 방법일 것이다. 응당 추천받은 자들의 업무 성과는 추천한 자들의 업무 성과와 연계되어야 한다.

「화속(化俗)」은 풍속 교화에 관한 장이다. 선생은 중인도 배워야 한다면서 『소학』이라는 책을 예로 든다. 『소학』은 주로 『예기』에서 뽑아낸 책으로, 주희(朱熹, 1130~1200)가 제자들에게 가르친 것을 제자 유자징(劉子澄)이 아이들을 위한 교재로 엮었다.

선생이 꾀하는 국가 형태는 유학을 바탕으로 한 소강국가(小康國家)로서 『소학』을 백성의 성품 교육을 위한 교재로 삼았다. 선생은 "나라에 기강이 있으면 사람에게 혈맥이 있는 것 같다. 사람에게 혈맥이 없으면 움직일 수 없고 나라에 기강이 없으면 다스릴 수 없다"며 나라의 풍속에서 기강을 찾으려 하였다.

「노방식목설(路傍植木說)」은 선생이 주장한 여러 설 중 가장 돋보인다. 선생은 나무를 심는 게 다리를 건설하는 것 못지않다고 한다. 그러면서 3리에서 5리씩 거리를 두고 나무를 심자고 한다. 한여름에 등짐을 지고 길을 나선 사람이나 노약자들을 위해 그늘막을 만들자는 말이다. 몇해 전에 등장한 '폭염 속 보행자 오아시스 그늘막 텐트'를 보면서 저시절 선생의 이 주장이 예사롭지 않음을 느낀다. 선생은 이러한 제안을 자신이 처음으로 한 것이라고 하였다.

「금도설(禁盜說)」은 소, 말 등 동물의 이력제를 실시하자는 말이다. 소나 말을 다른 사람에게 팔 때 색, 털, 뿔을 종이에 기록한 지패(紙牌)를 함께 보내는 것이다. 소나 말을 훔쳐가는 것을 막자는 지혜이지만 이 역시 선생의 탁견이다.

「양육인재설(養育人材說)」에서 선생의 인재설을 한 마디로 정리하면 이렇다. "뛰어난 사람을 뽑으려면 지체와 문벌에 얽매이지 말고 오로지 사람만 보고 등용하라." 오늘날에도 '어느 대학 출신'인지를 꼼꼼히 따지는 저급한 패거리주의자들은 곰곰이 새겨볼 말이다.

59. 사유란 국가를 유지하는 데 필요한 네 가지 벼릿줄

"인순고식(因循姑息,머뭇거리며 구습대로 행동함)이요, 구차미봉(苟且彌縫,구차하게 적당히 얼버무림)이라!" 실학자 연암(燕巖) 박지원(朴趾源)은 "천하만사가 이 여덟 글자 때문에 이지러지고 무너진다."하였다. 여당이 완패한 보궐선거를 보면서 든 생각이다. 180석 넘게 밀어주었거늘 개혁은커녕 옴니암니 제 이문만 따졌다. 저이들은 좌고우면에 옹알옹알 내시 이 앓는 소리로 이 탓 저 탓만 해대고는 제 일신의 안녕만 취했다. 화급을 다투는 입법인데도 미봉책으로 그때그때를 넘기려하였다. 그러니 '저 놈이나 이 놈이나' 소리를 듣다가 선거 결과를 보고서야 호떡집에 불난 듯 수선을 떤다. 이미 제 배가 부른 터이니 불을 제대로 끄려는지 모르겠다. '정의'니, '민주'니, '공정'이니 하다가도 저 여의도 땅만 밟으면 '정치노라리꾼'이 되는 게 아닌지? 사뭇 불량한 생각마저 드는 것은 나 만일까?

'정치노라리꾼'이 되기 싫은 자들은 『천일록』제5책에 보이는 「염방(廉防)」[59]을 곰곰 새겨볼 일이다. 제5책은 「염방」·「보폐」·「향폐」·「막폐」·「영리폐」·「역속폐」·「경향영읍군교폐」·「삼폐」·「군목폐」·「학교폐」·「산

---

[59] 염치를 잃지 않도록 방지함.

지광점폐」·「노예」·「충의」·「금개가」·「농가총람」이다.

앞 회에서 잠시 언급한 「염방(廉防)」 첫머리는 이렇다.

　　염치는 곧 사유(四維) 중 하나다. 사유가 제대로 펼쳐지지 않으면 나라가 나라꼴이 되지 못하고 사람도 사람 꼴이 되지 못한다. … 어린아이가 귀한 보물을 가슴에 품고 시장 네거리에 앉았어도, 탐욕스럽고 교활한 자들이라도 눈을 부릅뜨고 침을 흘릴 뿐 감히 빼앗지 못하는 것도 염치가 있기 때문이다.

　　사유란 국가를 유지하는 데 필요한 네 가지 벼릿줄로 예(禮, 예절)·의(義, 법도)·염(廉, 염치)·치(恥, 부끄러움)다. 이 네 가지 중 선생은 염치를 가장 먼저 꼽고는 이를 잃지 않도록 방지해야 한다고 역설한다. 『관자(管子)』 「목민편(牧民編)」에서 관중은 이 사유 중 "하나가 끊어지면 나라가 기울고, 두 개가 끊어지면 나라가 위태로우며, 세 개가 끊어지면 나라가 뒤집어지고, 네 개가 끊어지면 나라가 멸망한다"고 했다. 선생이 본 18세기 조선 사회는 이미 그 사유 중 하나인 염치를 잃어버린 사회였다. 선생의 말을 계속 경청해본다.

　　지금 눈앞에서 돌아가는 세상 꼴을 보면 온갖 법도가 모두 무너져서 떨쳐 일어날 수 없고 공과 사가 바닥까지 떨어져 어찌해볼 도리가 없게 되었으니 참으로 위태하고 근심만 깊어갑니다. 바로 이러한 때, 이런 급박한 병세를 치료하기 위해 약을 쓴다면 어떤 처방이 좋겠습니까?

　　선생은 이 염치없는 병든 사회를 치료할 약을 인간이면 누구나 갖고 있는 떳떳한 본성에서 찾았다. 선생은 염치를 찾기 위한 내리 처방전은 의외로 간단하다. 바로 '상대성'이다.

공자 마을 사람들처럼 대우하면 사람들이 모두 공자 마을 사람들과 같이 된다. … 만일 염치 있는 사람들을 높인다면 어찌 본받아 힘쓰고자 하는 사람이 없겠는가?

염치는 상대적이라는 말이다. 이 사람이 염치 있는 행동을 하면 저 사람도 그런 행동을 한다. 선생의 말대로라면, 만약 저 사람이 염치없는 행동을 하면 그 이유는 저이가 아닌 나에게서 찾아야 한다.

내가 저 사람을 공자 마을 사람으로 대하고 염치 있는 사람으로 높였다면 저 사람이 어찌 염치없는 행동을 하겠는가. 오늘날을 살아가는 우리들이 한 번쯤 새겨볼 말이다.

「보폐(譜弊)」는 족보를 거짓으로 날조하는 폐단이다. 양반과 체면, 문벌을 중시하느라 조상까지 바꿔치기하는 사회 문제가 드러나 있다. 지금도 학벌을 통해 보폐하려는 이들이 여간만 많은가. 버릴 구습을 전통으로 여기지 말아야 한다.

「향폐(鄕弊)」에서 「군목폐(軍木弊)」까지는 경향각처에서 벌어지는 하급 관리들의 폐단이다. 부역을 하느라 신음하는 백성과 교활한 아전들, 여기에 군대까지 그야말로 총체적 난국이다. 「학교폐(學校弊)」는 가장 깨끗해야 할 학교마저 각종 폐단에 물들어 형편없는 실정임을 보여준다.

당(堂)을 명륜(明倫, 학교)이라 하고 녹(錄)을 청금(靑衿, 유생)이라 한 것을 보면 어찌 이곳이 놀러 다니며 바라보기만 하는 곳이겠는가? … 오늘날 이름이 청금록에 올라 있고 몸이 학교에 있으면, 낫 놓고 기역자도 모르는 사람들이 몰려다니면서 술이나 먹고 밥이나 축내는 것을 능사로 여기고 해괴한 행실과 추잡한 이야기를 하는 버릇이 들어 소·말·돈·곡식으로 뇌물을 바치고 닭이나 술로 음식을 대접하며 그 사람이 뜻을 두어 바라는 것은 따지지 않고 서로 이끌어나갔으므로 교노(校奴, 학교에 딸린 노비)와 수복(守僕, 학교 일을 돌보는 구실아치)들이 상소리로 손가락질을 하며 봉마군(捧馬軍, 말을 바치는 군대)이니 봉수한(捧牛漢, 소를 바치는 사내)이니, 수미군(受米軍, 곡식을 받는 군대)이니, 습전군(襲錢軍, 돈을 엄습한 군대)이라고 부른다. 복마군(卜馬軍), 봉수한(烽燧漢), 수미군(需米軍), 습전군(拾箭軍)은 원래 명색이 군졸이었는데 학교에 양반들이 천거 받아 들어올 때 말·소·곡식·돈을 바치고 이름을 올렸기 때문에 음이 유사한 말을 따와서 비웃는다. 참으로 하류층다운 비속한 말이지만 한편으로 난잡해진 학교의 폐단이다.

본래 복마군은 수송을 맡아 하던 군인이요, 봉수한은 봉홧불을 올리는 사람이요, 수미군은 학교에서 일용할 곡식을 거두는 군인이요, 습전군은 화살 줍는 군인이었다. 그러니 의식 있는 선비라면 오히려 학교를 회피하였다. 저 시절 '난잡해진 학교의 폐단'을 보면서 이 시절, '입시학원과 취업 맞춤 연수기관으로 전락한 (대)학교'가 오버랩 된다.

단 한 순간도 멈추지 않는 생생일신(生生日新)의 세계이다. 저 시절에도 실학자들은 끊임없이 변화를 외쳤다. 이 시절, 우리가 실학을 다시 독(讀)할 필요충분조건이다.

60. 사람이 가축과 맺는 관계

이 지면을 통해 2019년 1월, 연암 박지원을 시작으로 다산 정약용, 혜강 최한기, 고산자 김정호, 동무 이제마, 풍석 서유구, 문무자 이옥, 수운 최제우, 담헌 홍대용을 거쳐 선생을 연재하고 있다. 실학을 주창한 이 분들 삶이 대부분 현실과 어그러진 고달픈 인생일지라도 이름 석 자는 그래도 아는 이가 꽤 된다. 하지만 이 나라에서 우·하·영이라는 이름 석 자를 아는 이가 몇이나 될까? 꽤 섭섭한 일이기에, 다른 분들에 비해 선생에게 연재 횟수를 더 할애하니 독자들께서는 혜량해주셨으면 한다.

제5책이 계속 이어진다. 「산지광점폐(山地廣占弊)」는 조상 묘에 대한 폐단이다. 지금도 산소를 쓰는 데는 길지를 따진다. 저 시절 세력 있는 가문과 고을 토호들은 권력을 앞세워 자기 조상의 묘로부터 5~6리까지는 다른 사람의 묘가 들어서지 못하게 하였다. 선생은 이러한 산소를 넓게 쓰는 광점(廣占, 땅을 넓게 차지함)의 폐단을 지적한다. 지금도 땅 투기와 아파트 평수 늘리기에 온 정성을 들이는 우리네 저속한 의식을 보자니 꽤나 긴 역사이다. 이 글에서 선생은 의미심장한 말을 한다.

근래 고질적인 폐단은 고치지 않고 그대로 따르는 데 있는 게 아니라 필시

빠른 효과를 거두고자 하는 데 있다. 이것은 농사도 짓지 않고 풍년을 기대하는 것과 같다. 빠른 효과를 도모하는 해악은 심은 모를 들어서 자라게 하려는 사람과 같다.

우리의 '빨리빨리 습성' 또한 저 시절에도 이미 저렇게 존재했다. 「노예(奴隷)」에서 선생은 중국은 노비를 대대로 전하지 않는데 우리는 대대로 전하고 매매까지 한다며 이는 "사람이 가축과 맺는 관계(若人之與畜物者然)"라고 통매하였다. 「충의(忠義)」는 곽재우, 김천일 같이 나라에 충의한 사람이 있어야 한다는 주장이다. 선생은 특히 의병에 주목하였다. "천 명의 의병을 불러 모으는 것이 만 명의 병사를 징발하는 것보다 낫다"는 옛사람의 말을 인용하며 임진왜란을 극복한 것이 온전히 '의병의 힘'이라고 하였다.

「금개가(禁改嫁)」에는 「노예」항에서 보였던 인(仁) 사상이 다시 나타난다. 선생은 개가 문제를 지적하는데 당시로서는 상당히 파격적인 견해다. 『경국대전』「예전(禮典)」에 "영불서용(永不敍用),[60] 재가한 여자, 조행(操行, 태도와 행실)을 상실한 여자의 자손 및 서얼의 자손, 그리고 장리(贓吏, 탐관오리)의 아들에게는 문과와 생원진사시험[小科]에 응시하는 것을 허락하지 않는다"고 규정되어 있다.

장리부터 짚어본다. 유수원은 『우서』권1 「논본조정폐」에서 "장리의 자손이라는 사실이 관리로 나가는 데 장애가 되었다는 이야기는 들어보지 못했다"고 꼬집었다. 지금도 부조리한 삶으로 획득한 부모의 부와 권력을 대를 이어가며 갑질하는 보도를 자주 본다. 연면한 전통이지만 폐기처분 대상임에 분명하다. 특히 여인의 수절에 대한 선생의 서술은

---

60) 죄를 지어 영구히 등용되지 못하는 자.

참담하다.

젊은 여자가 봄을 원망하며 홀로 빈방을 지키면서… 다만 자기 집안에 누를 끼친다는 것 때문에 감정을 억누르고 억지로 수절한다. 음란하고 더러운 행실이 말할 수 없는 곳에서 나오거나 또 어떤 이가 그를 더럽히면 소문이 날까 봐 자취를 지우는 일이 곳곳에 있다. 더욱 참담한 일은 지금 어둡고 으슥한 곳에 갓난아기를 싸서 버리는 일이 많다는 것이다. 저 이리 같은 짐승들도 자기 자식을 사랑할 줄 알거늘, 비록 무식한 촌 여인이라도 어찌 자신의 소생을 사랑할 줄 몰라서 이러하겠는가. 그 아이가 더러운 행실에서 나왔기에 혈육을 버려서 은혜를 주지 않고 윤리를 상하게 하여도 아무도 측은히 여기지 않으니 이게 어찌 천지가 만물을 낳은 인(仁)이란 말인가?

이러고는 "원래 절개를 지키는지 여부는 오직 그 사람에게 달려 있지, 법으로 억지로 시킬 수 있는 게 아니다" 하며, 그래도 나라 법은 하루아침에 고치기 어려우니 절충방안을 마련하자고 한다. 즉 '개가한 여자의 자손이 청요직61)에 나아가는 것을 막는 법은 대수를 한정하고 여항의 미천하고 원통한 청상과부들이 수절하든 개가하든 스스로에게 맡기자' 한다.

「농가총람(農家總覽)」은 농사법이다. 선생은 변화를 긍정적으로 받아들였다. 선생은 이 글 쓴 이유를 "오늘날의 계절과 기후가 옛날 같지 않고 민간의 기술도 달라져서"라 한다. 전에 나온 농서는 이미 당시 현실과 맞지 않게 되었으니 예전부터 전래되어 오는 농사 방식을 소개하고 자기의 경험을 기록하여 농촌에 실질적인 도움을 주고자 한 것이

---

61) 사간원·사헌부·홍문관 등 학식과 덕망이 있는 자리.

다. 구체적으로 『농가집성(農歌集成)』과 『농사직설(農事直設)』의 원문을 인용하고는 자신의 견해를 주석처럼 달았다. 그러고는 '부관(附管)'이란 항에 자신의 견해를 매우 상세하게 적어 넣었다. 이는 선생이 직접 농사를 지은 데서 연유하니 '종자마련'(備穀種)이라는 항목만 보면 이렇다.

직설: 다음해에 어떤 종자가 좋은지를 알아보려면 아홉 종의 곡식 씨앗 각 한 되씩을 각기 다른 베주머니에 담아 흙으로 지은 움막 안에 묻어라(사람들이 그 위에 앉거나 눕지 못하게 하라).

부관: 이 방법은 일찍이 우리 집안에서 이미 시험해보았다. 각각의 종자 한 되씩을 각각 다른 베주머니에 담기는 어려우니 종자 1홉씩을 취해서 각기 다른 베주머니에 담는 게 낫다. 흙으로 지은 움막은 필요치 않으며 그 대신 북쪽 담장의 그늘진 곳에 묻는 게 좋다.

선생은 이렇게 직접 농사 지으며 얻은 지식을 조목조목 정리하였다. 학문을 하고 농사를 짓는 실학자의 글답다. 지금도 우리 교육은 이론 중심의 허학(虛學) 일색이다. 배움과 삶이 일치하는 실학시대(實學時代)의 도래를 꿈꿔본다.

61. 내 일념은 동포를 구제하는 데 있을 뿐

'난훈(難訓, 가르칠 수 없다)'이란 말이 생각났다. 몸은 호랑이와 비슷한데 호랑이보다 크다. 멧돼지 어금니에 꼬리는 5미터나 되는 악수(惡獸)이다. 바로 사흉(四凶)62) 중 하나인 도올(檮杌)이란 짐승이다. 이 도올은 전욱(顓頊)이라는 고대 전설 속 황제의 피를 이어받았지만 허울만 좋은 하눌타리일 뿐이다. 오로지 악행만 일삼고 싸움질을 하면 물러나는 법이 없다. 또 거만하고 완고하여 남들의 의견도 전혀 듣지 않아 난훈이라는 별명까지 붙었다. 수십 년 동안 그 난리를 치고 만든 공수처(고위공직자범죄수사처)가 '1호 사건'이라 내세운 걸 보며 든 생각이다. 제 아무리 좋은 제도를 만들어주고 백성들이 열심히 가르쳐도 도저히 제 버릇을 못 버리는 '난훈들'에게는 쇠귀에 경 읽기요, 개꼬리 삼 년 묵어도 황모 못 된다는 말이 정녕일시 분명하다.

우하영 선생이 목숨을 걸고 올린 『천일록』 또한 저런 난훈들에게 경 읽기로 그쳤다. 이제 선생에 대한 마지막 회로 제6책을 읽는다.

제6책은 「잡록」 상·「잡록」 하·「병진사월응지소」·「갑자이월응지소」·「어초문답」·「취석실주인옹자서」로 구성되었다. 「잡록」 상에서 선생은

---

62) 큰 개의 모습을 한 혼돈, 눈이 겨드랑이에 있는 도철, 날개가 달린 호랑이 궁기와 도올.

"백성들의 윤리를 바로잡고 세상을 교화하는 데 도움"을 주려고 만들었다고 밝혔다. 「잡록」 하는 "보고 들은 것을 기록"하였다고 하는데 대부분 기이한 사적이다. 「병진사월응지소(丙辰四月應旨疏)」는 1796년에 응지상소한 것이다. 당시 폐단의 실상, 그 폐단이 생기게 된 근본 이유, 구체적인 대응책을 자세히 서술하였다.

「갑자이월응지소(甲子二月應旨疏)」는 1804년에 응지상소한 것으로, "국왕 덕목에 관한 조목 10개 항"과 당시 "사회 폐단에 대한 조목 10개 항"으로 이루어져 있다. 대통령과 각료, 혹은 각 기업이나 단체를 이끄는 리더, 혹은 이들에 준하는 행동을 하고 싶은 독자들에게도 도움이 될 "국왕 덕목에 관한 조목 10개 항"만 정리하면 이렇다.

1. 마음: 마음이 공정하도록 힘써라.
2. 기미: 바깥 기미(조정)와 안 기미(마음)가 만날 때 밝은 이치가 나타난다.
3. 지인용(智仁勇): 지혜로워야 사람을 알아보고 인자해야 백성들을 보호하며 용맹해야만 제압한다.
4. 인재를 찾아라: 인재를 구하는 것은 성의에 달려 있고 사람을 임명함은 공정함에 달려 있다.
5. 옳고 그름을 분명히 하라: 이극(李克) '오시법(五視法)'을 사용하라. 오시법은 사람을 보는 다섯 가지 방법으로 ① 그가 평소에 누구와 친하게 지내는지 보라. ② 부자라면 누구에게 자신의 부를 베푸는지 보라. ③ 높은 지위에 있다면 누구를 천거하는지 보라. ④ 어려운 처지에 있다면 그가 하지 않는 일을 보라. ⑤ 가난하다면 그가 취하지 않는 것을 보라.
6. 풍속의 변화를 꾀하라.
7. 상벌을 밝혀 아랫사람을 주의시켜라: 신상필벌을 정확히 하라.
8. 덕과 법을 다스리는 방도로 삼아라: 덕과 법은 백성들을 부리는 도구다.

그렇지만 덕교를 우선시하고 형법을 뒤로 하라.

9. 조목을 세워 가르치는 방도로 삼아라: 자기 직업에 충실하도록 독려하라는 말이다.

10. 마음을 지켜 만사 근본으로 삼아라: 마음을 잡도리하라는 말이다.

선생은 "마음을 나무에 비유하면 뿌리를 단단히 하고 치밀하게 내리게 하면 비바람에 쓰러지거나 뽑히지 않고, 배에 비유하자면 닻을 내릴 때 단단하고 깊게 하면 파도에 흔들리지 않으니 마음을 잡고 지키는 것도 이와 같다"고 하였다.

「어초문답(漁樵問答)」은 어부와 나무꾼이 나누는 대화로 그 속에 선생의 사상이 담겨 있다. 글줄을 따라가며 선생의 말을 경청해보자.

- 시대에 따라 환경도 변한다. 따라서 정치 방법도 다르다.
- 백성을 양육하는 게 먼저이고 가르치는 게 다음이다.
- 근면하고 검소하라.
- 수령의 고과에 백성들의 근면을 반영하자.
- 자기 분수를 넘는 것은 모두 사치다.
- 부자는 음식이 넘치고 가난한 자들도 옷은 사치스럽다.
- 사치를 부리니 물가가 뛴다.
- 폐단 없는 정치는 없고 구제 못 할 폐단도 없다. 폐단이 생기는 것은 애초에 정책이 느슨해졌던 탓이고 폐단을 구제하는 방법은 정책을 바로잡는 것뿐이다. 오늘날은 폐단과 근심을 구제하고자 하는 뜻이 없을 뿐이니 만일 구제하고자 하는 마음만 먹는다면 구제 못 할 것도 없다. 하늘에서 옛날부터 지금까지 똑같이 부여받아 변치 않는 게 있다면 마음이다.
- 엄금할 때 형법으로 하지 않는다면 무엇으로 세상을 규범 있게 만들겠는가?

오늘날 급선무는 오로지 근본에 힘쓰고 사치를 금하는 데 있다.

- 선을 좋아하고 악을 미워하여 꺼리는 정사를 펼친 다음에야 왕의 교화가 시행된다.
- 쓸데없이 하은주(이상향)시대 이야기만 하면서 아무것도 하지 않기보다는 차라리 폐단을 고쳐나가서 '소강세상'을 이루는 편이 낫다.

이로써 『천일록』의 대강을 살폈다. 선생은 두 번 상소를 올렸고, 임금들은 두 번 비답(批答)[63]을 내렸다. 선생의 글은 당대의 진단서였고 사회적 병폐에 대한 구체적인 처방전이었다. 정조는 검토하고 명령도 내렸지만, '난훈 관리'들은 이를 받아들이지 않았다. (비답 내용으로 미루어볼 때 순조는 검토조차 하지 않은 것 같다.) 조선을 실질적으로 다스리는 것은 왕도 백성도 아닌 '난훈 관리'들이었기 때문이다. 선생의 상소와 왕의 비답은 조선에 아무런 변화도 주지 못하였다.

이제 선생의 상소와 왕의 비답은 슬픈 외침으로 남아 이 시절을 사는 우리에게 도착했다. 일개 서생 우하영, 그러나 "내 일념은 동포를 모두 구제하는 데 있었을 뿐"이라, 손등에 푸른 정맥이 솟도록 쓴 『천일록』 맨 뒤 「취석실주인옹자서」를 다시 읽어 본다.

내 일념은 동포를 모두 구제하는 데 있었을 뿐이다. 시장에서 물건을 볼 때마다 가난한 백성들이 살아갈 방책을 고민하였고 길에서 사람을 만날 때도 백성들의 고통이 무엇인지를 물었다. 그래서 전국 물건 값이 언제 올랐다가 언제 떨어지는지, 궁벽한 시골에 이르기까지 그곳 요역이 얼마나 무거운지 잘 알았다.

---

63) 상소에 대한 임금의 대답.

저 시절 저러한 이가 이 시절이라고 없겠는가. 주위를 둘러 이러한 이를 찾아 국정을 경영토록 한다면 어찌 대한민국의 미래가 밝아지지 않겠는가?

62. 『북학의(北學議)』,
우리나라 사람은 아교와 옻 같은 속된 꺼풀이 덮여 있다

이 글을 쓰는 필자, 올 해로 회갑이니 꼭 이 땅에서 60년을 살았다. 그런 생각이 든다. '나는 지금 내 인생길을 이 땅에서 잘 걷고 있나? 저들이 꿈꾼 세상 속에서 인간다운 인간으로서 살고있나.' 적다고도 많다고도 할 수 없는 밥숟가락이지만, 셈치자면 저 초정 선생보다 5년을 더 살았다. 1778(정조 2)년 청나라 풍속과 제도를 보고 돌아와 『북학의』를 쓴 선생 나이 스물아홉으로 따지자면 무려 30년을 더 살았고 시대로 헤아리면 230년이라는 시간을 훌쩍 넘는다.

21세기 현대 과학은 지구와 달의 거리인 평균 38만km보다 200배 정도 먼 태양계에서 4번째 궤도를 돌고 있는 화성에 탐사선을 보냈다. 무려 7,800만km이다. 아이러니한 것은 이 지구촌이 코로나19라는 후진적 전염병으로 2년째 몸살을 앓고 있다는 점이다. 이러한 시대, '왜 필자는 이백 년 전 스물아홉의 조선 서생이 쓴 『북학의』를 굳이 읽느냐?'고 묻는다면 이유는 선명하다. 저 시절, 저 선생의 삶에서 당대의 고식화된 문화적 편견과 선입견, 강고하고 배타적인 학문의 가두리를 벗어나려 안간힘을 쓰는 실학을 보았기 때문이다.

선생의 자(字)는 차수(次修), 초명은 제운(齊雲), 호는 정유(貞蕤)·초정

(楚亭)·위항도인(葦杭道人)이다. 정유라는 호는 '곧게 똬리를 틀다'라는 뜻으로 소나무의 별칭인데 자못 의미가 있다. 선생의 집이 한때 서울 종로구 연건동의 동쪽, 이화동의 서쪽 사이에 있던 장경교 인근에 있었다. 그곳에 소나무 한 그루가 빼어나 가지가 굽어 똬리를 틀었다. 정조가 이를 보고는 아끼어 '어애송(御愛松)'64)이란 이름이 붙었다. 선생은 자신을 아끼는 정조를 생각하며 이 정유를 호로 삼은 것이다. 「진랭원 어애송가(眞冷園御愛松歌)」라는 시도 정조와 살가분한 정을 담은 작품이다.

선생의 본관은 밀양(密陽)이고 당파는 남인이다. 부친은 승정원 우부승지를 지낸 박평(朴坪)으로 부인이 사망하자 서얼인 김씨를 얻어 선생을 낳았다. 11세인 1760년 아버지가 사망하며 가세가 급격히 기울었고 남산 아래 필동과 묵동을 전전하였는데 이 남산골이 흥미롭다.

당시 남산에 사는 선비들을 '헛가리 선비'라고 하였다. 헛가리는 널빤지, 나뭇가지, 짚 등으로 얼기설기 엮은 형편없는 집이다. 남산골에 사는 선비들의 가난함을 이르는 말이다. 하지만 가난하여 신조차 없어서 마른날에도 나막신을 신는 딸깍발이들이었지만 지조만은 팔지 않았다. 박지원의 「양반전」에서 훈련대장 이완에게 칼을 들이대는 허생도 이곳에서 살았다. 그래 이들의 기개가 조정까지 미치기에 "남산골 샌님 원(수령) 하나 못 내도 당상(堂上)65) 목은 잘도 자른다"는 말까지 있었다.

1778년 사은사 채제공을 따라 이덕무와 함께 청나라에 가서 이조원·반정균 등 청나라 학자들과 교유하였다. 돌아온 뒤 청나라에서 보고 들은 것을 정리하여 『북학의』 내·외편을 저술한다. 내편에서는 생활도구 개선을, 외편에서는 정치·사회제도의 모순점과 개혁 방안을 다루었

---

64) 임금님이 사랑하는 소나무.
65) 정3품 이상의 높은 벼슬아치.

다. 이때 선생의 나이 겨우 스물아홉이었다.

정조가 1777년에 서얼허통절목을 발표하고, 이듬해 1779년 규장각에 검서관직을 설치하여 선생을 비롯한 이덕무·유득공·서이수 등 서얼 출신 학자들을 초대 검서관으로 임명하였다. 이 넷은 사검서(四檢書)라 불렸다. 검서란 규장각(奎章閣, 왕실 도서관)에서 서책을 교정하거나 원본과 똑같이 베끼는 일을 맡아보던 검서청(檢書廳) 소속 하위 임시직이니 대단한 직책이 아니다. 이후 선생은 승문원 이문학관(承文院 吏文學官)을 겸임하였으며, 13년간 규장각 내·외직에 근무하면서 여기에 비장된 서적들을 읽고, 정조를 비롯한 국내 저명한 학자들과 깊이 사귀면서 왕명을 받아 많은 책을 교정하고 간행하였다. 박지원의 제자였던 선생은 문장과 서화에 뛰어났으며 달변이었다.

1786년 왕명으로 당시 관리들의 시폐를 시정할 수 있는 「구폐책」을 상소로 올린다. 신분을 타파하고 상공업을 장려하여 국가를 부강하게 하고 백성들의 생활을 향상시켜야 한다는 내용이었다. 이를 위해서는 청나라의 선진 문물을 받아들이는 게 급선무라고 주장하였다.

1790년 건륭제 팔순절에 정사 황인점을 따라 두 번째 연행길에 오른다. 돌아오는 길에 선생은 압록강에서 다시 왕명을 받아 연경에 파견되었다. 원자(뒷날 순조) 탄생을 축하한 청나라 황제의 호의에 보답하기 위해서였다. 정조가 한낱 검서관이었던 그를 정3품 군기시정에 임시로 임명하여 별자사절로서 보낸 것이다.

1792년 검서관을 사직하고 부여현감으로 부임한다. 1793년 정원에서 내각관문을 받고 「비옥희음송」이라는 비속한 문체를 쓰는 데 대한 자송문을 왕에게 지어 바쳤다. 1794년 춘당대무과에 급제하여 정3품 가량 벼슬인 오위장(五衛將)이 된다. 1798년 선생은 『북학의』의 내용을 골자로 하는 「응지농정소」를 올렸다. 『소진본북학의』는 이때 작성되었다.

1801(순조 1)년에는 사은사 윤행임을 따라 이덕무와 함께 네 번째 연행길에 올랐으나 돌아오자마자 동남성문 흉서 사건66)의 주모자인 윤가기(尹可基)와 사돈이라는 이유로 혐의를 받고 종성에 유배되었다.

1805년 3월 유배에서 풀려나 4월 25일, 56세로 조선 후기 한 많은 서얼로서의 삶을 마쳤다.

---

66) 윤가기와 임시발이 세상을 개탄하는 담화를 쓰고 당시 재상이었던 심환지 일당의 행동을 꾸짖자 대역죄로 처단한 사건을 말한다.

63. 꼴같잖게 막돼먹은 놈!

"사회주의로 이행하는 것은 사회가 원시공동체에서 노예제, 봉건제, 자본주의로 진화하고 발전한 결과로서 필연적이다." 마르크스의 사적유물론(私的唯物論) 요점이다. 마르크스는 인간의 역사를 계급투쟁의 반복으로 간주하고 그 바탕은 경제로 보았다. 따라서 하층 계급이 상층 계급을 타도함으로써 평등하게 된다는 것을 역사의 필연이라고 단언한다.

마르크스의 주장이 더 이상 설자리를 잃은 이 세계에서 이에 대해 시비를 가릴 이유는 없다. 다만 저이의 계급투쟁 반복 요인이 '경제'라는 데는 뼈저리게 동의할 수밖에 없다. 18세기 이 경제에 독특한 관심을 집중한 실학자가 바로 선생이다. 선생은 서얼이었지만 살림살이는 조금은 여유로웠던 듯하고 물질에 대한 집착도 꽤 있었던 듯하다. (하지만 선생은 "늘 가난하였다"라 하였으니 자신의 살림살이를 영 못마땅히 여긴 듯하다.) 이덕무의 『간본 아정유고』 권6 문(文)-서(書) 「이낙서 서구에게 주는 편지」를 보면 선생의 물질에 대한 의식이 자못 짭짤하다. "내가 단 것에 대해서는 마치 성성(猩猩)이가 술을 좋아하고 원숭이가 과일을 즐기는 것과 같으므로 내 친구들은 모두 단 것을 보면 나를 생각하고 단게 있으면 나를 주곤 하는데 초정만은 그렇지 않소. 그는 세 차례나 단 것을 먹게 되었는데, 나를 생각지 않고 주지 않을 뿐만 아니라 남이 나에게 먹으라고 준 것까지 수시로 훔쳐 먹곤 하오. 친구 간 의리에 있어 허물이 있으면 규계하는 법이니, 족하는 초정을 깊이 책망해주기 바라오"라는 구절이 보인다.

이덕무가 아홉 살이나 위요, 같은 서얼로서 사검서요, 연암 선생에게 배움을 같이하는 사이 아닌가. 하기야 한골나가는 양반 중, 양반인 연암 박지원조차 제자인 선생에게 돈과 술을 좀 꾸려다가 된통 망신을 당하기도 한 것을 보면 말이다. 이때 연암은 "꼴같잖게 막돼먹은 놈!"이라 욕을 해댔다. 이렇든 저렇든 선생의 경제관이 독특하게 배여 있는 책이 바로 『북학의』다.

선생은 당시에 농업이 천하지대본[農者天下之大本]인 세상에 상업을 중시하였다. 실학자들 중 선생보다 앞선 중상주의로 패러다임을 재구조화한 인물은 토정 이지함(1517~1578)이다. 토정은 관직에 나가서까지도 농업이 아닌 염업, 수공업 등을 통한 부민정책을 꾀했다. 이후 중농주의자이면서도 상업을 예사롭게 보지 않은 유수원(양반의 상업 종사 환영), 박지원(「허생전」을 통해 상업과 해외 통상 인정) 등이 있고 선생이 그 뒤를 잇지만 학문으로는 가장 깊다.

선생은 국내 상업과 외국 무역에 대한 이해가 깊었기에 그의 사상도 당시 신흥 세력으로 부상하고 있던 도시 상공인의 입장을 대변하는 이용후생학(利用厚生學), 즉 조선 후기 실학이다.

정인보의 『담헌서』「서」에는 선생의 스승과 학문에 관한 서술이 있다. 선생 주변 인물로 위로는 유형원에서 홍대용, 김원행, 이익, 박지원, 정철조, 그리고 정약용까지 보인다. 유형원을 제외하면 모두 근기실학자들이다. 실학을 지역성으로 굳이 따지면 서울을 중심으로 한 근기실학(近畿實學)과 전라도 중심의 호남실학(湖南實學)으로 나눌 수 있다. 호남실학자로는 유형원과 신경준·위백규·황윤석·양득중(梁得中, 1665~1742)

등을 들 수 있다. 특히 양득중은 『덕촌집(德村集)』을 지었는데 실사구시(實事求是, 사실에 의거하여 사물의 진리를 찾는다)를 주창하였다. '실사구시'라는 용어는 『한서』 「하간헌왕전(河間獻王傳)」에 보인다.

선생의 학문은 실학이었다. 선생은 신분제도에 반대하는 선진적인 실학사상을 전개하였다. 유형원과 이익 등의 토지경제사상을 지양하고 청의 선진 문물을 받아들여 상공업을 발전시켜야 한다고 주장하였다. 또 선생은 상공업의 발전을 위하여 국가는 수레를 쓸 수 있도록 길을 내어야 하고 화폐 사용을 활성화해야 한다는 중상주의적 국가관을 내세웠다.

『북학의』 「서」에서 선생은 다음과 같이 말했다. "대개 쓰임을 이롭게 하고 생을 두텁게 하는 데(利用厚生) 있어, 하나라도 빼놓는 게 있으면 위로는 올바른 덕(正德)을 해치게 된다. 그런 까닭에 공자는 "백성을 가르쳐야 한다" 하였고, 관중은 "의식이 풍족해야 예절을 안다"고 하였다.

이제 본격적으로 『북학의』를 읽어본다. 연암은 『북학의』 「서」에 아래와 같이 써놓았다. 자신의 저술인 『열하일기』와 『북학의』가 같은 내용을 담고 있다는 내용이다.

내가 북경에서 돌아오니 재선(在先, 박제가)이 그가 지은 『북학의』 내편과 외편을 보여주었다. 재선은 나보다 먼저 북경에 갔던 사람이다. 그는 농잠, 목축, 성곽, 궁실, 주거로부터 기와, 대자리, 붓, 자(尺) 등을 만드는 방식에 이르기까지 눈으로 헤아리고 마음으로 비교하지 않은 게 없었다. 눈으로 보지 못한 게 있으면 반드시 물어보았고, 마음으로 이해하지 못한 게 있으면 반드시 배웠다. 시험 삼아 책을 한번 펼쳐 보니, 내 일록(日錄, 『열하일기』)과 더불어 조금도 어긋나는 게 없어 마치 한 사람의 손에서 나온 것 같았다. 이러한 까닭에 그가 진실로 즐거운 마음으로 나에게 보여준 거요, 나도 흐뭇이 여겨 3일 동안이나 읽어도 싫증이 나지 않았다.

　아, 이게 어찌 우리 두 사람이 눈으로만 보고 그렇게 된 것이겠는가. 진실로 비 뿌리고 눈 날리는 날에도 연구하고, 술이 거나하고 등잔불이 꺼질 때까지 토론해오던 것을 눈으로 한번 확인한 것뿐이다.

　'북학'이란 『맹자』에 보인다. 『맹자』 등문공 상(滕文公上)에 "진량(陳良)은 초나라에서 태어났지만, 주공(周公)67)과 중니(仲尼, 공자)의 도를 좋아한 나머지, 북쪽으로 중국에 와서 학문을 배웠다(北學於中國)"라 하였다. 선생이 이 북학을 따 제명한 것은 중국(청나라)을 선진 문명국으로 인정하고 겸손하게 한 수 배워보자는 뜻이다.

---

67) 주나라 왕조를 세운 문왕의 아들이며 무왕의 동생으로 유학자들이 성인으로 받듦.

64. 나라가 나라꼴이 되지 못한다

"국민 아픔 해결하는 진짜 약 되는 정치 실현하겠다" 한 신문 정치면 머리기사다. 대통령이 되겠다는 이의 출마변이란다. 저쪽의 선거공약은 '가짜 약'이고 내가 '진짜 약'이라는 의미다. 같은 당인데도 둘로 나뉘어 국민들에게 '진짜 약'을 복용시키겠다는데, 이 '약(藥)'이란 말이 이중적으로 쓰임을 아는지 묻고 싶다. 생뚱맞은 정치인의 약타령을 들으며 '파르마콘[Pharmakon]－적(的) 인간군상'이란 말이 생각이 나서다. 플라톤은 『파이드로스』에서 글(혹은 말로 치환해도 무방할 듯)을 파르마콘이라 정의하였다. 파르마콘은 치유하는 약이기도 하지만 고약한 독이란 상반된 의미를 갖고 있는 용어이다. 아마도 글(말)은 진정성 있는 듯하지만, 글쓴이(말하는 이)의 행동은 거짓임을 간파한 플라톤이 이 파르마콘을 끌어와 글(말)이라 한 것이 아닌가 한다.

사실 마키아벨리즘을 외대는 이 땅의 정치인들 언행이야 워낙 불일치하니 그렇다치지만(그렇지 않은 분들도 계심을 굳게 믿는다), 학자들조차도 '어떻게 글은 저렇게 고상하고 멋진데 행동은 이렇게 치졸하고 저급할까?' 하는 경우를 다반사로 본다. '글 따로 나 따로'인 '파르마콘－적 인간군상'이 즐비한 이 땅이다. 그래 글과 삶이 여일(如一)한 실학자들의 글이 지금도 유효한 이유이다. 선생은 『북학의』를 2권 1책으로 만들었다. 내외편이 각 1권으로 구성되었는데, 『북학의』 「자서」부터 읽어본다.

나는 어릴 때부터 최치원과 조헌의 인격을 존경하여 비록 세대는 다르지만 그분들의 뒤를 따르고 싶었다. … 그들은 모두 다른 사람을 통해 나를 깨우치고 훌륭한 것을 보면 직접 실천하려 했다. 또한 중국 제도를 이용하여 오랑캐 같은 풍습을 변화시키려고 애썼다. 압록강 동쪽에서 천여 년 동안 이어져 내려오는 동안, 이 조그마한 모퉁이를 변화시켜서 중국과 같은 문명에 이르게 하려던 사람은 오직 이 둘뿐이었다.

—무술(1778)년 9월, 비 오는 그믐날, 통진 시골집에서 위항도인 박제가 씀

이때 선생의 나이 겨우 스물아홉이었다. 선생이 따르고 싶었다는 고운(孤雲) 최치원(崔致遠, 857~?)은 신라 말기의 대표적 지식인이다. 당나라 '황소난' 때 지은 「토황소격문」은 명문으로 유명하다. 신라에 돌아와 개혁안인 「시무책」을 제시하였으나 실현되지 않은 데다 6두품이라는 신분의 한계에 좌절하여 유랑하였다.

중봉(重峰) 조헌(趙憲, 1544~1592)은 강직한 성품으로 도끼를 지니고 가 상소를 올린 이다. 이른바 지부상소(持斧上疏)였으니 자신의 상소를 받아들이지 않으려면 도끼로 목을 치라는 강개한 사내였다. 임진왜란 때는 의병 1,600명을 이끌고 청주성을 수복하였고 이후 금산 전투에서 의병 700명과 함께 왜군에 대항하다 장렬히 전사한 이다. 어릴 때부터 이 최치원과 조헌을 흠모했다 하니 선생의 기개 또한 예사롭지 않음을 읽는다.

이제 '내편'부터 본다. 내편은 주로 일상생활에 필요한 기구와 시설에 대한 개혁론을 제시해 현실 문화와 경제생활 전반을 개선하려 하였다. 간략하게 몇 항목만 보자.

벽돌: 우리나라 사람들은 아침에 저녁 일을 걱정하지 않아서 수많은 기술이 황폐해지고 날마다 하는 일도 소란스럽기만 하다. 이 때문에 백성들에게는 정해진 뜻이 없고 나라에는 일정한 법이 없다. 그 원인은 모든 일을 임시방편으로 처리하는 데 있다. 그로 인해 생기는 해로움을 알지 못하면 백성이 궁핍해지고 재물도 고갈된다. 따라서 나라가 나라꼴이 되지 못할 뿐이다.

지금까지도 우리나라 고질병인 임시방편을 지적하고 있다. 이는 이미 연재한 우하영 선생도 연암도 지적하였다. 특히 연암은 인순고식(因循姑息)[68] 구차미봉(苟且彌縫),[69] 이 여덟 자로부터 모든 게 잘못되었다며, 병풍에 써 '저러하지 않으리라' 다짐까지 하였다.

목축: 목축은 나라의 큰 정사다. 농사 일은 소를 기르는 데 있고 군사 일은 말을 훈련시키는 데 있으며 푸줏간 일은 돼지, 양, 거위, 오리를 치는 데 있다.
소: 우리나라에서는 날마다 소 500마리가 죽는다.

선생은 생업이 오로지 농사인데 날마다 소 500마리를 도축한다고 지적한다. 저 시절 그 소고기를 백성들이 먹지는 못할 터, 호의호식하는 양반네들이 눈에 선하다.

시정: 재물은 우물과 같다. 우물에서 물을 퍼내면 물이 가득 차지만 길어내지

---

68) 낡은 관습이나 폐단을 벗어나지 못하고 당장의 편안함만을 취함.
69) 일이 잘못된 것을 임시변통으로 이리저리 주선해서 구차스럽게 꾸며 맞춤.

않으면 물이 말라버린다. 마찬가지로 비단옷을 입지 않으므로 비단을 짜는 사람이 없고 그 결과 여성 공업이 쇠퇴한다.

이른바 선생 특유의 '사치론(奢侈論)'이다. 지금도 절약을 미풍양속으로 여기기에 선생의 생각 폭이 놀라울 뿐이다. 아래 '상고'와 '고동서화'는 선생이 상세히 기록해 놓았기에 따로 부연치 않는다. 독자제위께서 삼가 해석하여 읽으시기 바란다.

상고: 우리나라의 풍속은 겉치레만 알고 뒤돌아보며 꺼리는 일이 너무 많다. 사대부는 놀고먹으면서 하는 일이라곤 없다. 사대부인데 가난하다고 들에서 농사를 지으면 알아주는 자 없고, 짧은 바지를 입고 대나무 껍질로 만든 갓을 쓰고 시장에서 물건을 매매하거나 자와 먹통 또는 칼과 끌을 가지고 남의 집에 품팔이를 하면, 그를 부끄러워하고 우습게 여기면서 혼삿길을 끊지 않는 사람이 드물다. 그러므로 집에 비록 돈 한 푼 없는 자라도 높다란 갓에 넓은 소매가 달린 옷으로 나라 안에서 어슬렁거리며 큰소리만 친다. 그러면 그들이 입는 옷이며 먹는 양식은 어디서 나오는가? 권력에 기대는 수밖에 없다. 이리하여 청탁하는 버릇이 생기고 요행을 바라는 문이 열렸으니 시장 장사치도 그들이 먹고 남은 음식을 더럽다 한다. 그러니 중국 사람이 장사하는 것보다 못함이 분명하다.

언뜻 보면 자질구레한 일상을 적은 것 같지만 자세히 보면 각 항목 항목이 당시의 문제점을 지적하거나 그 해결책을 제시한다는 사실을 새겨보아야 한다. 그만큼 선생은 시대상을 면밀히 주시하고 이를 책으로 엮었음을 알 수 있다.

65. '붉구나!' 한 자만 가지고

한 대선 주자의 "점령군(占領軍)" 발언을 두고 정치권이 시끄럽다. 딱하다. 1945년 9월 7일, 맥아더 포고문 제3조에 "모든 사람은 급속히 나의 모든 명령과 나의 권한 하에 발한 명령에 복종하여야 한다. '점령군 (occupation)'에 대한 모든 반항 행위 혹은 공공의 안녕을 방해 하는 행위에 대해서는 엄중한 처벌을 할 것이다"라 분명히 명시되었다. 이런 모욕을 다시는 당하지 않으려 역사를 배우는 것이다. 나라를 위해 정치를 하겠다는 국회의원들이요, 더욱이 대통령이 되겠다 나선 이들이다. 일제식민지, 미군정의 신탁통치를 감내한 현대사조차도 모르고 '미국의 은정에 무례를 범했다'는 저 정치꾼들이나, 알고도 모르는 척하는 것인지 흉물스레 침묵을 지키는 일부 언론도 그 나물에 그 밥이다. 역사가 E. H. 카의 말처럼 "역사란 과거와 현재의 끊임없는 대화"여야 한다. 그래야 미래로 나아갈 것이 아닌가. 이 시절 실학을 읽는 이유도 여기에 있다. 저런 무참한 역사 인식을 보며 실학을 되짚는다는 게 참 저이들께 송구하고 면괴스러울 뿐이다.

『북학의』 '내편'이 계속 이어진다.

한어: 지금 본토 사람 말 중에는 신라 때 사투리가 많다. '서울', '임금(尼師今)'

따위 말이 그렇다. 왕씨가 원나라와 통한 뒤에는 가끔 몽고 말이 섞였는데, '불알(卜兒, 불알)', '불화(不花, 송아지)', '수라(水刺, 임금의 진지)' 따위가 그 예다.

고동서화: 꽃에서 생겨난 벌레는 날개나 더듬이도 향기롭지만, 거름더미에서 자란 놈은 더러운 것을 뒤집어쓴 채 꿈틀거린다. 사물이 본디 이러하듯 사람도 마찬가지다. 아름답고 찬란한 비단 속에서 나고 자란 사람은 더러운 먼지 구덩이에 빠져 사는 사람과는 분명히 다른 점이 있다. 나는 우리나라 사람들의 더듬이와 날개가 향기롭지 않을까 염려스럽다.

몇 항목만 추려보았다. 선생은 벽돌 같은 일상의 사물에서 목축과 소, 자잘한 시정 및 한어, 고동서화까지 문제점을 지적하거나 그 해결책을 제시하였다. 이쯤에서 선생의 시 한 편 보고 글을 잇자.

'붉구나!' 한 자만 가지고	毋將一紅字
눈앞의 온갖 꽃 말 말게	泛稱滿眼花
꽃술엔 많고 적음이 있으니	花鬚有多少
꼼꼼히 하나씩 찾아보려믄	細心一看過

선생의 「위인부령화(爲人賦嶺花)」라는 시다. '붉구나!' 한 자만 가지고 어찌 눈앞에 흐드러지게 피어 있는 온갖 꽃을 다 말하겠는가. 선생은 꽃술의 많고 적음까지 꼼꼼히 살피며 '눈앞의 온갖 꽃 말 말게'라 한다. 때로는 진리가 한 줌 어치도 안 되는 작은 것에 숨어 있다. 『북학의』의 자잘함은 저 시 속에서도 찾는다.

이제 '소(牛)' 항목만 좀 더 깊이 보자. 당시 날마다 소 500마리 정도를 도축한 듯하다. 선생은 다음의 이유로 이것이 문제 있다고 한다.

① 소는 열 달 만에 나서 세 살이 되어야 새끼를 배기에 날마다 500마리씩 죽는 것을 당해내지 못한다. 이러니 갈수록 소가 귀해지는 것은 당연하다.

② 농부들 대다수는 소가 없어 이웃에서 빌리는데 빌린 날짜대로 품을 앗아야 하기 때문에 논갈이 때를 놓칠 수밖에 없다.

③ 소를 도축하지 않으면 시장에서 소고기가 없어져 백성들이 비로소 돼지와 양 등 다른 동물 축산에 힘쓸 것이다.

선생은 당시 돼지고기가 남아도는 이유도 사람들이 돼지고기를 즐기지 않아서가 아니라 시중에 유통되는 쇠고기 물량이 많아서라고 하였다. 소 도축을 줄이면 자연히 돼지와 양 등 다른 목축업이 성장하게 되고 소가 넉넉하면 농사를 짓는 데 때를 놓치지 않는다는 게 선생의 견해다. 1970년대 초반까지 시골서 성장한 사람이라면 선생의 저 말에 동의를 안 할 수 없다.

이제 '외편'으로 들어간다. 17항목인데, 선생은 상공업과 농경 생활에 관한 삶의 기초를 집중적으로 다루었다. 내용은 주로 중국을 본받아서 상공업을 발전시켜야 한다는 주장과 놀고먹는 양반과 서얼제도에 대한 지적이었다. 선생은 상공업에 대해 다른 실학자들보다 뚜렷이 앞선 인식을 가지고 있었다. '내편'처럼 역시 몇 항목만 추려본다.

거름: 중국에서는 거름을 금같이 아끼고 재를 길에 버리는 일이 없으며 말이 지나가면 삼태기를 들고 따라다닌다. … 우리나라에서는 성안에서 나오는 분뇨를 다 수거하지 못해서 더러운 냄새가 길에 가득하며 냇가 다리 옆 석축에는 사람 똥이 더덕더덕 붙어서 큰 장마가 아니면 씻기지 않는다.

농잠총론: 우리나라 시골 백성들은 1년 내 무명옷 한 벌도 얻어 입기 힘들고 남자나 여자나 일생 침구를 구경하지 못한다. 짚자리를 이불 삼아 그

속에서 자식을 기른다. 아이들은 열 살 전후까지 겨울, 여름 할 것 없이 벌거숭이로 다니며 세상에 버선이나 신이 있는 줄 모르기가 예사다.

과거론1: 시골 고을에서 보이는 평범한 과시에도 답안을 바치는 자가 곧잘 천 명을 넘어서고, 서울 대동과(大同科, 왕이 친히 참관하는 시험)에서는 유생이 곧잘 수만 명까지 이른다. 수만 명이나 되는 많은 응시자를 두고 반나절 사이에 합격자 방을 내걸어야 하므로 시험을 주관하는 자는 붓을 잡고 있기에 지쳐 눈을 감은 채 답안을 내버린다. 사정이 이 지경이므로 아무리 한유가 과거 시험을 주관하고 소식이 문장을 짓는다 해도 번개같이 답안지를 넘길 테니 소식의 글 솜씨를 알아차리기가 어려운 것이다. 아아! 당당한 선비를 선발하는 자리가 도리어 제비뽑기 놀이 재수보다도 못한 형편이니 인재를 취하는 방법은 정말 믿을 수 없다. … (과거장에) 유생이 물과 짐바리를 가지고 들어가는데 힘센 무인도 들어가고 심부름하는 종도 들어가며 술장수도 들어가니 과장이 어찌 비좁지 않으며 어찌 난잡하지 않겠는가. … 과거제도를 바꾸는 방법은 첫째는 문체이고, 둘째는 주관하는 고시관이고, 셋째는 과거장을 잠그는 것이다.

거름 지적도 날카롭지만 난장판이 된 과거장문을 아예 잠그자는 주장이야말로 서늘하다. 실례를 보면 정조 24년 1800년 3월에 치러진 경과정시에서 세 곳의 시험장에 입장한 사람이 물경(勿驚)! 111,838명이었고, 거두어들인 시권만 38,614장이나 되었다. 저 답안지를 어떻게 채점해야 할지 그야말로 기함할 노릇이다.

66. 아교와 옻 같은 속된 꺼풀이 덮여 있어서 뚫지 못한다

"질문에 대한 답은 이미 알고 계십니다. 질문 하신 분께서 변하시면 됩니다." 코로나19의 위세가 좀처럼 줄어들지 않는다. 그래도 얼마 전 외부 강의가 들어와 나들이를 하였다. 경상도 예천에서 강의는 '연암과 다산에게 배우는 선비 사상'이다. 강의 말미에 한 분이 질문을 하셨다. "그래, 교수님 말씀이 모두 맞아요. 맞는데, 그런다고 세상이 변합니까?" 질문에 대한 답을 우리 모두 알고 있다. 세상이 연암과 다산, 실학자들의 말처럼 변하지 않는다는 자명한 진리 아닌 진리를. 하지만 그래도 저이들 글줄이 이 시대 우리의 갈 길이요, 사람답게 사는 세상을 만드는 진리임도 안다.

말을 하자니 말이 꼬리에 꼬리를 잡지만 『북학의』 '외편' 과거론1에 이어지는 재부론을 본다.

재부론: 재물을 잘 다스리는 자는 위로는 하늘의 때(天時)를 놓치지 않고, 아래로는 지형의 이로움(地利)을 잃지 않으며, 중간으로는 사람이 해야 할 일(人事)을 잃지 않아야 한다. 도구가 편리하지 못하여 남들이 하루에 하는 것을 나는 한 달이나 두 달 걸려 한다. 이는 바로 하늘이 준 기회를 잃는 것이다. 또 밭을 갈고 씨앗 뿌리는 것을 계획 없이 대충하여 비용만

많이 들어가고 수확이 적게 된다면 이는 지형의 이로움을 잃게 되는 것이다. 물자가 제대로 유통되지 못하고 놀고먹는 자가 나날이 많아지게 되면 이는 바로 인사를 잃는 것이다.

통강남절강상박의(강남, 절강과 통상하기를 제의하는 의론): 우리나라 사람은 의아심이 많고 두려움을 잘 타며 기질이 트릿(맺고 끊는 데가 없이 흐리터분하고 똑똑하지 않음)하고 견식이 미개하다.

북학변2: 지금 우리나라 사람은 아교와 옻 같은 속된 꺼풀이 덮여 있어서 뚫지 못한다. 학문에는 속된 학문 꺼풀이 있고, 문장에는 속된 문장 꺼풀이 있다. 큰 것은 차치하고라도 수레로 말하면 곧, '산천이 험하고 깊어서 사용할 수 없다'는 말과 '산해관에 걸린 현판은 이사(李斯) 글씨인데 십리 밖에서도 보인다'는 말이라든가, '오랑캐는 머리를 땋으면서 부모가 있고 없음에 따라 한 가닥 혹은 두 가닥으로 하여, 예전 다방 머리 제도와 같게 한다'는 따위 엉터리 소문은 낱낱이 거론할 수조차 없다. 나와 친한 사람이라도 내 말은 믿지 않고 저런 말을 곧이듣는다. 나를 잘 안다는 자가 평소에는 나를 떠받들다가도 한 번 나를 나무라는 당치도 않은 말을 전해 듣고는 평생에 믿던 바를 크게 의심하여 끝내 그 말을 믿는 것과 똑같다. 그들이 내 말을 믿지 않고 저런 엉터리 말을 곧이듣는 이유를 알 수 있다.

지금 우리나라 사람은 호(胡)라는 한 글자로 중국 천하를 뭉개버리려 한다. 나는 '중국 풍속이 이와 같이 좋다' 하였다. 그들이 평소에 생각하던 것과 크게 다른 까닭에서다. 사람들에게 시험 삼아 '만주 사람은 말소리가 개 짖는 듯하며, 그들의 음식은 냄새가 고약하여 가까이 못한다. 뱀을 시루에 쪄서 씹어 먹고 황제의 누이동생은 역졸과 몰래 통하여 가끔은 가남풍(賈南風)같은 일이 벌어지기도 하지' 하면, 그 사람들은 크게 기뻐하며 말을 옮기노라 분주하다.

꽤나 독설이다. 사실 말이지만 저 시절보다 이 시절이 낫다고는 못한다. 자기가 알고 있는 지식만이 전부라 여기고 바닷물을 조개껍데기로 되질하려는 사람들도 꽤나 본다. 오로지 맘몬[Mammon, 재물]만을 신주처럼 섬기며 휘뚜루마뜨루 행동하는 인간실격자들도 부지기수다.

나머지 해석은 독자의 몫으로 넘기고 가남풍만 보겠다. 이 여인은 진나라 가충의 딸로 작은 키에 피부가 검고 추한 용모를 지닌 여인이었으나 뇌물로 황후가 되었다. 성격 또한 황음 방자했고 투기가 몹시 심해 후궁들을 여럿 죽였으며 음탕하여 젊은 남자들을 정부로 삼았다. 가남풍은 자식이 없었는데 후궁이 낳은 사마휼이 세자가 되자 절굿공이로 때려죽일 정도로 악독하였다.

그러나 권불십년이라. 그녀의 악행은 10년 영화로 그치고 폐서인이된 뒤 사약을 마시고 죽었다. 가남풍은 중국사에서 '빈계화(牝鷄禍)', 즉 암탉이 울면 집안이 망한다는 인물로 평가되는 한편, 진나라 황실을 수호하려던 여걸로 기록되기도 하였다. 부처님 살 찌우고 안 찌우고는 석수장이 손에 달렸든가. 역사의 최종은 후대 어느 역사가를 만나느냐에 따라 사뭇 저렇게 달라진다. 하기야 어디 역사뿐이랴. 사람에 대한 품평도 제 각각이니 이만 하고 장례에 대한 장론을 본다.

장론: 오직 풍수지리설은 부처나 노장사상보다 폐해가 심하다. 사대부들 사이에 고루한 풍습이 되어 개장(改葬, 다시 장사지내거나 묘를 옮김)을 효로 삼고 치산(治山, 산소를 매만져 다듬음)을 일로 삼는다. 백성들도 이를 본받아 지관(地官, 풍수설에 따라 집터나 묏자리 따위의 좋고 나쁨을 가려내는 사람)이 수없이 많다.

선생의 『북학의』 내·외편 중 가장 탁견을 꼽으라면 '장론'이 아닐까 한다. 지금도 대통령 국장에 지관이 등장하는가 하면 청와대 비서관 건물을 짓는 데도 풍수지리를 따졌다는 기사도 보았다. 요즈음은 화장이 대세지만 아직도 돈과 벼슬깨나 지낸 이들은 매장을 선호한다. 지관을 먼저 찾고 풍수지리 인테리어니, 풍수지리 가구 배치니, 운운한다. 현재의 습속이 이러한데 당시는 어떠했겠는가? 그야말로 선생 말대로 풍수설(風水說)이 낳은 폐해가 당시 이단으로 취급받아 배척되던 부처나 노장사상보다도 심할 때였다. 오죽하였으면 '방내지리지설(房內地理之說)'70)이란 말이 돌았을까. 일의 실상은 잘 모르면서 이론만으로 아는 체하는 사람을 '방안풍수'라 하는 것도 여기에서 연유한다. 이 고루한 습속은 주거 터는 물론이고 조상 묘 개장 문제까지 확대되며 전국 각지에서 산송(山訟)71)이 일어났다. 선생은 '전라도에서는 열 중 여덟아홉 명은 지관'이라 꼬집기도 하였다.

---

70) 방 안에 앉아서 풍수지리를 본다는 뜻으로, 비현실적이고 비실제인 언행을 비유하는 말.
71) 묘지 문제로 생기는 송사.

67. 매장 문화의 폐단이 심각

"무너진 나라 바로잡아야. 국민 선택 위해 최선" 코로나 19의 위세가 가히 위협적이다. 바이러스는 변이를 거듭하며 진화하는데 만물의 영장인 인간이 만든 백신은 영 맥을 못 춘다. '음력 칠월 기우는 해에 검정 소뿔이 빠진다'더니 8월 염천(炎天)까지 부추긴다. 이 시절, 어느 언론에 큼지막한 제목으로 보도된 저 "무너진…" 운운의 대선 후보자 출마 변을 본다는 것은 고역이다. 참 콧구멍이 두 개이기에 천만다행이다.

이 나라는 단 한 번도 무너진 적이 없다. 땅도 사람도, 다만 권력을 쥔 이들만 바뀌었고 바뀔 뿐이다. 그리고 어떻게 무너진 나라를 제 한 몸으로 일으켜 세운단 말인가? 말[言]을 짜장 말[馬]부리듯 입찬소리를 해대는 그 재주와 자신을 영웅시하는 망령된 행동에 기함할 노릇이다. 대통령은 5년간 잠시 국민의힘을 대의(代議)한 공복(公僕)[72]일 뿐이다. 더욱이 내 부모에 조부까지 과도하게 신화를 만들고 온 가족이 4절까지 애국가를 부르는 사진을 읽고 보자니, 독재나 왕조, 전체주의가 연상되어 식겁할 따름이다. 허나 일부 언론들은 저런 '잡설(雜說)'을 기사라 대서특필한다. 국가의 주권이 국민에게 있다고 선언하는 '대한민국은

---

72) 국가나 사회의 심부름꾼.

민주공화국이다'란 헌법 1조 1항이 당혹스러울 판이다. 심화가 절로 나는 이 시절이다.

저 시절, 『북학의』에서도 탁견 중 탁견인 장론(葬論)을 읽는 것은 그래 상쾌하다. 선생의 말을 수긋이 경청해보자.

대체로 수장(水葬)·화장(火葬)·조장(鳥葬)·현장(懸葬)을 하는 나라에도 사람이 있고 임금과 신하가 있다. 따라서 오래 살거나 일찍 죽거나 출세를 하거나 못하거나 흥하거나 망하거나 부자가 되거나 가난뱅이가 되거나 하는 것은 자연스레 나름의 이치가 있는 것으로 사람의 행동에 관계되는 것이지, 장지로 인해 그렇다고 이러쿵저러쿵할 게 못된다.

선생은 매장 문화의 폐단을 심각하게 인지하여, 시신을 물에 넣는 수장, 불에 태우는 화장, 새에게 쪼아 먹히게 하는 조장, 심지어 시체를 높은 곳에 매달아놓는 장례법인 현장까지 제안한다. 풍수론을 통렬하게 비판하는 대담한 선생의 논조는 이렇게 이어진다.

식당자(識堂者, 중요한 지위나 직분에 있는 사람)는 마땅히 그러한 잡서를 불사르고 그 술수를 금하여 백성으로 하여금 길흉화복이 풍수와 무관함을 분명히 알게 하여야 한다. 그러한 연후에 고을마다 각각 산을 하나 정하여 그 씨족을 밝히고 북망산(北邙山, 북망산은 원래 중국 허난성 뤄양시 북쪽에 있는 작은 산 이름이다. 뤄양은 주나라와 후한을 비롯한 서진·북위·후당 등의 도읍지였고 죽은 귀인·명사들을 북망산에 묻었다) 제도같이 일족이 한곳에 묘지를 쓰도록 한다.

우리나라 매장 문화(산소)는 북망산 가던 죽은 자를 소환하여 영생불사를 부여하고 비석, 상석 등 석물(石物)을 세워 그 위계질서가 살아 있을 때와 마찬가지로 이 땅에 엄존케 하는 상징물 아닌가. 선생은 또 각 고을에서 산을 하나 정해주고 한 집안의 묘를 이 산에만 쓰자고 하였다.

21세기 들어서야 비로소 우리 장례 문화는 매장에서 화장 중심으로 바뀌고 각 집안별로 납골당을 만드니, 선생의 '장론'이야말로 우리 장례 문화의 오래된 미래이다. 이 시절, '잡설'을 듣다가 저 시절, 장례 문화의 혁파를 주장한 선생의 '쾌설(快說)'을 읽자니 언필칭 "쾌재로다!" 무릎을 친다. 선생이 이런 제언을 한 이유는 '길흉화복이 풍수와 무관'하다는 실학적 사고에서 나온 것임은 두말할 나위 없다.

아래 글에는 사대부에 대한 선생의 감정이 적나라하게 드러난다. 선생은 놀고먹는 양반들을 좀벌레[두(蠹)]에 비유하였다. 그러고는 사족(士族)에게 장사하고 무역을 하게 하라고 한다. 지금이야 '돈이 제갈량'이라는 속담처럼 물질주의가 판을 치지만, 저 시절에 양반들은 상행위를 가장 속된 모욕으로 여겼다. 사족에게 장사를 시키라는 발언을 하는 것은 섶을 지고 불구덩이로 들어가는 것만큼 위험한 행위였다. 더욱이 아래 글은 임금 앞에서 한 말이란 점을 염두에 두고 살펴본다면 의미가 지대하다.

병오년 정월 22일 조회에 참석했을 때 전설서별제(典設署別提) 박제가가 느낀 생각: 신이 들으니 중국 흠천감(欽天監, 중국의 천문대)에서 책력을 만드는 서양인들은 모두 기하학에 밝으며, 이용후생의 방법에도 능하다고 합니다. 나라에서 관상감에 쓰는 비용을 들여 그들을 초빙하여 대우하고 나라의 젊은이들에게 지구·달·별들의 움직임, 각종 도량형, 농업과 상업, 의약, 가뭄과 홍수에 대비하는 방법, 건조와 누습의 적절함, 벽돌을 만들어 궁실이나 성곽·교량을 만드는 방법, 구리나 옥을 캐고 유리를 굽는 방법, 외적 방어를 위한 화포의 설치 방법 등을 배우게 한다면 몇 해가 못 되어서 세상을 다스리는 데에 알맞게 쓸 만한 인재가 될 것입니다.

이 또한 장론 못지않은 선생의 탁견이다. 홍대용도 중국에 가서 저 흠천관을 찾아 관리로 근무하는 유송령과 포우관 두 독일인을 만나고 왔다. 선생은 기술이 앞선 이러한 서양인들을 초빙하자고 한다. 사실 지금도 외국인을 공무원으로 채용하는 것은 어려운 일이다. 그런데 저 시절 선생은 이러한 주장을 정조 임금 앞에서 설파하였다. 선생이 설파하는 흠천감 이하, 다양한 방법들을 조정에서 받아들였다면 아마도 우리의 역사는 지금과는 완연 달라졌을 것이라는 생각이 필자의 억측만은 아닐 듯하다.

선생의 도도한 웅변은 계속 이어진다. '사기삼폐설(四欺三弊說)' 중 사대부의 기만이다. '사기'는 자기를 속이는 네 가지 행위고 '삼폐'는 세 가지 폐단이다.

68. 자기를 속이는 네 가지 행위

"나라에 돈이 없는 게 아니라 도둑이 너무 많다." 말을 타고 대선 출마 퍼포먼스를 진행한 이의 말이란다. 저이의 행동에는 동의 못하지만, 저 말은 정말 공감에 또 공감을 한다. 실례를 들자면, 일 안하고 돈 받는 국회의원·영혼 없이 월급만 받는 공무원·말[글]과 행동이 각각 따로인 교수와 선생·투기로 재산 불리는 파렴치한…. 서둘러 마침표를 찍는다. 계속하다가는 초정 선생의 말을 못 들어서다. 이들이 모두 29살짜리 조선의 서얼 박제가가 몹시 꾸짖는 '좀벌레[사대부: 도둑]'들이다.

저 놀고먹는 자들은 나라의 큰 좀벌레입니다. 날이 갈수록 날로 먹는 자가 불어나는 이유는 사족(士族)이 나날이 번성하는 데 있습니다. 그들을 처리할 방법이 반드시 따로 마련되어야 합니다. 신은 수륙 교통요지에서 장사하고 무역하는 일을 사족에게 허락하여 입적하라고 요청합니다. 밑천을 마련하여 빌려주기도 하고, 점포를 설치하여 장사하게 하고, 그중에서 인재를 발탁함으로써 그들을 권장합니다. 그들이 날마다 이익을 추구하게 하여 점차 놀고먹는 추세를 줄입니다. 이게 현재 사태를 줄이는 데 일조할 것입니다.

이 글은 선생이 주장한 '사기삼폐설(四欺三弊說)' 중 사대부의 기만이다. '사기'는 자기를 속이는 네 가지 행위고 '삼폐'는 세 가지 폐단이다. 자기를 속이는 네 가지 행위는 이렇다. ① 인재를 배양하고 재물을 쓸 생각은 않고 후세로 갈수록 세상이 침강되어 백성이 가난해진다고 하는 '나라의 기만', ② 지위가 높을수록 여러 일을 천시하여 아랫사람에게 맡겨버리는 '사대부의 기만', ③ 글의 속뜻도 모르면서 과거시험만을 위한 문장에 정신을 소모하며 천하에 볼 만한 서적이 없다는 '공령(功令, 과거공부)의 기만', ④ 서얼이라 하여 아버지를 아버지라 부르지 못하게 하고 친척인데도 노예처럼 대하면서 천하를 오랑캐라 여기고 스스로 예의니 중화니 하는 '습속의 기만'이다.

또한 세 가지 폐단은 다음과 같다. ① 국가가 등용시킨 사대부에게 국가가 만든 법률을 적용하지 않는 '국가의 폐단', ② 인재 등용의 관문인 과거제도가 오히려 인재 등용의 길을 무너뜨리는 '과거의 폐단', ③ 유학자를 존숭한다며 세운 서원이 병역을 기피하고 금하는 술이나 빚는 '서원의 폐단'이다.

필자 또한 21세기 대한민국의 '신(新)사기삼폐설'을 못 쓸 것은 아니나, ④ 적자(嫡子)가 아닌 서자(庶子)로서 삶의 괴로움을 적어 놓은 '습속의 기만'만 본다. 선생은 서자를 '불치인류(不齒人類)'[73]요 '세세지색(世世枳塞)'[74]이라 하였다. 아래 글은 천한 서얼[자]로 태어난 선생의 삶 그대로다.

아버지를 아버지라 부르지 못하는 자가 있고, 형을 형이라 부르지 못하는 자가 있습니다. 사촌 간에 서로 종으로 부리는 자가 있고, 머리가 누렇고 등이

---

73) 사람 축에 들지 못함.
74) 대대로 벼슬길에 나가지 못함.

굽은 노인을 쌍상투 머리를 땋은 아이의 아랫자리에 앉게 하는 자가 있으며 할아버지, 아버지 항렬이건마는 절하지 아니하며 손자뻘, 조카뻘 되는 자가 어른을 꾸지람하는 자도 있습니다. 이 버릇이 점점 교만하게 되면서 천하를 오랑캐라 무시하며 자기야말로 예의를 지켜 중화 문화를 간직하고 있다고 자부합니다. 이것이 우리 풍속이 자기를 기만하는 행위입니다.

오늘날도 저 조선조 500년 동안 지속된 악의 연대기인 '습속의 기만'이 살아 갈등을 빚고 있다. 적자와 서자가 '가진 자와 못가진 자'로 나뉘어 악의 연대기를 잇는 '신습속의 기만'이다. 바로 갈등 1위 오명국이 이를 증명해준다('빈부 갈등: 91%, 정당 지지자 간 갈등: 91%, 진보 vs 보수 갈등: 87%, 세대 갈등: 80%, 남녀 갈등: 80%, 대도시 엘리트 vs 노동자 갈등: 78%, 종교 갈등: 78%, 대졸 vs 고졸 갈등: 70%'[75]).

선생의 말은 아래와 같이 이어진다. 선생은 실학자들마저도 천편일률적이었던 사치를 배격하는 금사론(禁奢論)을 통박하였다. 앞에서 잠시 언급했지만 사치를 배격하는 것은 조선인의 보편적 사고였다. 성호 이익조차도 『성호사설』「치속(侈俗)」에서 "옛날에는 사치가 욕심에서 생겼는데, 후세에는 사치가 풍속에서 생기고 욕심이 사치에서 생긴다"고 할 정도였다. 후일 근대적 개혁운동인 갑신정변을 이끈 김옥균(金玉均, 1851~1894)조차도 「치도약론(治道略論)」에서 오늘날 힘써야 할 일을 첫째, 인재를 쓰는 일 다음에 '재물 쓰기를 절약하고 사치를 억제하는 일'이라고 할 정도였다. 지금도 재물과 사치를 배격하는 '금사론'이 삶의 바른 자세라고 생각하는 사람이 많은 게 사실이다.

그러나 선생은 우물물을 쓸수록 물이 맑게 솟는다는 용사론(容奢論)을

---

75) 출처 https://www.ipsos.com/en/culture-war-around-the-world

주장하였다. 선생은 수요와 억제·절약과 검소가 경제 안정에 필요하다는 통념을 물리쳤다. 오히려 생산 확충에 따른 충분한 공급이 유통 질서를 원활하게 한다는 경제관이었다. 가히 혁명적인 주장이다.

현재 국사를 논하는 사람들 중에는 사치가 날로 심해진다고 말하지 않는 자가 없습니다. 신의 관점으로 보기에 그들은 근본을 모르는 자들입니다. 우리나라는 반드시 검소함으로 인해 쇠퇴하게 될 것입니다. 왜 그렇겠습니까? 화려한 비단옷을 입지 않으므로 나라에는 비단을 짜는 베틀이 존재하지 않습니다. 그렇다 보니 여인의 기능이 피폐해졌습니다. 노래하고 악기 연주하는 것을 숭상하지 않기 때문에 오음과 육률이 화음을 이루지 못합니다. 부서져 물이 새는 배를 타고, 목욕을 시키지 않은 말을 타며, 이지러진 그릇에 밥을 담아 먹고, 진흙방에 그대로 살기 때문에 공장(工匠)과 목축과 도공 기술이 끊어졌습니다. 농업은 황폐해져 농사짓는 방법이 형편없고 상업을 박대하므로 상업 자체가 실종되었습니다.

이런 실정을 고치려고 생각하지는 못할망정 도리어 민간 백성들이 대문을 높이 세우는 것이나 헐뜯고 시정에서 가죽신을 신는 백성이나 잡으려 하고, 마졸이 귀덮개를 하는 행위나 걱정하고 있습니다. 이게 지엽적인 것이나 건드리는 게 아닙니까?

69. 하등 선배는 오곡을 보고도

"그런 개XX들이, 그런 X들이 무슨 정치를 한다고. ~" 이번 추석의 한 장면이다. 대꾸라도 했다가는 친척계보도가 무너진다. 더 이상 들을 수 없어 얼른 자리를 일어났다. 차례를 모시고 오랜만에 만난 친척들이 술 한 잔 도니, 제 아무리 코로나 시대라도 자연 정치 이야기가 나온다. 우리네 삶과 정치는 불가분이니 새삼스러울 게 없다. 대화가 많을수록 이 나라 민주주의는 전진한다. "민주주의의 최대 적은 약한 자"라고 했던가.

나이와 학력 불문하고 각자 주장은 모두 정열적인 정치학 교수의 강의를 뺨친다. 저마다 나름 이론을 내세워 차기 대선주자까지 꼽는다. 문제는 지지하는 정치인이 동일인이면 괜찮은데, 다르다면 견공(犬公)과 저공(豬公)이 등장한다. 술 한 잔에 욕 서너 사발을 들이키면 얼굴은 그야 말로 벌겋게 달아오른 용광로다. 대통령 선거를 앞에 놓고 여당이고 야당이 네 편 내 편 없이 제 이익에 눈이 붉다. 언론이라 불리는 집단도 이에 질세라 제 편 사주(社主) 이익을 위해 '고발사주 의혹'에 '대장동 개발'을 입맛 따라 보도한다. 엎치고 덮치는 이 활극이 2021년 선진국에 진입했다는 대한민국의 현실이다. 언필칭(言必稱) 난장판이요, 동물농장 이 따로 없으니, 이번 추석에 저 앞에 친척계보도가 무너지지 않은 게 천만다행이다.

선생이 살던 시대는 명나라를 숭상하고 청나라를 배격하는 숭명배청 시대였다. 연암을 위시한 일군의 학자들이 제아무리 뜻을 같이했다 하여도 힘없는 이들 모임에 지나지 않았다. 대부분 양반들은 조선 후기의 냉엄한 현실 속에서도 숭명(崇明)을 당위적 명분론으로 내걸었고, 글쓰기도 임금에 대한 충성이나 자연 예찬, 혹은 이기니 심성만을 소재로 삼았다. 더욱이 선생은 일개 서얼에 지나지 않았다. 그러나 선생은 서얼로서 사대부 양반들이 그렇게 혐오하는 청나라로부터 배우자는 논리를 당당히 폈다. 책 이름까지 『북학의』라고 지을 정도였다.

당시 학자들은 전연 딴 생각을 갖고 있었다. 선생은 「북학변」에서 당대 학자들의 어리석음을 이렇게 지적했다. 「북학변」은 '북학'하는 것을 못 마땅히 여기는 당대 학자들을 향한 선생의 변론이다.

「북학변」: 하등 선비는 오곡을 보고는 중국에도 있는지 없는지를 묻는다. 중등 선비는 중국의 문장이 우리만 못하다고 하고, 상등 선비는 중국에 성리학이 없다고 한다. 이들의 말이 사실이라면 중국에는 한 가지도 볼 만한 게 없고 내가 말하는 '중국에서 배울 만한 게 있다'고 하는 것도 있을 리 없다.

하등에서 상등까지 조선의 양반이라는 사대부 혹은 유학자들은 청나라를 저런 시선으로 보았다. 선생은 지식이나 수단 등 실학은 없이 오직 격물치지(格物致知)니 정심성의(正心誠意)76)란 주자의 성리학만을 숭상하는 당대 식자들에게 다음과 같이 일침을 가한다.

우리나라에서는 사람마다 정자와 주자의 학설을 말할 뿐, 나라 안에 이단(異

---

76) 마음을 바르게 가다듬고 뜻을 정성스럽게 함.

端)이 없다. 사대부는 감히 강서(江西)·여요(餘姚)의 학설을 논하지 못한다. 어찌 도가 한 가지에서 나왔겠는가? 과거라는 것으로 몰아치고 풍속으로 구속하여 이와 같이 하지 않으면 몸을 용납할 곳이 없고 자손마저 보존하지 못한다.

"강서·여요의 학설"은 왕수인(王守仁, 1368~1661)의 양명학(陽明學)을 말한다. 왕수인이 여요 지방에 살고 강서 지방에서 벼슬을 해서다. 선생이 말한 대로 양명학은 당시의 대표적인 '이단'으로 배척 대상이었다. 양명학은 조선 유학자들이 신봉하는 주자학과 달랐기 때문이다.

양명학은 세상의 이치를 직접 궁구하기보다 먼저 자신의 마음을 성찰하고 바로잡음으로써 그곳에서 이치를 밝혀내는 방식이다. 왕수인은 이것을 '심즉리(心卽理)', 즉 마음이 곧 이치라고 하였다. 따라서 사물의 이치를 끝까지 파고들어 알아내는 격물치지를 내세우며 모든 것을 이치로 파악하는 주자학은 근본적으로 잘못되었다고 하였다. 선생은 당시 모두가 사악시하는 이 이단 학설인 양명학을 배우자고 한다.

하지만 소위 '유교의 도를 편다'는 학자들은 "오랑캐 편을 든다"고 선생을 멸시하였다. 이런 유자들에게 선생은 위 글의 말미에 "아아! 나를 찾아왔던 모든 이가 장차 유도(儒道, 유교의 도리)를 밝히고 이 백성을 다스릴 사람들인데 그 고루함이 이와 같으니 오늘날 우리 풍속이 진흥하지 못하는 것이 당연하다"고 개탄하고 만다.

저 앞에서 언급한 '친척계보도' 운운은 모두 확증적 편향, 일천한 사고, 옳음 아니면 틀림만 있다는 이치적 사고이다. 조개껍데기로 바닷물을 되질하는 짧은 소치에서 비롯한 언행들이다. 이런 까닭은, 모두 백성은 안중에 없이 오로지 저와 제 파당만을 위한 정치[예나 지금이나 그들만의 리그]에서 비롯되었다고, 또 고전을 되새김질하는 이유도 여기에 있다고 생각한다.

70. 『택리지(擇里志)』, 사람이 살 만한 곳을 기록하다

한 대권주자는 손바닥에 '임금 왕(王)' 자를 쓰고 토론장에 나왔다. 여기에 역술인을 찾고 빨간 속옷까지 등장하더니 급기야 무속·부적·항문침에 도사까지 매스컴을 오르내린다. 그렇지 않아도 볼썽사나운 정치판인데 이제는 정치를 희화화시켜 개그장으로 만들었다. 원시무속의 힘까지 빌려 대통령이 되려는 마음은 알겠는데, 2021년이라는 이 개명한 세상, 대통령이 되겠다는 사람들 이야기라 웃을 수만은 없다. 저런 수준의 사람들에게 한 나라를 통째로 맡겨야 한다는 사실에 백성의 한 사람으로서 서글프다.

이로 미루어 보면, 저 300년 전 청담 선생은 무속신앙 수준의 산수를 인문지리학으로 그 위상을 높여놓았다 조선 천재 중 한 명인 최남선이 1912년 조선광문회에서 『택리지』를 간행하며 쓴 글부터 보자.

이 책은 실제로 겪으며 정밀하게 검토한 데서 나온 것으로 땅으로 사람을 논하고 삶으로 일을 논하고 이로움으로 땅을 관찰하고 땅으로 살 곳을 관찰하였으며 더욱이 사람과 땅이 조화를 이루어 함께하는 부분에 치력하였으니 이는 대체로 우리나라 지리서 가운데 가장 정요한 것이며 또한 인문지리학의 최초 발명이다.

최남선의 저 감개한 주장은 서독에서 개최한 『택리지』 학회 주제가 "최고의 인문지리서 택리지"(『경향신문』, 1973.2.27 기사)에서도 그대로 이어진다.

이제 『택리지』를 쓴 이중환(李重煥) 선생의 약력을 대략 짚어본다. 선생의 본관은 여주, 자는 휘조(輝祖), 호는 청담(清潭), 청화산인(青華山人), 또는 청화자(青華子)이다. 공주(충남 연기군 금남면 대덕리 일대)에서 살았다.

당색은 북인에서 전향한 남인에 속한 명문가 출생이다. 5대조 이상의 (李尚毅)는 광해군 때 북인으로 활약하였고 관직이 의정부 좌참찬에 올랐다. 할아버지 이영(李泳)은 예산현감과 이조참판을, 아버지 이진휴(李震休)는 문과에 급제하여 도승지, 안동부사, 예조참판, 충청도 관찰사 등을 역임하였다. 어머니는 남인 관료 집안인 함양 오씨 오상주(吳相冑)의 딸이다.

선생의 부인은 대사헌을 지낸 사천(泗川) 목씨(睦氏) 목임일(睦林一)의 딸이다. 선생은 이 부인과 사이에 2남 2녀를 두었는데, 이 만남이 선생의 삶을 바꿔놓았다. 선생은 24세인 1713년 증광시의 병과에 급제하여 관직의 길에 들어섰다. 관직 생활은 비교적 순탄했다. 33세에는 병조좌랑(정6품)까지 올랐다. 그해 처가 사람인 목호룡 고변 사건이 일어나 선생은 큰 시련을 맞게 된다. 이 사건으로 인해 노론의 4대신이 처형되고 노론의 자제들 170여 명이 처벌되는 큰 옥사(임인옥사)가 일어났다.

다음 해인 1723년, 34세에 선생은 병조정랑이 되었으나 처참한 시련이 기다리고 있었다. 이 해 목호룡의 고변이 무고였음이 판정되면서 정국은 다시 노론의 주도하에 들어가게 된 것이다. 36세인 1725년에 영조가 즉위하며 선생은 형을 네 차례 받았으나 불복한다. 1724년 노론의 지원을 받은 영조가 즉위하면서 선생은 또 당쟁의 소용돌이에 휘말려들었다.

임인옥사를 재조사하는 과정에서 김일경과 목호룡은 대역죄로 처형을 당하였고, 처남인 목천임과 함께 수사망에 올랐기 때문이다. 특히 집안이 남인의 핵심이었고, 노론 세력을 맹렬하게 비판하다가 처형을 당한 이잠 (李潛, 성호 이익의 형)의 재종손이라는 점까지 불리하게 작용하였다. 선생은 목호룡의 고변 사건에 깊이 가담한 혐의를 받으면서 정치 인생에 위기를 맞았으나 혐의가 입증되지 않아 곧 석방되었다. 이때 선생은 모두 10회에 걸쳐 국문을 당했는데 "말을 할 수 없다", "병세가 심하여 정신이 혼미하다", "병세가 극히 심하여 형을 가할 수 없다"는 기록(『추안 [推案]』)으로 보아 혹독한 심문을 받았음을 알 수 있다.

37세인 1726(영조 2)년 절도(絶島)로 유배길에 올랐다. 38세인 1727년 10월에 풀려나왔으나 12월에 다시 귀양을 간다. 소위 정미환국으로 소론이 집권하면서 유배에서 풀려났다가 바로 그해에 사헌부의 논계(論啓)로 인해 다시 절도로 유배를 가게 되었다. 이후 선생은 30여 년 동안 전국을 방랑하는 불우한 신세가 되었다. 아예 이후 기록이 없는 것으로 보아 일정한 거처도 없이 떠돌이 생활을 한 듯하다. 이 과정에서 만들어 진 책이 바로 『택리지』다.

43세인 1732년 영조는 탕평책으로 남인을 등용하나 이중환에 대한 금고(禁錮)77)는 그대로 이어졌다. 44세에는 부인 사천 목씨마저 사망하였다. 선생 나이 62세인 1751년 『택리지』를 탈고했다. 발문에서 선생은 "내가 황산강(黃山江)78) 가에 있었다. 여름날에 아무 할 일이 없어 팔괘 정에 올라 더위를 식히면서 우연히 논술하였다"고 기록하고 있다.

『택리지』가 완성되자 여러 학자들이 서문과 발문을 썼으며, 많은 사

---

77) 신분이나 과거의 죄과로 관리가 되는 자격을 제한하거나 박탈하는 제도.
78) 금강의 한 구간.

람들이 베껴서 읽었다. 그것은 책의 제목이 10여 종이나 되는 것에서도 알 수 있다(『여주이씨족보』에 의하면 67세인 1756년에 세상을 하직하였다고 적혀 있다).

71. 어깨를 견줄 이가 없었다

노태우 전 대통령의 국가장(國家葬)을 본다. 정부는 국가장이라 하나 많은 이들은 아니라고 한다. 아래는 필자가 노무현 전 대통령의 국민장(國民葬) 때 써 놓은 글의 일부다.

'나무와 사람은 누워보아야 그 크기를 안다' 명문대를 수석으로 졸업하고 승승장구한 정치인 스탠튼, 시골뜨기 청년 링컨의 학벌이나 생김새를 가지고 '시골뜨기 고릴라'라 조롱하였다. 그런 그가 링컨의 장례식장에서 가장 크게 울며 한 말이란다.

…"너무 슬퍼하지 마라.""아니, 오늘은 슬퍼해야겠습니다.""미안해하지 마라.""아니, 오늘은 미안해해야겠습니다.""누구도 원망하지 마라."…

국(시)민장이 진행되며, 옆에 서 있는 사내가 눈가를 연신 훔치는 것을 보았다. 50세쯤 되 보이는 건장한 사내였다. 20대 후반 큰 몸집의 청년은 이 더운 날에도 검은 예복을 차려입었다. 넥타이도 단추도 제 자리에 잘 정돈되었다. 나도 하늘을 쳐다봐야만 했다.

2021년 10월, 12년 전 5월 하늘의 그 곡성이 아직도 귓가에 쟁쟁하다. 이유는 저이가 이 땅에 '사람 사는 세상'을 만들려 노력해서가 아닐까 한다. 정치 지도자라면 제 일신의 영달이나 패거리와 협잡이 아닌, 저 정도의 화두(話頭)를 잡아야 한다. 전제 왕권 국가 시절인 조선, 이중환 선생은 철골(徹骨)로 먹을 갈고 마음을 도스르고 붓을 잡아 『택리지』에 그런 '사람 사는 세상'을 한 땀 한 땀 손등에 푸른 힘줄이 솟도록 써넣었을 것이다. 이것이 바로 오늘날 우리가 배워야 할 실학 정신이다. 조선 실학 을 개척한 성호(星湖) 이익(李瀷, 1681~1763)이 쓴 선생의 묘갈명부터 본다.

공부를 독려하지 않았는데도 타고난 자질이 순수하여 부지런히 배우지 않고 도 문장이 훌륭하였다. 젊은 나이에도 문채가 점잖고 우아하였고 한 쪽으로 치우치지 않고 여러 서적을 두루 보았다. 자장(子長, 사마천)의 책을 더욱 깊이 읽어 이따금 사람들을 놀라게 하는 말을 하였다. … 문장이 깊고 넓고 왕성해서 의식과 법이 되었다. 아마도 화려한 관직에 올랐으면 문덕으로 다스리는 문치를 갖추었으리라. 그 당시 조정에 오른 학사들과 시 모임을 결성하여 지은 아름다 운 시편들이 많은데, 자기 마음에 드는 작품들은 혹 신이 돕는 듯하였으니 학사 들 중에 그와 어깨를 견줄 이가 없었다.

다소 과장된 묘갈명인 듯하지만 쓴 이가 이익이기에 받아들이지 않을 수 없다. 이익은 같은 글에서 "험한 것은 세상이요, 뜻을 얻지 못한 것은 운명이다. 남긴 글들이 정리되지 않은 채로 집안 상자 속에 보관되어 있으니 과연 누가 알아줄 것인가"라며 선생이 뜻을 얻지 못하였음을 애석해하였다.

『택리지』는 조선의 산천과 지리, 인심과 풍속 및 인물, 물화 생산지와 역사를 담아냈다. 『택리지』 이전의 지리책은 군현별 연혁, 성씨, 풍속, 형승, 산천, 토산, 역원, 능묘 등을 나누어놓은 백과사전식으로 구성되었다. 하지 만 선생은 이러한 백과사전식 서술을 전연 따르지 않았다. 선생이 직접 발로 걸어 다니며 기록하였기에 지방에 따라 다채로운 견해를 담았다. 또한 선생이 전국을 실제로 답사하며 얻은 지식과 경험을 바탕으로 서술했기에 사실적인 기록이다. "자연과 인문을 합한 실학적 사고로 탄생한 세계 최초의 실증적 인문지리서"라는 『택리지』의 별칭은 이에 연유한다.

선생이 이 책을 쓴 데는 기본적인 역사 인식이 작용했다. 선생에게는 조선인으로서의 자기 정체성이 확고하게 드러난다. 선생은 조선을 '소중화'라 칭하면서도 중국으로부터 독립된 국가이기에 대등한 관계로 보았다. 그래서인지 중국의 전설적인 산인 곤륜산을 「팔도총론」의 시발점으로 삼아 백두산까지 연결시킨다.

선생의 가계는 정치에서 배제된 남인이었다. 선생은 처가인 사천 목씨, 목호룡 고변 사건 등에 혐의를 입어 30여 년 동안 전국을 방랑하는 불우한 신세였다. 딱히 어딘가에 정착한 기록이 없는 것으로 보아 일정한 거처도 없이 떠돌이 생활을 한 듯하다. 이 과정에서 만들어진 책이 바로 『택리지』다.

이렇듯 선생이 『택리지』를 쓴 경위에는 남인이라는 당파성과 전국을 떠돌 수밖에 없는 개인적 비극이 숨어 있다. 『택리지』 발문을 쓴 목성관(睦聖觀, 1691~1772), 목회경(睦會敬, 1698~1782), 이봉환(李鳳煥, 1685~1754), 서문을 쓴 정언유(鄭彦儒, 1687~1746), 이익도 모두 근기 남인이었다.

선생은 『택리지』에 전국을 실지로 답사하면서 얻은 지식과 경험을 바탕으로 지리적 사실의 나열이 아니라 자신의 관찰을 토대로 한 설명과 서술을 담기 위해 힘을 기울였다. 단순히 지역이나 산물에 대한 서술을 배격하고 백성들이 살 만한 이상향을 '지리적 환경'을 이용하여 찾으려 하였다. '지·리·적·환·경', 이 다섯 글자에 방점을 두두룩하게 찍어야 한다. 세계적인 베스트셀러인 『총, 균, 쇠』 2장은 바로 이 지리적 환경을 다루고 있다.

72. 세상에서 텅 빈 명망

　대선후보들의 토론과 경기도 국감에서 일부 국회의원들의 질문을 보며 '더닝 크루거 효과(Dunning-Kruger effect)'가 생각났다. 더닝 크루거 효과는 인지 편향의 한 학설이다. 능력 없는 사람이 잘못된 판단을 내렸지만 능력이 없기에 자신의 잘못을 알아차리지 못하고 반대로 능력이 있는 사람은 능력이 있어 다른 사람들이 나보다 나을 거라 여겨 자신을 위축시키는 현상이다. 흥미로운 사실은 능력이 없는 사람 쪽이다. 이 사람들은 환영적 우월감으로 자신의 실력을 과대평가해 다른 사람의 능력을 알아보지 못할 뿐 아니라, 자신이 곤경에 처한 것조차 인지하지 못한다는 사실이다. 온 나라 사람이 보는 벌건 대낮에 저 정도의 토론 실력과 저급한 수준의 질문을 얼굴 하나 붉히지 않고 오히려 목소리까지 높이는 저들이 이 나라의 지도자들이라는 사실이 참 경이롭기까지 하다. 찰스 다윈의 "무지는 지식보다 더 확신을 가지게 한다"는 말이 명언임에 분명하다.

　지금도 이러한데 이중환 선생의 저 시절에는 어떠하였을까? 아마도 선생은 절벽 같은 심정으로 살아냈으리라. 세계적인 베스트셀러인 재레드 다이아몬드의 『총, 균, 쇠』2장을 살펴본다. 선생의 지리적 환경론이 2장에 그대로 나온다. 재레드 다이아몬드 역시 지리적 환경으로 인하여 인간사회가 다르게 변함을 찾아냈다. 바로 모리오리족과 마오리족이다. 이 두 부족은 한 조상(폴리네시아 인종)이었으나 모리오리족은 채텀 제도(Chatham Islands)에 정착하며 수렵 채집민으로 돌아갔다. 채텀 제도는 한랭한 기후를 지닌 작고 외딴 섬이었다. 모리오리족은 이 섬에서 함께 살아가기 위해 남자 신생아의 일부를 거세하여 인구를 줄였고 저장할 땅도 공간도 작았기에 잉여 농산물이 없이 수렵 채집에 의존하며 살았다. 당연히 평화롭고 무기도 없었다. 강한 지도자도 필요치 않았다.

반면 마오리족은 뉴질랜드의 북부에 정착했다. 영토는 컸고 농업에 적합한 환경이었다. 마오리족은 점점 인구가 불어났고 더 큰 이익을 얻기 위해 이웃 집단과 격렬한 전쟁을 벌였다. 잉여 농산물을 저장하였으며 수많은 성채도 세웠고 무기는 강했다. 물론 강력한 지도자도 필요했다.

그로부터 500년 후, 뉴질랜드 북부의 마오리족은 채텀 제도의 모리오리족을 가볍게 점령해버렸다. 땅의 면적, 고립성, 기후, 생산성, 생태적 자원 등 지리적 환경이 인간의 삶에 미치는 영향을 단적으로 보여주는 예다.

근대 선각자 최남선 역시 「실학 경시에서 온 한민족의 후진성」에서 "자급자족이 가능한 생활환경이 우리 민족의 성격을 평화적이고 낙천적으로 만들었다"고 하였다. 이를 통해 18세기에 이미 지리적 환경과 인간의 삶을 다룬 청담의 『택리지』가 지닌 의의를 가늠할 수 있다.

선생은 『택리지』에 전국을 실지로 답사하면서 얻은 지식과 경험을 바탕으로 지리적 사실의 나열이 아니라 자신의 관찰을 토대로 설명과 서술을 담기 위해 힘을 기울였다. 단순히 지역이나 산물에 대한 서술을 배격하고 사대부를 포함한 백성들이 살 만한 이상향을 지리적 환경을 이용하여 찾으려 하였다.

지역 구분 방식에서도 선생은 각 지방의 개성과 질을 중요시하였고 생활권 중심의 등질 지역이라는 개념을 도출해냈다. 선생이 국토를 생활권 단위로 구분할 때 가장 중요한 지표로 생각한 것은 산줄기였다. 각 지역은 하천을 통해 동일한 생활권으로 연결되지만, 산줄기는 하천 유역을 구분 짓는 경계선이 되기 때문이다.

　이것은 선생이 늘 강조하는 실학적 사유에서 나왔다. 선생의 실학사상은 「복거총론」 '생리'항 서두에 그대로 드러난다. 선생은 "무릇 세상에서 텅 빈 명망을 얻으려 치달리면서도 실용은 버린 지 오래되었다(夫世之騖空名 背實用久矣)."라며 실용을 버리고 출세만 하려는 자세를 비판하였다. 선생에게 있어 사대부들의 출세는 텅 빈 명망이요, 실용은 바로 『택리지』를 짓는 자신의 사고였다.

　『택리지』는 지역 간 교섭이요, 문화의 역동성을 보여주기에 당대 베스트셀러 반열에 올랐다. 필사하는 품을 팔아도 가성비가 꽤 좋았는지 여러 이름으로 퍼져나갔다. 『팔역지(八域誌)』·『팔역가거지(八域可居地)』·『동국산수록(東國山水錄)』·『동국총화록(東國總貨錄)』·『형가승람(形家勝覽)』·『형가요람(形家要覽)』·『팔도비밀지지(八道秘密地誌)』·『진유승람(震維勝覽)』·『박종지(博綜誌)』·『길지총론(吉地總論)』·『동악소관(東嶽小管)』 등 10여 종 이름의 필사본이 전해오는 게 그 반증이다.

　『동국산수록』, 『진유승람』 등은 산수를 유람하기에 좋다는 의미에서, 『동국총화록』은 우리나라 물산이 종합되었다는 의미로 상인들이 붙인 이름이다. 『형가요람』의 형가는 땅의 형세이니 풍수지리에 익숙한 사람이 지은 제목으로 보인다.

73. 동쪽에도 살 수 없고

「'개발이익환수법' 여야 설전…국토위 파행」(인천일보, 11월 23일, 2면)
머리기사이다. '땅의 이용에 관한 책『택리지』에 대해 글을 쓰는 중이라
더욱 관심이 간다. 여기에 '대장동'에 분노한 터라 오랜만에 여야가 손잡
고 입법을 하나보다 했다. 그러나 결과는 야당의 반대로 법안을 상정조
차 못했다. 내 기대가 그야말로 "까마귀 머리가 희어지고 말 머리에
뿔이 나면 내 허락하지(烏頭白馬生角 乃可許耳)." 짝이다. 전국시대 연(燕)
나라 태자 단(丹)이 일찍이 진(秦)나라에 볼모로 가 있을 때 일이다. 단이
견디지 못하고 진왕에게 본국으로 돌아가게 해달라고 요청했다. '까마
귀-' 운운은 '절대 보내주지 않는다'는 진왕의 대답이다. 어찌 흰 까마
귀와 뿔난 말이 생기겠는가. 전하여 저 말은 '세상에 있을 수 없는 일'을
뜻한다. 배부른 돼지에게 나는 법을 알려주는 것같이.

저 야당에게서 '세상에 있을 수 없는 일'을 차라리 이중환 선생에게
찾아본다. 선생은『택리지』를 쓸 당시 철골(徹骨)의 가난을 짊어진 방안
풍수 방랑자였다. 그런데도 한 땀 한 땀 백성들이 사는 땅에 대해 써내려
갔으니 그 기록이나 보자.

앞 회에서『택리지』가 다양한 제목으로 필사되었다고 하였다. 그만큼
이 책이 여러 분야 사람들에게 활용되었음을 보여주는 근거이다. 하지

만 선생이 『택리지』에 쓴 발문이 「팔역지발문」인 것으로 미루어볼 때 최초 이름은 『팔역지』인 듯하다. 이러한 필사본이 활자본으로 대중에게 알려진 것은 육당 최남선의 교정으로 간행된 『택리지』부터다.

언급한 것처럼 저술의 직접적인 동기는 방랑하는 처지였다. 선생은 『택리지』「총론」에 이렇게 자신의 심경을 이렇게 써놓았다.

> 동쪽에도 살 수 없고 서쪽에도 살 수 없으며 남쪽에도 살 수 없고 북쪽에도 살 수 없다. 이렇게 되면 살 곳이 없다. 살 곳이 없으면 동서남북이 없고 동서남북이 없으면 곧 사물 구별이 확실하지 않은 태극도(太極圖)[79]다. 이렇다면 사대부도 없고 농공상도 없으며 또 살 만한 곳도 없으니 이것을 땅이 아닌 땅이라 한다. 이에 사대부가 살 만한 곳의 기를 짓는다.

선생은 "사대부가 살 만한 곳의 기"를 짓는다고 하였다. 그렇기에 "사대부가 살 만한 곳"을 찾으려 하였다. 여기서 눈치 빠른 독자는 '사대부'란 말에 눈길이 멈췄을 것이다. 그러나 선생이 말하는 '사대부=백성'이니 오해를 말아야 한다. 이는 「사민총론」을 보면 알 수 있으니 몇 줄 뒤면 해명된다. 선생은 『택리지』를 삶과 지리의 상호작용을 치밀하게 살핀 실학적 인문지리서로 만들었다. 그러고는 「사민총론」, 「팔도총론」, 「복거총론」, 「총론」 네 분야로 나누었다. 이제 구체적으로 「사민총론」부터 일별해보겠다.

구체적으로 사대부 신분이 농공상민으로 갈라지게 된 원인과 내력, 사대부의 역할과 사명, 사대부가 살 만한 곳 등에 대해 설명하였다. 선생

---

79) 당나라 공영달(孔穎達)은 『주역정의(周易正義)』에서 "태극은 천지가 분화하기 전의 원기를 말한다(太極謂 天地未分前之元氣)"고 주장했다.

의 「사민총론(四民總論)」 첫 구절을 보면 사민관을 알 수 있다.

옛날에는 사대부란 게 따로 없고 모두 민이었다. 그런데 민은 네 가지로
나뉘었다. 사(士)로서 어질고 덕이 있으면 나라 임금이 벼슬을 시켰고 벼슬을
못한 자는 농공상이 되었다. 옛날에는 순 임금이 역산에서 밭 갈고 하빈에서
질그릇을 구웠으며 뇌택에서 고기잡이를 하였다. … 임금 밑에서 벼슬하지 않으
면 농공상이 되는 게 당연하다. 대저 순 임금은 천고의 민으로서 표준이다.
나라의 다스림이 극치에 이르면 너도나도 다 민으로 우물 파서 마시고 밭 갈아
서 먹으며 유유히 즐거워하는데 어찌 그 사이에 등급과 명호(名號)가 있으랴.

선생은 애초에 사대부는 없고 모두 백성[民]이었다고 한다. 또한 순
임금이 임금이 되기 전에 농공상이었다며 백성의 표준이라고까지 한다.
결국 선생이 생각하는 사농공상이란 우리가 생각하는 계급이 아닌 직업
일 뿐이요, 사대부란 일반 백성을 말함이다. 그야말로 평등사상을 우회
적으로 피력한 셈이다. 그리고 선생은 "농공상이 천한 신분이 된 것은
사대부라는 명호가 생기면서부터"라고 한다. 하지만 선생은 사대부란
명호는 없어지지 않는다며 농공상 모두 사대부 행실을 닦자며 이렇게
말한다. "그러므로 사이거나 농공상이거나 막론하고 사대부 행실을 한
결같이 닦아야 마땅하다. 하지만 이것은 예도(禮道) 아니면 안 되고 예도
는 넉넉하지 않으면 성립하지 않는다."

선생 말을 촘촘히 들어보자. 선생은 사농공상 누구나 선비로서 행실
을 닦자고 하였다. 그러려면 예의가 필요한데 넉넉함[富]이 전제 조건이
라 한다. 인간으로서 생존할 수 있는 '부'가 있어야만 '예의'가 있고 나아
가 '선비'로서 행실을 닦을 수 있다는 말이다. 그렇기에 가정, 직업, 예의,
문호를 유지하기 위해 계책을 세우려고 살 만한 곳을 찾는다고 한다.

그러니 이 글을 읽는 강호제현들께서는 사는 주변을 둘러볼 일이다. 내가 사는 곳이 넉넉함이 있는 살 만한 곳인지를, 그래야만 예의의 행실을 닦을 수 있으니 말이다.

74. 사람 살 만한 곳

「"우매한 국민들 마스크 착용 종용"···국민의힘 "지켜봐야"」 며칠 전, 한 일간지 머리기사이다. 그 기사에는 '5·18은 폭동', '검정고시 자랑은 정상적으로 단계를 밟아간 사람들을 모욕', '가난 비하 발언', '긴급재난 지원금은 개밥', '여당 찍는 자는 개돼지'에, 급기야 '김구 선생은 사람 죽인 인간'까지 보인다. 한 개인의 몰상식이란 말도 모자라지만 5,000만 명 중에서 고른 젊은이란다. 여기에 헛구역질까지 넘어오게 만드는 저 발언들을 듣고도 80 노구의 총괄선대위원장이란 분은 "그 내용은 구체적으로 잘 모르겠다", "어떻게 처리하려는지 모르기 때문에 말할 게 없다" 했다니, '아니 먹은 최 보살'이 따로 없다. 결국 이 사람이 자진 사퇴를 하였는데, 그 당 대변인 말이 또 걸작이다. 자진 사퇴를 추켜세우며 "결단"이니, "용퇴"니 하는 말에 그저 모골이 송연할 뿐이다.

왜 이럴까? 세상을 경륜하고 백성을 구하겠다고 정치를 한다는 이들이다. 정치(政治)라는 것이 바름[正]이거늘. 청담 선생은 우리나라 지형의 특색을 들어 '국민성이 유하고 조심스럽다' 하였는데 저 시절과 이 시절이 영 다른가보다. 그래 작금의 청치꾼들, 선생의 호 '맑은 못[淸潭]'으로 세척을 했으면 한다.

이제 『택리지』 '총론'과 '사민총론'을 거쳐, '팔도총론'으로 들어간다.

「팔도총론(八道總論)」에서는 우리 국토의 역사와 지리를 개관한 다음, 당시 행정구역인 팔도 산맥과 물의 흐름을 말하고, 유명 지역과 관계있는 인물과 사건을 매우 흥미롭게 기술하고 있다. 각도 인심을 자연환경과 결부시켜 설명함으로써 '환경 결정론적' 입장에서 인간과 자연환경의 관계를 기술한 점이 특이하다.

앞부분에서는 '사람은 땅에서 난다'는 지인상관론(地人相關論)을 편다. 선생은 우리 국토의 시발을 중국 곤륜산(崑崙山)[80]으로부터 찾았다. 곤륜산 한 가닥이 남쪽으로 뻗어 의무려산(醫巫閭山)이 되었고 요동벌을 지나 다시 솟은 게 백두산이라 한다. 선생은 곤륜산과 의무려산을 근거로 우리 국토의 신성함을 주장했다.

선생은 이 백두산 뒤쪽으로 달려 조선산맥(朝鮮山脈, 태백산맥)이라 한다. 우리나라는 3면이 바다로 둘러싸여 있고 산이 많으며 들이 적다는 표현으로 한반도 지형의 특색을 설명하고는 그 영향을 받아 '국민성이 유하고 조심스러우나 도량은 작다'고 밝혔다. 아울러 한반도의 국토 길이가 남북 3천 리 동서 5백 리라고 우리 국토 길이를 처음으로 측정하였다.

다만 이 『택리지』를 읽으며 유의할 점이 있다. 비록 국토를 실증적으로 답사하여 얻은 귀중한 자료를 토대로 한 글이지만 벼슬을 잃고 떠도는 선비의 주관적인 심정도 이해하며 읽어야 한다는 사실이다.

팔도의 서술은 중국과 국경을 잇대는 압록강 유역 평안도에서 백두대간을 따라 함경도, 황해도, 강원도, 경상도, 전라도를 지나 충청도, 경기도 순이다. 이제 각도에 대한 설명을 주마간산 격으로 요약한다.

선생은 평안도와 함경도는 썩 사람 살 만한 곳이 못 된다고 하였다.

---

80) 중국 전설에서 멀리 서쪽에 있다는 성스러운 산.

"서북 사람들을 벼슬에 임용하지 말라"는 태조의 명령과 사대부가 없다는 사실에 연유한 서술이다.

황해도는 부유한 자가 비교적 많고 선비는 적으나 살지 못할 곳은 아니라면서 흥미롭게도 세상에 일이 생기면 서로 차지하려 드는 요충지라 했다.

강원도에 관해서는 관동팔경을 꼽고 특히 횡성현은 맑은 기운이 있고, 덕은촌은 숨어 살 만하다고 한다.

경상도는 지리가 가장 아름답다며 낙동강을 기준으로 좌도와 우도로 나눴다. 좌도는 땅이 메마르고 백성이 가난하지만 문학하는 선비가 많고 우도는 땅이 기름지고 백성이 부유하나 문학하는 이가 적다고 하였다.

전라도는 호불호가 가장 많다. 고려 태조가 "차령 이남 사람을 등용하지 말라" 하였지만 조선에 들어와 이 금령이 없어졌다 하고 땅이 기름지고 바다에 연해 있어 물산이 풍부하고 인걸이 많다 한다. 또 산천이 기이하고 훌륭한 곳이 많아 한 번쯤은 모였던 정기가 드러날 것이라 하였는데, 이 시대 광주가 '민주화의 성지'라는 것과 연결시키면 선생의 혜안이 자못 놀랍다.

충청도는 물산은 이남(二南, 영·호남)에 못 미치나 산천은 평평하고 곱다. 경성 권문세가들은 대를 이어 충청도에 전답과 주택을 마련한다고 지적한다.

경기도는 여주의 세종대왕 영릉에서 시작해 병자호란 등과 연계하였고 특히 강화도에 대해 꽤 길게 서술하였다. 먼저 자연적 조건을 들고 원나라를 피해 도읍지였던 점, 바닷길이 요충이라 하여 유수부로 삼은 내력, 병자호란과 강화도의 관계, 문수산성을 쌓은 사실 등을 자세히 기록하였다. 이 역시 요즈음의 강화도의 발전과 견준다면 선생의 탁견이다.

앞에서도 서술했듯이, 선생의 주관적 견해이기에 이를 모두 일반화할 수는 없다. 그렇지만 사실 여부를 떠나서 사람들의 이동 경로에 천착하여 자연과 풍습을 삶터 및 인성과 연결 짓는 견해, 즉 '지인상관론'과 '환경결정론'은 분명 이 시대에도 논리성과 설득력을 갖췄음에 틀림없다.

75. 지리가 아무리 좋아도

'○○○ 대선후보 측은 "국토보유세도 국민이 반대하면 안 하겠다"고 발언한 것에 대해 "표변하는 ○○○ 후보의 공약, 국민들은 불안하고 무섭다"라고 지적했다.' 우리나라 최대 일간 부수를 자랑하는 신문의 기사이다. 한마디로 야당이나 이를 인용한 신문사나 (비록 세상에서 오용 하더라도 이를 바로 잡아야 하거늘) 저급한 수준이 도긴개긴이다. '표변(豹變)'은 저기에 쓸 수 있는 단어가 아니기 때문이다.

표변은 '표범 표(豹)'와 '변할 변(變)'으로 '군자표변'에서 나왔다. 즉 가을이 되면 표범의 묵은 털이 빠지며 새 털이 나 털가죽이 아름답게 변하듯, 군자가 자기 잘못을 고쳐 옳은 길로 빠르게 변화한다는 말이다. 『주역(周易)』 64괘(卦) 중 49 '혁괘(革卦)'에 보인다. 혁(革)은 물은 불을 끄고 불은 물을 말리는 것처럼 '변화'를 뜻한다. 원문에는 '용과 범은 대인 상(象)이니, 대인호변(大人虎變)[81] 군자표변(君子豹變)이고 소인혁면(小人革面)[82]'이라 했다.

대인호변은 호랑이가 여름에서 가을에 걸쳐 털을 갈고 가죽의 아름다

---

81) 대인은 호랑이처럼 변함.
82) 소인은 얼굴빛만 변함.

움을 더하는 것처럼, 군자표변은 표범의 털이 바뀌듯, 천하를 혁신하고 세상의 폐해를 제거하여 모든 것이 새로워짐을 뜻한다. 소인혁면은 큰 그릇은 못 되니 얼굴만이라도 고쳐 윗사람의 가르침을 받으라는 의미이다. 선인들은 모두 변화를 긍정으로 받아들였다. 그런데 저들은 긍정의 '변할 변(變)' 자를 그 반대로 해석해 버렸다. 한 나라를 책임지는 자칭 보수(保守)83) 야당이요 보수 제1언론이다. 한 순간도 멈춤 없이 변하는 세상, 한 나라를 보전하여 지키려면 끊임없이 변하고 변해야만 한다. 못하겠으면 소인혁면이라도 해야 한다. 변하지 않으면 부패하여 썩은 내가 온 나라에 진동하기 때문이다.

이제 이중환 선생의 『택리지』 「복거총론」을 마지막으로 정리한다. 「복거총론(卜居總論)」에서 선생은 사람이 살 만한 곳의 조건을 네 가지, 즉 지리, 생리, 인심, 산수를 들어서 설명하면서 이 중 하나만 모자라도 살기 좋은 땅이 아니라고 말한다. 하나씩 살펴보도록 하자.

지리: 선생은 "지리(地理)를 논하려면 먼저 수구(水口)를 보고, 다음에는 들판과 산 형세를, 이어 흙빛과 물 흐르는 방향과 형세를 본다"고 하였다. 사람이 살 집터의 조건으로 자연환경을 들었으니 풍수지리학이다. 현재 우리가 교통이 발달한 곳을 삶의 터전으로 잡으려는 것과는 전혀 딴판이다. 선생이 말하는 삶터는 자연과 사람이 풍수학적으로 완전히 하나 되는 땅이다.

생리: 먹고사는 문제이니 경제지리학이다. 선생은 사대부일지라도 먹고사는 생업에 참여하는 것을 당연하게 받아들였다. 따라서 선생은 생리의 조건을 "땅이 기름진 게 첫째이고, 배와 수레를 이용하여 물자를 교류시킬 수 있는 곳이 다음"이라 한다. 특히 배와 수레를 이용하는 용선(用船)과

---

83) 보전하여 지킴.

용거(用車)는 생산물을 유통하는 운송 수단을 콕 집어내는 말이다. 요즘 쓰이는 '푸드 마일리지(food mileage)'라는 말이 연상되는 대목이다.

인심: "인걸(人傑)은 지령(地靈, 땅의 신령스러운 기운)"이라는 지리인성학이다. 당연히 인심(人心)에 대한 기록을 두루 적었다. 선생이 강조하는 것은 서민과 사대부의 인심과 풍속이 다른 점과 당쟁의 원인 및 경과였다. 선생은 사대부와 당파성으로 인심이 정상적이지 못함을 통탄한다. 이는 지금도 이어진다. 우리 정치에 지방색을 이용하는 정치꾼들이 있음은 그 반증이다.

산수: 곧 산수지리학이다. 선생은 "지리가 아무리 좋아도 생리가 넉넉하지 못하면 역시 오래 살 곳이 못 되고, 지리나 생리가 다 좋아도 인심이 좋지 못하면 반드시 후회할 일이 생기고, 또 근처에 아름다운 산수가 없으면 호연지기를 기르고 마음을 너그럽게 펼 곳이 없다"고 한다. 결국 이 네 가지 조건이 다 구비되어야 이상적인 살 곳이라 하였지만 이런 곳을 특별히 정하지 않았다.

그렇다면 선생이 말하는 '사람이 살 곳[可居處]'은 구체적으로 어디일까? 『택리지』 '발문' 마지막 "아! 실(實)은 관석화균(關石和勻)이요, 허(虛)는 개자수미(芥子須彌)이다. 후세에 반드시 분변하는 자가 있을 게다"에서 그 답을 찾을 수 있다. 관석화균은 『서경』 「하서」 '오자지가'에 나오는 말로 백성이 사용하는 저울을 공정하게 한다는 의미이니, 곧 법도를 잘 지키도록 한다는 의미이다. 선생은 이 관석화균이 실(實)이라 한다.

개자는 아주 작은 겨자씨요, 수미는 아주 커다란 산이다. 둘 사이는 엄청난 차이가 있으니 당연히 이는 그른 허(虛)라 하였다. 자기 죄는 겨자씨인데 벌은 수미산처럼 받았다는 선생의 속내가 들어가 있다.

결국 선생이 말하는 좋은 땅은 '개자수미가 없는 관석화균한 세상이면 어디나 살 만한 땅'이란 귀결이다. 『택리지』는 지리인성론을 다룬 책이지만 그 속엔 저러한 정치가 숨겨져 있다. 당동벌이(黨同伐異)⁸⁴⁾만으로 정치를 하는 이 시대 정치꾼들은 새겨볼 말이다.

※ 3년여에 걸쳐 16명의 실학자의 글을 이 회로 마친다. 그동안 「아! 조선, 실학을 독(讀)하다」를 애독해주신 분들께 깊은 감사를 드리며, 관석화균한 세상을 꿈꿔 본다.

---

84) 옳고 그름을 가리지 않고 이익에 의해 내 편과 네 편을 가름.

제2부 간호윤의 실학으로 읽는, 지금

01. 대동일통(大同一統)의 세계를 그리며

"쿵쾅! 쿵쾅!" 모데라토에서 시작한 심장 박동은 하프를 지날 즈음, 알레그로를 가볍게 넘어선다. 마라톤은 시간이란 상수(常數)와 발걸음 소리, 그리고 심장의 박동이란 변수(變數)로 이루어졌다. 시간은 오선지, 내 발자국 소리와 심장은 그 시간 위에 리드미컬한 음(音, 운율)을 그린다. 때론 고요하게 때론 격동적으로 그려낸 운율들, 그리고 42.195km, 드디어 결승선을 통과하며 한 악장(樂章)의 감동(感動)을 빚는다. 3시간 48분 50초, 그 시간 속에서 내 발걸음과 가슴의 박동이 빚어낸 운율을 두 글자로 줄이면 '감동!'이다. 『예기』 '악기'에서는 '운율(음)'을 사람의 마음에서 우러나는 것(音之起 由人心生也)이라 했다. 느끼어 마음이 움직이는 이 감동이 있어 나는 마라톤을 한다. 그러나 내 마라톤은 코로나로 인하여 벌써 두 해를 멈췄다.

일신운화(一身運化)를 거쳐

통민운화(通民運化)로 나아가

일통운화(一統運化)에 도달해야

2022년 대선의 해, 임인년 새해가 밝았다. 난 올 대통령 선거에서 저런

'한 악장의 감동'을 국민의 한 사람으로서 느끼고 싶다.

하지만 국민은 "뽑고 싶은 후보가 없다" 하고 여야를 막론하고 대선 후보에 대한 비호감도가 60%를 넘나든다.

여기, 지금: 이 시절 과연 우리는 어떠한 대통령을 뽑아야 이 난국을 헤쳐 나갈까? 그 해법을 최한기(崔漢綺, 1803~1877) 선생의 『기학(氣學)』에서 찾아본다. 『기학』은 지금, 현재를 중시하는 독특한 방금운화(方今運化)에 대한 학설이다. '방'은 공간개념으로 '여기', '금'은 시간개념으로 '지금'이다. '기학'에서 '기(氣)'부터 본다. 이 우주는 기이고 기의 본질은 활동운화(活動運化)이다. 활(活)은 끊임없이 움직이는 생명성, 동(動)은 떨쳐 일으키는 운동성, 운(運)은 계절처럼 가고 오는 순환성, 화(化)는 변통이라는 변화성이다. 지금, 이 우주에 존재하는 모든 것은 여기에서 끊임없이 생성, 성장, 소멸하는 지금의 활동이기에 '방금운화'요, '활동운화'이다.

변화하는 깨달음: 활동운화는 개인의 인식에 대한 깨달음으로 이어진다. 즉 나를 둘러 싼 안팎을 이해하고 옳고 그름, 선과 악에 대한 지식을 확충시켜 상황에 따라 변통할 줄 알 때 '일신운화(一身運化)'가 된다. 이 개인의 깨달음인 일신운화가 정치와 교육에 의해서 이루어지면 '통민운화(通民運化)'라는 국가로 나아간다. 통민운화에서 한 발 더 나아가면 바로 '일통운화(一統運化)'이다. 일통운화는 한 나라를 벗어나 온 세상에 확산시켜서 인류 공동체가 도달하게 되는 대동일통(大同一統)의 세계이다.

삶에 보탬이 되는 배움: 이제 기학의 '학(學)'이다. 바로 운화를 작동시키는 동력이다. 선각자가 깨우쳐 가르치고 배운 자가 뒷사람에게 전승하는 것이 '학'이다. 학은 첫째 백성의 삶에 보탬이 되는 것, 둘째 백성의 일에 해로움이 되는 것, 셋째 백성의 도리에 아무런 손해나 이익이 없는 것, 세 가지로 나뉜다. 학을 가르는 기준은 헛된 것을 버리고 실질적인 것을 취하는 '사허취실(捨虛取實)'이다. 당연히 첫째가 진정한 학이니, 바로 인문, 사회, 자연을 아우르는 '일통학문(一統學問)'이다.

국가와 세계의 비전 제시: 19세기 조선의 한 지식인조차 저러한 학문과 세상을 꿈꿨다. 한 나라 지도자라면 '통민운화'의 국가를 넘어 '일통운화'라는 세계적 비전을 제시하고 이를 현실화하는 능력을 갖춰야 한다. 이상세계를 구현하는 거대담론이기에 '일통학문'이라야 가능하다. 국가와 세계의 상황 변화에 맞추어 지속적인 배움의 자세는 기본이다. 지도자라면 마땅히 이러한 학문과 정치, 그리고 지금의 변화를 아울러야 한다.

다시 여기, 지금: 방금운화 속에 있는 여기 대한민국, 2022년 바로 지금, 20대 대통령 선거라는 웅장한 한 '악장'의 운율이 흐른다. 우리는 '일통학문'과 '일통운화'로 '대동일통'의 세상을 그릴 줄 아는 후보'를 찾아야 한다. 3월 9일 그런 이가 대통령이 될 때 우리 대한민국은 '감동'의 한 악장 울림이 방방곡곡으로 퍼질 것이다. 그때쯤, 두 해나 멈춘 내 발자국 소리가 들리고 심장의 박동도 뛰지 않을까. 시간이란 오선지 위에 "쿵쾅! 쿵쾅!"

02. 언론, '광제일세(匡濟一世)'를 지향해야

미(美) 아름다운 것은 아름답다 하고

자(刺) 미운 것은 밉다 하며

권(勸) 선을 권장하고

징(徵) 악을 징계해야

　"선제타격", "살인멸구(殺人滅口)", "무식한 삼류 바보들", "영화 같은 현실에 공포", … 도사와 법사, 박물관에 박제된 "멸공"을 살려내 불을 지피고 확증적 편향을 술술 내뱉는 후안무치형 정치 논객, … 모두, 사이비 언론 잘못이다. 저런 눈흘레와 혐오성 어휘 나열이 언론인가. 언어 수준이 폭력과 저열, 퇴행인 황색저널리즘(yellow journalism)이다. 과장보도에 선정적인 제목, 남·녀·노·소와 지역 갈라치기, 무지(無知)와 교언(巧言)으로 옳고 그름을 어지럽게 만들고 국론을 분열시키는 천박한 글과 말이 하수구 물 역류하듯 한다. 공정성, 공익성, 정론을 생명으로 하는 언론의 비평 없는 보도는 사뭇 야만적인 작태다. '개는 요 임금을 보고도 짖는다'는 사실 전달은 언론 기사가 아니다. 국민은 집단지성은커녕 집단혼돈 속으로 빠져들어 민주주의는 파괴되고 국격은 한없이 추락한다. 2019~2020년 '로이터저널리즘연구소'에서 발표한 한국 '언론

신뢰도'가 46개국 중 최하위인 46위이라는 사실이 부끄럽지도 않은가. 그러니 기사에 달리는 댓글마다 난잡한 저주성 어휘들로 자음 17자 모음 11자를 가을 도리깨질하듯, 조자룡 헌 칼 쓰듯 하니 훈민정음도 곡(哭)을 하지 않고는 못 배긴다. 차마 눈뜨고 보지 못할 정경이다.

그렇다면 언론은 무엇을 어떻게 써야 하는가? 다산(茶山) 정약용(丁若鏞, 1762~1836) 선생은 '미자권징'이라 답한다. 언론인 말 한 마디, 글 한 줄은 그 나라 여론을 형성한다. 막힌 것은 소통케 하고 시무(時務, 그 시대에 다급한 일)에 대해서는 북극성과 가늠쇠 역할을 해야 해서다. 선생은 "아름다운 것은 아름답다 하고 미운 것은 밉다 하며 선을 권장하고 악을 징계하려는 뜻이 없다면 시가 아니다(非有美刺勸徵之義非詩也)"라 하였다. 여기서 시는 글이고 이러한 글이 바로 시대의 공민(共悶)을 아우르고 인간으로서 아름다운 공명(共鳴)을 펴는 정론(正論)이다.

언론이라 함은 골수에 박힌 나랏병을 고치려는 결기가 있어야 한다. 마음속에 부글부글 울분을 토해내 듯, 도끼 하나 옆에 놓고 '오두가단(吾頭可斷)' 각오로 손등에 서슬 퍼런 정맥 솟게 붓을 잡아야 한다. 시비를 가르는 죽비소리 같은 글과 말은 정언명령이다. 자극적인 헤드라인이나 뽑고 씻나락 까먹는 소리인지 내시 이 앓는 소리인지 웅얼웅얼 쓰다말거나 엉뚱한 요설(饒舌)로 속내를 감춘, '홀수 쪽과 짝수 쪽 사이에 책갈피를 넣으려는 글과 말'은 언론이 아니다.

육하원칙에 맞추어 기승전결, 정연한 글과 말이라고 언론이 아니다. 조지오웰의 『동물농장』에서 돼지들은 읽고 쓰는 게 완벽하다는 이유로 특권을 누린다. 바로 미자권징 없는 언론 기사가 저 동물농장 짝이다. 공적인 선을 지향해야 정론이요, 직필이다. 우리 사회가 이렇듯 선악조차 모르게 변한 것은 선을 가장한 언론사주나 물질만을 탐하는 언론인 척하는 사이비 언론이 그 주범이다.

다산은 서슬 퍼런 세도정치 시절 "천하가 이미 썩어 문드러진 지 오래다"라 토혈하며 "시대를 아파하고 세속에 분개하지 않으면 시가 아니다"라 하였다. 자본, 권력, 불의, 요령이 세상살이에 더 편하고 그런 불한당들이 더 잘 사는 사회를 조장하는 언론은 언론이 아니다. 자고로 언론인이라면 '총보다, 칼보다, 펜이 더 강하다'는 신념 하나쯤은 가슴에 품어야 한다. 사회의 공분(公憤)을 개혁하고 미래를 밝힐 공기(公器)로서 언론이기 때문이다.

언론은 이 시대의 언관(言官)이다. '글과 말로 세상을 바로잡아 구제'하려는 '광제일세'를 지향해야 한다. 언론은 그래, 이 막돼먹은 세상의 파수꾼으로서 방부서(防腐書)를 써야 한다. 늘 세상을 눈구석에 쌍가래톳이 설 정도로 톺아보아야 하는 이유다. 이것이 언론 사명이요, 나아갈 길이다.

03. 교육, '공(工)' 자 형(型) 인물을 길러내야

工 위 ─: 제너럴리스트(generalist: 넓은 견문을 갖춘 사람)
　중간 ─: 스페셜리스트(specialist: 전문 지식을 갖춘 사람)
　아래 ─: 휴머니스트(humanist: 인문 교양을 갖춘 사람)

내 전에 병이 있어 지황탕(地黃湯)을 달여 마셨지요. 약을 걸러서 그릇에 받으니 거품이 뽀글뽀글 들끓더군요. 금싸라기나 은별들, 물고기 아가미에서 나오는 물방울과 벌집 같은 거품 말이요. 그 거품 마다 내가 찍혔는데, … 더운 기가 식고 거품이 잦아들어 마셨더니 텅 빈 그릇만 남더군요.

연암 박지원 선생의 「주공탑명(麈公塔銘)」 일부분이다. 입적(入寂)한 주공 스님을 위해 제자가 부도[탑]를 세우려 연암에게 글[명]을 청하며 수선을 떨었나보다. 연암은 부도를 세우고 글을 써준들 세상 떠난 주공에겐 '텅 빈 그릇'일 뿐이라 한다. 행간이 미묘한 깨달음을 다룬 글이지만 난 꼭 읽을 때마다 우리 교육이 어른거린다.

[공부=학문]은 삶의 숙주(宿主)요, 교육은 사회 전반의 숙주이다. 사회적 동물인 인간은 이 숙주로부터 영양을 공급받아 일생을 살아간다. 사람의 삶은 태어나는 게 아니라 교육과 학문으로 온전한 인간을 만들

어가는 과정이기 때문이다. 선생이라 그런가? 꼭 우리 교육이 저 '텅 빈 지황탕 담은 그릇'같다. 약을 짜니 거품이 일고 거품마다 내가 보인다. 거품은 크고 작고 모두 다르지만 비친 나는 똑같이 웃으면 웃고 찌푸리면 찌푸릴 뿐이다. 지황탕은 숙지황, 산수유… 따위를 달여 만든 보약이다. 초등학교에서 대학까지, 국어·영어·수학, … 전공까지 교육을 받는다. 삶에 좋은 보약을 잔뜩 복용한 셈이다. 하지만 12년 혹은 16년을 '거품에 비친 나'처럼 '똑같은 교육'을 받은 뒤, 오로지 물질과 취직을 위한 졸업장만 덩그러니 남는다. 마치 이승을 떠난 주공에게 '텅 빈 그릇'처럼.

스페셜리스트는 널리 배움에서 시작한다. 이 세상을 살아내려면 일상을 영위할 직업이 있어야 한다. 한 영역에서 전문가로서 지식을 갖춰야 한다는 뜻이다. 교육 과정을 거치고 학문을 하는 이유 중 하나다. 『중용장구』 제20장에 학문[공부]하는 다섯 가지 방법이 보인다. 그 중 첫째 널리 배운다는 박학(博學), 둘째 자세히 묻는다는 심문(審問)이 필요하다. 지식은 여기서 자라 전문가로서 우뚝 선다. 단 지식은 앎이 아닌 모름을 찾는 과정이다. 배우고 묻는 학문 자세를 평생토록 유지해야 한다. 교육에서 학생 몫이다.

제너럴리스트가 되려면 폭 넓은 시야를 확보해야 한다. 최한기 선생은 "보고 듣는 게 편협한 사람은 끊임없이 변하는 일상사를 두루 살피지 못한다" 하였다. 여기서 변통이 필요하다. 교육에서 선생 몫이다. 선생이 막혔는데 학생 스스로 변통을 배우지 못한다. 연암은 「초정집서」에서 변통을 "법고이지변(法古而知變), 창신이능전(創新而能典)"이라 했다. '옛것을 익히되 변함을 알고, 새것을 만들되 옛것에 능해야 한다'는 뜻이다. 이것이 대립하는 문제를 높은 수준에서 통일, 해결하면서 앞으로 나아가게 하는 지양(止揚)이다. 선생이 이 지양으로 교육하면 학생은 비로소 변통할 줄 아는 견문이 생긴다. 암기 위주 입시교육은 교육이 아니다. 학문의 다섯 가지 방법 중 셋째 신중하게 생각하는 신사(愼思)와 넷째 명백하게 분별하는 명변(明辨)도 여기서 성장한다.

휴머니스트는 진실한 마음으로 성실히 행동하는 독행(篤行)에서 비롯한다. 학문의 다섯 가지 방법 중 마지막이다. 독행은 공부에서 가장 중요한 인문 교양 교육이다. '제너럴리스트'와 '스페셜리스트'가 뇌의 소관이라면 '휴머니스트'는 마음의 영역이다. 지식과 견문을 담당하는 이성인 뇌와 인문 교양을 담당하는 감성인 가슴이 조화를 이룰 때 교육의 목표인 온전한 인간이 된다. '예의', '윤리', '염치', '정의' 따위 인문적 양심이 부축을 해야만 인간으로 바로 선다. 온전한 인간이란, 참된 자아를 찾는 길이요, 때로는 부당한 세상에 맞서는 불편부당한 바름까지 나아가는 과정이기 때문이다. 자기 자신을 위해 배운다는 '위기지학(爲己之學)'을 굳이 학문[공부]의 끝으로 보는 이유도 여기다. 가르치고 길러내는 교육이 추구하는 인물형, 실학이 그리는 공부(工夫=學問)의 '공(工)' 자 인물형은 여기서 만들어진다.

04. 선거(選擧),
대인호변 군자표변할 사람을 뽑아야 한다

국민이 곽우록을 쓰고 범관을 해야 통치자가 대민이쟁을 한다.

내일, 3월 9일! 미래를 향한 20대 대한민국 대통령 선거일이다. "선생님, 누구를 찍어야 할까요? 제가 투표를 한다고 세상이 바뀌는 것도 아니고 … 다 제 맘에 안 들어서 기권할까 해요." 엊그제, 제자의 말이다. 불과 5년 전, 세계 민주주의 역사에 기록된 '촛불혁명' 때 광화문에서 함께 울분을 토하던 제자다. 사람들은 말한다. 세상은 바뀌지 않는다고. 맞는 소리이면서도 아니다. 의외로 세상을 바꾸기 쉽다. 내가 바뀌면 그만큼 세상은 변한다. 하지만 대한민국 정치 구조는 바꾸기 어렵다. 정치인과 권력자들 중 많은 이가 그의 윗대부터 이 땅의 '우듬지에 있던 자들'이거나 일신의 출세와 영달을 위한 '도긴개긴 정치 쇼핑꾼들'로서 '그들만의 리그'를 폭식 중이기 때문이다. 그러니 '누가 맘에 든다 아니다'로 하거나 말게 아니다. '누가 조금이라도 더 대한민국의 미래를 이끌 사람이냐'에 방점을 찍어야 한다. 국민들을 꿀단지로 삼아 제 몫만을 챙기려는 정치 쇼핑꾼들의 행위양식이라도 바꾸어야 하기 때문이다.

『곽우록(藿憂錄)』을 쓰자. 우리 헌법은 "모든 국민은 법률이 정하는 바에 의해 선거권을 가진다"(24조)고 규정한다. 성호 이익의 『곽우록(藿憂

錄)』이라는 책이 있다. '콩 곽(藿)'은 백성이요, '근심 우(憂)'는 걱정이니 책 제목은 '백성의 걱정'이다. 조조(祖朝)라는 백성이 진 헌공(晉獻公)에게 글을 올려 나라 다스리는 계책을 요청했다. 헌공은 "고기 먹는 자[육식자]가 다 염려하고 있는데, 콩잎 먹는 자[곽식자]가 정사에 참견할 게 뭐냐!"라 꾸짖었다. 조조는 이렇게 말한다. "육식자가 묘당(廟堂: 의정부로 지금은 정부)에서 하루아침이라도 계획을 잘못 세우면 백성들 간과 뇌가 으깨어져 길바닥에 나뒹굽니다." 간뇌도지(肝腦塗地)는 여기서 나온 말이다. 선거권(주권) 행사는 반드시 대가가 따른다는 점을 명심해야 한다. 개화기 정치가요 천재 소리를 들었던 윤치호는 조선을 '악마 같은 정부'라며 일본 식민지배만이 우리 민족이 살 길'이라 했다. 결국 그는 내선일체를 부르짖다가 광복 후 자결하고야 만다(뇌출혈이 사인이라는데 항간에는 이러한 이야기가 퍼졌다). '곽우록'을 잘 써야 하는 이유가 여기 있다.

범관(犯官)을 하자. 1797년 황해도 곡산에서 민란이 일어났다. 1천여 명이 관가를 습격했다. 주모자는 이계심이었는데 잡는 데 실패하고 만다. 조정에선 급히 다산 정약용을 파견했다. 다산이 부임하는 도중 이계심이 12항목의 탄원서를 제출하며 자수한다. 탄원서를 읽어보니 하나같이 타당했다. 다산은 그 자리에서 이계심을 풀어주었다. "통치자가 밝지 못한 까닭은 백성들이 제 한 몸 건사하는 데만 열중할 뿐, 그 고통으로 관에 항의하지 않기 때문"이 석방 이유였다. 이계심이 관에 항의해 오히려 통치자를 밝게 했다는 게 아닌가. 바로 '범관'으로, '관청을 범하라'는 말이다. 다산은 백성이 고통을 받으면 관청에 항의해야만 비로소 관리가 함부로 못한다고 단언했다. 백성들이 정치에 관심 가져야 하는 이유다. 이는 국민으로서 반드시 선거를 해야 하고 선거에 대한 책임도 져야 한다는 말이다. 혜강 최한기는 『인정』 제14권 '선인문1'에서 "인재를 잘못 천거한 자는 관직을 깎아내리거나 연좌법을 적용"해야 한다고 강조하였다. 잘못 선출한 사람에게 책임이 있다는 말이다.

대민이쟁(戴民以爭)할 사람을 뽑아야 한다. 대한민국헌법 제1장 총강은 "제1조 ①대한민국은 민주공화국이다. ②대한민국의 주권은 국민에게 있고 모든 권력은 국민으로부터 나온다"이다. 국민이 주인이란 뜻이다. '대민이쟁'은 백성을 떠받들고 윗사람과 다투라는 말이다. 국민의 권한을 위임 받은 대통령이다. 주권을 도둑맞지 않으려면 국민을 주인처럼 섬기고 국민의 편에서 권력 쥔 자들과 다툴 사람이라야 한다. 다산은 "지극히 천해 어디 호소할 데도 없는 사람이 백성이다. 높고 무겁기가 산과 같은 자도 역시 백성이다. 윗사람이 아무리 존귀하고 높더라도 백성을 떠받들고 다툰다면 굴복시키지 못할 게 뭐 있겠나" 하였다. 행정부 관료 마피아, 입법부 괴물이 되어 버린 국회의원, 사법부 검피아와 법조 부로커, …들, 국민을 대신하여 이런 '기득권 카르텔'과 투쟁할 대통령을 선출해야 한다.

대인호변(大人虎變) 군자표변(君子豹變)할 사람을 뽑아야 한다. OECD국가 중 18년째 자살률1위, 세계 최저 출산율, 상위 10%와 하위 50% 경제력 차이가 무려 52배, … 난제가 산적한 우리 현실이다. 일제 식민통치, 이승만 정권, 박정희와 전두환 군사정권을 거치며 형성된 구조적인 병폐를 바꾸지 않으면 미래는 없다. 코로나 펜데믹은 진행 중이고 러시아는 우크라이나를 침공하며 3차 대전 운운까지 하는 미증유의 대전환 시대이다. 국가적으로는 개혁과 변화를, 세계적으로는 대동일통(大同一統)을 지향할 대통령이어야 한다. 『주역(周易)』 '혁괘(革卦)'엔 이런 사람을 '대인'과 '군자'라 했다. 혁(革)은 '변화'이다. '대인호변'은 호랑이가 여름에서 가을에 걸쳐 털을 갈며 가죽의 아름다움을 더하는 데서, '군자표변'은 어린 표범이 자라며 털 무늬가 점점 빛나고 윤택해지는 데서 취했다. 대인과 군자는 천하를 혁신하고 세상의 폐해를 제거하여 모든 것을 새롭게 변화시킬 지도자다. 한순간도 멈춤 없이 변하는 세상, 한 나라를 보전하여 지키려면 끊임없이 변하고 변화시켜야 할 이런 대통령을 뽑아야 한다.

우리는 장엄한 '촛불혁명'으로 세계를 놀라게 한 위대한 국민이다. 다시 한번 뜨거운 마음으로 내 나라 대한민국 역사를 쓰자. 내일, 또 한 편의 웅대한 대한민국 역사는 내 손에 쥐어진 단 한 장의 투표용지에서 우럭우럭 피어오른다.

05. 사이비(似而非),
'사람 사는 세상' '향원 없는 세상'을 꿈꾸며

20대 대선이 지났다. 활짝 웃는 당선자 얼굴을 담은 당선사례 현수막이 곳곳에 걸렸다. 정녕 국민화합 운운하는 20만 표 승자의 당선사례로 매우 볼썽사납다. 상대 당에 표를 던진 국민을 존중하지 않기 때문이다. 당선자에게 한 기자는 "외람되오나(猥濫되다, 하는 짓이 분수에 지나친 데가 있다)"라며 자신을 한껏 낮추었다. 저 말은 왕권국가에서나 쓸 말이다. 대선을 지나며 무례(無禮, 예가 없고), 무의(無義, 옳음이 없고), 무렴(無廉, 염치가 없고), 무치(無恥, 부끄러움이 없고)를 보았다. 무식(無識, 앎이 없고), 무법(無法, 법이 없고), 무도(無道, 도덕이 없고)한 가히 부조리한 세상의 사이비들이다.

'섭씨 233°!(화씨 451도)'는 책이 불타는 온도이다. 종종 언론통제용 상징으로 쓰이는 이 말은 진실과 정의의 소멸이라는 '지(知)의 비극적 은유'를 내포한다. 연암 손자뻘인 박남수는 『열하일기』가 못 마땅하다며 불을 붙였다. 레이 브래드버리(Ray Bradbury)는 『화씨 451도』에서 '불태우는 일은 즐겁다'로 시작하는 디스토피아(Dystopia)의 세계를 그렸다.

이틀에 한 번꼴은 7옥타브쯤의 고성을 내뱉는 아마겟돈 같은 세상이기에 순결한 양심을 간직하고 살아감이 그만큼 고통이다. 글깨나 읽고 쓴다는 자들의 책 따로 나 따로인 '서자서아자아(書自書我自我)'는 더욱 그렇다. 그렇기에 저 시절 진실을 외면하려 했던 박남수의 행위는 지나간 현재와 미래요, 비동시성의 동시성이다. 이 시절 연암(燕巖) 박지원(朴趾源, 1737~1805)과 같은 실학자들의 삶과 글이 현재성을 띠는 이유요, 우리에게 비수처럼 꽂는 성찰이요, 미래의 예언이다. 구정물 같은 세상, 연암 삶과 글로 정수처리 좀 하여 '오이 붙듯 달 붙듯' 진리, 정의, 양심이 넘실거리는 세상을 기대하며 이 글을 쓴다.

'사이비는 아니 되련다!' 연암 평생 화두였다. 사이비란, '두루뭉술 인물'인 향원(鄕愿)이다. 향(鄕)은 고을이요, 원(愿)은 성실이다. 즉 고을의 성실한 사람으로 '도덕군자'란 뜻이니, 백성들의 지도자다. 연암은 이 향원을 무척이나 싫어하였고 저런 사이비들로 인하여 마음병을 얻었다. 향원이 실상 겉과 달리 '옳고 그름을 가리지 않고 아첨하는 짓거리를 하는 자'요, '말은 행실을 돌보지 않고 행실은 말을 돌보지 않는 겉치레만 능수능란한 자'들이기 때문이다. 『맹자』 '진심장구 하'에서는 향원을 "덕을 훔치는 도둑놈(德之賊)"이라 꾸짖었다. 연암은 저러한 현실을 직시했고 사이비가 되지 않기 위해 "글자는 병사요, 뜻은 장수이고 제목은 적국"이라 규정하고 전쟁하는 마음으로 글쓰기를 하였다. 남과 다른 삶을 살고 글을 쓴다 하여 세상은 연암을 문둥이, 파락호, 술미치광이라 불렀고 연암은 스스로를 '조선의 삼류선비'라 칭하였다. 조선의 삼류선비 연암이 꿈꾼 세상은 '사람 사는 세상'이었다. 바로 연암 삶의 결절(結節)인 문장, 성정, 학문, 미래이다.

문장(文章)이다. "종로를 메운 게 모조리 황충(蝗蟲)85)이야!" 황충은 백성을 숙주로 삼아 기생하는 양반을 통매하는 풍유이다. 한문소설 「민옹

---

85) 벼를 갉아먹는 메뚜기.

전」에서 연암은 문벌을 밑천 삼고 뼈다귀를 매매하며 무위도식 양반에게 입찬소리를 해댔다. 요절한 학자 김현은 『분석과 해석』에서 "이 세계는 과연 살 만한 세상인가? 우리는 그런 질문을 던지기 위해 소설을 읽는다" 한다. 작은 이야기 '소설(小說)'은 그렇게 큰 이야기인 '대설(大說)'을 꿈꾼다. 연암 대설은 지금으로 치면 자칭 이 나라의 지도자들이라 설치는 황충류에 대한 일갈이다.

성정(性情)이다. "개를 키우지 마라." 연암 성정을 단적으로 보여주는 말이다. "개는 주인을 따르는 동물이다. 또 개를 기른다면 죽이지 않을 수 없고 죽인다는 것은 차마 할 수 없는 일이니 처음부터 기르지 않느니만 못하다." 말눈치로 보아 '정 떼기 어려우니 아예 기르지 마라'는 소리다. 계층이 지배하는 조선 후기, 양반이 아니면 '사람'이기조차 죄스럽던 때였다. 누가 저 견공(犬公)들에게 곁을 주었겠는가. 이것이 연암 삶의 동선이다. 지금도 학문이라는 허울에 기식(寄食)한 수많은 지식상(知識商) 중 정녕 몇 사람이 저 개와 정을 농하겠는가?

학문(學問)이다. "기와조각과 똥거름, 이거야말로 장관일세!" 실학자 연암은 청나라 여행 중 끝없이 펼쳐진 요동벌에서 '한바탕 울고 싶다!' 하였고 기와조각과 똥거름을 보곤 '이거야말로 장관!'이라 외쳤다. 연암은 정쟁으로 날을 새는 소국 조선의 선비였다. 그래 저 거대한 요동벌에서 한바탕 울음 울었고 기와조각과 똥거름에선 학문의 실용을 찾았다.

미래(未來)이다. "『연암집』이 갑신정변을 일으켰지" 춘원 이광수가 갑신정변을 일으킨 이유를 물은데 대한 개화파 박영효(朴泳孝, 1861~1939)의 답이다. 조선은 유학의 나라였다. 유학은 사람다운 사람 사는 대동세계(大同世界)를 지향하지만, 저 시절 그런 조선은 없었다. 연암은 유학자로서 조선의 아름다운 미래를 글(『연암집』)로 설계했다. 갑신정변을 일으킨 개화파 주역들이 읽은 책이 바로 『연암집』이었다. 우리가 찾는 세상도 연암이 그린 '사람 사는 세상'과 다를 바 없다. 문둥이라 불린 조선의 삼류선비 연암이 뿌린 '사람 사는 세상'이란 역병이 우리 조선의 후예들에게 강하게 전염되기를 바란다. 그 날이 『연암집』의 먹물들이 글발마다 살아나 열을 지어 행진하는 '인간다운 세상' '사이비[향원]' 없는 세상이다.

06. 복거(卜居),
관석화균한 정치가 이뤄지면 '어디든지 살 만한 곳'

관(關)은 유통, 석(石)은 120근, 화(和)는 고름, 균(勻·鈞)은 30근으로
'법과 제도를 잘 지킨다'는 의미

새 당선자 일성이 '대통령 집무실을 용산으로 옮긴다'란다. 언론들은
과잉 충성으로 '용산'을 덮기 위한 '김정숙 여사 옷값'을 연일 보도한다.
가관이다. 어느 뉴스가 나라의 안위에 큰 것인가? 이 어려운 시절에
시무(時務)86) 1조를 청와대 이전으로 해야 하는지 의문이다. 주변에 무
속인이 많아 그러려니 해도 국민의 한 사람으로서 걱정이다. 이전 비용
만 496억이니, 1조니 한다. 청와대가 흉지(凶地)라 옮긴다는 뜻인데 그러
면 용산이 길지(吉地)인가? (용산이 길지인지는 글 말미에 적바림하겠다.)
때 아닌 '풍수지리' 논쟁이기에 실학자 청담(淸潭) 이중환(李重煥, 1690~
1756) 선생의 『택리지(擇里志)』를 다시 들추어본다.

『택리지』는 우리나라 최초 베스트셀러로 '사람이 살 만한 곳'에 대한
기록이다. 선생은 『택리지』 「복거총론(卜居總論)」에서 사람이 살 만한

---

86) 당장에 시급한 일.

곳 조건을 네 가지 든다. 지리(地理), 생리(生理), 인심(人心), 산수(山水)가 그 4요소이며, 이 중 하나만 모자라도 살기 좋은 땅은 아니란다. 유의할 점은 선생이 소위 풍수지리를 기술한 것은 틀림없으나 절대적으로 신봉하지 않았다는 점이다. 하나씩 살펴본다.

지리: 선생은 "지리를 논하려면 먼저 수구(水口)를 보고, 다음에는 들판과 산형세를, 이어 흙빛과 물 흐르는 방향과 형세를 본다"고 하였다. 사람이 살 집터의 조건으로 자연환경을 들었으니 풍수지리학이다. 현재 우리가 교통이 발달한 곳을 삶의 터전으로 잡으려는 것과는 전혀 판판이다. 선생이 말하는 삶터는 자연과 사람이 풍수학적으로 완전히 하나 되는 땅이다.

생리: 먹고사는 문제이니 경제지리학이다. 선생은 사대부일지라도 먹고사는 생업에 참여하는 것을 당연하게 받아들였다. 따라서 선생은 생리의 조건을 "땅이 기름진 게 첫째이고, 배와 수레를 이용하여 물자를 교류시키는 곳이 다음"이라 한다. 특히 배와 수레를 이용하여 생산물을 유통하는 운송 수단을 콕 집어내는 말이다. 요즘 쓰이는 '푸드 마일리지(food mileage, 식품이 생산·운송·유통 단계를 거쳐 소비자의 식탁에 오르는 과정에서 소요된 거리)'를 연상케 한다.

인심: "인걸(人傑)은 지령(地靈, 땅의 신령스러운 기운)"이라는 지리인성학이다. 선생이 강조하는 것은 서민과 사대부의 인심과 풍속이 다른 점과 당쟁의 원인 및 경과였다. 선생은 사대부와 당파성으로 인심이 정상적이지 못함을 통탄한다. 이는 지금도 현재진행형이다. 이번 대선에서도 정치꾼들은 지방색을 이용하여 인심을 이반시키는 등 독특히 효과를 보았다. 아직도 지방색 앞에서는 집단지성이란 말이 무색하다.

산수: 곧 산수지리학이다. 선생은 "지리가 아무리 좋아도 생리가 넉넉하지 못하면 역시 오래 살 곳이 못 되고 지리나 생리가 다 좋아도 인심이 좋지

못하면 반드시 후회할 일이 생기고 또 근처에 아름다운 산수가 없으면 호연지기를 기르고 마음을 너그럽게 펼 곳이 없다"고 한다.

선생은 4요소 중 산수를 맨 마지막으로 꼽았다. 하지만 선생이 4요소를 갖춘 몇몇 곳은 살 만한 땅이라는 뜻이지, 꼭 여기서 살아야 한다는 의미는 아니다. 선생은 『택리지』 곳곳에서 풍수에 관한 이야기를 할 때는 항상 "감여가(堪輿家, 풍수지리가)의 말을 빌리면", "소위(所謂)"라는 말을 사용하여 남들이 '세상에서 말하기를~' 하는 식으로 인용하였다. 풍수지리를 반드시 믿으려는 어리석음에 대한 경계이다.

그렇다면 선생이 말하는 '가거처(可居處)'[87]는 구체적으로 어디일까? 『택리지』 '발문' 마지막 "아! 실(實)은 관석화균(關石和勻)이요, 허(虛)는 개자수미(芥子須彌)이다. 후세에 반드시 분변하는 자가 있을 게다"에서 그 답을 찾는다. 관석화균은 『서경』 「하서」 '오자지가' 나오는 말로 석(石)은 120근, 균(勻·鈞)은 30근으로 무게 단위고, 관(關)은 유통시킨다, 화(和)는 고르게 한다는 뜻이다. 석을 유통시키고 균을 고르게 한다는 것은 백성이 사용하는 저울을 공정하게 한다는 의미이니, 곧 '법과 제도를 잘 지킨다'는 말이다. 선생은 이 관석화균이 실(實)이라 한다.

개자는 아주 작은 겨자씨요, 수미는 몹시 커다란 산이다. 둘 사이는 엄청난 차이가 있으니 당연히 이는 그른 허(虛)라 하였다. 선생의 삶에 비추어보면 평생 떠돌이로 만든 정치 현실이 허다. 법과 제도가 잘 지켜지지 않는 정치였기에, 자기 죄는 겨자씨인데 벌은 수미산처럼 받았다는 선생의 속내이다. 선생은 남인으로 33세에 병조좌랑까지 올랐다. 이후 정쟁에 연루되어 혹독한 형벌을 받았고 일정한 거처 없이 30여 년

87) 사람이 살 만한 곳.

동안 떠돌이 생활을 하였다. 이 역경 속에서 허탄과 한숨으로 한 땀 한 땀 엮은 책이 『택리지』다. 풍수지리학을 다룬 책인 듯하지만, 그 속엔 저러한 서글픈 정치가 숨겨져 있다.

선생의 견해는 '개자수미 없는 관석화균한 세상이면 어디나 살 만한 땅'이란 귀결이다. 그러니 청와대니 용산이니, 어느 곳이 길지이고 흉지가 따로 없다. 공명정대한 정치만 이뤄지면 이 나라 어느 곳이나 사람 살 만한 땅이다. 당선자 주변에서 설쳐대는 당동벌이(黨同伐異)[88]만으로 정치를 일삼는 이 시대 정치꾼들과 자칭 무속인들이 5년 뒤를 생각하며 새겨볼 말이다.

마지막으로 선생은 '용산'을 어떻게 보았을까? 4요소를 대략 갖추었다는 몇몇 곳에 용산의 '용'자도 보이지 않는다. 다만 "자연과 인문을 합한 실학적 사고로 탄생한 세계 최초 실증적 인문지리서"라 별칭을 얻은 『택리지』 '생리'편에 '용산 서쪽 강마을에 공후귀척들이 정자를 지어 잔치놀이 하는 곳(遊宴之所)이 되었다'라는 기록이 보인다. 혹 용산으로 옮기면 저런 강마을이 되지 않도록 삼가 조심할 일이다. 일개 백성이지만 한 나라 운명이 걸렸기에 노심초사하여 썼다.

---

88) 옳고 그름을 가리지 않고 이익에 의해 내 편과 네 편을 가름.

07. 아시타비(我是他非) 대학,
사유(四維)의 하나인 염치교육이 펼쳐져야

사유란 국가를 유지하는 데 필요한 네 가지 벼릿줄로

예(禮, 예절)·의(義, 법도)·염(廉, 염치)·치(恥, 부끄러움)이다.

내로남불! 이중 잣대를 비꼬는 신조어란다. 한자어로 바꾸면 아시타
비(我是他非)[89]이다. 염치없는 짓이다! 부산대학교 의학전문대학원에 이
어 고려대도 조민 씨의 입학을 취소하였다. '부정입학'이란 뜻이다. 그
근거라는 게 논리는 박약이요 견강은 부회하니, 치졸하기가 억지춘향
격이다. 지면이 아깝고 먹물에 부끄러워 독자의 몫으로 약(略)한다. 그렇
게 많은 입학생 중 단 한 사람만 '부정입학'이라는 명사 범주에 집어넣었
다. 범주라면 응당 '동일한 성질을 가진 부류나 범위'가 있어야 한다.
입학 취소 원인에 대한 잘잘못을 따진다면 입학시킨 학교 측에 잘못이
더 있다. '부정입학'하려는 학생을 대학에서 거르지 못했기 때문이다.
(이 땅에서 권력과 돈깨나 있는 자들의 자제들이 입시에서 혜택을 보는 것이야
삼척동자도 다 아는 사실이지만.)

---

89) 나는 옳고 너는 그르다.

마땅히 당시 입시와 관련된 보직 교수들과 입시처 담당 직원들이 징계를 먼저 받는 게 공평한 도리이다. 그런데 무슨 논법인지 잔인한 처벌을 학생만 받았다. 학생을 육성하는 학교, 그것도 '큰 배움터'인 대학교에서 한 일이기에 그 졸렬함이 소학교 문전도 못 간다. 정권이 바뀌자마자 그 욱일승천하는 기세에 연합하려 한 행위여서 더 괘씸하다. 대학은 정치와 권력으로부터 자유로운 학문의 해방구로서 쩡쩡 죽비소리가 들려야 하거늘 웬 아부놀음인가. 저들은 권력이 여울로 소금 섬을 끌래도 나부시 복종할 태세이다. 대학에 만장(挽章)이라도 채워야 하려나보다.

더욱이 '자식을 보기엔 아비만한 눈이 없고 제자를 보기엔 스승만한 눈이 없다' 하였다. 제자와 스승으로 만난 자들 중, 그 어느 스승도 양심선언을 하거나 이 대학의 행위를 꾸짖는 자가 없다. 마치 침묵이 선생다운 선생의 가장 좋은 알리바이라도 되는 듯이. 그 행위를 비하자면 대학이나 교수나 정의니, 진리니, 지식이니, 상아탑에 가당치도 않다.

『대학』첫 구절 "대학의 도는 명덕(明德)90)을 밝힘에 있다"는 샛눈으로도 안 된다. 몰염치의 극치이다. 인재를 찾으려는 북이 커야 북소리가 클 터인데 저런 옹졸한 소리를 내는 북소리 듣고 영재들이 오겠는가. 더욱이 모든 학점을 이수하여 졸업장까지 받았다. 지금의 대학격인 성균관에 기거하는 유생들은 식당 출입 기록으로 각종 시험의 참가 자격을 얻었다. 출석일수에 따라서 자격을 부여한 셈이다. 대학 4년에 대학원 과정까지, 그 10여 년의 출석률을 셈 쳐 볼만도 하다.

하, 새로 들어서는 정권이 통합이니 탕평이니 하기에 성균관 이야기하나 더 첨부한다. 성균관대학 입구 탕평비에 영조의 친필이 새겨져있다. 『논어』'학이'편에 보이는 "군자주이불비 소인비이부주(君子周而不

---

90) 사람의 도리에 맞는 행동.

比 小人比而不周)"이다. 연속극에서 당파 싸움을 하도 다뤄 '탕평책' 운운은 각설하고 글귀만 해석하자. 다산 정약용 선생은 『논어고금주』에서 "군자는 덕(德)을 함께하는 사람이 있어 항상 마음으로 친밀하게 지내 세력으로 결탁하는 일이 없지만, 소인은 세력과 이익의 사귐이니 언제나 힘으로 어울려 당파를 만들고 마음과 의리로 친분을 굳히지 못한다" 하였다. 군자들이 가르치고 군자를 길러내는, 대인의 학문을 하는 대학이다. 어찌 정치판에 휘둘려 저렇게 부끄러움[염치]을 모르는 소인배짓거리를 하는가. 이 모두 대학(인)에 '염치교육'이 없어서다.

> 염치는 사유(四維)의 하나이다. 사유가 제대로 펼쳐지지 않으면 나라가 나라 꼴이 되지 못하고 사람도 사람 꼴이 되지 못한다. … 어린아이가 귀한 보물을 가슴에 품고 시장 네거리에 앉아 있어도 제 아무리 탐욕스럽고 교활한 자들이지만 눈을 부릅뜨고 침을 흘릴 뿐 감히 빼앗지 못하는 것은 염치 때문이다.

18세기 실학자 우하영 선생이 지은 『천일록』 제5책 '염방(廉防)'91)에 보이는 글이다. 사유란 국가를 유지하는 데 필요한 네 가지 벼릿줄로 예(禮, 예절)·의(義, 법도)·염(廉, 염치)·치(恥, 부끄러움)이다. 네 가지 중 선생은 염치를 가장 먼저 꼽고는 이를 잃지 않도록 지켜야 한다고 역설한다. 『관자』 '목민편'에서 관중은 사유 중 "하나[예]가 끊어지면 나라가 기울고 두 개[의]가 끊어지면 나라가 위태로우며, 세 개[염]가 끊어지면 나라가 뒤집어지고 네 개[치]가 끊어지면 나라가 멸망한다"고 했다. 우하영 선생은 염치를 잃어버린 위태로운 18세기 조선을, '제6책' 「어초문답」에서 "지금 눈앞에 돌아가는 세상 꼴을 보면 온갖 법도가 모두 무너

---

91) 염치를 잃지 않도록 방지함.

져서 떨쳐 일어날 수 없고 공과 사가 바닥까지 떨어져 어찌해볼 도리가 없게 되었으니 참으로 위태롭고 근심만 깊어 갑니다"라 진단했다. 그러고는 처방전으로 인간이면 누구나 갖고 있는 떳떳한 본성을 들었다. 이 본성이 염치이다. 염치는 인간만이 갖고 있는 본성이기에 이를 진작·흥기시키면 된다는 말이다. 선생이 처방한 약은 의외로 간단하다.

선생은 "공자 마을 사람들로 대우하면 사람들이 모두 공자 마을 사람들과 같이 된다. … 만일 염치 있는 사람들을 높인다면 어찌 본받아 힘쓰고자 하는 사람이 없겠는가?" 하였다. 염치는 서로 상대적이라는 말이다. 선생 말대로라면, 만약 저 사람이 염치없는 행동을 하면 그 이유는 저이가 아닌 나에게서 찾아야 한다. 내가 저 사람을 공자 마을 사람으로 대하고 염치 있는 사람을 높였다면 저 사람이 어찌 염치없는 행동을 하겠는가?

"배웠지만 이를 행하지 못하는 것을 일러 병이라 한다(學道不能行者謂之病)."『공자가어』에 보이는 말이다. 우리 사회는 분명 병든 사회다. 치료약은 염치교육이다. 더욱이 대학이라면 교수라면 이런 보약을 학생들에게, 사회인들에게, 한 첩씩 먹여야 하거늘 오히려 염치없는 환자가 되어 복용할 대상이 되어 버렸다. 그것도 여러 첩이나.

조민 씨 나이쯤 되는 여성에게 '입학 취소' 견해를 물어보았다. 냉소적으로 돌아온 답변은 첫 줄에 쓴 '내로남불' 넉 자였다. 반평생 넘게 학생들을 가르쳤다. 우리 교육 문제는 교육이 아니라 선생이라는 점을 뼈저리게 느낀다. 선생이라면 '나는 바담풍 해도 너는 바람풍 하라'고 가르쳐야 한다. 어찌 최고 교육기관인 대학과 교수들이 '아시타비'의 지목대상이 되었는가.

제 아비는 이미 '새벽 호랑이'가 되었다. 그 딸자식에게까지 가혹한 형벌을 꼭 씌워야 하나. 염치의 '치(恥)' 자는 '耳(귀 이)' 자와 '心(마음심)' 자가 결합한 모습이다. 부끄러움을 느끼게 되면 얼굴이나 귀가 빨갛게 달아오르게 된단다. '내로남불'과 '아시타비'로 무장한 대학과 선생들이여! 모쪼록 귀만이라도 붉어지셨으면 한다.

08. 검찰(檢察),
사람이 하늘 대신 쥔 권력, 삼가고 또 삼가야

긍외(兢畏): 삼가고 두려워하라

부호석망(剖豪析芒): 털끝도 갈라 보고 까끄라기도 쪼개 보아라

내만내혼(迺漫迺昏): 함부로 하거나 흐릿하지 마라

"법 밖이 무서운 거다." 「사냥의 시간」이란 영화에 나오는 한 구절이 암울한 회색빛으로 따라온다. '검수완박(검찰 수사권 완전 박탈)'을 두고 정계가 또 한 번 요동친다. '검수완박'에 반대하기 위하여 검찰총장은 사표를 내고 검사장들은 집단 회의를 하였다. 보수 언론들은 마치 사냥의 시간이라도 된 듯, 이에 동조하는 기사를 쓰고 여론조사를 하는 등 야단(惹端)에 법석(法席)을 떤다. 이 글을 쓰는 지금 "尹, 검수완박=부패 완판 생각 변함없어…사실상 제동"이라는 기사가 뜨고 권성동 국민의힘 원내대표는 '검수완박' 법안을 막으려 필리버스터를 하고 있다. 검찰총장 출신 당선자요, 그 당 대표이기에 뻔한 행보이다.

'왜 이 지경까지 되었을까?' 문제는, 문제의 원인을 명확히 해야 해결 방안을 찾는다. 우리나라 검찰은 수사권과 기소권을 모두 독점하고 있다. 세계에서 유례를 찾기 어려운 막강한 권한이다. 하지만 '수사권'과

'기소권'이라는 법이 무서운 게 아니다. 검찰은 '법'을 집행하는 국가기관일 뿐이기 때문이다. 문제는 '검찰'이란 단어 앞에 '용공조작, 검언유착, 제 식구 감싸기, …' 따위 이런 부정부패한 수식어가 불유쾌하게 붙어서다. '무전유죄 유전무죄'도 검찰의 악취이요, 김근태, 박종철, … 일일이 거론할 필요조차 없다. 급기야는 한 나라의 대통령까지 죽음으로 몰아넣었다. 일제치하 서슬 퍼런 '영감'이라 불리며 영예를 누린 법관의 후예들, 해방된 이후에도 이승만, 박정희, 전두환 시대를 거치며 권력의 시녀와 용병임을 자처하고 패거리 문화를 건설한 영감들, 오죽하면 '검찰공화국'이란 감투까지 썼을까. '검찰이 대한민국의 민주주의와 정의를 위하여 한 일이 무엇인가?'라는 반문은 정당한 문제제기요, 개혁의 대상으로 당위성을 부여한 셈이다. '법 밖' 행동들이기 때문이다. (일란성 쌍생아인 판사들도 전관예우 등 개혁의 대상이다. 주체가 되지 못하는 것은 동일하다.)

문헌에 따라 조금씩 설명이 다르지만 법(法)의 옛글자는 법(灋)이다. '법'은 금문(金文)[92]에서 '치(廌)' 자가 들어간 '법(灋)' 자였다. 『설문해자(說文解字)』에 "'법(灋)'은 '형벌(刑)'이라는 뜻이다. 공평하기가 물과 같아서다. '치(廌)'[93]는 소와 비슷한데 외뿔 달린 짐승이다. 옛날에 시비와 선악을 가리는데 뿔에 몸을 닿게 하여 가려냈다"라 풀이해 놓았다. 해치[해태]상(象)을 국회, 경찰청, 대법원, 대검찰청은 물론이고 일산 사법연수원에도 세웠고 서울대학교 근대법학교육백주년 기념관 앞에 있는 '정의의 종'에도 새겨놓았다. 법과 관련된 기관이기에 시비와 선악을 물처럼 공평하게 다루라는 이유다.

---

92) 고대 중국에서 금속에 새긴 글자.
93) 해치, 해태.

선조들은 이 법 다루는 관직을 사직(司直)이라 하였다. 사직은 옳고 그름을 밝혀서 바로잡는 관리이니 지금으로 치면 검찰관이다. 해치[해태] 문양은 사직 관리의 업무복에도 수놓았고 오늘날 검찰총장에 해당하는 대사헌 관복에도 해치[해태]가 그려진 흉배를 부착하였다. 이 사직이 바로서야 나라가 바로 잡히기 때문이다. 고대 중국의 시가를 모아 엮은 『시경』 「고구(羔裘)」에도 "갖옷 입은 저 사람이여, 나라를 바로잡는 일을 맡으셨네(彼其之子 邦之司直)"라는 말이 나온다.

사직은 그만큼 나라 된 나라의 근간이다. 선조들은 최고의 법전인 『경국대전(經國大典)』을 수차례 중간하였으며 법의학서인 『무원록(無冤錄)』까지도 수입, 간행하였다. 원통한 자가 없게 하기 위해서였다. 세종 22년에 『신주무원록』을 간행하였고 영조·정조 연간에는 『증수무원록』을, 정조 16년에는 『무원록언해』를, 심지어 일본에서도 『신주무원록』을 번역하여 간행할 정도였다.

다산 정약용 선생의 법 관련 서적인 『흠흠신서(欽欽新書)』로 검찰의 갈 길을 물어본다. 그 서문은 이렇게 시작한다. "오직 하늘만이 사람을 살리고 또 죽인다. … 사람이 하늘의 권한을 대신 쥐고 있으면서 삼가고 두려워할 줄 몰라, 털끝도 갈라 보고 까끄라기도 쪼개어 처리해야 하는데 그러지 못한다. 곧 함부로 하거나 흐릿하여, 살려야 할 사람을 죽여 놓고 죽여야 할 사람은 살리면서도 오히려 태연하고 편안하다(惟天生人而又死之 … 人代操天權 罔知兢畏 不剖豪析芒 迺漫迺昏 或生而致死之 亦死而致生之 尙恬焉安焉)." 법을 맡은 관리들에 대한 선생의 일갈이 서슬 퍼렇다. 선생은 그 끝을 이렇게 맺는다. "'흠흠'이라 한 것은 무슨 까닭인가. 삼가고 삼가는 게 본디 형벌을 다스리는 근본이어서다(謂之欽欽者何也 欽欽固理刑之本也)." 검찰은 개인에게는 생사를, 사회로는 시비와 선악을, 국가로는 나라의 기강을 세우는 법을 집행하는 기관이다. 당연히 '흠흠', 즉

'삼가고 또 삼가라'는 말을 좌우명으로 새겨야 한다.

검찰의 구성체인 검사도 동일하다. 검사의 할 일은 선량한 사람은 편히 살게 해주고, 죄 있는 사람에게 죄 값을 받게 하면 된다. 선생은 백성들의 비참한 절규를 듣고도 그것을 구할 줄 모르는 것을 "매우 큰 죄악(斯深孽哉)"이라 하였다. 검사는 일반 행정 공무원과 달리 각자 단독으로 검찰사무를 처리하는 준사법기관으로 대통령이 임명하며 탄핵소추의 대상이다. 검찰사무의 최고 감독자는 법무장관이나 사건에 따라 정치적 영향을 배제하기 위해 검찰총장만이 지휘·감독한다. 검사에게 이런 막강한 특권을 부여해주었거늘, 그 '법'을 집행하며 '매우 큰 죄악'을 지어서야 되겠는가.

대거리하다 불리하다 싶으면 핏대를 세우고는 하는 말이 있다. "법대로 해!"이다. 이 말은 긍정보다는 빈정거림이나 악감정이 담긴 부정 의미가 강하다. '법대로'가 왜 우리 사회에서 부정적으로 쓰이는지 곰곰 생각해보아야 한다. '법 돌아가다가 외돌아가는 세상'이란 말도 있다. 법대로 가는 것 같지만 실상은 잘못된 법 밖 방향으로 가는 세상이라는 뜻이다. 옳은 것과 그른 것이 뒤죽박죽이 되어 갈피를 잡을 수 없는 경우를 비유적으로 이른다. 검찰은 사람이 하늘 대신 쥔 권력으로 나라를 바로 잡아야 하는 게 임무이다. 권력[법]을 행사하기 위해서는 삼가고 또 삼가야 한다. 법을 지켜야 할 '검찰'이 '법 밖'에서 이 나라를 외돌아가는 세상으로 만들어서는 안 된다. '법 밖'은 그만 보았으면 한다. 끔찍하고도 무서워서이다.

09. 경영지도(經營之道),94)
상도를 지켜 천하제일 상인이 되길

신의(信義): 신용과 의로움을 가져라

부귀공지(富貴共之): 부귀를 사람들과 함께 하라

시사삼난(時事三難): 나라를 생각하라

저는 오늘 짤린다고 해도 처음으로 사람대접 받아 봤고, 어쩌면 내가 괜찮은 사람일 수도 있겠다는 생각을 들게 해준 이 회사에, 박동훈 부장님께 감사할 겁니다. 여기서 일했던 3개월이 21년 제 인생에서 가장 따뜻했습니다.

「나의 아저씨」에서 수습사원 지안이 장 회장님 앞에서 하는 대사이다. 그러나 현실은 딴판이다. 인터넷엔 "아시아나항공 무급 휴직제도 '악용', 직원 갈등 증폭"(2022.5.10)이란 저열한 기사가 뜬다. 경영인으로서 품격은 고사하고 간상배(奸商輩)95)와 다를 게 무엇인가. 회사[상업]가 제 아무리 이윤을 얻고자 함이지만 '상도(商道)'96)가 있다. 공자는 "이득

---

94) 회사 경영의 길.

95) 옳지 않은 방법으로 부당한 이익을 얻는 장사꾼들의 무리.

96) 장사의 도리.

만 좇으면 원망이 많다(放於利而行 多怨)"라 했다. 상술(商術)만이 아닌 상인(商人)다운 상도를 요구하는 따끔한 가르침이다.

「상법」제169조는 "회사란 상행위나 그 밖의 영리를 목적으로 설립한 법인(法人)"이라 정의한다. 회사는 모일 '회(會)'와 모임 '사(社)'로 형성된 '경제' 용어이다. 경제는 '경세제민(經世濟民)'의 줄임말이다. 세상을 다스리고 백성을 구제한다는 뜻이다. 이 뜻을 이루기 위해 경영인이 사원을 모아 모임을 결성한 것이 회사이다. 당연히 (1)항이 "회사는 영리를 목적으로 하면서 그 이익을 사원에게 귀속시키는 요소가 있어야 한다"라 명시했다. 사장과 사원 두 주체의 상호부조(相互扶助)[97]라는 필요충분조건을 요구하는 조항이다. '법인'이 자연인이 아니면서 법에 의하여 권리와 능력이 부여되어 인격을 갖는 이유도 여기서 연유한다.

이렇거늘, 회사에 사원이 입사하면서 '갑'과 '을'로 계약을 맺고 2항 대립으로 바뀐다. 지배와 피지배, 가진 자와 못 가진 자, 상·하 관계, 명령과 복종으로 나뉘면서 포식자(捕食者)와 기식자(寄食者)라는 괴이한 관계로 되어 버렸다. 그 까닭을 '회사'라는 용어에서 찾아본다.

'회사'는 19세기 말부터 공식문서에 보이지만 널리 알려진 것은 동양척식주식회사이다. 1908(순종 2)년 일본이 한국의 토지와 자원을 노략질할 목적으로 설립하였다. '척식(拓植)'이란 생게망게한 이 말부터 매우 고약스럽다. '미개한 땅에 이주하여 개척하는 것'이란 의미이기 때문이다.

조용은(趙鏞殷, 1887~1958) 선생의 『소앙집(素昻集)』을 보면 "저들은 거대한 자본을 가지고 일본 정부와 경찰과 결탁하여 토지를 사들였는데 전야, 산림, 도회지, 전택, 황무지로부터 크건 작건 남기지 않았으며 비옥하건 척박하건 가리지 않았다"고 그 시절 비극을 적어놓았다. 1926년

---

97) 서로 도와야 상생한다.

나석주 의사가 이 동양척식주식회사에 폭탄을 던진 것은 저러한 이유에서였다.

우리에게도 '회사'에 해당하는 전사(廛肆)가 있었다. 시설을 갖추고 물건을 파는 어엿한 가게였다. 오늘날 경제단체는 임방(任房)이고 경영인들은 보부상(褓負商), 도가(都家), 상고(商賈)이다. 이 상고 중 오늘날에도 경영인의 초상이 될 만한 이가 바로 조선제일의 거상(巨商)인 임상옥과 허생이다. 의주 상인 임상옥(林常沃)은 홍삼을 처음 만들어 판 상인으로 중국과 조선에서 이름을 떨쳤다. 저이의 상인 철학이 '장사는 곧 사람(商卽人)'이다. 허생(許生)은 연암 박지원의 소설 「허생」에 등장한다. 이 허생에게 오늘날 회사의 갈 길, 특히 경영자의 자세를 물어 본다.

신의(信義): 실존인물일 가능성이 있는 허생은 굉유(宏儒)[98]이지만 양고(良賈)[99]로 신용과 의리를 지켰다. 『사기』「화식열전」에는 "사람이 부유하면 인의가 따라온다(人富而仁義附焉)" 하였다. 경영인이라면 마땅히 추구해야 할 '어짊과 의리'가 '인의'요, '신의'이다. 의주 상인들이 실천한 삼계(三戒, 친절, 신용, 의리)와도 일치한다. 경영인이 신의를 잃었다면 상도를 잃음이다. 18세기 실학자 유수원 선생은 『우서』에서 "상도가 흐트러지면 상인들의 이익도 분산되어 아주 해로운 근원이 된다(商道分而商利散 爲渠輩切害之根委哉)" 하였다.

부귀공지(富貴共之): 저 시절 또한 이 시절과 다를 바 없어 '돈만 있으면 개도 멍첨지'였다. 허생은 얻은 이득을 백성들과 아낌없이 공유하였다. 『논어』「학이」를 보면 자공이 공자에게 "부유하면서도 교만하지 않는 사람은 어떠합니까?" 하고 묻는다. 공자는 "부유하면서도 예를 좋아함

---

98) 큰 학자.
99) 훌륭한 상인.

만 못하지(富而好禮者也)"라 한다. 임상옥 역시 이런 예를 갖춘 상인이었다. '재물은 평등하기가 물과 같고 사람은 바르기가 저울과 같아야 한다(財上平如水 人中直似衡)'라며 모든 재산을 백성들과 공유했다. 재물은 원래 내 것과 네 것이 없다. 물이 내 것과 네 것이 없는 것과 마찬가지다.

시사삼난(時事三難): 허생이 나라 구할 세 가지 비책이다. 허생은 시사삼난으로 당시 무능한 정치인과 어리석은 북벌론자를 통매하며 부강한 조선을 꿈꿨다. 회사를 경영하는 것은 국가를 경영하는 일과 동등한 가치를 지닌다. 리처드 코니프는 『부자』에서 록펠러, 워런버핏 같은 부자들을 동물의 생태학과 견주었다. '물질 낙관론'은 세상을 비열하고 천박하게 만든다.

이 시절의 시사삼난은 도처에 있다. '일체향전간(一切向錢看)'[100]만 외치고 '맘몬(Mammon, 돈)-神'을 섬기며 이 나라는 독서 후진국이 되었다. OECD 국가 중 한국의 만 15세 학생들은 '문해력'이 가장 낮다. OECD 평균 47.4%, 우리나라는 25.6%이다.[101]

그래, 이런 제언을 해본다. 혹 이 글을 읽으시는 경영인이 계시다면 '1회사 1서점 지원 운동'이라도 하면 어떠할까? (미국의 상인 철강왕 카네기는 도서관 3,000여 개를 건립하였다. 이 도서관이 오늘날 미국 문명의 근원지다.) 이왕 상인이 되었다면 '천하제일 상인'이 되어야 하지 않겠는가. 나옹선사의 게송으로 갈무리한다. "금 쌓아두고 죽음만 기다리니 어찌 그리도 어리석은가(積金候死 愚何甚)!"

---

100) 모두 돈만 보자!
101) 출처: EBS제작팀 – EBS당신의 문해력.

10. 이런 사람[人], 사람다운 사람이 그리워

인인(人人): 사람이 사람이라고

인인(人人): 사람이 사람이냐

인인(人人): 사람이 사람다워야지

 2022년 5월 대한민국 이 땅, 대통령이 바뀌고 내로남불 자식교육 장관 임명에 지방선거 정치꾼들 출마 따위로 눈은 찌푸려지고 귀는 소란스럽다. 인간품격은커녕 인간실격인 이들이 사람을 다스리겠다고 한다. 문득 '이런 사람'이 생각났다. 이런 사람! 조선 후기 실학자 연암(燕巖) 박지원(朴趾源, 1737~1805)! 그는 이런 '사람다운 사람'이었다.

 그래, 좋다! 연암이. 글쓰기를 업으로 삼고 유학에 붙은 저승꽃을 하나씩 떼어낸 연암의 삶이 좋다. 약관 때부터 매서운 지조를 지녀 좋고 가슴에 찰랑이는 바른 마음결과 자잘한 예법에 구애 받지 않는 호협성이 좋다. 꿈에서 보았다는 서까래만한 붓대에 쓰여 있는 '붓으로 오악을 누르리라'라는 글귀가 좋고 나이 들어 병풍에 낡은 관습이나 폐단을 벗어나지 못하고 당장의 편안함만을 취한다는 '인순고식(因循姑息)'과 잘못된 일을 임시변통으로 이리저리 구차스럽게 꾸며 맞춘다는 '구차미봉(苟且彌縫)'을 써놓고 "천하 모든 일이 이 여덟 자 글자에서 잘못되었다"는 말씀이 좋고 "개는 주인을 따르는 동물이다. 그렇지만 기르면 잡아먹지 않을 수 없으니 처음부터 기르지 않느니만 못하다"라는 여린 심성이 좋고 스스로 삶 법을 빠듯하게 꾸리는 정갈한 삶의 긴장이 좋다.

위선적인 무리와 소인배와 썩은 선비들에 대한 통렬한 꾸짖음이 좋고 한골 나가는 양반이면서도 가난 내림하며 청빈한 생활이 좋고 한계성을 지닌 선비로서 제 스스로 몸을 낮춰 자신을 겸손히 하사(下士, 삼류 선비)라 칭해 좋고 신분과 나이를 떠난 벗 사귐이 좋고 나라 안의 명산을 두루 다녀 기개를 키워 좋고 홍국영에게 쫓기어 연암협으로 몸을 숨겼다 지었다는 '연암'이란 호가 좋고 양금(洋琴)을 세상에 알려 좋고 안의현감 시절 관아의 낡은 창고를 헐어버리고 벽돌을 구워 백척오동각·하풍죽로당·연상각 따위 정자와 누각, 그리고 물레방아를 만든 실용정신이 좋다.

첫 작품으로 「이충무공전」을 지어 좋고 금강산을 유람하고 지은 「총석정일출」이란 시가 좋고 이서구가 지은 『녹천관집』에 써준 「녹천관집서」와 박제가의 『북학의』에 붙인 「북학의서」가 좋고 처남 이재성이 과거 우수답안을 묶은 『소단적치』에 여며 둔 「소단적치인」이 좋고 농업 장려를 위한 『과농소초』가 좋고 연행록의 새로운 경지를 개척한 『열하일기』가 좋고 '연암체'로 비변문체(丕變文體, 세칭 문체반정)를 일으켜 좋고 『연암집』이 갑신정변을 일으킨 것이 좋다.

초시의 초장과 종장에 모두 장원을 한 것과 회시에 응시해 답안을 내고 오지 않아 좋고 중년에 과거를 단념하여 좋고 자식들에게 "구차하게 벼슬길에 오르지 마라"는 가르침이 좋고 안의현감·면천군수·양양부사 깨끗한 벼슬살이가 좋고 안의현감 시절 '저들도 손님'이라며 구휼먹이는 백성들과 똑 같은 밥상을 받는 정치인의 도리가 좋고 관리로서 궁속과 중의 무리를 제어하지 못하자 병을 칭하여 사직하여 좋고 "안타

깝도다! 벼슬살이 10여 년에 좋은 책 한 권을 잃어버리고 말았구나"라는 탄식이 좋다.

아버지를 위해 손가락 베어 약주발에 떨어뜨린 고운 효심이 좋고 형과 형수에 대한 정이 좋고 큰 누이의 죽음을 슬퍼하며 "누이의 눈썹이 새벽달 같다" 한 「백자증정부인박씨묘지명」이 좋고 가난을 가훈으로 여긴 곱게 싼 인연 아내를 생각하며 홀아비로 생을 마쳐 좋고 고추장을 손수 담가 자식에게 보내는 잔잔한 정이 좋고 며느리의 해산바라지까지 걱정하는 살가운 시아버지 마음이 좋고 장인을 늘 칭송하고 공경하여 좋고 처남을 아껴 좋고 청지기 김오복이를 정으로 대하여 좋다.

하룻저녁 오십여 잔 술을 자시고도 주정 없어 좋고 첫 벼슬에 받은 녹봉으로 친구에게 빚 갚을 줄 아는 마음이 좋고 제자들을 학자로 대하는 스승의 자세가 좋고 벗 홍대용이 세상을 뜬 뒤 마음 아파 음악을 끊어 좋고 제갈량·한기·왕양명의 위인전을 지으려 한 것이 좋고 조헌·유형원을 존경하여 좋고 김창협과 김창흡을 마음으로 따라 좋고 "현달해도 선비의 도리를 떠나지 않고 곤궁해도 선비의 도리를 잃지 않아야 한다"는 개결한 다짐장이 좋고 마지막 유언이 "깨끗이 목욕시켜다오"가 좋다.

변증적 사물인식이 좋고 사물에 대한 치밀한 관찰로 사실을 기술하고 대상을 묘사한 솜씨가 좋고 수평적 질서의 가치관이 좋고 다치적 사고와 언어 인식이 좋고 실증적 사고와 열린 사고가 좋고 당대 의고주의(擬古主義)[102] 문풍에 반기를 들어 좋고 진정한 '진(眞, 참)'을 얻으려 경험론적 요소와 관념론적 요소의 통합을 꾀하여 좋고 법고(法古)[103]와 창신(創

---

102) 진나라와 한나라 문풍을 모방하는 주의.
103) 옛것을 익혀

新)104)을 통한 변증적 사고가 좋고 "작자가 글을 쓸 때는 전쟁에 임하는 마음으로 써야 한다"는 전략적인 글쓰기가 좋다.

마음을 도스르고 먹을 갈아 역설·반어·속담·예증 따위 수사를 두루 써 좋고 우언(寓言, 세칭 우화)으로 세상을 풍자하여 좋고 글줄이 맑고 향기로워 청정무구한 도량이 있어 좋고 억지 밖에 없는 세상에 칼 같은 비유를 든 뼈진 말이 좋고 연암의 붓끝에 완전한 사람이 없는 직필(直筆, 곧은 글)이 좋고 남루한 삶까지 끌어안으려는 순수함이 좋고 조국 조선을 사랑하여 좋고 삶과 작품이 각 따로가 아니라는 점이 좋고 발맘발맘 낮은 백성들 삶을 붙좇아 갈피갈피 소설로 그려낸 것은 더 좋다.

인간들의 아첨하는 태도를 꾸짖는 「마장전」이 좋고 똥을 쳐서 밥을 먹는 천한 역부에게 '선생'이라 부른 「예덕선생전」이 좋고 놀고먹는 양반들을 '황충(蝗蟲, 벼메뚜기)'이라 부른 「민옹전」이 좋고 진정한 양반을 따진 「양반전」이 좋고 유희 속에 몸을 숨긴 「김신선전」이 좋고 얼굴 추한 걸인 이야기 「광문자전」이 좋고 역관의 슬픔을 그린 「우상전」이 좋고 학문을 팔아먹는 큰 도둑놈 이야기 「역학대도전」이 좋고 배우지 못했어도 부부간 예절을 지킬 줄 아는 「봉산학자전」이 좋고 배웠다는 사이비 학자에게 범이 일침을 놓는 「호질」이 좋고 문장이 몹시 비분강개한 「허생」이 잼처 좋고 "남녀의 정욕은 똑같다"고 외친 「열녀함양박씨전 병서」는 그 중에 더더욱 좋다.

이런 사람다운 사람 연암을 써 좋고 이 나라 5월의 푸르른 하늘이 참 좋다.

---

104) 새것을 찾음.

11. 용인(用人), 백성이 중요하고 관리는 가벼우며 백성이 먼저이고 관리는 나중이다

「권성동 "尹, 인재풀 한계"·尹대통령 "檢출신, 필요하면 또 쓴다"」 인사(人事)를 두고 당정 불협화음을 보도한 한 신문 기사이다. 거론되는 인물들은 그 나물에 그 밥이다. '인사는 만사다'라는 말은 박물관에 유폐된 박제일 뿐이다. 온통 검찰투성이니, 제 친위대 건설이지 나라를 위한 인재 등용이 아니다. 급기야는 '검찰공화국'이라는 말이 나온다. 새 정권 첫술부터 인사가 이러니, 그 용인(用人, 관리 선발)에 실패했다는 뜻 아닌가.

혜강(惠岡) 최한기(崔漢綺, 1803~1877) 선생에게 물어본 인사는 이렇다. 선생은 『인정(人政)』에서 "사회의 정치적 질서는 인간에 근본하는 것"이라는 인도(人道, 사람의 도리) 철학을 내세웠다. 『인정』의 체계는 크게 측인문(測人門), 교인문(敎人門), 선인문(選人門), 용인문(用人門) 네 편으로 구성되어 있다. '측인'은 사람을 헤아려 인성과 적성을 탐색해보는 문이요, '교인'은 인재를 가르치고 기르는 문이며, '선인'은 인재를 선발하는 문이며, '용인'은 심사숙고해서 뽑은 사람을 적재적소에 등용하는 문을 의미한다.

「용인문」1, '청민출척(聽民黜陟)'부터 본다. 청민출척은 백성들의 소리를 들어 관리를 임용하거나 내치라는 말이다. 선생은 민(民)과 관(官), 국(國)을 서로 의지하는 관계로 파악했고 백성의 의견을 국가가 반드시 들어야 한다고 강조한다. 특히 백성과 관리가 서로 의지하여 정치가 이루어진다며 백성이 관리보다 더 먼저라 한다. 선생은 못된 관리를 내쫓고 착한 사람을 들어 쓰는 것도 오로지 백성의 의견이라야 한다며 이렇게 말한다.

백성들의 관리에 대한 비방과 칭찬을 듣고 고과(考課, 관리의 근무 성적)를 결정하는 것이 사람을 쓰는 데 있어서의 실다운 근거가 된다. … 백성은 윗사람을 의지하고 윗사람은 백성을 의지하여 양쪽이 서로 의지하는 나라를 형성한다. 그러므로 백성들에게 그 고통을 물어 관리를 교체해야 한다. 백성들을 편안하게 잘 다스리는지 그렇지 않은지를 탐문하는 직책을 잘 수행한 관리를 승진시키는 것은 백성을 위하여 관리를 뽑았기 때문이다. 어찌 백성을 버리고 관리만 영화롭게 여기는가? 이런 까닭에 백성이 중요하고 관리는 가벼우며 백성이 먼저이고 관리는 나중이다. 어찌 민심을 들어보지 않고 마음대로 관리를 승진시키고 내친다는 말인가.

선생은 『인정』의 최종 단계로서 측인·교인·선인은 모두 용인을 기준과 목적으로 삼아 그 효과와 우열이 결정된다 한다. 실용적 입장에 섰을 때 측인·교인·선인이 아무리 잘 이루어졌다 하더라도 인재를 잘 쓰지 못한다면 이익이 없다는 뜻이다. 선생은 '용인'의 근본 원리는 인간사회가 개인의 행동으로 이루어질 수 없고 인간집단의 협력과 조화 위에서만 성립한다고 보았다. 따라서 '인도'를 사람과 사람이 서로 잘 쓸 때에 이루어지고 잘 쓰지 못할 때에 무너지는 것이라 전제하고 「인정용인서(人政用人序)」에서 "내가 남을 위해 쓰인 다음에 남을 쓰는 것이요, 내가 남을 위해 쓰이지 않으면 남을 쓰지도 못한다(我爲人用而后可以用人 我不爲人用則不可以用人)"고 한다.

즉 인간의 모든 관계는 상호적이다. '서로 쓰는 원리(相爲用之道)'가 제대로 작동하면 곧 '아비는 자식의 도리로서 아비 노릇하고 자식은 아비의 도리로서 자식 노릇하여 상호 작용'하는 데서 용인이 실현되고 이것이 바람직한 인간사회로 나아가게 한다. 그러니 '용인'은 내가 쓸 사람이 아니라 백성을 위해 쓰일 사람이요, '인사'는 내가 부릴 사람이 아니라 백성이 부릴 사람이라야 한다. 결국 관리를 인사[용인]하는 사람은 백성들에게 쓰일 줄 아는 사람이라야 한다. 백성에게 쓰이지 못하는 지도자는 민심을 얻지 못하였기에 지도자 자격이 없다는 매서운 말결이다.

선생은 「감평서(鑑枰序)」에서 "사람이 세상을 살면서 크고 작은 일을 경영함에 있어, 사람을 얻어 성공하기도 하며 사람 때문에 실패하는 일도 있으니, 사람을 고르지 않을 수 있겠는가?" 하며 '사람을 선택하는 방법만을 논하기보다는 사람을 알아보는 방법을 연구', 즉 인품을 감별하는 '감평'이 사람을 선택하는 급선무라 한다. 방법론으로 선생이 끌어온 것은 『논어』 「위정편」의 "사람이 어떻게 속일 수 있겠는가(人焉廋哉)?"이다.

선생은 이는 그 사람의 행동을 자세히 관찰했기 때문이라며 다음과 같이 기품(氣稟, 기질과 성품)·심덕(心德, 마음과 덕)·체용(體容, 도량과 용모)·문견(聞見, 듣고 본 것)·처지(處地, 환경과 행동)를 들었다. 이 다섯 가지는 사람마다 다 갖추고 있기 때문에 오구(五具)라 칭하고 이 중, 기품을 가장 중시했다. 다음이 심덕 → 체용 → 문견 → 처지 순이다. 또 사람의 재주와 국량(局量, 일을 해내는 깜냥)은 기품에서 생기며, 응변(應變, 임기응변)은 심덕에서 생기며, 풍도(風度, 풍채와 태도)는 체용에서 생기며, 경륜

(經綸, 일을 조직하고 계획)은 문견에서 생기며, 조시(措施, 사무를 처리하는 능력)는 그 사람의 처지에서 생긴다 하였다.

여담으로 글을 마친다. 선조들은 관리 뽑는 곳을 선관장(選官場)이라 했다. 당나라 천연선사가 과거를 보러 가다 "선관장이 부처 뽑는 선불장(選佛場)만 못하다"는 말을 듣고 중이 되었다고 한다. 선불장 스님들도 '수행자란 시퍼런 칼날 위에 서 있듯 행동하라'며 처신을 삼간다. 그러나 작금의 선관장 출신들은 서로가 '승진 축하 난(蘭)만 영화롭게 주고받으며 백성 무서운 줄 모르는 듯'하다. 모쪼록 이 땅에 선생이 말한 '대기운화(大氣運化)'와 '통민운화(通民運化)'가 조화롭게 펼쳐지고 '일신운화(一身運化)' 또한 상승하는 융융한 세상이 오기를 기대해본다.

12. 언어(言語),
경계하고 경계하라! 망령된 말하는 입이여!

자본주의의 악취를 쫓는 영화 「기생충(寄生蟲)」을 만든 나라답다. "맘충(엄마 벌레), 틀딱충(틀니 딱딱거리는 노인 벌레), 설명충(설명을 해대는 벌레), 진지충(농담을 못 알아듣는 벌레), … 급식충(급식 먹는 청소년 벌레), 학식충(학생 식당 이용하는 대학생 벌레), 월급충(월급 받는 직장인 벌레)." 우리 청소년이 즐겨 쓰는 언어들이다.

『이기적 유전자』를 쓴 리처드 도킨스(Richard Dawkins) 식으로 말하면 언어적 폭력인 '언어[말] 밈(language meme)'현상이다. 밈은 일종의 사회적 유전자로 후대에게 전달된다. 문화유전은 역사성과 사회성을 내포하고 있으며 문화권 내에서 습득, 모방, 변용되기 때문이다. 청소년들의 언어는 청소년의 문화이다. 자칭, 혹은 타칭으로 쓰는 이러한 혐오성 어휘들로 우리 청소년들은 시나브로 맹독설(猛毒舌)꾼이 되어 간다.

"노키즈존, 노교수존, 노시니어존, 노중년존, … 개저씨, 남혐(男嫌), 여혐(女嫌), 극혐(極嫌)"은 또 어떤가. 노소를 가르고 빈부를 가르고 남녀를 가르는 이런 저주성 어휘들이 이 땅에서 전염병처럼 창궐(猖獗)한다. "윤석열 대통령이 2022년 6월 7일 경남 양산 문재인 전 대통령 자택 주변의 보수단체 '욕설 시위'에 관해 '대통령 집무실 시위도 허가되는 판이니까 법에 따라서 되지 않겠느냐'고 말했다"는 보도는 더욱 끔찍하다. 이쯤 되면 이 나라는 애나 어른이나 관리나 백성이나 언어문화가 저열하기 짝이 없다. 마치 디스토피아 세계를 소설화한 조지 오웰(George Orwell)의 『1984』나 『동물농장』에나 나올 법한 어휘들 아닌가.

언어는 한 사람의 사고를 좌우할 뿐 아니라 사회적 관계이며 당대의 가치관을 담아낸다. 연암(燕巖) 박지원(朴趾源, 1737~1805) 선생은 "그러므로 천하만물의 정을 모두 드러내 전하는 것이 바로 언어다(故而盡萬物之情者 言語也)"(「답임형오논원도서」)라 했다. 때론 전쟁을 일으키기도 하고 우호로 나아가게 하는 것도 길흉과 영욕도 오직 언어로 인해서이다. 인간의 학명이 호모 로쿠엔스(homoloquens)[105]인 이유다. 언어가 정신이고 정신이 마음이고 마음이 곧 언어이기에 언어는 곧 그 사람이요, 그 나라 문화이다. 인간의 욕망을 언어로 분석한 자크 라캉(Jacques Lacan)은 '언어는 트로이 목마'라 정의했다. 트로이 목마(Troy木馬)가 난공불락 트로이성을 함락시키듯 언어는 우리의 사고와 세계를 식민지화 한다. 돈 한 푼 들이지 않고 쓰는 언어지만 그 언어가 한 사람의 삶과 사회문화를 점령한다는 뜻이다.

그래, 상상의학을 창시한 동무(東武) 이제마(李濟馬, 1838~1900)는 『격치고(格致藁)』에서 "경계하고 경계하라!, 망령된 말하는 입이여!(戒之戒之 妄出口兮)"(「유략」 20조목)라 했다. 이유는 '입은 백(口屬魄)'을 달라붙게 해서이다. '백(魄)'은 넋이요, 얼이요, 혼이니, 우리 몸을 주재하는 정신이다. 또 입은 들숨과 날숨을 주관하기에 폐와 연결된다. 선생의 또 다른 저서 『동의수세보원(東醫壽世保元)』에서 "폐는 나쁜 소리를 미워한다(肺惡惡聲), 나쁜 소리는 남에게 상처를 입히고 헐뜯는 소리(惡聲 是毁謗之聲)"

---

105) 말하는 인간, 혹은 언어를 사용하는 인간.

라 하였다(「성명론」). 선생은 또 이렇게 되면 '전증(癲症, 실실 웃는 증세), 광증(狂症, 미친 증세), 나증(癩症, 문둥병 증세), 서증(瘻症, 속 끓이는 증세)' 따위 근심이 닥친다 하였다.

플라톤(Platon) 역시 언어를 '파르마콘(pharmakon)[106]이라 정의하여 언어가 지닌 선악, 이항대립 속성을 지적한다. 오죽하면 불교에서도 십악(十惡)에 입으로 짓는 악업이 네 개나 되니, 망어(妄語, 남의 마음을 어지럽히는 말), 양설(兩舌, 이간질 시키는 말), 악구(惡口, 남을 성내게 하는 말), 기어(綺語, 교묘하게 꾸며대는 말)이다. 타인을 해코지하려는 독언(毒言)과 독설은 기생충처럼 자기 몸을 파고들어 병들게 할 뿐 아니라 사회도 파괴한다.

뇌는 더욱 그렇다. 1.3kg밖에 되지 않는 회백질 뇌에는 1000억~1조에 달하는 뉴런이 있다. 뇌는 사람의 사고에 관여하고 신체를 움직이는데 신호를 보내는 중추기관이다. 뇌 무게는 몸무게의 2% 정도밖에 안 되지만 인체 소모 에너지 중 20~25%일 정도로 절대적이다. 생각이나 느낌, 의도를 드러내거나 타인에게 의사를 전달할 때 작용하는 좌뇌가 바로 언어영역이다. 상대에게 퍼붓는 냉소와 독설의 언어문화는 부메랑으로 돌아와 좌뇌에 문제를 일으켜 개인의 삶과 사회를 파괴시킨다. 명장 페릴루스(Perillus)가 만든 형벌기구 '시칠리아 암소(Bronze bull of Phalaris)'의 최초 희생자는 바로 그 자신이었음을 곱씹을 필요가 있다.

세치 혀는 구화지문(口禍之門, 입은 재앙을 불러들이는 문)이요, 설참신도(舌斬身刀, 혀는 몸을 베는 칼)이다. 선인들은 적구독설(赤口毒舌, 붉은 입으로 내뱉는 독한 말)하면 혀를 뽑아 쟁기로 갈아엎는다는 뜻으로 말로 죄악을 저지른 사람이 간다는 발설지옥(拔舌地獄)에 떨어진다고 입단도

---

106) 문자는 기억과 진실을 돕는 약이자, 망각과 거짓을 가져 오는 독.

리하며 말을 삼가고 삼갔다. 선한 말을 하고 선한 글을 쓰지 못할 바엔 입을 틀어막고 손을 묶어 두는 게 차라리 낫다.

임진왜란, 정묘·병자호란 때 의병장을 지낸 안방준(安邦俊, 1573~1654) 선생의 「구잠(口箴, 말을 경계하는 글)」이란 글로 오늘날 우리의 언어문화를 경계해 본다.

말할만 하면 말하고(言而言), 말할만 하지 않으면 말하지 말고(不言而不言), 말할만 한데 말하지 않으면 안 되고(言而不言不可), 말할만 하지 않은데 말해서도 안 된다(不言而言亦不可), 입아! 입아!(口乎口乎), 이렇게만 할뿐인져!(如是而已)

6월, 이 땅은 아름다운 신록의 계절이다. 산하는 엷은 연록에서 짙은 갈맷빛으로 진행 중이다. 잠시만이라도 입을 다물고 자연을 보았으면 한다. 자연은 말이 없다. 생로병사를 묵묵히 참아내는 침묵의 언어들이 빚는 찬란한 생명의 소리를 한 순간이라도 조용히 듣기 바란다.

13. 민주(民主),
'백성의 주인'이 아닌, '백성이 주인'이다.

법이 있어 법치국가가 아니요, 민주가 있어 민주국가가 아니다.

법을 잘 운용하는 '그 사람(其人)'이 있어야 법치국가이고

민주를 행하는 '그 사람(其人)'이 있어야 민주국가다.

만화영화 「톰과 제리」가 있다. 제리는 생쥐 주제에 고양이 톰을 전혀 무서워하지 않는다. 오히려 얼토당토않게 생쥐가 고양이를 골려먹는다. 왜 그렇게 되었을까? 연구자들은 제리의 뇌 편도체107)에 이상이 생긴 것이라 진단한다. 편도체는 공포자극을 공포반응으로 연결하는 역할을 하여서란다.

생각해 보니, '민주(民主)'라는 말이 코에 걸면 코걸이요 귀에 걸면

---

107) 편도체(扁桃體, amygdaloid body, 의학: corpus amygdaloideum): 측두엽 전방의 피질 내측에 위치한다. 대뇌변연계에 있는 것으로 모양이 아몬드처럼 생겨서 그리스어 'almond'에서 유래하였다. 아몬드를 한자로 쓰면 '편도(扁桃)'라 한다. 편도는 감정을 조절하고, 공포 및 불안에 대한 학습 및 기억에 중요한 역할을 한다. 이 편도가 제거될 경우 공포나 불안 반응을 유발하는 상황들을 학습하지 못한다. 예를 들어 동물의 편도체를 파괴하면 본능적인 공격성, 두려움 등이 사라지기 때문에 쥐의 편도체를 파괴할 경우 고양이를 두려워하지 않으며 반대로 야생 스라소니의 편도체를 파괴하면 매우 얌전해진다. 사람의 편도체가 손상될 경우 지능은 정상이지만 두려움을 느끼지 못하여 사람이 단순해진다.

귀결이다. 해석하기에 따라 '백성의 주인'도 되고 정 반대로 '백성이 주인'도 된다. 왕조시절에는 '주인 주(主)' 자가 왕이요, 민주공화국에서는 '주인 주(主)' 자가 백성이다. 하지만 오늘날 민주공화국 선거로 권력을 옮겨쥔 저들은 분명 '백성의 주인'으로 해석한 게 틀림없다. 그렇지 않고서야 원내 구성도 못했는데 집권당 원내대표는 외유를 하고 대표는 성(性) 상납을 받았다는 보도에 더하여 윤핵관 등등은 권력놀음에 여념이 없다. 국민의힘 권성동 원내대표는 4일 만취 음주 운전 이력에 교수 시절 '갑질 의혹'을 받는 박순애 교육부 장관 후보자가 임명된 것에 대해 "국민들께서 널리 이해해주실 것"이라는 기사도 보인다. 만취 음주 운전이면 교장도 못되거늘 한 나라 교육의 수장이라니 그야말로 아이러니의 극치이다.

또 검찰 출신을 과도하게 등용하여 헌법 1조 1항을 "대한민국의 주권은 선출된 권력자들에게 있고 모든 권력은 검찰로부터 나온다"로 수정되어야 할지도 모르겠다. 정권 출발 불과 2개월이 못 되어 여당의 지지도는 낙하산을 그리고 대통령 지지율은 '데드 크로스'를 넘었다. 이런데도 "윤석열 대통령은 이날 '지지율은 별로 의미가 없는 것'이라고 말했다"는 기사가 보인다. 그렇지 않아도 말과 행동이 언죽번죽이요 귀둥대둥이지만, 내 눈과 귀를 의심케 한다. 오죽하면 "일제히 윤석열 정권 국정 우려 쏟아낸 조중동 칼럼"이란 보수신문의 뜨악한 기사에 동아일보에는 "최악의 경우 대통령 탄핵 시도할 수도"라는 섬뜩한 문장까지 등장했다.

야당은 어떤가? 당 안팎에서 힘깨나 썼던 기득권 세력들이 당내 대표 선출에 특정인보고 '나오지 마라'며 서로 으밀아밀 할금거리며 설레발친다. 특정인이 대표가 되면 후일 공천을 못 받을 듯해서다. 건너다보니 절터라고, 여당이고 야당이고 모지락스런 짓이 어금지금하다. '백성이 주인'인 민주주의 국가에서 있을 수 없는 저열한 행태들이다. '민주공화국'이란 용어가 애면글면 속을 끓이니 이 나라 백성으로서 무력감과 참담함을 넘어 전율스럽다.

『서경』「상서」'함유일덕(咸有一德)'108)에 "임금은 백성이 아니면 일을 시키지 못하고 백성은 좋은 임금이 아니면 섬길 대상이 없으니 임금이 스스로 과대평가하고 백성을 과소평가하면 안 됩니다. 한 사람의 지아비와 한 사람의 지어미가 스스로 극진히 섬길 대상을 얻지 못하게 되면 백성의 주인[임금]이 누구와 더불어 그 공을 이루겠습니까(后非民罔使 民非后罔事 無自廣以狹人 匹夫匹婦不獲自盡 民主罔與成厥功)"라 하였다. 이 말은 명재상 이윤(伊尹)이 벼슬길을 떠날 때, 임금 태갑(太甲)의 덕(德)이 순일하지 못하여 나쁜 사람을 등용할까 두려워 경계한 말이다. 태갑은 상(은)나라 4대 군주이다. 하물며 백성의 주인인 왕조시절에도 저러했다.

좋은 임금이 아니면 백성들도 섬기지 않는 법은 백성들의 양도 불가능한 권리이다. 더욱이 '한 사람의 지아비와 한 사람의 지어미'조차 돕지 않으면 임금은 그 공을 이루지 못한다고 하였다. 왕조시절에도 이렇거늘 어찌 이 나라 정치꾼들은 만무방이 되어 주인인 백성을 우습게 안단 말인가.

'여러분들 투표하고 오셨나요? 난 안 했습니다. 민주주의의 꽃은 선거라 하는 데 나는 우리나라 선거를 그렇게 생각 안 합니다. 지방을 가르고 제 일신의 영화만을 위해 권력을 탐해서 그렇습니다.' 씨올의 소리 함석헌 님, 김수환 추기경 님 등과 함께 근·현대 실학자를 꼽으라면 서너 손가락에 드는 법정(法頂, 1932~2010) 스님 말씀이다. 요즈음 답답한 마음에 법정 스님이 남기신 육성을 듣다가 무릎을 쳤다. 스님께서 열반하신

---

108) 모두 한결같은 덕을 지녀야 한다.

지가 10년이 넘지만 저 말씀이 지금도 이 나라에서는 유효하기 때문이다. 한 사람의 생애로 치면 대한민국 민주주의는 이제 막 사춘기를 지나는 듯하다. 언제쯤 우리는 '그 사람(其人)'을 선출해 권력을 맡길까.

아! 이제야 알았다. 제리가 톰을 농락하는 이유를, 이 나라에서는 누가 대통령이 되고 국회의원이 될 자격이 있느냐는 사실 문제가 아니었다. '백성이 주인'이라 불리는 이들이 '백성의 주인'을 선출한 결과이기 때문이다. 진화심리학자들의 '인간의 결정은 대부분 이성적 분석보다는 감정적 반응과 어림짐작'이란 주장에 동의할 밖에 없다. 이 땅의 민주주의를 꽃피울 '합리적 개인'이니 '집단적 지성'은 아직은 존재하지 않나보다. 1당 독재 북한도 국호가 '조선민주주의인민공화국'이다. 민주(民主)의 뜻이 '백성의 주인인가? 아니면 '백성이 주인인가?'를 자금자금 썹어보는 오늘이다.

14. 성성자(惺惺子), 양심이여, 늘 깨어 있어라!

안으로 나를 밝히는 것이 '경'이고(內明者敬)
밖으로 일을 판단하는 것이 '의'이다(外斷者義).

누군들 아름다운 세상을 쓰고 싶지 않으랴. 아니 쓸 수 없는 현실이기에 쓰는 글줄마다 참 곤욕스럽다.

"내가 대통령실에 추천한 뒤 장제원 의원한테 물어보니 대통령실에 안 넣었다길래 내가 좀 뭐라고 했다"며 "7급에 넣어줄 줄 알았는데 9급에 넣었더라"고 했다. 그러면서 "최저임금보다 10만 원 정도 더 받는데 내가 미안했다. 강릉촌놈이 최저임금 받고 서울에서 어떻게 사나"라고 덧붙였다.

한 신문 기사 내용을 그대로 가져왔다. 백성이 양도한 권력으로 그자리 있는 자가 어떻게 저리도 무례를 넘어 천박하게 말할까. 이 한줄 기사만으로도 2022년 7월, 대한민국의 현실을 알만하다. 권력을 쥔자들의 국정농단 행태가 연일 보도되니 공도(公道, 공평하고 올바른 도리)는 없어지고 사문(私門, 사적인 탐욕의 문)만이 활짝 열렸다. '깜냥'이 안되는 이들이 득세하여 부조리한 권력의 계보학을 정립하고 통수권자는

'암군(暗君, 사리에 어둡고 어리석은 통치자)'으로서 그 존재감을 드러낼 뿐이다. 취임 불과 2개월 만에 대통령의 지지도는 이제 30%마저 위협받고 있다.

정치는 한 나라의 근간이다. 정치권력은 한 나라 역사의 물줄기를 틀어쥔 자들이기에 그렇다. 이 근간이 저러니 현재 이 땅에서 살아가는 이들의 삶은 고통이고 미래는 암울하다. 선악의 구분도, 옳고 그름도, 정의와 부조리도 뒤엉킨 세상이 되어 버렸다. 「한국 전 세계 꼴찌 198위…합계 출산율 1.1명」이라는 기사는 현재의 참담함과 미래의 절망을 그대로 말해준다.

마치 역사 속, 저 명종 임금 시절이 다시 온 듯하다. 12살인 명종이 즉위하자 어머니 문정왕후가 수렴청정을 하며 세상은 혼돈 속으로 떨어졌다. 윤원로와 윤원형 형제는 누이 문정왕후의 권세를 등에 업고 을사사화(乙巳士禍)를 일으켰다. 불교에 심취한 문정왕후는 유교의 나라를 불교 왕국으로 바꾸려 전횡을 일삼았다. 윤원형은 형 윤원로를 죽이고 정난정과 사랑과 권력 놀음에 대취(大醉)하였다. 역사는 이 시절을 "시랑당도지의(豺狼當道之意, 승냥이 이리 무리가 잡은 정권)"라 하였다.

이런 명종 10년인 1555년 11월 19일, 새로 제수된 단성현감을 사직하는 남명 조식(曺植, 1501~1572)의 상소가 올라왔다. 선생은 강개하고 정직하였으며 세상에 부합하지 않고 몸을 깨끗하게 가진 행동하는 양심이었다. 생을 마칠 때까지 나라에서 여러 차례 불렀으나 단 한 번도 벼슬에 응하지도 않았다. 선생은 내명자경(內明者敬, 안으로 나를 밝히는 '경')과 외단자의(外斷者義, 밖으로 일을 올바로 판단하는 '의')를 새긴 경의검(敬義劍)으로 무장하고 쇠방울인 '성성자(惺惺子)'를 차고 다닌 깨어 있는 지식인이었다. 경(敬)으로 마음을 바르게 하면, 의(義)로써 일을 반듯하게 해서였다. 저 남명 선생의 말을 들어 이 시절을 읽어본다.

전하의 나랏일이 이미 잘못되고 나라의 근본이 이미 망하여 하늘 뜻이 이미 떠나갔고 인심도 이미 떠났습니다. 비유하자면 마치 1백년 된 큰 나무에 벌레가 속을 갉아먹어 진액이 다 말랐는데 회오리바람과 사나운 비가 언제 닥쳐올지를 전혀 모르는 것과 같이 된 지가 이미 오래입니다. … 낮은 벼슬아치는 아래에서 히히덕거리면서 주색이나 즐기고, 높은 벼슬아치란 자들은 위에서 어물거리면서 오직 재물만을 불립니다.

선생은 초야의 일개 선비였다. 그런데 '국사이비(國事已非, 나랏일이 이미 잘못되어), 방본이망(邦本已亡, 나라의 근본이 이미 망하였고), 천의이거(天意已去, 하늘의 뜻이 이미 떠나갔으니), 인심이이(人心已離, 인심도 이미 떠나버렸다)'라 일갈한다. 목숨쯤 내놓고 쓴 어휘들이다.

다음 구절은 더욱 등골을 서늘케 한다. "자전(慈殿, 임금의 어머니)께서는 생각이 깊지만 깊숙한 궁중의 한 과부에 불과하고, 전하께서는 어리시어 단지 선왕의 한낱 외로운 후임자에 지나지 않습니다." 여기서 자전은 문정왕후이다. 그 절대적 세력가를 '궁중의 한 과부에 불과(不過深宮之一寡婦)'라 하고 명종 임금을 '다만 선왕의 한 외로운 후임자(只是先王之一孤嗣)'라 내쳤다. 선생은 이런 자들의 세상이기에 자신이 벼슬길에 나간들 "위로는 위태로움을 만에 하나라도 지탱하지 못하고, 아래로는 백성을 털끝만큼도 보호하지 못하니 전하의 신하 되기가 어렵지 않겠습니까?"라 반문한다.

심한 모욕을 느낀 명종은 욕언(辱言, 욕된 말)이라 분노하였지만 사실이고 보니 그뿐이었다. 실상 명종 시절 20년 간 조선은 국가적으로 단일보도 나아가지 못했다. 병작반수제, 공납과 방납의 폐단, 환곡제의 고리대금화 등 백성의 삶은 피폐했고 민심은 요동쳤다. 급기야 '모이면 도적이고, 흩어지면 백성'이라며 임꺽정의 난까지 일어났다. 사후적인 규정이기는 하나 『명종실록』은 이 모든 것이 단 넉 자, '왕정지실(王政之失, 왕이 정치를 잘못해서)'이라고 적어놓았다. 이 시절에 되읽어 본 저 시절 역사, 나만의 기시감(既視感)일까. 남명 선생의 '경의'와 '성성자'만 주섬주섬 챙겨볼 뿐이다. 2022년 대한민국 역사의 물줄기는 지금 어디로 흐르고 있는가?

15. 오동누습(吾東陋習),
우리나라의 제일 나쁜 더러운 버릇을 고쳐라

시천창창(視天蒼蒼, 하늘을 보니 파랗기만 한데)

천자불벽(天字不碧, '하늘 천' 자는 푸르지가 않다)

창오가야(蒼烏可也, 푸른 까마귀라도 괜찮고)

적오가야(赤烏可也, 붉은 까마귀라도 좋다)

아! 저 까마귀를 보자. 그 날개보다 더 검은빛도 없으나 갑자기 비치어 부드러운 황색도 들고 다시 비치여 진한 녹색으로도 된다. 햇빛에서는 붉은빛을 약간 띤 누런색으로 번쩍이다가 눈이 아물아물해지면서는 비취색으로 변한다. 그렇다면 내가 비록 푸른 까마귀라고 해도 좋고 다시 붉은 까마귀라고 일러도 좋다.

연암(燕巖) 박지원(朴趾源, 1737~1805) 선생의 「능양시집서」에서 끌어온 글이다. 진실은 늘 보이는 곳에 그렇게 숨어 있지만, 지식만을 암기한 눈으로는 찾지 못한다. 우리는 보통 까마귀의 빛깔이 검다고만 보는 것이 사실이다. 그러나 이것은 폐쇄적이요, 고정관념에 사로잡힌 지식일 뿐이다. 연암은 한 마리의 까마귀에서 부드러운 황색의 까마귀, 진한 녹색의 까마귀, 등자색을 띤 자줏빛의 까마귀를 본다. 이어지는 글을 통해 연암의 지혜를 좀 더 보자.

저 새는 본래 일정한 빛깔이 없거늘, 내가 먼저 눈으로써 빛깔을 정해 버린다. 어찌 다만 그 눈으로 확정지었겠는가. 보지도 않고 마음속으로 먼저 정한 것이다. 아! 까마귀를 검은 빛에 가둔 것만도 족한데, 다시 까마귀로써 천하의 온갖 빛깔을 고정하려 드는구나. 까마귀가 정말 검기는 하지만서도 누가 다시 이른바 까마귀의 푸르고 붉은 색이 곧 검은색 안에 들어 있는 빛인 줄 알겠는가.

연암은 사물을 '본래 일정한 빛깔이 없다'는 '본무정색(本無定色)' 넉 자에서 새로운 지혜를 얻었다. 눈이 색을 본다는 것은 단순한 암기에 의한 착각일 뿐이다. 실상은 빛의 간섭현상 때문에 색이 여러 빛깔로 보인다. 빛과 색 사이의 물리적 현상은 연암의 사고과정은 단순 지식과 외물의 현상보다는 이면을 치밀하게 살핀 결과이다. 그 구체적인 표현이 '창오가야(蒼烏可也) 적오가야(赤烏可也)'다. 이렇듯 까마귀의 색을 검다, 붉다, 푸르다 속에 잡아둘게 아니다. 교육현장에는 이러한 교육이 있어야 한다.

그런데 작금의 우리나라는 교육은 어떤가? 「국민대 '김건희 논문 표절 봐주기'…학계, 국민 검증 돌입 국내외 학자 2천명 참여한 지식네트워크 '국민대, 상식 이하 결론…학계 차원에서 공동 대응'」 이 신문 기사가 우리 대학의 현주소다. 경제력 10위권, 자칭 선진국이라는 대한민국. 분명 학력은 높고 지식은 넘쳐나는데, 양심은 저열하고 지혜는 없다. 예의·정의보다는 불의·요령이 세상살이에 더 편리하고 불로소득을 노리는 부라퀴 같은 사람들이 더 잘 산다. 부자는 더욱 부자가 되고 가난한 자는 은행의 노예가 되었다. 무서운 게 이 모든 것이 합법적이다. 살아본 경험을 요약하자면 정치·경제·사회·문화 모두 그들만의 리그요, 닫힌 사회의 전형적인 모습이다.

30년 넘게 고등학교와 대학에서 학생을 가르치며 이 모든 원인에 우리의 단순 암기 지식 교육이 있다는 것을 절감한다. 살아남기 위한 경쟁으로 단편적 글자의 해석과 지식에만 온 정성을 다하니 까마귀는 검을 뿐이다. 계절로 비유하면 지식만 암기하니 꽁꽁 얼어붙은 겨울이요, 만물이 소생하는 지혜의 봄으로 나아가지 못한다. 그야말로 지식이 '개발에 편자 격'이다.

이런 지식 암기 교육의 대명사가 『천자문』이다. 다산(茶山) 정약용(丁若鏞, 1762~1836) 선생은 이를 '오동누습'이라 하였다. 다산은 「증언」에서 초학자가 체계 없는 『천자문』을 쓸데없이 암기하는 것을 두고 "이것은 우리나라의 제일 나쁜 더러운 버릇이다(最是吾東之陋習)"라고 까지 극언한다.

연암 역시 「답창애지삼」에서 "마을의 꼬마 녀석이 『천자문』을 배우는데 읽기를 싫어하여 꾸짖었답니다. 그랬더니 녀석이 말하기를, '하늘을 보니 파랗기 만한데 '하늘 천(天)' 자는 푸르지가 않아요. 이 때문에 읽기 싫어요!'"라 하였다. 순진무구한 어린아이의 마음으로 본 하늘은 그저 파랄 뿐이다.

그런데 "하늘천 땅지 검을현 누를황~" 하고 맹목적으로 외운다. 해석하자면 '하늘은 검고 땅은 누렇다'인데 하늘이 왜 검은가? '하늘 천(天)' 자에는 전혀 그런 내색조차 없는데 하늘 아래 최고의 진리로 여긴다. 『주역』「곤괘」에 "무릇 검고 누런 것은 하늘과 땅이 뒤섞인 것이다. 하늘은 검고 땅은 누렇다"를 끌어와 대여섯 살 코흘리개들에게 설명한들 이를 이해할까?

『천자문』 첫 자부터 저러하니, 이로부터 '배우고 묻는다'는 학문(學問) 본연의 자세는 사라지고 만다. 이러니 '숟가락이 밥맛을 모르 듯 국자가 국맛 모르 듯' 글맛을 어찌 알며 어찌 인간 교육이 되랴. 교과서에서 암기한 알량한 지식나부랭이 몇을 전부라 여겨 저 잘났다고 가들막거리고 아기똥하게 세상을 되질하는 자칭 지식인들이 즐비하다. 그야말로 암기 공부한 것이 비단보에 개똥일 뿐이다. 전 세계 가장 높은 대학진학률을 자랑하는 대한민국에서 집단지성이 작동하지 못하는 이유도 여기 있다.

『천자문』이 이 땅에 들어온 지 1,500년이 훌쩍 넘었다. 이제는 『마법천자문』 등으로까지 무한 번식하며 아이들을 괴롭힌다. 보암보암 도덕성도 전문성도 모자라는 듯한 교육부 수장이 5세로 학령을 낮추자 하기에 적이 우려되어 써 본 글이다.

16. 희담민막(喜談民瘼),
분노하라! 그래야 세상은 변한다

세상이 변하지 않는 까닭은

민공어모신(民工於謀身, 백성이 제 몸만을 생각하여)

불이막범관(不以瘼犯官, 관리에게 대들지 않기 때문이다)

나라는 매우 평화로우면서 강력하고 문화는 세계를 선도하면서 주체성이 있고 국민들은 교양 있으면서 행복한 나라, 이 땅에서 사는 이들이라면 누구나 이런 대한민국을 꿈꾸지 않을까. 이 글 또한 이러한 나라를 지향한다. 그러나 현재 신문기사 내용은 이렇다. "주 위원장은 '늘 보면 장난기가 있다"면서 "그런데 언론이 큰 줄기를 봐 주라'고 했다. 그는 '여러분들 노는데, 우리가 (그때) 다 찍어보면 여러분들은 나올 게 없을 것 같나. 작은 것 하나 가지고 큰 뜻을 그거 하지(해하지) 말고 크게 봐 달라'고 강조했다." '주 위원장'은 국민의힘 비상대책위원장이요, '장난기가 있는 사람'은 수해 현장에서 "솔직히 비 좀 왔으면 좋겠다. 사진 잘 나오게"라며 웃은 국민의힘 의원이요, '여러분들'은 이를 보도한 기자들이다. 국민들이 수재로 인하여 죽고 이재민이 되었는데 비 더 오라는 말이 '장난기'요, 보도한 기자들도 '작은 허물'쯤은 있지 않느냐는 궤변(詭辯) 중 궤변이다. '그야말로 말마디마다 야만적이고 고약한 악취를 풍긴다'로 쓰고 싶다. 하지만 국민이 선출한 대의기관이 국민의 믿음과 신뢰를 저버린 말이기에 고상한 표현보다는 '귀접스런 행태'가 더 적절하다.

이런데도 어떻게 분노할 줄 모르는가? 이쯤 되면 "원님은 노망이요, 좌수는 주망이요, 아전은 도망이요, 백성은 원망"이라는 『고본 춘향전』에 보이는 글귀와 무엇이 다른가? "극단적 보수주의자는 감정이입 체계가 덜 활성화되는 양상을 보인다." "보수적 도덕체계는 타인의 공감과 돌봄에 의존하지 않고 타인에게 감정이입하거나 책임을 지지도 않고 나 자신의 이익에 봉사하는데 중점을 둔다."[109] 조지 레이코프의 글이 신경과학자들의 연구를 인용했기에 다소 이해가 간다마는, '자칭 보수'라는 저러한 사람들의 퇴행적 말과 행동 앞에서 국민의 자존심은 처참히 무너지고 저들 때문에 민주 국민으로 누릴 당연한 권리도 박탈당한다.

백성 앞에 서려는 자는 언행을 삼가고 삼가야 한다. 연암(燕巖) 박지원(朴趾源) 선생은 벗 홍대용에게 준 편지에서 "겨우 한 치 명예를 얻으면 이미 한 치의 흉하적을 불렀다(纔得寸名 已招尺謗)"고 벼슬길을 경계하였다. 그런데도 저들은 호화로운 붉은 관복을 입고 허리에는 붉은색과 보라색의 인끈을 두르고 금관자와 옥관자를 주렁주렁 달고 거만한 태도로 단상에 올라 "존경하는 국민 여러분~"으로 장광설을 한다. 묻고 싶다. 저 관용어가 이 나라의 주권이 정녕 국민에게 있다는 뜻인가? 아니면 인금이 도매금인 저들이기에 "어리석은 국민 여러분~"으로 읽히지는 않는가?

이 글을 쓰는 지금도 「'탁 치니 억' 거짓말 경찰 감싼 김순호⋯행안부

---

109) 조지 레이코프 저, 유나영 옮김, 『코끼리는 생각하지 마』, 2015, 96~97쪽.

"경질 당장 어려워", 「김건희 논문 그냥 덮자'…국민대교수 61% '왜'?」라는 전형적인 후진국형 기사가 뜬다. 목불인견이 따로 없다. "옛날 전제 군주 명령은 '너희들은 이걸 해서는 안 된다'였다. 전체주의 명령은 '너희들은 이걸 하라'였다. 우리의 명령은 '너희들은 이미 그렇게 돼 있다'는 거야." 조지오웰의 『1984』에 보이는 문장이다. '너희들은 이미 그렇게 돼 있다'는 말은 부조리에 마취되어 진실을 감당하지 못한다는 뜻이다. 눈이 있어도 보지 못하고 귀가 있어도 듣지 못한다. 인간으로서 존엄을 빼앗겨 의식이 마비된 '생물학적 인간'일 뿐이다. 마치 '돌을 던지면 사자는 돌 던진 사람을 물지만[獅子咬人] 개는 돌만 쫓아가 듯[韓盧逐塊]'. 이런 인간들이 사는 세상이 바로 암울한 미래인 디스토피아(dystopia)다.

다산(茶山) 정약용(丁若鏞)은 『목민심서』에서 백성이 사람답게 사는 세상을 꿈꾸었다. 선생은 저런 자들에게 분노를 표현해야 한다고 말한다. 황해도 곡산에 사는 농민 이계심이 세금 징수가 과하자 백성 1천 명을 이끌고 관가에 쳐들어갔을 때 일이다. 선생은 도망갔다 제 발로 찾아온 이계심을 석방해 버린다. 그러며 이계심은 "본성이 백성의 폐단을 말하기 좋아하였다(喜談民瘼)" 하고 오히려 "너 같은 사람은 관에서 천금으로 사들여야 마땅하다(如汝者 官當以千金買之也)"고까지 하였다. 선생은 "관리가 밝지 못한 이유(官所以不明者)"는 백성이 제 한 몸의 불이익을 생각하여 관에 대들지 않기 때문이라고 하였다. 결국 이계심의 저 말은 '분노하라! 그래야 세상은 변한다'이다. '분노'는 부정어가 아닌 강한 긍정어가 되어야 마땅하다. 저 시절에도 저러한 서늘한 말을 하였다.

지난 시절 백성이 좋은 이를 뽑아 나라에서 벼슬 준 이를 대부(大夫)라 하였다. 국회의원의 별칭으로 부르는 선량(選良)은 이 대부에서 왔다. '대부'란 나랏일을 크게 부축한다는 의미다. 따라서 '육덕[六德, 지(智)·인(仁)·성(聖)·의(義)·충(忠)·화(和)]과 육행[六行, 효(孝)·우(友)·목(睦)·인(姻)·임

(任)·휼(恤)]'을 갖춘 자를 말한다. '선량'이 그야말로 '개발에 편자'요, '돼지 목에 진주 목걸이 격'이 안 되게 하려면 국민들이 '저 귀접스런 행태'를 방치해서는 안 된다. 우리가 분노해야만 세상은 변하기 때문이다.

17. 책문(策問), 시대의 물음에 답하라!

국가장망(國家將亡): 나라가 망하려면

필유요얼(必有妖孽): 반드시 요물이 나온다.

　신라 말에 흉악한 괴물이 나타났다. 짐승은 짐승인데 빛은 검고 몸뚱이는 난 지 사흘쯤 되었다. 성미는 길들여진 듯 사람을 두려워하지 않았다. 오직 쇠만을 먹었다. 사람들이 헌 쇠그릇을 주니 천백 개라도 목구멍으로 눈 스러지 듯 넘어갔다. 점점 자라 마소만큼 커지자 숨을 쉴 때마다 불을 내뿜어 주위에 가기만 하면 무슨 물건이든지 다 타버렸다. 사람들이 쫓아도 가지 않았다. 나무로 때리고 돌로 쳐도 꿈적 않았고 칼과 톱을 가지고 가도 먹이만 될 뿐이었다. 이에 사람들은 그놈을 '가히 말할 수 없는 놈'이란 뜻으로 불가설(不可說)이라 하였다. 불가설은 날마다 먹을 것을 찾아다녔다. 관가에서 민가까지, 임금 창고에서 농사지을 호미까지 쇠붙이는 모조리 먹어치웠다. 더욱이 여러 해 흉년까지 들었다.

　이 이야기는 추재(秋齋) 조수삼(趙秀三, 1762~1849) 선생의 「불가설설(不可說說)」[110]이란 글이다. 「불가설설」은 나라가 망할 때 나온다는 '불가[사리]살이(不可殺伊)' 이야기이다.

0.7%로 승패가 갈렸다. 당선자는 있지만 승자는 없는 선거 결과였다. 여당이 된 저들에겐 환경, 양극화, 저출산, 연금개혁, 차별금지법, 경제문제… 등 산적한 현안들이 기다리고 있었다. 여당이 하루하루 근신하며 정책을 가꿔 나가도 국민들은 시뜻하게 여길 판이다. 국가장흥(國家將興) 필유정상(必有禎祥)이라고 나라가 흥하려면 반드시 상서로운 조짐이 보여야 한다. 그러나 상서로운 조짐은커녕 '이준석, 윤핵관 2선 후퇴론은 위장 거세쇼', '국민의힘 어쩌나, 쇄신 외친 날 외모 품평·술자리 논란 후폭풍' 등등 한 마디로 '고려 적 잠꼬대' 같은 일들이 신문 지상에 난분분한다. 말 타면 경마 잡히고 싶다고 했던가. 국민은 안중에도 없는 권력에 취한 행태들이다. '尹대통령 지지율 27%', '국정수행 부정은 63%'가 현실이다. 오죽하면 영국 대표 시사주간지 이코노미스트는 '한국 대통령은 기본을 배울 필요가 있다(South Korea's president needs to learn the basics)'는 제목의 칼럼(8월 25일)에서 "윤 대통령이 무서운 속도로 흔들리고 있다"며 취임 100일 만에 지지율 급락 이유를 분석했다. 기사는 '인사 검증 실패, 사적 채용 논란' 등 국정 실패를 조목조목 언급하며 "기본 정치 스킬조차 못 갖춘 아마추어"라고 한다. 양손에 구두를 신고 한 쪽 발에 넥타이를 맨 삽화는 더욱 우리들을 부끄럽게 만든다.

이러한 데도 저들은 광기어린 권력욕으로 여의도를 난장판으로 만들고 6,200만 원짜리 목걸이를 걸고 다니는 여사까지 출현하였다. 국민의 면전에서 거리낌 없는 방자함으로 무장하고 불가살이가 쇠 먹듯 권력 주무르기를 떡 먹듯 하니 국격은 한없는 나락으로 떨어진다. 입은 말을 하라는 것인데 오로지 쇠붙이만 먹어치우듯, 권력을 주어 나라를 잘 다스리라 하였더니 제 배만 불리려는 불가살이식 이익단체가 되어 버렸

---

110) 가히 말할 수 없는 놈 이야기.

다. '하인리히 법칙(Heinrich's law)'111)을 몰라도 '탄핵(彈劾)'이란 말이 곧 우리들의 안전에 전개될 지도 모른다는 두려움마저 든다. 이쯤이면 지금 이 나라에 저 불가살이가 나타난 것 아닌가.

추재 선생의 이야기를 좀 더 들어본다. "『중용』에 이르기를 '나라가 망하려 한다면 반드시 요물이 나온다' 하였다. 불가설이 나온 것은 장차 신라가 망할 징조였음인가. 천하에 임금 된 자가 처음에는 소인을 가까이하여 길러 내서는 그 세력이 먼 들판의 불길처럼 어찌할 수 없게 된다. 비록 그가 나라를 좀먹고 백성을 크게 해치는 불가설이 되는 줄 알지만 어찌할 수 없는 모양이다. 그러므로 소인을 불가설(不可褻, 가히 가까이 말아야 할 놈)이라 한다."

선생은 '나라가 망하려면 반드시 요물이 나온다'는 『중용』제24장의 말을 인용하였다. 불가살이가 나라를 망할 징조임을 분명히 하려는 뜻이다. 우리 속담에도 '고려(송도) 말년 불가사리'라는 말이 있다. 아주 나쁜 짓을 하나 아무도 그것을 말릴 수 없다는 뜻이요, 어떤 좋지 못한 일이 생기기 전의 불길한 징조로 쓴다. 선생은 이 불가사리를 음의 유사를 이용하여 '불가설(不可說)=불가설(不可褻)'을 만들었다. 여기서 불가사리는 '소인(小人)'112)이다. 선생의 견해대로라면 소인은 '가히 말할 수 없는 놈'이요, '가히 가까이 말아야 할 놈'이다. 선생은 임금 옆에 붙은 소인을 불가사리라 하였다. 이 불가살이 이야기를 「불가설설」이라 제명한 이유는 무엇일까? 선생과 대면할 수는 없지만 19세기, 세도정치로 썩어가는 조선의 멸망을 '불가살이'로 읽었다고 추론해도 무방하다.

불가사리를 한자로 옮기면 '불가살이(不可殺伊)'이다. 아무리 해도 죽

---

111) 큰 사고가 일어나기 전에 반드시 유사한 작은 사고와 사전 징후가 선행한다는 경험 법칙.
112) 도량이 좁고 간사한 사람.

거나 없어지지 않는 괴물이란 뜻이다. 그렇다면 선생이 말하는 소인의 무리는 영원히 사라지지 않는다는 말이니 이 또한 참으로 섬뜩하다. 저 여의도에 널린 게 정치 무뢰배요, 저들의 행태가 소인배 무리이기에 말이다. 이쯤이면 선조들은 책문(策問)을 하였고 대책문(大策文)을 올렸다. 책문은 시대의 물음에 답하라이니 이러하다. 책문: '나라에서 불가살이를 영원히 없앨 방안을 강구하라!' (18회로 이어진다.)

18. 대책문(對策文), 시대의 물음에 답한다!

받침점: 염치

힘점: 대화

작용점: 불가살이[소인] 퇴치

「간호윤의 실학으로 읽는, 지금」(17)(9월 5일)에 이어진다. (17)회가 책문(策問)[113]이기에 이 글은 그 대책문이다. 총체적 난국이다. "민주당 지지자는 윤석열 정부의 경제정책에 대해서 2.5%만이, 대북·외교안보정책에 대해선 5.0%가 '신뢰한다'고 답했다. 반면 국민의힘 지지자는 꽤 높은 수치로 윤석열 정부의 경제정책(73.7%), 대북·외교안보정책(75.0%)을 '신뢰한다'고 답했다. 평가가 극과 극이다."「신뢰도 가장 낮은 현직 대통령 윤석열」이란 제하의 '시사IN'(2022.9.13) 기사이다.

기사의 "평가가 극과 극이다"라는 말은 대화가 안 된다는 말이요, 불가살이들이 설치는 세상이라는 뜻이다. 대화가 제대로 되고 불가살이를 없애는 방법은 무엇일까? 이것이 이 시대의 물음이다. 그 답을 실학자들에게서 찾아본다. 추재(秋齋) 조수삼(趙秀三, 1762~1849) 선생은 불가

---

113) 시대의 물음.

살이를 소인배라 하였다. 안타깝게도 소인을 대인으로 만들 방법을 필자는 모른다. 국민의 의식도 바로 성장시킬 방법은 모른다. (특히 여의도를 점령한 저 소인 무리들은 더욱 모르겠다.) 이 땅의 불가사리를 영구히 없애는 처방전은 더더욱 모른다.

다만 이런 대책문을 쓴다. "나에게 지렛대와 지탱할 장소만 준다면, 나는 지구도 움직일 수 있다." 지렛대 원리를 발견한 고대 수학자 아르키메데스의 말이다. 불가살이 퇴치에 이 지렛대의 원리를 이용하면 어떨까. 지렛대 원리를 잘 이용하면 작은 힘으로도 아주 무거운 물체를 쉽게 움직이듯이. 지레는 3요소로 작용한다. 지레를 받쳐주는 지점인 받침점, 지레에 힘을 주는 지점인 힘점, 지레가 물체에 힘을 작용하는 지점인 작용점이 그것이다. 받침점과 힘점 사이가 적정한 거리일 때 작은 힘으로도 무거운 물체를 들어올린다. 이를 '받침점: 염치, 힘점: 대화, 작용점: 불가살이 퇴치'로 설정하고 받침점은 취석실(醉石室) 우하영(禹夏永, 1741~1812) 선생의 『천일록』에서, 힘점은 연암(燕巖) 박지원(朴趾源, 1737~1805) 선생의 「마장전」에 찾아본다.

받침점은 염치(廉恥)[114]이다. 우하영 선생은 "염치는 사유의 하나이다. 사유가 제대로 펼쳐지지 않으면 나라가 나라꼴이 못 되고 사람도 사람 꼴이 되지 못한다. … 어린아이가 귀한 보물을 가슴에 품고 시장 네거리에 앉았어도 제 아무리 탐욕스럽고 교활한 자들이라도 눈을 부릅뜨고 침을 흘릴 뿐 감히 빼앗지 못하는 이유는 염치가 있기 때문이다"라 하였다. 『천일록』 제5책 「염방(廉防)」[115]에 보이는 글이다. 염치란 손끝의 가시와 같다. 상대방의 눈치를 마음으로 볼 때만 생겨난다.

---

114) 부끄러움을 아는 마음.
115) 염치를 잃지 않도록 방지함.

'사유'는 국가를 유지하는 데 필요한 네 가지 벼릿줄로 예(禮, 예절)·의(義, 법도)·염(廉, 염치)·치(恥, 부끄러움)다. 선생은 이 중 염치를 가장 먼저 꼽고는 이를 잃지 않도록 방지해야 한다고 역설한다. 예의와 부끄러움을 아는 염치는 나라의 중력이요, 우리네 삶의 산소와 같다. 『관자』 「목민편」에서 관중은 이 사유 중 "하나가 끊어지면 나라가 기울어지고 두 개가 끊어지면 나라가 위태로우며, 세 개가 끊어지면 나라가 뒤집어지고 네 개가 끊어지면 나라가 멸망한다(一維絶則傾 二維絶則危 三維絶則覆 四維絶則滅)"고 한 이유도 그러해서다.

이제 힘점인 대화(對話, 마주 대하여 이야기를 주고받음)이다. 받침점을 든든하게 놓고 힘점을 가하면 작용점에 변화가 반드시 온다. 인간(人間, 틈), 공간(空間, 하늘), 시간(時間, 땅)을 '삼간(三間)'이라 한다. 여기서 '간(間)'은 사이, 즉 '틈'이다. 하늘과 땅 사이에 틈이 있고 이 틈 사이에 사람이 살고 사람과 사람 사이에도 틈이 있다. 이 틈은 지나치게 멀어도 너무 가까워도 안 된다. 틈을 이어주는 것이 바로 힘점인 대화이다. 대화를 하려면 받침점과 힘점이 적정한 거리를 유지해야 작용점에 영향을 미치듯, 서로 간에 틈을 적절히 유지해야 한다.

연암은 이를 '틈의 미학'이라 하였다. 선생은 「마장전(馬駔傳)」116)에서 "사람이 사귀는 데에는 반드시 틈이 있게 마련(至於交也 介然有間)"이라며, "아첨은 그 틈을 파고들어가 영합하는 것이요, 고자질도 그 틈을 파고들어가 하는 이간질이다. 그러므로 사람을 잘 사귀는 이는 먼저 그 틈을 잘 이용하고 사람을 잘 사귈 줄 모르는 이는 틈을 이용할 줄 모른다."고 하였다. 대화는 누가 맞고 틀리다가 아닌, 무엇이 옳은 가를 함께 찾는 매우 유용한 처방전이다.

---

116) 말 거간꾼 이야기.

이런 이야기가 있다. 한 연못에 힘센 붕어와 약한 붕어가 살았다. 먹이 욕심 때문에 서로 미워하고 싸우다 결국 약한 붕어가 죽고 말았다. 힘센 붕어는 좋아했지만 얼마 후 죽은 약한 물고기 살이 썩고 물이 더러워지자 힘센 붕어도 죽어버렸다. 이야기는 알력과 갈등을 고조하는 대적이 아닌 대화, 즉 상대의 입장을 이해하고 받아들여야만 모두 산다는 공생의 교훈을 건넨다. 대화는 어려운 것도 따로 학습이 필요한 것도 아니다. 대화의 기술은 부끄러움을 알고 상대의 말을 두 귀로 듣고 한 입으로 말하면 된다. 이러할 때 대화는 여론이 되고 공론이 된다.

작금의 우리 사회, 특히 권세와 물질로 몸을 겹겹이 휘감은 자칭 대한민국 지도층이라는 저들에게 염치와 상생의 대화가 있는 지 묻고 싶다. 우리 백성들만이라도 염치로 받치고 대화에 힘을 준다면 반드시 그 작용으로 이 땅에서 불가살이들[소인배]이 퇴치될 것이다. 그 날을 간절히 기다려본다.

19. 선생(先生), 행동이 바르고 그 입이 깨끗하다

이름값에 걸맞게 행동하고 말하라

이 가을, 용산 발(發) 숙살(肅殺)의 암울한 기운이 스멀스멀 방방곡곡으로 기어든다. 백주 대낮에 "이 XX들…"이라 한 희대의 정범(正犯)이 간나위 교사범(敎唆犯) 패거리와 짬짜미하여 국민을 공동정범(共同正犯)으로 만들려 한다. 문둥이 시악 쓰듯 하는 행태가 꼭 냉수에 이 부러질 우스운 짓이나 등골이 서늘하고 소름까지 돋는다.

"정치는 고매한 행위입니다. 저는 그래서 정치를 못합니다." '변상욱 쇼'를 진행하는 이의 품격 있는 말이다. 저 말 한 마디로 언어의 품격이 살고 정치는 우리 삶에 품위 있게 다가온다. 세계 정치 무대에 한 나라의 대표로 나가 욕설을 하였으면 염치없어 고개도 못 들 텐데, 그 장본인과 권력 꽃놀이패들이 모주 먹은 돼지 벼르듯 국민을 겁박하고 언론사를 고소하였으니 기가 찰 노릇이다. 품격 있는 언어는 고사하고 고매해야 할 정치까지 쇠껍데기를 쓰고 도리질을 해대어 난장판을 만드니 그 입걸기가 꼭 사복개천이다.

가만히 '정치가 고매하여 못 하겠다'는 저이의 말을 옴니암니 뜯적거리니 허유와 소부가 떠오른다. 요 임금이 보위를 물려주겠다 하니 허유(許

由)는 귀가 더럽혀졌다고 영천에서 귀를 씻은 후 기산으로 들어갔고, 소부(巢父)는 영천 물이 더럽다고 소에게까지 마시지 못하게 하였다는 고사이다. 저이도 "국회에서 이 XX들이 승인 안 해주면 ○○○이 쪽팔려서 어떡하나"라는 욕설로 정치 평론하는 자괴감이 들어 그런 것 아닐까.

차설(且說)하자. 파리 대가리만한 자음과 모음도 부끄러워 글을 못 잇겠단다. 이번 회는 문 밖만 나서면 너나나나 할 것 없이 '선생(先生)' 소리를 들으니 그 이야기 좀 해야겠다. 얼마 전쯤이다. 서재 근처 미용실을 찾았더니(내 서재 근처에는 이용원(理容院)이 없다. 어쩔 수 없이 미용실을 이용한다.) 해끄무레한 청년이 카운터에서 "어느 선생님께 시술받으시겠어요?" 하는 게 아닌가. 식겁하여 나왔다. 이발하는 곳에 내 선생님이 웬 말이며 또 이발하는 기술이 의료 행위인 시술이라니. 멀쩡한 내 머리를 어떻게 수술한다는 말인가? 국어사전을 아무리 뒤져도 이발사를 선생님이라 호칭하며 이발 기술을 가리켜 시술이라 한다는 정의는 없다. 이 시술이 이제는 온 미용실로 퍼진 듯하다.

선생님(先生-님)은 '선생'을 높여 이르거나 나이가 어지간히 든 사람을 대접하여 이르는 말이다. 유의어로는 스승, 은사가 있다. 선생은 학생을 가르치는 사람, 혹은 학예가 뛰어난 사람을 높여 이르는 말이다. '김 선생'이나 '과장 선생'처럼 성(姓)이나 직함 따위에 붙여 남을 높여 이르지만, 내 머리털을 깎고 다듬어주는 이를 선생이라 호칭하지는 않는다. 영어사전에서도 티처(teacher)는 교사, 선생을 칭한다. 그러니 이발 기술을 전수하는 선생과 제자 사이에 호칭이지 손님에 대한 호칭은 아니다.

더욱이 '시술(施術)'은 의술을 베풀 때 쓰는 특수 용어이다. 뜸 시술, 박피 시술, 흉터 시술처럼 의학 전문 용어이다. 주로 미용을 목적으로 하는 보정 시술(補正施術)도 있지만 이 또한 의학에서 얼굴이나 신체의 부족한 부분을 바르게 하는 시술이다. 즉 시술이란 환자의 환부를 치료하는 수술 용어이다. 외국도 동일하다. 옥스퍼드 사전에서도 시술(procedure)을 내과적 수술(medical operation)이라 풀이하고 있다. 이 외에 최면술 따위의 술법도 시술이라 하지만 이발 기술에 웬 시술이란 말인가. (이발소의 상징인 삼색등이 빨강은 동맥, 파랑은 정맥, 흰색은 붕대로 1500년대 프랑스 이발소에서 환자를 치료했다는 기록을 믿어서인가?) 마치 양복을 잘 갖춰 입고 갓 쓴 모양새요, '가게 기둥에 입춘'격이니 개도 웃을 일이진 그 심정을 모르는 바 아니다. 미용실이나 이용원에 대한 직업 기술 품격을 높이고자 '선생님'이라 호칭하고 '시술'을 쓴 것이리라.

언젠가부터 국격을 높이려는 의도인지 국가공무원들조차 모든 민원인에게 '선생님'이라 호칭한다. 언어에 과부하가 걸려도 단단히 걸렸다. 언어는 한 나라 문화의 지평이요, 살아있는 생명체다. 우리가 언어를 소중히 여겨야 할 이유요, 언어의 품격을 지켜줘야 할 의무이다. 언어의 품격이란 그 뜻에 맞게 사용하고 그 뜻에 맞게 행동함이다.

"엄행수(嚴行首)는 똥을 퍼 먹고 사니(嚴自食糞) 하는 일은 더러울망정 입은 깨끗하다네(迹穢口潔)." 연암(燕巖) 박지원(朴趾源, 1737~1805) 선생이 「예덕선생전(穢德先生傳)」이란 소설을 쓴 동기다. 소설에서 선귤자(蟬橘子)는 이름난 사대부들이 그의 아랫자리에서 노닐기를 원하는 대학자였다. 그는 똥을 푸는 엄행수라 '예덕(穢德, 더러운 일)'이지만 '선생'이란 극존칭을 붙여 부르며 공경한다. 이유는 행동이 바르고 그 입이 깨끗해서란다.

그런데 '바이든'이 '날리면'이라더니 이제는 '이 XX'도 기억에 없다 한다. 야만의 언술이다. 한 입으로 온 까마귀질 하는 격이요, 입 가리고 고양이 흉내를 내는 꼴이다. 선조들은 자기 입으로 한 말을 바꾸고도 부끄러움을 모르는 행위를 '고수관(高壽寬)의 변조'라 일갈하였다. 당나라 재상 풍도(馮道)의 '구시화지문(口是禍之門)'[117]이요, '설시참신도(舌是

斬身刀)'[118]도 경계 삼을 말이다.

　이왕 선생, 대통령, 국회의원이라 불리면 이름값에 걸맞게 행동하고 말했으면 한다. 호칭만으로는 품격이 높아지지 않는다. 그러려면 먼저 그 입을 깨끗한 마음으로 헹궈내야 한다. 입에서 구렁이가 나가는지 뱀이 나가는지 몰라서야 쓰겠는가.

---

117) 입은 재앙의 문.
118) 혀는 몸을 베는 칼.

20. 욕설(辱說), 그 카타르시스의 미학?

언당외보(言當畏報): 돌아오는 남 말이 두렵지 않느냐

이 가을, 하늘은 공활하다. 글을 쓰되 시대의 공민(共悶)과 사회의 공분(公憤)을 쓰려한다. 『법구경』 제10장 「도장품(刀杖品)」을 읽다가 눈길이 멈춘다.

남 듣기 싫은 말 하지 말라	不當麤言
돌아오는 남 말이 두렵지 않느냐	言當畏報
악이 가면 화가 오는 법이니	惡往禍來
칼과 몽둥이로 네 몸에 돌아온다	刀杖歸軀

턱 막힌다. 가는 말이 고와야 오는 말도 곱다. 가는 말이 욕인데 어찌 오는 말이 고우랴.

꼴같잖은 놈들이 설쳐대는 꼴같잖은 세상을 살아내자면 욕이 나온다. 김열규 선생은 『욕, 그 카타르시스의 미학』에서 "세상이 중뿔나게 가만히 있는 사람 배알 뒤틀리게 하고 비위 긁어댄 결과 욕은 태어난다. 욕이 입 사나운 건 사실이지만 욕이 사납기에 앞서 세상 꼴이 먼저 사납다. 꼴같잖은 세상!"(사계절출판사, 1997)이라고 욕의 출생부를 정리해 놓았다. 욕먹어 싼 인간이 있어 세상 꼴이 사나워졌지, 세상 꼴이 사나워 욕이 탄생했다고 생각하지 않기에 선생의 의견에 동의하진 못한다. 하지만 사전을 뒤져보니 '욕을 먹고 살아야 오래 산다'거나 '욕이 사랑'이라는 등 속담이 꽤 여럿 등재되어 있다. 의미 또한 그다지 나쁘지 않으니, 욕의 말 요술을 가히 욕의 미학(美學)이라 해도 괜찮다.

'욕(辱)' 자의 근원도 엇비슷하다. 『설문해자』를 보면 '욕' 자의 본래 의미는 '풀을 베다'나 '일을 하다'였다. 후에 이 일이 너무 고되기에 '욕되다'라는 뜻을 갖게 되었다. 일이 너무 힘들어 내뱉는 소리가 욕이 되었다는 의미이다. 욕을 하면 속이 좀 시원해지는 게 다 이유가 있다. 그래서인가. '나랏님 없는 데선 나랏님 욕도 한다'는 속언도 버젓이 있다. 욕을 고깝게만 생각하지 말고 자기 발전과 수양을 위해서 소중히 받아들이라는 의미로 쓰이는 '욕이 금인 줄 알아라'도 욕의 미학 중 하나다.

하지만 욕의 미학만 있는 게 아니다. 영국 킬 대학교 심리학과 교수 리처드 스티븐스(Richard Stephens)는 욕설을 심리학적으로 연구한 이다. 그는 '욕설은 매우 감정적인 언어'라며 "욕설은 단기적으로 효과적인 진통제가 될 수 있으나 욕설에 익숙한 상태라면 아마 효과를 얻지 못할 것이다"라 하였다. 욕설을 남용하지 마라는 뜻이다. 또 "욕을 먹고 살아야 오래 산다"는 욕먹은 자가 스스로를 위로하는 역설도 있고 "욕은 욕으로 갚고 은혜는 은혜로 갚는다"는 서늘한 속담도 파리 대가리만한 글자로 국어사전에 적바림되어 있으니 곰곰 짚어 볼 일이다. 제가 나를 욕하는 데 나라고 욕하지 않겠는가. 그러니 욕먹을 짓은 말아야 한다.

「권성동, 피감기관장 향해 "뻐꾸기냐" "혀 깨물고 죽지" 폭언 논란」, 「정진석 "조선, 일본군 침략으로 망한 것 아냐"」, 「김문수 또 "文 총살감이라 생각"」 요즈음 언론 기사들 제목이다. 어떻게 저리도 말을 헛씹는지.

마치 고칠 수 없는 중병에라도 걸린 듯, 쏟아내는 말들마다 무식·무지로 무법천지 욕설 세상을 만든다. 권력 잡은 게 무슨 대단한 벼슬이라도 되는 양 패거리 짓고 떼로 몰려다니며 이곳저곳 삿대질하고 욕해대기에 하는 말이다. 물론 이 난장판을 일거수일투족 제 입맛 따라 온종일 보도 하는 일부 언론의 행태도 욕먹을 짓임에 틀림없다. 이래저래 밖에서나 안에서 '육두문자(肉頭文字)'가 비거비래(飛去飛來)하는 대한민국이다.

대통령이고 각료고 하는 짓이 그 나물에 그 밥이다. 저들의 말치레를 들으면 국민의 한 사람으로서 '욕'이 절로 나온다. 저들과 똑같이 육두문 자는 쓸 수 없으니 옛 어른들의 문자풍월로 내 속내를 놓으면 이렇다. '예끼! 경을 칠, 천탈관이득일점(天脫冠而得一點)에 내실장이횡일대(乃失杖而橫一帶)요!, 효제충신예의염(孝悌忠信禮義廉)에 일이삼사오육칠(一二三四五六七)이로다.' 첫 번째는 잘 모르겠고 두 번째만 간략히 설명한다. '무치망팔(無恥忘八)'이라는 뜻이다. 원래 앞 구절은 '효제충신예의염치' 이다. 그런데 '치(恥)'가 없으니 '무치(無恥)'다. '부끄러움을 모른다'이다. 앞 구절로 미루어 '일이삼사오육칠'은 '일이삼사오육칠팔'이다. 즉 '팔' 이 없으니 '망팔(忘八)'이다. 여기서 '팔(八)'은 삼강(三綱)에 오륜(五倫)을 더한 것이니, '인간의 기본 윤리인 삼강과 오륜을 잊어버렸다'는 뜻이다. 이와는 달리, 예·의·염·치에 효·제·충·신 사덕(四德)을 추가해 사유팔덕 (四維八德)이라고도 한다. 이 팔덕을 망각한 자 역시 망팔이다. 우리가 종종 쓰는 '망할'은 이 망팔이 변했다. 이 '망할!'이 많아지면, '망할 놈의 세상'이다.

이 가을, 날아가라는 '포탄'은 뒤로 떨어지고 '윤석열차'를 그린 고등 학생과 정부가 싸우고 국제사회가 용인치 않을 '전술핵 재배치' 운운에 '일제고사'가 부활하더니 급기야 '식민사관'으로 백성들 염장을 지른다. 이쯤오니 욕의 미학도 말문이 막히고 지면도 다해 간다. 욕에 관한한

훈수를 두어 수쯤 두는 「정광수 판소리 수궁가」 중 토끼가 별주부한테 욕하는 대목으로 글 매조지를 한다. 맹목적인 충성심의 별주부와 권위를 잃은 어리석은 용왕을 동시에 비판하는 게 「수궁가」의 주제 의식이다. 별주부가 용왕에게 주려고 간 좀 달라고 하자 토끼가 허허 웃으며 이렇게 욕을 해댄다.

아! 간을 주면 나는 죽으라고? 하며 욕을 한 자리 내놓는디, 욕을 어떻게 허는고허니 꼭 이렇게 허던것이었다. 에이 시러베 발기를 갈녀석/ 뱃속의 달린 간을 어찌 내고 드린단 말이냐/ 병든 용왕을 살리랴헌들 성한 토끼 내가 죽을소냐/ 미련허드라 미련허드라 너의 용왕이 미련허드라….

21. 신호민론(新豪民論),
천하에 두려워할 존재는 오직 백성이다

호곡장(好哭場, 울기 좋은 울음 터)의 역설

"나도 모르는 사이에 손을 이마에 얹고, '아. 참으로 좋은 울음 터로다. 가히 한 번 울만 하구나!' 하였다(不覺擧手加額曰 好哭場 可以哭矣)." 연암(燕巖) 박지원(朴趾源)의 『열하일기』 중 「도강록」 7월 8일자에 보이는 글이다. 연암이 연경을 가면서 조선을 벗어나 광막한 대평원을 바라보며 외치는 일성! 그 행간과 여백을 찬찬히 살피면 끝없이 펼쳐진 요동벌판을 보고 한바탕 울음 울고 싶다는 소회가 보인다. 몇 줄 뒤에서 연암은 "울음이란 천지간에 있어서 천둥소리(哭在天地 可比雷霆)"라 하였다.

연암은 중화(中華)만을 떠받드는 일부 양반만의 나라, 개혁이 멈춘 폐쇄적인 소국 조선의 울울한 선비였다. 그래 저 거대한 요동벌에서 한바탕 꺼이꺼이 큰 울음을 울고 싶었으리라. 좋은 울음 터라 우는 호곡(好哭)이 아니다. 비분한 마음으로 우는 호곡장(號哭場)장의 역설이다. 연암의 호곡장을 읽으며 '파레토의 법칙(Law of Pareto)'119)이 지배하는 우

---

119) 전체 인구 중 20%가 전체 부의 80%를 차지한다는 법칙.

리 사회를 생각한다. 꼭 20%의 힘만을 믿고 국민 80%를 지배하려 드는 이 정부의 행태와 너무나 닮아서다.

한국은 GDP 기준으로 2022년 세계 12위 경제 대국이요, 1인당 국민소득이 3만 4,994달러인 선진국이다. 그러나 OECD 국가 중 고령인구 증가가 가장 높지만 노인 빈곤율과 노인 자살률이 1위요, 근로시간은 멕시코 다음으로 가장 길다. 청년들은 희망이 없어 결혼을 포기하고 출산율은 최저이다. 통계청이 발표한 2021년 자살사망자는 1만 3,352명으로 OECD 국가 중 부동의 1위요, 우울증과 청소년 자살률도 그렇다.

정규직과 비정규직 임금 격차는 사상 최대인 160만원으로 벌어졌고 대출로 산 부동산값은 추락한다. 가난한 자들은 어느 은행이든 고객 대접조차 못 받고 집집마다 대출 이자로 허리띠를 졸라매는데 은행은 부른 배를 주체치 못해 성과급 잔치다. 공무원연금, 사학연금, 군인연금에 국민 세금을 쏟아 붓지만 정작 국민연금은 쥐꼬리 수준이다. 일반 백성 또한 평생을 어느 일이든 봉직했건만 어떻게 연금 차이가 저리도 나는가. 회사는 갑질이고 입법, 사법, 행정에, 정론을 펴야 할 언론까지 붙어 사이비(似而非) 세상을 만든다. 나라는 부유하지만 부익부빈익빈으로 80%의 보통 사람들 생활은 늘 도긴개긴이다. 이러니 자칭 경제 대국 한국의 행복지수는 37개국 중 35위이다.

이런 실정인데도 검찰공화국을 만들어 정치가 그야말로 망나니 칼춤 수준이다. 한 도(道, 그것도 특정 도)에나 적합할 만한 무능한 깜냥으로 나라의 수장이 되었으면 비판과 성찰로 자신을 다잡고 겸양과 고심참담으로 국가의 미래를 설계하고 국민을 성심과 지성으로 섬겨야 한다. 그러나 모주 먹은 돼지 벼르듯 천박한 부도덕성, 무능과 무지로 무장하고 야당을 겁박하는 모습이며 백성들에게 무람하게 대하는 행태는 선뜩하다 못해 '백색공포(白色恐怖)'120)라는 말이 떠 오늘 정도다. 이쯤 되면

하는 짓이 꼭 '송도 말년의 불가사리'요, '난훈(難訓)'[121]이 따로 없다. 난훈은 악수(惡獸) 중의 악수로 사흉(四凶)[122] 중 하나인 도올(檮杌)이다. 도올은 전욱이라는 고대 전설 속 황제의 피를 이어받았다지만 허울만 좋은 하눌타리일 뿐이다. 오로지 악행만 일삼고 싸움질을 하면 물러나는 법이 없다. 또 거만하고 완고하여 남들의 의견도 전혀 듣지 않아 '오혼(傲很)'[123], '난훈'이라는 별명까지 붙었다.

열심히 가르쳐도 도저히 제 버릇을 못 버리는 도올에게는 '쇠귀에 경 읽기'요, '개꼬리 삼 년 묵어도 황모 못 된다'는 말이 정녕일시 분명하고 '북은 칠수록 소리가 나고 똥은 건드릴수록 구린내가 난다'는 뜻도 모르지 않지만 교산(蛟山) 허균(許筠, 1569~1618) 선생의 가르침을 주고자 한다. "천하에 두려워할 존재는 오직 백성뿐이다(天下之所可畏者 唯民而已)." 선생의 「호민론」 첫 문장이다. 선생은 백성을 항민(恒民)[124]·원민(怨民)[125]·호민(豪民)으로 나누고 참으로 두려운 것은 호민이라 한다. 호민은 자기가 받는 부당한 대우와 사회의 부조리에 도전하는 무리들이기 때문이다. 이들은 남모르게 딴마음을 품고 틈을 노리다가 때가 되면 일어난다. 이 호민이 반기를 들면 원민들이 모여들고 항민들도 살기를 구해서 따라 일어서게 된다.

20%를 굳게 믿어서인지 띄엄띄엄 보아도 대통령이고 여당이고 할 것 없이 행동은 망동이요, 넋이야 신이야 퍼붓는 사설마다 무개념에 무정견이니 잡스럽기가 개방귀 같은 소리요, 그 입은 구럭일 뿐이다.

---

120) 권력자나 지배 계급이 반정부 세력에 행하는 탄압.
121) 가르칠 수 없다.
122) 큰 개의 모습을 한 혼돈, 눈이 겨드랑이에 있는 도철, 날개가 달린 호랑이 궁기와 도올.
123) 교만하여 남의 뜻에 순종하지 않는다.
124) 고분고분 법을 따르는 백성.
125) 한탄하고 불평하는 백성.

굽도 접도 못하는 백성들 삶은 지치고 나라는 위태로운 데 호가호위하며 군사정권 시절 유물들을 되살려 정책이라 내놓고 권커니 잣거니 술판을 벌리며 태평송을 부른다. 정치는 여야 협업이거늘 되우 저만 잘났고 옳다며 정쟁만 일삼고 사람들을 잡아다 감옥에 쳐 넣는 궁리만을 능사로 여긴다. 침팬지 폴리틱스의 콜라보레이션만도 못하니 정치 실종을 넘어 절망이다. 80% 백성들의 원성이 자자한 데도 저들은 태평스럽게 호민을 두려워할 줄 모른다.

그러한 이치로 보면 그러한 것 같지만 그렇지 않은 이치로 보면 그렇지 않은 게 세상 이치다. 열흘 붉은 꽃 없고 달도 차면 기우는 법, '사자밥을 목에 걸고 다닌다'는 속담이 있다. 사람은 언제 어디서 어떻게 죽을지 모른다는 뜻이다. 이러다 '신호민론(新豪民論)'이 일어 호민이 호곡(號哭)하여 천둥소리 진동하면 똥줄 빠지게 도망갈 날이 오게 되는 것은 떼 놓은 당상 아닌가.

22. 신호질(新虎叱), 이 선비놈아! 구린내가 역하구나!(1)[126]

이태원 판, 금수회의록(1)

'인(人, 사람)'과 '물(物, 동물)'은 상대적이다. '인'의 처지에서 '물'을 보면 한갓 '물'이지만, '물'의 처지에서 '인'을 보면 '인'도 또한 하나의 '물'일 뿐이다. 연암 박지원 선생은 「여초책(與楚幘, 초책에게 주는 글)」에서 이렇게 말한다. "사람은 냄새나는 가죽부대 속에 몇 개의 문자를 조금 지니고 있는 데 불과할 따름이오. 그러니 매미가 저 나무에서 울음 울고, 지렁이가 땅 구멍에서 울음 우는 것도 역시 사람과 같이 시를 읊고 책을 읽는 소리가 아니라고 어찌 안다 하겠소(吾輩臭皮俗中 裏得幾箇字 不過稍多於人耳 彼蟬噪於樹 蚓鳴於竅 亦安知非誦詩讀書之聲耶)?" 또 「호질(虎叱, 범의 호통)」에서도 "무릇 천하의 이치는 하나이다. 범이 참으로 악하다면 사람 또한 악하다. 사람의 성품이 선하다면 범의 성품도 선하다(夫天下之理一也 虎誠惡也 人性亦惡也 人性善則虎之性亦善也)"하였다.

담헌 홍대용 선생도 『의산문답(毉山問答, 의무려산에서 대화)』에서 "사

---

126) 이 글은 연암 박지원의 「호질」과 안국선의 「금수회의록」에서 일부 문장과 어휘들을 차용하였음을 밝힌다.

람의 눈으로 사물을 보면 사람이 귀하고 사물이 미천하지만, 사물의 눈으로 사람을 보면 사물이 귀하고 사람이 미천하고, 하늘의 견지에서 보면 사람과 사물이 모두 균등하다(以人視物 人貴而物賤 以物視人 物貴而人賤 自天而視之 人與物均也)" 하였다. 인성과 물성이 고르다는 이 '인물균(人物均)'이나 인성과 물성은 분별할 수 없는 '인물막변(人物莫辨)'을 '인물성동론(人物性同論)'이라 한다.

이러고 보니 사람이 범을 잡아 가죽을 벗기고 범이 사람을 잡아먹으려는 것 또한 동등한 이치다. 더욱이 범은 지혜와 덕이 훌륭하고 사리에 밝으며 문무를 갖추었고 자애롭고 효성이 지극하며 슬기롭고도 어질며 빼어나게 용맹하고 장하고도 사나워 그야말로 천하에 적수가 없다. 이런 범의 위풍에 사람은 동물 중에서 가장 범을 두려워한다. 어느 날, 범이 창귀(倀鬼)[127]를 불러서는 말한다.

"날이 저물려고 하는데 어디 먹을 것 좀 없을까?"

굴각(屈閣)[128]과 이올(彝兀),[129] 육혼(鬻渾)[130]이란 창귀들이 서로 추천을 해댄다.

이올이가 먼저 말했다.

"저 동문 밖에 의원과 무당이란 놈들이 있는데 잡수실만 하십니다."

이 말을 들은 범이 수염을 뻗치고 불쾌함을 얼굴빛에 드러내며 말한다.

"의원의 의(醫)라 하는 것은 '의심할 의(疑)' 자 아니냐. 또 무당의 무(巫)라는 것도 사실이 아닌 일을 거짓으로 꾸며대는 '속일 무(誣)' 자 아니냐?

---

127) 범에게 물려 죽은 사람이다. 창귀가 되어 넋이 다른 데로 가지 못하고 범을 섬기며 먹을거리를 찾아 늘 앞장서서 인도한다.

128) 범이 첫 번째로 잡아먹은 사람의 혼령으로 범의 겨드랑이에 착 달라붙어 있다.

129) 범의 광대뼈에 붙어살며 범이 두 번째로 잡아먹은 사람이다. 역시 범의 최측근이다.

130) 범의 턱에 붙어산다. 범이 세 번째 잡아먹은 사람 혼령으로 평소에 아는 친구들의 이름을 죄다 주어 섬겨 바친다.

그래, 나보고 그런 자들을 먹으라는 거냐."

그러자 육혼이가 말했다.

"저 법에 대해 내로라한다는 놈이 있습니다. 뿔을 가진 것도 아니고 날개를 가진 것도 아닌 키는 칠 척쯤인 머리 검은 물건이지요. 허우대가 커 뜨문뜨문 엉거주춤 걷는 걸음걸이하며 체머리를 도리도리 흔드는 놈인데, 자칭 어진 간과 의로운 쓸개, 충성을 끌어안고 가슴속에는 깨끗함을 지녔다 자부하고 또 풍류를 머리에 이고 예의를 밟고 다니며 입으로는 여러 법 이론으로 주장을 내세웁니다. 또 강단과 주견이 있고 상대와 싸우면 반드시 지는 법이 없으며 영혼까지 탈탈 털어내야 끝장을 내고야 만답니다. 그를 존경하고 따르는 무리들은, 그가 단순 무지한데도 사물의 이치를 꿰뚫었다는 도사들까지 옆에 두었다며 그 이름을 '석법지사(碩法之士)'131)라 부르고 받들어 모십니다. 등살이 두두룩한 것이 몸이 기름져서 맵고, 시고, 짜고, 쓰고, 단, 다섯 가지 맛을 고루 갖추었습니다. 범님의 입맛에 맞으실 듯합니다."

그제야 범은 기분이 좋아 눈썹을 치켜세우고는 침을 흘리며 하늘을 우러러 "껄! 껄! 껄!" 웃었다.

"그래, 그 놈이 좋겠다. 그 놈이 어디 있느냐?"

"저 남문 밖 남산골을 따라 울멍줄멍 내려가다 보면 할미 젖가슴처럼 펑퍼짐하니 슬프게 납작 엎드린 이태원(梨泰院)에 있습니다. 이태원이 본래 올라가고 내려오고 질러가는 세 갈래 길이라 온갖 금수들은 다 모여듭니다."

이리하여 범은 굴각이와 육혼을 좌우에 따르게 하고 이올이를 앞세우고 이태원으로 내려왔다.

---

131) 큰 법을 지닌 선비.

때마침 이태원에서는 금수들이 회의를 하고 있었다. 큰 휘장을 친 곳에 다섯 글자가 큼지막하게 걸렸으니 '금수회의소(禽獸會議所)'라. 모든 길짐승, 날짐승, 버러지, 물고기 등 물이 들어와 꾸역꾸역 서고 앉았는데 의장인 듯한 한 물건이 들어온다. 머리에는 금색이 찬란한 큰 관을 쓰고 몸에는 오색이 영롱한 의복을 입고 턱하니 의장석에 올라서서 한 번 읍하니 위의가 제법 엄숙한 것으로 미루어 석법지사가 분명했다. 둘레에는 그를 따르는 무리들이 검은 법복을 입고 앉아 서슬 퍼런 눈알을 데굴데굴 굴려댔다. 석법지사는 방망이를 썩 들더니 "땅! 땅!" 두드리며 거만한 태도로 머리를 혼들며 말했다.

23. 신호질(新虎叱),
이 선비놈아! 구린내가 역하구나!(2)

이태원 판, 금수회의록(2)

"친애하는 금수동지 여러분! 나는 사람에게 충성하지 않는다. 나는
자유·법치국가를 구현하기 위해 일순간도 멈추지 않는다. 가난하고 배
우지 못한 사람은 자유 필요성을 모른다. 내 말만 더 받아쓰면 우리들은
더 행복해진다. 나는 자유를 외치지만, 정의·공정 같은 매우 불량한 어
휘들을 이 땅에서 없애기 위해 새벽 5시에 일어난다. 나와 내 금수를
괴롭히는 것들에게는 반드시 상응하는 고통을 준다. 관용과 배려는 죄
악이요, 증오와 적대는 미덕이다. 내 생각에 어깃장을 놓는 놈들은 모조
리 법으로 검열하고 겁박한다. 법 돌아가다가 외돌아가는 세상은 천공
이 지켜주고 억지가 사촌보다 낫다. 궤변도 자꾸 말하면 상식이 되고
무지도 엄연한 지혜이다. 새끼들이 쪽팔리게 말이야. 그것도 모르고.
내가 곧 법이고 진리다. 그렇지 않은가. 금수동지 여러분!"

석법지사(碩法之士)가 주먹을 치올리며 술이 취한 듯 제 흥에 겨워 개
소리괴소리, 허튼소리를 장엄하게 토하였다. 금수들은 "맞소! 옳소! 석
법지사! 석법지사!"를 연호하였다. 석법지사가 득의의 웃음을 머금고

특유의 도리도리를 하며 큰 소리로 말했다.

"자! 지금부터 금수회의를 시작하겠다. 어떤 물건이든지 소견이 있거든 말해 보라."

몇 자만 빼고는 모조리 반말투였다.

검은 망토를 걸친 시궁쥐가 채신머리없이 몸을 들까불며 들어선다. 자발없는 행동에 눈을 할기죽거리더니, 설레발을 치고는 깐죽이는 말투로 곤댓짓을 해대며 언죽번죽 둘러 붙인다.

"'인문학? 그런 건 소수만 하면 돼!' 석법지사님의 이 말씀은 길이길이 어록에 남을 겁니다. 인문학이니 뭐니 한다지만 집나간 개 정도로 여기면 됩니다. 학이라 하면 얼굴은 두텁고 뱃속은 시커먼 후흑학(厚黑學) 정도는 돼야 합니다. 저보고 소영웅주의라 하나 개의치 않습니다. 저는 언관(言官)으로서 쥐 밑살 같은 작은 힘이지만 풀 방구리에 쥐 드나들듯 석법지사님을 찾아뵙고 조아(爪牙, 발톱과 이)가 되어 교언(巧言)과 영색(令色)으로 무장한 간관(奸官)의 소임을 다하겠습니다. 불통, 부도덕, 부조리가 체(體, 원리)라면 무능, 무지, 무식, 무례, 무책은 용(用, 응용)입니다. 이 체용이 바로 법(法)이니 모르는 게 약(藥)입니다. 나는 이 법을 앞세워 이 자유금수공화국을 만드는 선봉이 되겠습니다.

존경하는 석법지사와 금수동지 여러분! 우리에게 권력을 준 것은 진정한 금수가 되라는 엄명입니다. 이 땅은 법천지가 되어야 합니다. 앞으로도 자발없는 짓으로 무장하여 석법지사님의 무능과 사악과 기괴함을 위해 혼신의 힘을 다해 받들겠습니다. 석법지사님을 섬기지 않는 백성은 백성이 아니요, 석법지사님에 대드는 백성은 백성이 아닙니다. 엄벌에 처해야 다시는 이런 자들이 없을 겁니다. 금수의 본성은 기본적으로 악하기에 모두들 잠재적 범죄자들로 대해야 합니다. 아! 마지막으로 한 마디만 더 하겠습니다. 딸아이 문제로 나를 어쩌겠다는 말도 있던데 선하품만 나옵니다. 법이 다 알아서 날 지켜줍니다. 택도 없는 소리요, 개 방귀 같은 소리입니다."

여우족에서 가장 '여우답다'는 땅딸하고 목이 없는 여우가 눈에 간교한 웃음을 띠며 나왔다. "지금 이 고요한 아침의 나라 곳곳에서 석법지사님을 찬양하는 '내모의 노래(來暮-노래)'[132]를 부르며 '소부두모의 덕(召杜母-덕)'[133]을 칭송하고 있습니다. 석법지사님 말씀은 문자로 치면 자자이 비점(批點)이요, 구구절절 관주(貫珠)를 칠 만한 명연설이십니다. 천하의 선은 현명한 금수를 질투하고 능력 있는 금수를 질시하는 것보다 더 큰 것이 없고 천하의 악은 현명한 금수를 좋아하고 선한 금수를 즐거이 받드는 것보다 더 큰 게 없습니다.

이번 '참사'만 해도 그렇습니다. '여우가 심하게 울면 줄초상이 난다' 하는데, 난 잘못이 없습니다. 아랫것들의 잘못이지요. 현명하시고 능력 있으시고 선하신 석법지사님께서 진상규명과 책임자 처벌을 요구하는 일부 행태를 단호하고 준엄하게 꾸짖으셨습니다. 저는 지금도 어떠한 방법으로든 참사를 막을 수 없다는 생각입니다. 살생된 백성들 이름도 엄벙뗑 넘어가 거론치도 말아야 합니다. 석법지사님께서 "왜 쳐다만 봤냐!"고 아랫것들에게 호통 칠 땐 눈물을 짤끔거렸습니다. 석법지사님께서 제 변명과 무개념을 인정해주시고 머리까지 쓰다듬어주시며 두남두시니 든든한 뒷배이십니다. 감읍할 따름입니다. 앞으로도 저는 폼 나게 사표 내는 그날까지 석법지사님을 암군(暗君)과 혼군(昏君)으로 성심껏 모시겠습니다. 무소불위 권력을 유지하기 위해 우리는 강자를, 권력을, 물질을 따라야 합니다."

---

132) "왜 이렇게 늦게 오셨는지요"라며 선정을 찬미하는 백성들의 노래.
133) 소신신(召信臣)과 두시(杜詩)가 선정을 베풀었기 때문에 백성들이 부모와 같은 소두라는 뜻으로 선정을 일컫는 말.

말을 마치자 "깔깔", "큭큭", 웃는 소리가 나고 뒤죽박죽 뒤섞여 떠들어대니 아수라장, 난장판이었다. 여기저기서 금수들이 어지러이 뒤엉켜 외쳤다.

3불 5무 시대를 열자. 불통(不通), 부도덕(不道德), 부조리(不條理) 만세! 무능(無能), 무지(無知), 무식(無識), 무례(無禮), 무책(無策) 만세!

이때 어디선가 노랫소리가 들렸다. 이랑이란 가객과 노래패였다. 노래는 가슴 아프고 애달픈 백성들의 삶이었다.

… 폭도가 나타났다(합창)/ 배고픈 사람들은 들판의 콩을 주워 다 먹어치우고 / 부자들의 곡물 창고를 습격했다/ 늑대가 나타났다(합창)/ 일하고 걱정하고 노동하고 슬피 울며 마음 깊이 웃지 못하는/ 예의 바른 사람들이 뛰기 시작했다 / 이단이 나타났다(합창)

—이랑 「늑대가 나타났다」

(3회로 이어진다.)

24. 신호질(新虎叱),
이 선비놈아! 구린내가 역하구나!(3)

이태원 판, 금수회의록(3)

'이랑'이란 가객과 노래패가 「늑대가 나타났다」를 부르자. 좌중은 모두 일어서서 "물러가라! 물러가라!"를 연호하였다. 곧이어 한 무리의 금수 떼가 나타나 몽둥이를 휘둘러 쫓아버렸다. 금수들이 아직도 제 분을 못 이기어 한 마디씩 해댔다. "옳은 소리를 하는 것들은 모조리 없애야 해!" "암! 그럼, 그렇고 말고."

그러자 이번에는 수염이 간드러진 얌생이 한 물건이 연사로 나섰다. 그 뿔은 완고해 보였고 염소수염은 고집 센 늙은이 형상이며 들까불고 눈을 할금거리나 말하는 것은 여간 느물느물한 게 아니었다. 백년 묵은 능구렁이 담 넘어가듯 하는데 모조리 유체이탈 화법이었다.

"코 아래 가로 뚫린 것의 기능은 먹는 것과 부조리한 세상을 만들기 위해 말하는 것이지요. 어찌 이리도 말씀들을 잘하시는지요. 저는 "이 새끼들"들을 좌장군으로 "쪽팔려서"를 우장군으로 삼아 석법지사님을 보필하는 데 온 정성을 다하는 으뜸 금수입니다. 흔히들 방정맞아 보여 '염소가 지붕에 오르면 집안에 변고가 생긴다' 하는데 제가 석법지사님을 모신 뒤, 이태원에서 사고 난 것 말고 뭐 있습니까? 저번에 이태원 사고로 물 건너온 금수들과 대화에서 제가 웃으며 재치 있게 말하는 것 다들 들으셨지요. 이번에 생존자 중에 극단 선택을 한 소년이 있기에 제가 또 한 마디 했지요. '본인이 굳건히 버티면 되는 것'을 이라고. 아! 이 얼마나 좋은 세상입니까? 그래 이태원 입구에 '석법지사님 잘한다!' 라는 방도 떡하니 붙었잖습니까."

얌생이의 말이 끝나기 무섭게 올빼미 한 마리가 올라왔다. 빼어낸 몸매에 세련된 털 단장하며 두 눈을 호동그라니 뜨고 목소리는 또깡또 깡 앙칼졌다. 시룽새룽 콩팔칠팔 지껄이는데 입 걸기는 보통내기가 아 니었다.

"여러분 다시 한 번 들어봐 주십시오. 언제 우리 석법지사님이 옥황상 제님을 욕했습니까? 웃기고 있네, 정말. '이 새끼'는 적들에게 한 욕이지 요. 신발도 안 신는 예의 없는 것들이. '올빼미도 천 년을 늙으면 능히 꿩을 잡는다' 합니다. 제가 그렇지요. 석법지사님께 이지가지 논리로 버르장머리 없이 대드는 행위야 말로 불순하고 아둔한 백성들의 소견머 리 없는 짓거리지요. 이런 것들을 제가 다 잡아버릴 겁니다. 정의니 자유 니 떠들어대는데, 표현의 자유는 억압이 답이에요. 떠드는 것들에게 혹 '고발당하지 않을까, 처벌당하지 않을까'. 이런 걱정을 하게 만들어야지 요. 여러분! 우리 금수가 똘똘 뭉쳐 이를 부정하는 모든 세력과 싸울 것을 맹세합시다. 이 시대의 표어는 '더 멍청하면 더 행복하다'로 하고 '인민교육헌장'과 '백성의 길'을 암송시킵시다. 동의하지요. 금수 여러 분!"

이러자 "옳소!" "잘한다!" "3불 5무 시대를 열자!" 야수들의 아우성이 금수회의소를 뒤덮었다. 그때 하얀 머리를 묶어 왼쪽 가슴팍으로 늘어 뜨리고는 연신 쓸어내리며 한 물건이 들어섰다. 그 옆에는 간드러진 물건 하나가 팔짱을 끼고 있었다. 그러자 지금까지 부른 배를 만지며 머리를 도리도리 흔들던 석법지사가 벌떡 일어나 예의를 갖추었다. 여러 금수들은 이를 보고 어리둥절하였다. 지금까지 석법지사가 자기들의 '꺼삐딴[왕초]'이라 여겼는데 그렇지 않아서였다. 이 둘은 금수 중의 금수로 그렇게 사악하다는 '교(狡, 도사)와 활(猾, 여사)'이었다. 이 '교활'은 항상 붙어 다니는데 간사한 여우 따위는 상대가 안 된다. 색깔, 무늬, 생김새, 게다가 냄새까지도 속인다. 원래 이 '교'란 놈은 모양은 개와 비슷한데 온몸에 표범의 무늬가 있으며 머리에는 쇠뿔을 달고 있다. 이놈이 워낙 간교하여 나올 듯 말 듯 애만 태우다가 끝내 제 모습을 드러내지 않는데, 하얀 두루마기를 입고 '활'을 끼고 나타난 것이다. 금수들은 두려워 소마소마 가슴을 떨며 조용하였다. 교란 놈이 다시 가슴 팍 머리를 쓰다듬어 뒤로 넘기고는 말을 하였다. 그 말소리는 한밤중 고양이 울음소리처럼 괴기스럽고 살쾡이처럼 음험하였다.

"난 영적 세계야. 용산이 힘쓰려면 용이 여의주를 가져와야 해. 여기 있는 활여사가 어떻게 하느냐에 나라 방향이 달라져. 이런 내조를 할 줄 아는 사람은 이 활여사밖엔 없어. 아! 관상은 또 얼마나 좋아. 옷도 잘 입고. 특활비를 주어야 돼. 내 어록이 저 진주세무서 뒷간에도 걸렸어. '사람의 팔자는 순식간에 바뀌지 않는다'라 썼지. 내 정법 통찰이야. 가서 좀 봐. 이번 이태원 사고는 참 좋은 기회야. 우리 아이들은 희생을 해도 이렇게 큰 질량으로 희생을 해야지 세계가 돌아봐. 특정인에 책임 지우려면 안 돼!"

이러며 또 다시 백여우 꼬리 같은 기름기가 자르르한 머리를 쓰다듬었다. 교가 말을 마치자 석법지사가 이미 얼큰하니 취한 몸을 뒤틈바리처럼 일으켜 꿈적꿈적 한껏 예를 취했다. 그 옆에서 활은 는실난실 파르족족한 눈을 할낏할낏거리며 간드러진 웃음을 지으니 완연 논다니였다.

금수들은 이제 "활여사!" "활여사!"를 외쳤다. 검은 옷으로 치장한 활여사가 하느작하느작 나와서는 간살스럽게 뾰족한 입을 열어 옹알댔다.

"저는 남편에 비해 한 없이 부족해요. 남편은 이태원 사고 49잿날 술잔을 사며 '내가 술 좋아해 술잔 샀다'며 함박웃음 웃고 손가락만 씻는 멋진 금수예요. 모친께서는 투기를 일삼고 저 역시 위조, 변조, 표절하지만 모두 무죄예요. 제 남편이 법이니….'"

이때, 산천이 진동하며 우레와 같은 노랫소리가 들렸다.

범 내려온다/ 범이 내려온다/ 장림깊은 골로/ 대한 짐승이 내려온다/ 몸은 얼숭덜숭/ 꼬리는 잔뜩 한 발이 넘고/ … 쇠낫같은 발톱으로 /잔디뿌리 왕모래를/ 촤르르르르 흩치며/ 주홍 입 쩍 벌리고/ '워리렁'허는 소리/ 하늘이 무너지고/ 땅이 툭 꺼지난 듯/ 범 내려온다/ 범이 내려온다

　　　　　　　　　　　　　　　　　　　 ─이날치 「범 내려온다」

(마지막 4회로 이어진다.)

25. 신호질(新虎叱),
이 선비놈아! 구린내가 역하구나!(4)

　노랫소리와 함께 사면에서 창귀(倀鬼)들이 쇠몽둥이 하나씩 들고 뛰쳐 나오는 데, 동에서는 굴각이요, 서에서는 이올이, 남에서는 육혼이 우루루루— 금수회의소로 들이닥치며 소리친다. "범님이 오셨다!" "범님이 오셨다!" "범님이 출두하옵신다!" 두세 번 외치는 소리가 벽력 치듯 나니 하늘이 와르르 무너지고 땅이 푹 꺼지는 듯, 천둥소리와 창귀소리가 산천을 진동시켰다. 금수들이 겁을 내어 이리 뛰고 저리 뛰고 넘어지고 자빠지고 울타리에 자라처럼 대가리를 들이민 놈, 시궁창에 떨어진 놈, 오줌 지리고 애고대고 우는 놈, 대가리 감싸 안고 쥐구멍으로 숨는 놈에 별라 별 놈 다 있지만, 그 중에 제일은 허우대 큰 놈이 머리에 쓴 금빛 찬란한 큰 관 내동댕이치고 오색영롱한 법복에 똥 싸 퍼질러 앉아 뭉개며 고추 따면서 똥 싸는 척 의뭉스럽게 하는 놈이라.

　범님이 그 커다란 범 눈으로 쓱 훑어보더니, 그놈은 제치고 울타리에 쥐새끼처럼 대가리를 틀어박고 있는 놈을 데려 오라 하였다. 검은 망토를 걸치고 몸을 들까불며 간죽간죽 말하던 시궁쥐였다.

　"이놈 네가 법 좋아하는 놈이렷다. 공자님은 '배운 공부가 제대로 행해지지 않는 게 병이(學道不能行者 謂之病)'라 하셨지. 네놈이 바로 법척(法

尺, 법 자)을 들고 설치며 병든 놈이로구나. 왜 네 주변은 그 법척을 들이대지 않니. 그러니 병이 든 게야. 썰어봤자 한 됫박도 안 되는 주둥이로 낄 때 안 낄 때 설레발치며 나서서는 깐족이는 대사 쳐 극적인 긴장감을 고조시키고 대중의 눈길을 받는 건 도리 없다만, 너는 조연일 뿐임을 명심해야 한다. 법가인 한비자(韓非子)가 「망할 징조(亡徵)」에서 국가 멸망 징조 47가지 중, 첫째가 바로 '군주의 권위는 가벼운데 신하의 권위가 무거우면 망한다(權輕而臣重者 可亡也)'라 했다. 명심하렸다. 에끼! 입맛 떨어진다. '겸손'이란 두 글자 좀 쓰고 읽을 줄 알렴. 이 놈 내치거라."

말이 떨어지기 무섭게 육혼이 간교한 웃음으로 알랑거리던 땅딸하고 목이 없는 여우를 잡아와 "그럼 요놈은 어떠신지?" 하니, 범님은 흘깃 보더니 이맛살을 잔뜩 찌푸렸다. 말도 하기 싫다는 표정으로 "이 물건 저리 치워버려라!" 하며 손을 홰홰 저었다. 이번에는 이올이가 저쪽에서 오줌 지리고 애고대고 울던 양생이를 끌어왔다. 범님은 아예 눈길 한번 주지도 않고 손사래를 쳐 저 멀찍이 갖다 내쳐버리라 했다. 그러더니 어마지두에 놀라 오색영롱한 법복에 똥 싸 퍼질러 앉아 뭉개는 석법지사놈을 데려 오라했다. 굴각이가 코를 막고서 석법지사를 끌어다 범님 앞에 놓으니, 범님이 오만상을 찌푸리고는 대갈일성한다.

"네 이놈! 내 너를 정의를 외치는 깨끗한 놈이라 하여 잡아먹으려 왔더니. 이름만 석법지사(碩法之士)지, 이제 보니 석 자는 돌 '석(石)' 자요, 사 자는 사기칠 '사(詐)' 자 아닌가? 백성을 큰 제사 받들 듯해도 모자라거늘 오히려 백성을 능멸의 대상으로 보고 무책임과 무정견으로 일관하면서도 양심의 부끄러움조차 모르니 선비는커녕 모양새는 개잘'량' 양자에 개다리소'반' 반자 쓰는 '양반'놈에 똥감태기렸다. 아, 제 호의(縞衣)[134]조차 건사하지 못하는 놈이 뭐 금수들의 우두머리가 된다고. 거랑말코 같은 인격으로 헛소리나 지껄이고 주먹이나 내지르며 뭐, 공정·정의·상식·법치를 말해. 네가 국선생(麴先生, 술)을 좋아한다지만 어디 네 깐놈이 선생의 곁에나 가겠느냐. 술에 취하는 것은 그나마 국선생이 봐주지만 권력에 취하면 멸문지화를 당해. 너는 내게 오금을 저린다마는 백성들은 네 무례하고 저속한 언행의 정치에 '가정맹어호(苛政猛於虎)'135)라 하며 나보다 네 놈의 3불인 불통(不通)·부도덕(不道德)·부조리(不條理)와 무능(無能)·무지(無知)·무식(無識)·무례(無禮)·무책(無策)인 5무 정치를 더 무서워한다. 지식이 없으면 입이 가볍고 경험이 없으면 몸이 가벼운 법, 네가 늘 법법하니 마지막으로 한 마디 하겠다. '법지불행 자상범지(法之不行 自上犯之)'라. 법이 행해지지 않는 것은 바로 너처럼 윗대가리에 있는 놈들이 법을 어기기 때문인 걸 모르느냐? 네 주변부터 청정무구 법을 실현한다면 그게 백성들에게는 이목지신(移木之信)136)이거늘, 너는 오히려 그 반대 아니냐. 상앙(商鞅)이 후일 거열형(車裂刑)137)에 처해짐을 되새김질해 보아라. 내 아무리 배가 고파도 네 어리석고 구린내가 역해 도저히 못 먹겠다. 이놈의 옷을 모조리 벗겨서는 저 심심 산골 토굴에 위리안치(圍籬安置)시키거라."

이러며 노려보는 범님의 눈알은 등불 같고 입에서는 불길이 나오는 듯하여 석법지사는 혼백이 나가 그 자리에 고꾸라졌다. 이러할 제 창귀가 두 물건을 끌어다 놓았다. "하, 요놈들이 얼마나 눈치가 빠른지 벌써 이 금수회의소를 벗어나 줄행랑치는 걸 잡아왔습니다." 범님이 고개를 획 돌려 이빨을 부지직 갈며 교와 활을 내려다보았다. "하! 요것들이 문젯거리로군" 하더니 먼저 교를 쳐다본다.

---

134) 흰 저고리로 아내를 말함.
135) 가혹한 정치가 범보다 더 무섭다.
136) 지도자의 믿음.
137) 몸을 찢어 죽이는 형벌.

"이놈! 네가 교활(狡猾)의 '교'란 놈이로구나. 누의(螻蟻)138) 같은 쪼고만 깜냥으로 능갈맞게 자칭 '법사'니 '멘토'니 하는 짓이 요사스럽기 그지없더구나. 꼭 저쪽 나라를 망국케 한 그리고리 라스푸틴(Grigory E. Rasputin, 1856~1916)139)이란 물건에 버금가는 놈일세. 청천백일에 젊은이들이 생죽음을 당했는데, 뭐라고, '참 좋은 기회'라고. 이런 사악한 놈! 벌렸다 하면 악을 내뿜는 그 주둥아리를 닥쳐라. 이놈이 인두겁을 쓴 음흉한 물건이렷다."

그러고는 이제 교활의 '활'을 쏘아보았다.

"네 이 암상맞고 요망한 물건아! '마등가(摩登伽)140)가 아난(阿難)141)을 어루만지듯' 네가 사내를 내세워 세상을 희롱하려 드는 게냐? 네가 있는 한 이 나라 희망은 감옥에 갇힌 장기수요, 절망은 바람을 타고 온 나라로 퍼진다."

범님의 호령은 마치 끝없이 넓고 큰 바다에 폭풍우가 몰아치는 듯하고 천리 먼 길에 천리마가 치달리는 것 같았다. 그러더니 "내 너희 두 종자를 먹어치워 후환거리를 없애야 겠다" 하고는 우쩍 달려들어 한 손에는 '교'를, 한 손에는 '활'을 움켜잡아서는 "으르렁!" 입맛을 다셨다. 멀리서 새벽을 알리는 여명(黎明)이 희붐하게 비쳐오고 있었다.

---

138) 땅강아지와 개미.
139) 러시아를 망국으로 이끈 요승.
140) 불교에 나오는 음탕녀.
141) 부처님의 10대 제자.

26. 속어개정(俗語改正),
'말의 거짓과 실체의 진실'을 찾아서

0.7% 욕망의 참극, 지식인이 막아야

벌꿀보다 탁한 것이 없는데도 '청(淸, 맑은 꿀)'이라 하니 청탁(淸濁, 맑고 탁함)을 알지 못함이고, 꿩이 이미 죽었는데도 '생치(生雉, 산 꿩)'라 하니 생사(生死, 삶과 죽음)를 모름이다. 전복이 애초 이지러진 데가 없는데도 '전복(全鰒, 온전한 복)'이라 하니 쓸데없는 말이요, 기름과 꿀을 묻혀 구운 밀가루 반죽을 '약과(藥果, 약과 과일)'라 하니 이미 약도 아니요, 또 과일도 아니다. 꿀에 담근 과일을 '정과(正果, 바른 과일)'라 하는데 그렇다면 꿀에 담지 않은 것은 사과(邪果, 그른 과일)란 말인가(莫濁於蜂蜜而曰'淸' 不知淸濁也 雉已死矣而曰'生雉' 不知生死也 鰒未嘗缺而曰'全鰒' 衍文也 油蜜煎麪曰'藥果' 旣非藥也 又非果也 以蜜漬果曰'正果' 不漬蜜者爲邪果耶)?

실학자 영재(泠齋) 유득공(柳得恭, 1748~1807) 선생의 『고운당필기(古芸堂筆記)』 제3권 '속된 말을 고치다(俗語改正)'에 보이는 글로 '말의 거짓과 실체의 진실'이 이렇게 다르다. 꼭 이 짝이다. 겨우 0.7%의 욕망이, 비껴간 예의와 윤리성·박제된 이성과 인간성·태생적 적개심과 호전성·독선과 오만으로 무장하고, 마치 법과 정의를 가탁한 신의 피조물인양 이 땅을 '법 사냥터'로 삼아 조목조목 민주주의 어휘를 마음껏 유린한다. 2023년 1월 19일, 윤석열 정권 8개월 만에 검찰독재로 민주주의는 퇴행되었고 나라 체제가 무너졌다며 종교·법조·학계 원로들이 '비상시국회의'를 제안하였다. 231개 시민사회단체는 '공안탄압 즉각 중단하라'고 외쳤다. 하지만 이를 보도하는 언론은 없다. 오늘도 언론이라 할 것조차 없는 사이비 언론에는 맘몬(Mammon, 부(富), 돈, 재물, 이익) 숭배, 검찰발 기사 베껴 쓰기, 음주가무 프로에, 시사랍시고 막장 수준의 오물(汚物) 정치꾼들이 악다구니를 퍼붓는다.

유득공 선생의 글처럼 우리 사회는 '말의 거짓과 실체의 진실'이 뒤섞여버렸다. 백성이 주인인 민주(民主)를 말하나 주인은 '검찰(檢察)'이요, 두 사람 이상이 공동 화합하여 정무를 시행하는 간접 민주제를 시행하는 공화국(共和國)이나 윤석열과 짝패거리의 일당 '독재국(獨裁國)'이다. 삼권 분립에 의하여 행정을 맡아보는 국가 기관인 정부(政府)는 없고 썩을 부(腐) 자 '정부(政腐)'만 있고 언론(言論)은 통제되어 쓰러진 언(偃) 자 '언론(偃論)'만이 있고 국민의힘은 '국민의 적'으로 무소불위다. 국가 통치의 기본 방침인 헌법(憲法)조차 훼손하여 어지러울 헌(伈) 자 '헌법(伈法)'이 되었다.

따라서 '대한민국헌법 전문'에 보이는 3·1운동은 '친일운동'으로, 대한민국임시정부의 법통은 '이승만 정부의 법통'으로, 불의에 항거한 4·19민주이념은 '박정희 장군의 5·16쿠데타와 전두환 장군의 12·12쿠데타'로, 민주 개혁과 평화적 통일의 사명은 '윤석열 식 검찰독재와 간첩잡기 사명'으로, 정의·인도와 동포애로써 민족의 단결을 공고히 하고는 '불통(不通)·부도덕(不道德)·부조리(不條理) 3불 동포애로써 민족의 단결을 공고히 하고'로, 모든 사회적 폐습과 불의를 타파 하며는 '기득권에 대드는 모든 사회적 폐습과 불의를 타파하며'로, 자율과 조화를 바탕으로 자유민주적 기본질서를 더욱 확고히 하여는 '무능(無能)·무지(無知)·무식(無識)·무례(無禮)·무책(無策) 5무로 검찰주의적 기본질서를 더욱 확고히 하여'로 바뀌었다.

괴기스럽다. 잠시 유득공 선생의 글로 정화해 본다. "밀가루를 '진말(眞末, 참가루)'이라 하고 참깨 기름을 '진유(眞油, 참기름)'라 하고 준치를 '진어(眞魚, 참치)'라 하는데, 그렇다면 무엇이 거짓 가루며 무엇이 거짓 기름이며 무엇이 거짓 고기란 말인가?" 선생의 말처럼 이 정부 들어 우리는 무엇이 참이고 무엇이 거짓인지조차 가리지 못한다.

정치·경제·사회·문화의 모든 영역에 있어서 각인의 기회를 균등히 하고 능력을 최고도로 발휘하게 하며는 '정치·경제·사회·문화의 모든 영역에 있어서 기득권에게 기회를 더욱 풍부히 주고 카르텔을 형성하여 능력을 최고도로 발휘하게 하며'로, 자유와 권리에 따르는 책임과 의무를 완수하게 하여는 '검찰 독재에 따르는 책임과 의무를 완수하게 하여'로, 안으로는 국민생활의 향상을 기하고는 '안으로는 국민생활의 전체화를 기하고는'으로, 밖으로는 항구적인 세계평화와 인류공영에 이바지함으로써는 '밖으로는 호전적인 세계질서와 인류불안에 이바지함으로써'로, 우리들과 우리들의 자손의 안전과 자유와 행복을 영원히 확보할 것을 다짐하면서는 '우리만과 우리만 자손의 배타적인 안전과 자유와 행복을 영원히 확보할 것을 다짐하면서'로, 1948년 7월12일에 제정되고 9차에 걸쳐 개정된 헌법을 이제 국회의 의결을 거쳐 국민투표에 의하여 개정한다는 '2022년 5월 10일 윤석열 대통령이 대한민국 제20대 대통령에 취임하며 제정한 10차 개정 헌법(偸法)을 이제 국회의 의결과 국민투표에 의하지 않고 개정한다'로 바꿔야 할 듯하다.

대한민국 헌법을 기초한 선조들이 지하에서 '시일야방성대곡(是日也

放聲大哭)'을 하지 않을까.

유득공 선생은 속어가 바로 잡기 어렵게 된 이유를 학사대부의 방임(放任)에서 찾았다. 학사대부는 오늘날로 치면 지식인(知識人)이다. 선생은 "학사(學士, 배우는 자)와 대부(大夫, 벼슬하는 자)들이 애초 명물(名物, 사물의 이름)에 관심을 두지 않고 모두 서리에게 맡겨 … 그 이름을 사용하니, 물건에서 바른 이름이 보이지 않는다"라 한다. 그렇다. 대한민국의 민주주의가 훼손되고 국격이 떨어지고 용산참사가 일어나고 언론이 제 역할을 못하고 노동운동이 탄압받고 공안통치와 검찰공화국으로 공포를 조성하고 예의 없고 방자한 포달진 정치인들이 설치는 이 모든 이유는 이 땅의 자칭, 타칭 지식인에게서 찾아야 한다.

행동하지 않는 양심(良心)은 '병들 양(瘍)' 자 양심(瘍心)일 뿐이다. 옳고 그름, 선과 악을 구별하는 도덕과 정의, 사상과 철학도 알지만 '말의 거짓과 실체의 진실'을 찾으려는 실질적인 행동이 없으면 한낱 '사이비 지식계급자'이다. 0.7%의 욕망의 괴물이 연출하는 참극(慘劇)과 귀접스럽고 뇌꼴스런 행위를 보고도, 밑씻개 같은 궤변을 듣고도, 그래 이 나라가 거세개탁(擧世皆濁, 온 세상이 혼탁함)이 되어도 제 일신의 위해(危害)가 두려워, '방 안의 코끼리(elephant in the room)'로 외면하며 이 추운 날 광화문 촛불집회에 모이는 사람들을 비아냥거린다면 그를 어찌 지식인이라 하겠는가. 오싹한 괴물을 잉태한 창백하고 음산한 엄한(嚴寒)의 동토(凍土), 이 땅에도 설날이 어김없이 왔으니 봄은 저기 어디쯤 있으리라.

27. 후생가외(後生可畏),
'씨알 데 있는 말'을 하는 선생이라야

'막말', 말은 때와 장소를 가려서 해야

역시 대학 총장님다웠습니다. 75세인데도 옷차림은 세련되었고 예약된 음식점은 한식으로 정갈한 상차림이었습니다. 식사를 마치자 함께 자리했던 분은 가시고 나와 그 분만 고풍스런 향기가 나는 찻집으로 옮겼습니다. 이 찻집도 총장님의 단골집이랍니다. 자연스럽게 이야기 줄기는 요즈음 외국 학생이 많이 들어오는 대학 현실로 들어섰지요. "아! 우리도 옛날에 그렇게 다 외국 가서 박사 따 와서 교수하고 그랬지 뭐. 박사학위 그런 거 대충 줘요." 학위를 너무 남발한다는 내 말에 대한 대답이었습니다. "나도 다 아는 그런 말 말고." "이번 학기 줌 수업으로 강의해요. 강의료는 없고." 만난 지 두어 시간 만에 두어 마디 말마다 반말 화법이었습니다. (기타 생략: 더 이상은 기록치 못하겠습니다.) 찻집에 이미 차 향기는 없었습니다. 이쯤 되면 시정잡배가 하는 '씨알 데 없는 막말'과 무엇이 다른가요. 35년간을 교단에서 보낸 나입니다. 학생을 가르치는 선생[교육자·학자·스승]으로서 서로 명예를 존중하고 이해와 배려로 이 나라의 미래를 위한 진정성 있는 교육 담론이 오가야 하지 않겠는지요.

문득 여기가 인사동임을 깨달았습니다. 한 달 전쯤 난 한 뚝심 있는 사내와 이 거리에서 거나하게 취했습니다. 우리는 이 시대와 인문학을, 막말정치로 처참하게 무너지는 이 나라 민주주의를, 그리고 학문과 정의를 이야기했습니다. 그 사내는 혼자 힘으로 월간 인문학 잡지 『퀘스천(QUSTION)』을 70호까지 만든 편집주간입니다. 그는 이 '막말 전성시대'의 '언어혁명가'이기도합니다. 그가 쓴 『퀘스천』 70호 「여는 말」 서두는 이렇습니다.

막말에도 여러 종류가 있다. 뒷골목 선술집에서 하는 막말에선 왠지 석쇠구이 냄새가 나고 시골 장터의 막말에서는 인절미 같은 구수한 맛도 난다. 막말이라고 해서 다 나쁜 것도 아니요, 다 같은 막말도 아니다. 그러나 막말은 때와 장소를 가려서 해야 한다.

저 분은 대학 총장으로서 지성인이고 학자이고, 종교인이요, 교육자입니다. 그리고 나이가 나보다 많으니 저이는 선생이요, 난 후생입니다. 누구나 다 아는 공자님 말씀 좀 인용하겠습니다. "후생을 두렵게 여겨야 한다. 어찌 후생들이 지금의 나보다 못할 것을 아는가(後生可畏 焉知來者之不如今也)." 『논어』 「자한」에 보입니다. 뒤에 태어난 자들이 나이도 젊고 기력도 왕성하기에 나보다 큰일을 해낼 수 있는 시간이 많이 남아 있으니 두려워해야 한다는 뜻이겠지요. 그러니까 '후생가외'라는 말은 후생이 젊어 부럽다는 뜻이 하나라면, 내 자신을 갈고 닦으라는 뜻이 겸허히 담겨 있는 양수겸장(兩手兼將)의 '씨알 데 있는 말'입니다. 이런 말들이 '씨알'이 되어 널리 이 세상을 이롭게 하는 것 아니겠는지요.

그 뒤에 따라붙는 말도 그렇습니다. "40세나 50세가 되도록 세상에 알려짐이 없는 사람이라면, 이 또한 족히 두려워할 게 없을 뿐이다(四十五十而無聞焉 斯亦不足畏也已)."라 하였습니다. '이 또한[斯亦]'을 곰곰 되짚는다면 불혹(不惑, 40세)과 지천명(知天命, 50세)이 지나도록 세상에 알려지지 않아 두려울 게 없는 사람 속에 '후생'만이 아닌, '선생' 또한 포함되겠지요. 이렇듯 후생에 대해 선생이 되는 게 쉽지 않은데, 우리 사회는 선생의 조건을 '배움[학력(學歷)과 지력(知力)]'만을 척도로 보는 듯합니다.

『순자』14「치사편」을 봅니다. "남의 선생이 될 만한 네 가지 길이 있으나 널리 배움은 들어가지 않는다[博習不與]. (첫째) 존엄하면서도 꺼릴 줄 안다면[尊嚴而憚] 선생이 될 만하고, (둘째) 나이 들어서도 믿음성을 준다면[耆艾而信] 선생이 될 만하고, (셋째) 글을 외면서도 업신여기거나 죄를 범하지 않는다면[誦說而不陵不犯] 선생이 될 만하고, (넷째) 자질 구레함을 알면서도 사리를 밝히려 든다면[知微而論] 선생이 될 만하다. 그래 남의 선생이 될 만한 네 가지[師術有四]에 널리 배움[박학]은 들어가지 않는다." 하였습니다.

우리가 잘 아는 '온고지신(溫故知新)' 또한 선생이 생각할 말입니다. '옛 것을 익혀서 새 것을 안다'는 뜻으로 흔히들 해석하지요. 이 말은 『논어』「위정편」의 "옛 것을 익혀 새 것을 알면 남의 선생이 될 만하다(溫故而知新 可以爲師矣)"라는 구절에서 비롯되었습니다. 옛 것을 배운다 함은 옛 것이나 새 것 어느 한 쪽에만 치우치지 않아야, 즉 전통적인 것이나 새로운 것을 고루 알아야 선생 노릇 한다는 의미입니다.『선조실록』(1567년 11월 16일)에 보이는 기대승 선생은 이 '온고지신'을 이렇게 풀이합니다. "무릇 책을 건성으로 읽어서는 상세하게 깨닫지 못한다. 한 번, 두 번, 백 번에 이른 연후에 자세히 깨달으니, 이것이 이른바 '옛것을 익혀서 새것을 안다'이다(凡書乍讀 則不能詳曉 一度二度 至於百度然後可詳曉也 此所謂溫故而知新也)" 하였습니다. 선생이란, 옛 것을 익혀 '씨

알 데 없는 말'을 하는 게 아니라, 새로운 것을 알아 후생에게 '씨알의 말'을 하는 자라는 뜻입니다.

산의 나무는 그려도 바람은 그릴 수 없고, 님의 얼굴은 그려도 마음은 그리지 못합니다. 하지만 선생이기에 '바람'과 '마음'을 어떻게든 배우는 자들에게 보여주어야 합니다. 허나, 어디 쉽게 '바람'과 '마음'이 보이던가요. 그러니 선생이라 불리는 자들, 저 행간 속을 관류하는 속뜻을 독해하려 입이 부르트고 손가락에 피가 나도록 한무릎공부를 합니다. 큰 의사가 되려 제 팔뚝을 세 번 부러뜨린다는 '삼절굉(三折肱)'도 다산 정약용 선생의 '과골삼천(踝骨三穿)'[142]도 여기에 이유가 있겠지요. 그러나 그렇게 공부하여도, 모든 선생 된 자는 하나같이 후생에게 학문적으로 죽게 되는 게 정한 이치입니다. 그러니 나이 많다고 선생도 아니요, 배움 많다고 선생도 아닙니다.

씨알 데 없는 글을 매조지합니다. 우리는 앞에 있는 이가 누구냐에 따라 선생, 아니면 후생입니다. 모쪼록 '선생'이라면 "사람들의 근심은 남의 선생 노릇을 좋아하는 데 있다(人之患在好爲人師)"(『맹자』 「이루상편」)도, "말 한 번 하고 글 한 줄 써가지고도 남에게 희망과 안정을 주기도 하지만 낙망과 불안을 주기도 한다"(『대종경』 「요훈품」 36장)는 말도 가슴에 잘 새겨야겠습니다. 나무에 박은 못은 뽑을 수 있으나 사람의 가슴에 박힌 씨알 데 없는 막말은 뽑히지 않기 때문이다. 저 총장님의 말에서 두 번째로 강렬한 인상을 남긴 결연한 막말입니다. (첫 번째는 내 가슴에 박혀 있습니다.) "나는 100살까지 총장을 할거야!"

---

142) 복숭아뼈가 세 번 뚫어짐.

28. 독재자 감별법,
전제주의 행동을 가리키는 네 가지 주요 신호

대한민국 민주주의, '안녕'하신가?

선출된 독재자는 민주주의 틀은 그대로 보존하지만, 그 내용물은 완전히 갉아먹는다. 많은 독재정권의 민주주의 전복 시도는 의회나 법원의 승인을 받았다는 점에서 '합법적'이다.

『어떻게 민주주의는 무너지는가』(스티븐 레비츠키·대니얼 지블랫 지음, 어크로스, 11쪽)에 보이는 글줄이다. 이 책은 국민이 선출한 지도자에게 '민주주의의 죽음'을 맞은 경우를 분석하였다.

예상이 빗나갔다. 윤석열 정부가 들어오기 전부터 예상했었다. 그의 선거운동과 언론을 통한 행동을 보고 '이전 정부보다 보수적일 것이다'라고. 아니었다. 완벽히 예상이 빗나갔다. 기본 상식조차 철저히 분쇄해버리는 기괴한 대통령과 정부다. 상말, 부도덕, 몰염치, 몰상식이 도를 넘는다. 국민들은 안중에도 없고 야당을 국정 동반자가 아닌 철천지원수인 적으로 대한다. 그것도 '합법적'으로.

정부는 자유를 외치지만 창작과 집회의 자유조차 빼앗으려 든다. 권력에 불나방처럼 붙좇는 윤핵관과 그의 수하들은 마치 해방군이라도 된 듯, 이 언론 저 언론에서 때론 교언으로, 때론 우격다짐으로 막말을 해댄다. 마치 쇠를 먹으면 먹을수록 커지는 불가사리처럼 욕을 먹으면 먹을수록 더욱 강해진다. 이 정부를 지지하는 일부 극단적인 국민도 단순무지로 무장하고 악머구리 끓듯 한 댓글로 혹은 막말로, 정의·도덕·예의 같은 정중한 어휘들을 겁박하고 비아냥거린다.

전 정부와 야당은 오로지 섬멸과 타도의 대상이다. 합법으로 위장한 검찰을 전면에 내세워 몰아치고 있다. 분명 대한민국 민주주의는 위기이다. 선출된 권력에 의해 수개월 만에 대한민국 민주주의 성곽은 무너졌다. 그 자리에 새로운 윤석열 전제주의(專制主義)[143] 성을 쌓는다. 대통령의 말이 곧 법인 시행령 정치이니, 대한민국 법에 대한 배타적 소유권이 제 것이라는 '왕[짐(朕)이 곧 국가]'의 소환이다. 행정명령이란 꼼수와 검찰 정치로 권력을 행사하는 것이 여간 폭력적이며 무도한 게 아니다. 국민의 한 사람으로서 선출된 권력에 의해 무너지는 민주주의를 목도하는 것은 꽤나 비감하고 곤욕스럽다. 이태원 참사는 그 시작에 지나지 않는다. 앞으로 무슨 괴기한 일이 발생할지 모른다.

안타까운 것은 국민들이 별 반응을 보이지 않는다는 점이다. 대부분 그러려니 하거나 아예 반응조차 없다. 민주주의가 이미 작동하지 않는 증거이다. 궤변을 궤변으로 보지 못하고 일탈을 일탈로 보지 못하는 사회는 이미 집단지성과 건전한 비판기능을 상실했다. 그 한가운데는 물질에 포위된 언론이 있다. 10·29 이태원 참사는 제대로 된 사과 한마디 없는데 이미 직필(直筆)을 장롱에 넣어두고 출근하는 언론인은 눈과 귀를 닫았다. 159명의 생때같은 목숨을 죽여 놓고 한 달 만에 부부동

---

143) 국가의 권력을 개인이 장악하고 그 개인의 의사에 따라 모든 일을 처리함.

반 파티를 하고 수하들을 불러 건배를 하는데도 이를 비판 없이 보도하며 '속보'라 쓴다.

『어떻게 민주주의는 무너지는가』라는 책을 정독한다. 어쩌다 우리는 '불과 몇 개월 만에 민주주의를 잃게 되었는지?' 그 답을 찾아본다. 이 책에서 그 답은 국민이 아닌 정당(야당)이라 한다. 나 역시 대한민국의 집단지성을 믿지 않는다. 더 솔직히 말하면 지성이 사라진 학교, 직필이 사라진 언론은 더욱 아니다. 일부 촛불을 든 시민의 양심이 있으나 꺼져가는 대한민국 민주주의를 살리지 못한다. 야당 중 80~90%는 여당과 똑같지만, "야당이 제 몫을 해야 한다"는 이 책의 결론에 가냘픈 동조를 보낼 수밖에 없는 이유다.

아래는 『어떻게 민주주의는 무너지는가』에 보이는 '독재자 감별법, 전제주의 행동을 가리키는 네 가지 주요 신호'(85쪽)이다. 윤석열 정부는 이 네 가지 조건에 정확히 일치한다. 이를 정리해본다. (모두 아는 사실이기에 구체적인 사례는 생략한다.) 책에서는 ①~④ 중 한 가지, 한 항목만 해당되어도 이미 독재자로서 대상이라 한다. 이 정리에 의하면 대한민국 현 대통령은 독재자요, 민주주의가 무너진 전제주의 국가가 맞다.

① **민주주의 규범에 대한 거부**(혹은 규범 준수에 대한 의지 부족):
- 헌법을 부정하거나 이를 위반할 뜻을 드러낸 적이 있는가?
- 선거제도를 철폐하고, 헌법을 위반하거나, 정부 기관을 폐쇄하고, 기본적인 시민권 및 정치 권리를 제한해야 한다고 주장한 적이 있는가?

② **정치 경쟁자에 대한 부정:**
- 정치 경쟁자를 전복 세력이나 헌법 질서의 파괴자라고 비난한 적이 있는가?
- 정치 경쟁자가 국가 안보나 국민의 삶에 위협을 주고 있다고 주장한 적이 있는가?

- 상대 정당을 근거 없이 범죄 집단으로 몰아세우면서, 법률 위반(혹은 위반 가능성)을 문제 삼아 그들을 정치 무대에서 끌어내려야 한다고 주장한 적이 있는가?
- 정치 경쟁자가 외국 정부(일반적으로 적국)와 손잡고(혹은 그들의 지시에 따라) 은밀히 활동하는 스파이라고 근거도 없이 주장한 적이 있는가?

③ 폭력에 대한 조장이나 묵인:
- 개인적으로 혹은 정당을 통해 정적에 대한 폭력 행사를 지원하거나 부추긴 적이 있는가?
- 폭력에 대한 비난이나 처벌을 부인함으로써 지지자들의 폭력 행위에 암묵적으로 동조한 적이 있는가?
- 과거나 다른 나라에서 벌어진 심각한 정치 폭력 행위를 칭찬하거나 비난을 거부한 적이 있는가?

④ 언론 및 정치 경쟁자의 기본권을 억압하려는 성향:
- 명예훼손과 비방 및 집회를 금지하거나, 정부 및 정치조직을 비난하는 등 시민의 자유권을 억압하는 법률이나 정책을 지지한 적이 있는가?
- 상대 정당, 시민 단체, 언론에 법적 대응을 하겠다고 협박한 적이 있는가?
- 과거에 혹은 다른 나라의 정부가 행한 억압 행위를 칭찬한 적이 있는가?

"이 나라 자체가 잘못되었기 때문이죠. 양심에 따라 투표하는 정직한 의원에게 보상하지 않고 쥐 같은 자들에게 보상하죠. 자기 자리만 보전하면 나라도 팔아먹을 자들에게요. 실수하지 마세요. 이 쥐들이 '한국' 민주주의의 진정한 기생충입니다." 영화 「미스 브라운」에서 '미국'을 한국으로만 바꾸었다.

29. 3·1절, 우리민족 5000년래 장쾌한 경축일이다

3·1절 기념사를 탄(歎)한다.

이보시오, 사람들아! 이내말씀 들어보오. 어리고(어리석고) 우활(迂闊)[144] 할산, 3·1절 대통령의 기념사를 듣자 하니, 목이 메고 울화 터져 탄(歎) 한번 하려 하오. 104년 전 3월 1일 이 땅의 만세함성, "우리들은 이곳에서 우리나라 조선의 독립국임과 조선인의 자주민임을 선언하노라. 이로써 세계만방에 고하야 인류평등의 대의를 극명하며 이로써 자손만대에 고하야 민족자존의 정권을 영유케 하노라!" 이 얼마나 장쾌한가, 이 얼마나 호쾌한가. 조상들의 저 덕으로 이 나라가 있건마는, 어찌하여 후손 되어 부끄러운 기념사로, 훌륭한 조상들을 욕보이려 한단 말가. 나라주인 백성들이 5년간 권력임대, 헌법일랑 준수하고 문화창달하랬더니, 이런 망발 웬말인가.

2000만 우리 동포 태극기를 불끈 쥐고, 남녀노소 거리나와 조선독립! 만세삼창, 나아가서 동양평화! 더 나아가 세계평화!, 세계만방 외친 날이 바로오늘 이날이라. 우리민족 5000년래 장쾌한날 경사로워, 자랑스

---

144) 사리에 어둡고 세상 물정을 잘 모름.

레 여기어서 경축일로 삼았다오. 백성주인 앞에 서서 대통령의 취임선서, "헌법을 준수하고 민족문화 창달에 노력하여" 1년 만에 잊었던가. 대한민국 임시정부 국경일로 지정하여, 1주년 기념식을 성대하게 치렀으며, 정부수립 이후에도 임시정부 이어받아, 국경일로 지정하여 공휴일로 삼고서는, 3·1정신 헌법전문 또렷하게 새겨 넣어, 잊지 말자 하였거늘 이런 망발 웬말인가.

3·1정신 기념하여 경축사라 부르거늘, 기념사라 하기에도 후손으로 부끄럽다. '망발(妄發)'이란 무슨 말고? 말과 행동 잘못하여 자신이나 조상이나, 욕되게 하는 언행 망발이라 부르거늘, 꼭 이 말이 적실할세. 단군 이래 배달민족 세계만방 알린 날이, 바로 이날 아니런가. 하필이란 이런 날에 과거반성 웬말인가, 내 행세는 개차반에 조상 흉을 잡아내니, 망발하는 기념사요, 잔치 왔다 초상본꼴.

그로부터 104년이 지난 오늘 우리는 세계사의 변화에 제대로 준비하지 못해 국권을 상실하고 고통받았던 우리의 과거를 되돌아봐야 합니다. … 우리가 변화하는 세계사의 흐름을 제대로 읽지 못하고 미래를 준비하지 못한다면 과거의 불행이 반복될 것이 자명합니다.

이 기념사 듣자 하니 비참하고 애통하다. 백성마다 모여서는 장탄식 한 박자에 한숨소리 세 박자라. 이날 우리 선조들의 비폭력 독립운동, 식민통치 일본제국 폭력으로 진압했지. 마을사람 몰아넣고 불을 지른 제암리교회, 어찌하여 모르는가. 박은식의 『한국 독립운동 지혈사』이런 사실 적었으니, 3·1운동 참여 인원 200여만 이 중에서 7,509명 사망했고 15,850명 부상했네. 45,306명이 체포됐고 불탄 민가 715호요, 교회가 47개소에 학교가 2개소라.

이러한 날 이 나라 대통령의 기념사가, 어찌하여 반성타령. 우리선조 아둔하게 세계사를 읽지 못해, 나라를 빼앗겼고 저 모욕을 당하는 게, 정당하단 말이런가. 부관참시(剖棺斬屍)[145] 시원찮을 식민사관 되살리는, 행패 부림 아니런가. 영국이나 프랑스도 유태인도 어리석어, 히틀러의 야만행동 일어났단 말이런가. 제국주의 일본 야욕 우리에게 책임전가, 이 논리를 따르자면 학교폭력 당한 쪽에, 문제 있단 말 아닌가. 우리 조상 욕 먹이고 패악부린 기념사니, 이보다 더한 망발 어디 가면 있다던가. 일본수상 기념사도 미대통령 기념사도, 이렇게는 쓰지 않지. 다시 한번 읽어보니 눈알에 핏줄 선다.

3·1운동 이후 한 세기가 지난 지금 일본은 과거 군국주의 침략자에서 우리와 보편적 가치를 공유하고 안보와 경제, 그리고 글로벌 어젠다에서 협력하는 파트너가 되었습니다. 특히, 복합 위기와 심각한 북핵 위협 등 안보 위기를 극복하기 위한 한·미·일 3자 협력이 그 어느 때보다 중요해졌습니다.

구구절절 궤변이요 글줄마디 부끄럽다. 오늘 같은 잔칫날에 북핵 위협 뜬금없고, 안보위기 웬말인가. 보편가치 공유 운운, 파트너라 할만한가. 정의·인도 예의·존중, 이런 것이 보편가치. 조선침략 식민지배 동아시아 폭력침탈, 백성들의 삶을 뺏고 인권유린 사과커녕, 반성조차 안 하는데 파트너쉽 말이 되나. 독일참회 볼작시면 '책임은 영원하다', 메르켈이 총리되어 피해국에 머리 숙여, 과거반성 사과한 게 46년 왜 모르나.

'한·미·일 3자 협력' 이것도 옳지 않지, 역사관이 없는 건지 역사공부

---

145) 죽은 사람 관을 깨서 처하는 극형.

안한 건지. 저 시절로 돌아가서 이를 살펴보자 하니, 그때그날 무서운 날 1905년 7월 29일, 루스벨트 대통령이 육군장관 태프트를, 일본에 파견했지. 태프트가 일본 가서 가쓰라 총리만나, 미국은 필리핀을 일본은 조선을, 나눠갖기 맺은 밀약 그 명칭이 참담하다, '가쓰라─태프트밀약'. 이 나라의 백성으로 어찌하여 잊는단 말인가. 밀약을 볼작시면, 그 셋째가 "미국은 일본의 한반도에 대한 지배적 지위를 인정한다" 아니던가. 루스벨트 대통령은 러일전쟁 발발하자, "조선은 자치능력이 없으므로 일본이 조선을 질서 있게 통치한다면 세상을 위해 좋은 일"이란 것을, 어찌하여 잊었단 말인가. 힘을 얻은 일본제국 1905년 을사조약 외교권을 박탈하고, 1907년 정미7조약 입법권·인사권·행정권을 장악하고, 1909년 기유각서 사법권을 강탈했지. 급기야는 경술국치 오천년의 이 나라를, 빼앗기고 말았으니 만세천추 한이로다.

경축사가 짧은 이유, 이제서야 알았도다. 글이 짧아 못 전하는 사설이야 없지마는, 기념사의 글줄마다 글 쓸 마음 전혀 없어. 쓰고 싶지 않은 글을 괴발개발 쓰자 하니, 망발이 나올밖에. 조상들의 그날 함성 지하에서 울부짖네. 어찌하여 이런 망발 기념사를 한단 말인가.

세계적인 역사학자 E. H. 카 선생은, "역사란 과거와 현재의 대화"라 하였거늘, 이 나라의 대통령이 역사조차 모르는데, 미래는 안단 말인가.

가련하다 가련하다 아국운수 가련하다. 헌법준수 팽개치고 문화창달 막아버린 기념사가 이런데도, 이 나라의 주요 언론 이 기념사 칭찬하여, 미래지향 운운하니 기막히고 한심토다. 의식 있는 백성들이 기념사의 문제점을, 조목조목 지적하면 낯 뜨겁고 부끄러워, '포두서찬(抱頭鼠竄)'146) 하련마는, 뒷짐 집고 큰기침에 아함이(헛기침)만 하고서는, 저

---

146) 머리를 감싸 안고 쥐구멍으로 숨는다는 뜻.

잘났다 큰소리네. 어리고 우활할산 괴론 마음 달래려고, 하소연을 하다 보니 슬픈 마음 절로이네.

아모타! 시절은 춘삼월을 맞이하여 방방곡곡 만화방창 하련마는, 일본사람 일어난다 조선사람 조심하라, 백성들의 원망소리 삼천리에 진동한다.

30. 정치 혐오증, 누구를 위한 정치인가?

『동물농장』에 '정치'는 없다.

"교수님의 '정치적 발언'이 불편하다는 민원(?)이 들어왔습니다. 삼가 주십시오." 대학 행정부서에서 보내온 전갈이다. 학기 시작 겨우 3주, 그것도 새내기 대학생이 행정실로 뛰어왔단다. 내가 수업에서 한 '정치적 발언'(?) 때문에. 이를 해석하면, '대학교에서 정치란 소도(蘇塗)요 금기(禁忌)'란 뜻이다.

'나'는 글에서 '나'라는 주어를 되도록 삼가한다. 학문은 개별[나] 지(知, 앎)의 행위에서 1인칭 복수인 '우리'라는 보편성, 즉 반증 가능성(Falsifiability)으로 이행하기 때문이다. 하지만 이 글은 1인칭 단수인 '나'를 써야겠다. '정치적 발언' 운운을 변명하자면, 수업에 '나'는 어느 당을 지지한 적이 결단코, 단 한번도 없다. 시대의 공민(共悶)과 사회의 공분(公憤)을 이야기했을 뿐이다. 나는 조선 후기 실학을 중심으로 연구하며 글 쓰는 학자요, 대학에서 학생을 가르치는 교수이다. 내가 수업에 말하는 정치는 '이 나라를 이끌 대학생으로서 우리 삶의 분모인 정치에 늘 깨어 있어야 한다'는 주문이다. 정치(政治)란 국민들이 인간다운 삶을 영위하게 하고 상호간 이해를 조정하며, 사회 질서를 바로잡는 인간

삶 자체이기 때문이다. "우리시대는 정치와 거리를 두는 일 같은 건 없다. 모든 문제가 정치이기 때문이다." 『동물농장』을 지은 조지오웰이 「정치와 영어」에서 한 말이다.

내가 수업하는 과목은 「문제 해결을 위한 글쓰기」다. 대학인으로서 반드시 이수할 교양필수이다. '교양(敎養)'은 리버럴 아트(liberal arts)로 정형화된 관습에서 벗어난 자유인을 지향하는 교육이다. '문제(問題)'란 해답을 요구하거나 논쟁·논의·연구 따위 대상으로 해결하기 난처한 문 젯거리요, 대학생으로서 첫 지(앎)의 행위다. '문젯거리'를 찾는 것부터 쉽지 않다. 이를 해결(解決)하는 글쓰기는 더 어렵다. 이 어려운 과정을 수행하는 주체는 누구인가? '나'이다. "남보다 잘 쓰려 말고 남과 다른 글을 써라" 늘 학생들에게 주문처럼 외우게 한다. 글쓰기 첫 계명이다. 남과 다른 글을 쓰려면 글 쓰는 학생의 주관이 굳건해야 한다. 주관이 굳세야 보는 것의 한계를 보고 듣는 것의 한계를 들어 남과 다른 견해로 글을 쓴다. 견해는 논리성과 합리성을 갖춘 해결 방법이다. '내[나]'가 없으면 문제도 해결도 글쓰기도 없다.

문젯거리를 어디서 어떻게 찾아야 하나? 문젯거리는 우리가 사는 인 정물태(人情物態)[147]에 있다. 인정물태 범위는 바퀴살처럼 '나'를 중심으 로 360도로 방사(放射)한다. 인정물태를 샅샅이 톺아나가면서 살펴야 문젯거리를 찾는다. 그런데 인정물태에서 '정치'를 빼란다. 대학생이 교 수에게, '정치'는 말하지 말고 '주관적인 견해'도 삼가란다. 대학은 고등 교육기관이다. 국정 교과서나 검인정 교과서를 가르치고 배우는 초등· 중등교육기관이 아니다. 대학은 국가와 인류 사회 발전에 필요한 학술 이론과 응용 방법을 교수하고 연구하며, 지성인으로서 인격을 도야하는

---

147) 우리 삶이 녹아 있는 정치, 경제, 사회, 문화 일체.

곳이다. 교수된 자는 학자적 양심을 바탕으로 한 비평과 미래지향이라는 필요충분조건을 갖추어야 한다. 연구와 학문 대상에 그 어떠한 성역은 존재하지 않는다.

학문의 이상은 국가와 인류 사회 발전, 즉 아름다운 대동세계(大同世界)를 지향한다. 왕권국가 시절에도 연암 박지원, 다산 정약용 같은 이들은 학문을 하여 칼 같은 말과 글로 왕도정치를 지향했다. 이 지향을 향해 가는 길이 학문의 길이요, 학자의 길이다. 그런데 교수에게 정치에 대한 발언을 삼가달란다. 그렇다면 '정치외교학과'는 아예 없어져야 하지 않나? 여기가 대학 맞나? 혹 내가 타임머신을 타고 박정희, 아니면 전두환 정권 시대로 돌아갔나? 나는 고등학교 교사로 시작하여 대학에서 강의한 지 올해로 35년이니, 35년 전부터 정치 이야기를 하였다. 이런 상황을 처음 맞닥뜨린 것은 작년이다. 올해 또 이러고 보니 이는 무례한 대학생과 오만한 교수의 해프닝이 아닌, 사회 보편적인 문제인 듯하다. 작년부터만 내가 갑자기 정치 운운한 게 아니기 때문이다.

'왜 이렇게 되었을까?' 곰곰 생각 끝에 내린 답은 우리 정치인들과 기성세대가 만들어 놓은 '정치 혐오증(politics aversion)' 때문이다. 당동벌이(黨同伐異)[148]로 정치를 일삼는 정치꾼들이 지역을 가르고 계층과 성별까지 갈라놓았다. 기성세대들은 '부모 자식 간에도 정치 이야기는 하지 마라'를 금언처럼 여긴다. 생각해보니 카톡방에서도, 친구 간에도, 정치 이야기는 하지 마라가 이 나라의 불문율이 되어 버렸다. 이러한 정치 혐오증 불로소득은 누구의 것이고 누가 피해를 보나? 정치에 대해 말하지 않으면 우민(愚民)이 된다는 것을 정녕 모르는가. 우민을 만들기 위해 저들이 정치 혐오증을 조장한다는 것을 정녕 모른단 말인가.

---

148) 옳고 그름을 가리지 않고 이익에 의해 내 편과 네 편을 가름.

이익(李瀷, 1681~1763) 선생의 『곽우록(藿憂錄)』이 있다. '콩 곽(藿)'은 백성이요, '근심 우(憂)'는 걱정이니, '백성이 걱정한 책'이라는 뜻이다. '곽식자'인 콩잎 먹고사는 백성이 '육식자'인 고기반찬 먹고 사는 관리에게 정치 잘하라는 말이다. 육식자가 정치를 잘못하면 곽식자는 '간뇌도지(肝腦塗地)'[149]하기 때문이다. 간뇌도지는 백성의 참혹한 죽음을 형상화한 말이다. 선생이 『곽우록』을 지을 수밖에 없는 이유다. 이게 학자의 길이다. 사서(四書)와 삼경(三經)도 이이, 이황 선생도 모두 배움이 무엇을 위한 배움인가. 배움이 부챗살을 타고 중심부로 모인 곳이 바로 정치다. 바로 인간의 특질 중 하나인 '호모폴리티쿠스(Homo politicus)'[150]의 실현이다.

잠시 독일 교육을 본다. 저이들은 '성교육'을 '정치교육'이라 한다. 프로이트는 정신분석 이론에서 인간을 '초자아(superego, 사회나 기성세대로부터 습득한 사회의식)', '자아(ego, 주체인 나)', '리비도(Libido, 성욕과 식욕)'로 이해했다. 리비도를 느낄 때 자아가 형성된다. 초자아가 리비도를 부정할 때 자아는 죄책감에 빠져들며 정체성과 주체성을 찾지 못한다. 반대로 리비도를 인정할 때 자아는 강해진다. 리비도는 이런 의미에서 인간의 삶을 지속시키는 에너지원으로까지 학계에서 받아들인다.

독일 철학자 '테오도어 아도르노'는 '민주주의 최대 적은 약한 자아'라 하였다. 저이들은 민주주의에서 가장 필요한 '강한 자아'를 갖기 위해 '성교육=정치교육'으로 묶었다. 또 민주주의 국민으로서 '올바른 정치의식'을 갖도록 초등학교부터 '저항권 교육'을 한다. 초등학생 때부터 비판적으로 사회를 보도록 가르치고 정치행위나 집회를 보장하고 이를

---

149) 간과 뇌가 들판에 흩어짐.
150) 정치를 통하여 사회생활을 이루어 가는 특질. 정치적 인간.

학교와 국가가 보호하고 현 정치에 반영한다.

　우리 사회는 정치꾼들과 기성세대의 '초자아'가 강한 나라다. 고등교육기관인 대학에서마저 '저항권 교육'은커녕 '정치 혐오증'으로 '정치'가 금기어 되면 우리 삶은 어떻게 될까? 조지오웰의 『동물농장』에 '정치'는 없다.

31. 지옥의 묵시록, 2차원적 좀비들 세상

하얀 가면을 벗어라.

2023년 4월 대한민국, 지옥의 묵시록(黙示錄)을 읽는 듯하다. '100년 만에 가장 일찍 핀 서울 벚꽃'이란다. 식물을 깨우는 적산온도가 치솟아서다. 정치에서 옮겨 붙은 듯한 이상 고온현상으로 산불 피해 10개 지역에 '특별재난지역'까지 선포하였다. "한국 저출산 원인은 남녀 갈등…헤어롤 반항 상징" 이탈리아 언론 '코리에레 델라 세라'가 보도한 제목이다.

2021년 한국의 합계출산율(예상되는 출생아 수)은 0.81명으로 세계 최하위이다. 기자는 세계 최저 출산국이 된 이유를 남녀 갈등에서 찾았다. 최근 정부가 내 논 1주 최대 69시간 근로는 1953년 5월 10일 발표된 '1주일에 60시간 한도'라는 근로기준법을 70년 뒤로 후퇴시켰다.

2022년 경제성장률은 전년도에 비해 2.6% 하락했다. 국민총소득(GNI)은 3만 5373달러에서 3만 2661달러로 줄었으나 OECD 국가 중 자살률은 부동의 1위다. 정규직 379만 5천원, 비정규직 168만 1천원으로 양극화와 불평등은 더 심화되고 있다. 검찰 출신 법무부 장관이란 자와 그 수하들은 '개검(改檢)'151), 엉터리 언론은 '기레기(언론+쓰레기)'란 멸칭(蔑稱)으로 불린다. 대충만 살펴도 현재 대한민국은 총체적 난국이다.

이쯤 되면 정부가 중심을 잡아야 한다. 하지만 '기게스의 반지(Ring of Gyges)'152)를 낀 듯한 대한민국 대통령은 마음껏 반지를 돌려댄다. 시행령 정치와 권력 농단, 술자리로 줄 세우기, 검찰 내세운 정적 잡기로 날을 지샌다. 양곡관리법은 '남는 쌀 강제 매수법'이라 이죽거리며 거부권을 행사했다. 강제징용 해법은 더욱 해괴하다. 삼권분립이란 민주주의 국가 근본을 붕괴시키는 '반헌법적 태도'와 '제3자 변제'라는 상식 이하 궤변이다. 일본 일간지 기자 앞에서 친히 '내 생각'을 강조하고, "구상권 행사 않도록" 따위 오만과 망발도 서슴지 않는다. 빼앗기면 찾아올 수 있지만 주면은 찾아올 수 없다는 기본조차 모른다.

중국을 제쳐둔 '한·미·일 동맹'도 그렇다. 이런 현 대한민국 대통령의 굴종외교, 망발외교, 망령된 행동을 찬양하는 조·중·동과 아류 언론들, 여기에 '친일파라 불러 달라', '밥 한 공기 먹기 캠페인'을 벌리자며 희영수하는 여당의원들도 있고 대통령실에서는 '최고 지도자'라 호칭한다니 그 퇴행적인 행태에 기가 찰 노릇이다. 이런 행태를 보고도 일부 국민들은 '묻지 마 지지'를 한다. 대한민국 역사에 지옥의 묵시록을 집필 중인 저들의 태도를 넉 자로 줄인다. '사대주의' 전통을 이어받은 '식민사관'이다.

하지만 촛불도 이런 괴물들 앞에 가물가물 꺼져간다. 엊그제 "윤석열 굴종외교, 국민심장 찔러"라며 ○○대 교수들의 시국선언을 보았다. '126명 서명에 그마저 참여 교수는 14명, 학생 150명 현장 응원'이란다. 저 대학 교수와 학생이 몇 명인가? 그러나 이런 성명조차 내는 대학과 교수가 고작 몇 곳, 몇 명에 지나지 않는다. 대학에서조차 집단지성이

---

151) 죽은 사람 시체를 파내어 검사하던 일.
152) 플라톤의 『국가』 2권에 나오는 마법 반지로 돌리면 투명인간이 된다. 기게스는 시체에게 훔친 이 반지로 왕비를 간통하고 왕위까지 찬탈한다.

전혀 작동하지 않는다는 말이다. '집단지성'이 사라진 자리에는 '정치 혐오증'이 차고앉았다. 부모 자식 간에도, 친구 간에도, 사제 간에도 '정치 이야기를 하지마라'가 이 나라 금언이 되어 버렸다.

원인을 어디에서 찾아야 할까. 프란츠 파농의 『검은 피부, 하얀 가면』을 다시 읽어본다. 20년 전 책꽂이 깊숙이 넣어 둔 책을 찾아 먼지를 턴다. 이 책은 '포스트콜로니얼리즘(탈식민주의: postcolonialism) 시대의 책 읽기'란 부제를 달았다. 제국주의가 붕괴한 20세기 중반, 세계의 많은 국가들은 우리처럼 탈식민주의를 겪었다. 식민지 백성들은 가면을 썼다. 제국주의를 닮으려는 처절한 생존방법이었다. 해방이 되었지만 몸에 각인된 식민지 기억[가면]은 시간이 지나도 불가역적 상흔으로 남았다. 이런 식민지 백성들은 2차원적인 좀비가 되었다. 한 차원은 식민지배 이전 백성으로, 한 차원은 피식민지 동화 백성으로, 자가 분열하여 정체성을 상실하였기 때문이다. 이 기억으로부터 벗어나기가 '탈식민주의'이다. 탈식민주의는 비판과 성찰을 통한 식민지 극복담론이요, 실천 방법인 셈이다.

그 실천 주체는 둘로 나뉜다. 식민지배를 당한 나라가 주체가 될 때, 탈식민주의는 피해자의 저항이 된다. 식민지배를 한 나라가 주체가 될 때, 탈식민주의는 가해자의 반성이 된다. 프란츠 파농은 흑인이다. 프랑스령(領) 마르티니크 섬 출신의 프란츠 파농(Frantz Fanon)은 식민 지배를 경험한 제3세계는 진정한 해방을 위해 몸의 기억으로부터 벗어나 '자기 정체성(아이덴티티: Identity)'을 찾자고 역설한다. 피지배 검은 피부 흑인으로서 지배 민족인 백인을 동경하여 썼던 '하얀 가면'을 벗어버리자는 운동이다. 지금으로 부터 71년 전, 1952년이었다.

이후 파농이 주장하는 '자기 정체성' 운동은 아시아, 아프리카, 라틴아메리카 등 제3세계 흑인과 백인의 상호 호혜 평등으로 이어지며 '네그리

튀드(ngritude)'153)를 정착시킨다. 만델라가 흑인 만델라로, 하얀 가면을 벗고 검은 피부를 받아들일 때 비로소 정체성을 찾게 되고 탈식민주의가 완성된다. 제국주의 지배 이전의 자국 문화는 회복되었고 새로운 정부에 의해 정치, 경제, 사회, 문화의 정체성이 살아나고 식민지 상혼엔 비로소 딱지가 앉았다. 여기에는 식민지배 국가의 철저한 자기반성도 한몫했다. 이런 역사적 상황은 탈식민주의 문학으로도 나타났다.

이 책을 통해 본 저들은 '한국인으로서 정체성 분열'이요, '식민지 민중의 의존 콤플렉스'이다. 기차에서 구두 신은 채 앞 좌석에 발 올리는 비례(非禮), 폭언, 위협하려는 태도와 몸짓, 법을 빙자해 정적에게 가하는 위해(危害), '없을 무' 자에 환장한 듯 국민조차 안중에 없는 무뢰(無賴), 무식(無識), 무지(無知), 무도(無道), 무치(無恥), … 따위는 일부 식민지 백성이 '하얀 가면'을 썼을 때 하는 일관된 작태들이다.

0.7%의 대통령이 쥐 밑살 같은 깜냥으로 개방귀 같은 말을 하거나 말거나 관심 없는 백성들도 마찬가지다. 아직도 저들의 몸속에서는 전형적인 식민지 세균이 지금도 활동 중임을 증명한다. '하얀 가면'을 눌러쓰고 일본·미국에 대한 자발적 굴종과 예속, 병리학적 증상인 맹목적 흠모와 동경을 보낸다. 한국인으로서 정체성을 찾지 못한 저들이 휘젓는 세상, 2023년 잔인한 4월의 대한민국, 역사에서 영원히 유배당할 '하얀 가면' 쓴 2차원적인 좀비들이 오늘도 연신 기게스의 반지를 돌려대며 지옥의 묵시록을 쓰고 있다.

---

153) 흑인성(黑人性), 흑인 스스로 흑인을 존엄하게 바라보는 복권 운동.

32. 웃음 속에 칼날 숨었고 성냄 속에 진정 들었다

도청(盜聽) 운운, 멜레토스급의 궤변

'궤변어록(詭辯語錄)'이라도 만들려나 보다. "미국이 악의 갖고 도청한 정황 없어. … 더 이상 묻지 마." 'MBC뉴스' 자막에 보이는 대한민국 국가안보실 1차장이라는 자의 말이란다. '도청(盜聽)'은 남의 이야기, 회의 내용, 전화 통화 따위를 몰래 엿듣거나 녹음하는 일이다. 도청의 '도(盜)'는 훔치다, 도둑질하다는 의미이다. '훔쳐 들었건, 도둑질해 들었건, 악의가 있어 한 행동임에 틀림없다. 그런데 도청한 정황은 있지만 악의는 없단다. 역설도 이쯤이면 수준급이다. 마치 2400년 전, 「소크라테스의 변명」에서 '말과 피리 부는 사람' 이야기를 떠올리게 만든다. '말[馬]을 믿지 않으면서 말에 관계되는 일을 믿고 피리 부는 사람을 믿지 않으면서 피리 부는 사람에게 관계되는 일은 믿는다'는 소크라테스의 비감 어린 말과 똑 같다.

그의 상전쯤 되는 이는 번연히 눈을 뜨고도 '바이든'이 '날리면'이라더니 '이 XX'도 기억에 없다 하여 온 국민을 난청환자로 만들어 버렸다. 한 입으로 온 까마귀질 하는 격이요, 입 가리고 고양이 흉내를 내는 꼴이다. 선조들은 이렇게 자기 입으로 한 말을 바꾸고도 부끄러움을 모르는 행위를 '고수관(高壽寬)의 변조'라 일갈하였다. 북에서 온갖 부귀를 누리다 내려온 한 여당의원은 '김구, 김일성 전략에 이용당해' 운운이라 떠든다. 차마 목불인견인 이런 상황을 보고 듣는 국민은 정말 속이 터진다. 이 정부는 궤변에 관해서 거의 '멜레토스급'이다. 그는 '소크라테스는 신들을 믿지 않으면서 신들을 믿기 때문에 죄인이다'라는 궤변으로 소크라테스를 고소하였고 죽였다.

저 위 도청 운운은 4월 8일(현지 시각) 뉴욕타임스의 보도로 촉발된 의혹으로 현재까지 뉴스거리다. 미국 언론은 러시아-우크라이나 전쟁 이후 미국 정보당국이 동맹국을 도·감청한 정황이 담긴 기밀 문건이 유출됐다고 보도했다. 정보 출처는 '시긴트(SIGINT, 신호정보)'란다. 한국 정부의 전 대통령실 국가안보실장과 전 외교비서관이 우크라이나에 포탄을 지원하는 방안에 대해 논의한 내용도 담겼다. 결국 어제는 "김태효, 미 문건 '위조'라더니 내용 그대로 포탄 수출된 정황 나와, 국방부, MBC 보도에 '확인해드릴 수 없다'면서도 '우크라이나에 군수물자 지원 적극 추진'"이란 기사가 보인다.

어떻게 이런 엄중한 도청 상황을 두고 '악의가 없고 기자에게 더 이상 묻지 마'라 고압 태도를 보일까? 야만의 언술이다. 대통령은 엊그제 "4·19혁명 열사가 피로써 지켜낸 자유와 민주주의가 '사기꾼'에 농락당해서는 절대 안 된다"고 말했다. 수준은 저열하고 말은 모순이며 국민이 속은 '사기꾼'이 정녕 누구임을 본인만 모른다는 말이다. 국민들은 몹시 성이 났다. 요즈음 시국선언이 여기저기서 열린다. 사회단체, 정의사제구현단, 대학교수들까지 현 대통령과 이 정부를 성토하는 성명을 내놓는다. 못난 정치 행태를 석고대죄하고 받아들여야 한다. 아직 국민들은 「훈자오설」의 아버지처럼 자식으로 여겨 이런 꾸지람을 하는 것이다.

강희맹(姜希孟, 1424~1483)의 「훈자오설(訓子五說)」[154] 중 「요통설(溺桶

說」155)이 있다. 관아에서 큰 시장의 으슥한 곳에 오줌통을 만들어 놓았다. 용무가 급한 시장 사람들을 위해서다. 하지만 일상의 선비가 오줌통에 오줌을 누면 벌을 주었다. 그런데 한 양반집 변변치 못한 아들이 몰래 거기에다 오줌을 누곤 하였다. 오줌통 관리하는 이가 말리고 싶었으나, 그 아버지 위세가 두려워 말을 못했다. 시장 사람들도 모두 그르게 여겼지만 웃고 지나갈 뿐이었다. 아들은 더욱 기고만장하였다. 사람들을 꺼려 혹 오줌을 못 누는 자가 있으면 아들은 "겁쟁이!"라고 비웃으며 "나는 날마다 오줌을 누지만 아직까지 탈이 없다"고 떠들어댔다.

이를 알고 아버지가 꾸짖었다. '시장에는 많은 사람이 모여드는 곳이요, 여러 눈이 보고 있는 데 너는 양반의 자식으로 공공연히 대낮에 거기에 가서 오줌을 누니 부끄럽지도 않느냐. 남에게 천대와 증오를 받을 뿐 아니라 화도 따른다'고 호되게 야단쳤다. 그러자 아들은 '처음에는 사람들이 내가 오줌 누는 것을 보고 비웃더니, 얼마쯤 지나자 비웃는 자가 차츰 줄었습니다. 이제는 여러 사람이 보고도 그냥 지나갑니다'라며 대들었다.

이러자 아버지는 '네가 이미 남에게 버림을 받은 놈이 되었구나. 처음에 사람들이 모두 웃은 것은 너를 양반집 자식으로 여기고 비웃음을 당하면 네 행동이 그치리라 생각했던 것이요, 시간이 흐르며 차츰 드물어진 것은 그래도 너를 양반집 자식으로 여겼기 때문'이라며 이렇게 꾸짖었다. "지금 곁에서 보고도 아무런 나무람이 없는 것은 너를 사람으로 대하지 않기 때문이다(今也傍視而無人詆者 人不以人類待汝也)"라며, "개·돼지가 길바닥에 오줌을 싸도 사람들이 늘 비웃더냐(犬彘之溲于塗中 人尙

---

154) 자식을 가르치는 다섯 가지 이야기.
155) 오줌통 이야기.

齒笑歟)?"고 묻는다. 이런데도 아들은 사람들이 그르게 여기지 않는데, 아버지만 잘못이라 하시냐고 오히려 따지고 든다. 아버지는 결국 "세상에 부모 없는 놈에게는 훈계하는 자도 없는 법이다(世無親者 無規者)." 하고 만다.

얼마 후에 그 아버지는 세상을 떠났고 아들은 그날도 오줌통에 오줌을 누고 있었다. 갑자기 아들 머리 뒤에서 바람이 일며 독한 매질이 가해졌다. 아들은 매 때린 자를 붙들고 내가 여기 오줌 눈 것이 거의 10년이 가까운데도 매질한 자가 없었다고 대들자, 시장 사람들이 '이놈아! 참고 있다가 이제야 분풀이하는 거'라며 돌팔매질을 해댔다. 모진 매를 맞고 몸져누운 아들은 한 달이 넘어서야 겨우 일어나 아버지의 진정어린 훈계를 생각하고 슬피 울며 자신을 책망한다. "웃음 속에 칼날이 숨어 있고(鏌鋣藏於戲笑) 성냄 속에 진정이 들었구나(卵翼隱於震怒)."

온 나라 사람들이 성나 한 마디씩 한다. 전 대통령을 지낸 분은 "5년 성취 순식간에 무너졌다"고 통한의 한숨을 내쉰다. 이쯤이면 이 정부 사람들은 저 아버지의 훈계를 새겨보아야 한다. 한유(韓愈) 시에 "어찌 기름으로 옷을 빨까, 빨면 빨수록 때가 더 번지는 걸(如以膏濯衣 每漬垢逾染)"이라는 구절이 있다. 가슴속 시름을 씻어 보려 시를 지었지만, 결과적으로는 오히려 더 시름만 깊어졌다는 말이다. 나 역시 성냄이 삭여질까 글을 쓰지만 저이들 행태가 바뀔 것 같지 않아 한숨만 짓는다.

33. 아메리칸 파이, 미국식 영웅주의

'아Q식 승전법' 한 마리 개에 지나지 않았다.

그러나 그는 금세 패배를 승리로 바꾸어놓았다. 그는 오른손을 들어 자기 뺨을 힘껏 연달아 두 번 때렸다. 얼얼하게 아팠다. 때리고 나서 마음을 가라앉히자 때린 것이 자기라면 맞은 것은 또 하나의 자기인 것 같았고, 잠시 후에는 자기가 남을 때린 것 같았으므로-비록 아직도 얼얼하기는 했지만-만족해하며 의기양양하게 드러누웠다.

어리석은 '아Q'가 소 뒷걸음질 치다 쥐 잡기 격으로 투전판에서 새하얗게 번쩍번쩍 빛나는 은화를 땄다. 그때 고의인지 우연인지 싸움이 벌어졌다. 이 싸움에 '아Q'가 말려들고 어수선한 틈을 타 누군가 은화를 몽땅 털어갔다. 그러나 '아Q'는 눈 하나 깜짝 않는다. 늘 이유 없이 얻어맞고 패배할 때면 사용하던 기묘한 승전법이 있어서다. 역시나 '아Q'는 돈을 잃은 열패감을 금세 사라지게 만들었다. 그것은 세차게 제 뺨을 때리는 행위였다. 왜냐하면 자기 뺨을 때린 게, 곧 돈을 훔쳐간 그놈을 사정없이 후려 팬 것이기 때문이다. 이른바 '아Q식 승전법'이다. 루쉰(魯迅, 1881~1936)의 소설 「아Q정전」 주인공 '아Q'이야기다.

이 나라 대통령이 5박 7일 간 미국 국빈 방문을 마치고 귀국했다. 국빈답게 꽤 묵직한 보따리를 한 짐 지고 물 건너갔다. 돌아온 뒤, 대통령실은 "윤 대통령 부부가 이번 국빈 방문에서 받은 선물은 과거 우리 정상들이 받은 장식품, 기념품에 비해 훨씬 다양하고 특별하다."고 보도까지 내며 선물을 공개했다. '반려견 산책 줄, 레코드판 조각, 돈 맥클린이 서명한 기타, 빈티지 야구 물품 액자' 따위였다. 마치 영웅의 나라에서 돌아온 영웅처럼 들고 온 보따리엔 겨우 파이 한 조각뿐이었다.

저 미국 땅에 가서 한 말이라곤, "정말 100년 전의 일들을 가지고 지금 유럽에서는 전쟁을 몇 번씩 겪고 그 참혹한 전쟁을 겪어도 미래를 위해서 전쟁 당사국들이 협력하고 하는데 100년 전에 일을 가지고 '무조건 안 된다. 무조건 무릎 꿇어라.' 하는 이거는 '저'는 받아들일 수 없습니다"였다. 더욱이 '주어' 운운으로 워싱턴포스트 기자와 오역 시비까지 벌이니, 보는 국민으로서 낯이 뜨겁다. 문제는 이 보도 사태가 사족에 지나지 않는다는 점이다.

노래도 불러 '기립박수를 받았다', '절묘한 선택'이니 따위, 하 호들갑을 떨기에 찾아보았다. 돈 맥클린의 「아메리칸 파이」 한 소절이었다. 본래 이 노래는 가사가 상징과 은유, 멜로디가 포크송[컨트리송] 비슷하며 8분이나 된다. 언뜻 들으면 예술성을 갖춘 노래인 듯하지만, 속내는 미국식 영웅주의가 깔려 있다. 앨범 커버를 보면 엄지척인데 성조기가 그려져 있다. (미국 영웅주의 운운은 인터넷을 구글링하면 나오니 생략한다.) 이런 기사를 써대는 언론 보도를 보자니 그야말로 고소를 금치 못한다.

한 나라 대통령이 타국을 방문한다면 그 목적이 피자 먹고 노래 부르러 간 관광이 아니다. 정상회담 직후 열린 기자회견에서 LA타임스 기자가 조 바이든 대통령에게 던진 질문이다. "중국의 반도체 제조를 확대하는 것에 반대하는 당신의 정책은 중국에 크게 의존하는 한국 기업들에게 아픔을 주고 있습니다. 선거를 앞두고 국내 정치를 위한 중국과 경쟁에서, 핵심 동맹국에 피해를 주고 있는 것 아닙니까?" 자국 기자가 보기에도 꽤 딱하게 보였나보다. 오죽하면 이런 질문을 하겠는가. 급기야는 「노래 한 곡에 133조?」, 「野 "윤석열 정부, 호갱 외교 자처해 한반도 안보 위협"」이란 기사가 나오더니 귀국하여서는 「야당 빼고 여당만 불러 방미 성과 자랑한 윤 대통령」이란 자막까지 보인다.

루쉰은 '아Q'를 통해 남이 시키는 대로 하고 남의 눈치만 보는 노예근성에 젖은 무기력함과 매사 현실을 제대로 인식하지 못하면서도 영웅주의에 빠져 있는 민중들을 통박하고 있다. 루쉰은 "기절한 이 사람들을 깨워서 살려내야 할까? 깨어나면 더 고통스러울 테니 그냥 두어야 할까?"란 고뇌 끝에 「아Q정전」을 썼다. '아Q'는 놀림을 당하고 사람들이 그를 괴롭히며 변발을 잡아 땅기고 때려도 그 사람들을 향해, "벌레를 때리는 거라고 생각하면 어때? 난 벌레야, 이제 놔 줘!"한다. 그러며 "아Q는 자신 스스로가 스스로를 멸시하는 분야에서 '일등'이라고 생각한다." 어처구니없게 '자기 경멸'이 '아Q식 승전법'으로 바뀌는 순간이다.

'아Q'는 끝내 죽는다. "혁명도 좋구나. 가증스러운 놈들, 모조리 엎어 버려야 한다"고 외치며 강도들이 약탈하는 것을 혁명 사업으로 잘못 알고 그 주위를 얼쩡거리다 공범으로 체포되어 영문도 모른 채 총살당한다. 그 뒤, 민중들의 반응은 이랬다.

아Q가 나쁘다고 말했다. 물론 모두들 총살당했다는 것이 바로 '아Q'가 나쁘다는 증거였다. … 총살이 목을 베는 것보다는 재미가 없다 했다. 게다가 그렇게 오래 거리를 끌려 다녔는데도 끝내 노래 한 마디 못 부르는 것을 보면 어떻게 돼 먹은 자인지 모르지만 정말 웃기는 사형수라며 자신들이 따라다닌 게 헛수고라는 것이다.

'아Q'는 왜 죽는지도 모르게 죽었다. 민중들도 그가 왜 죽었는지 알려 하지 않는다. 혁명의 주체가 되어야 할 민중들은 혁명이 무엇인지조차 몰랐다. 이런 삶을 이지(李贄, 1527~1602)는 「성교소인(聖敎小引)」에서 "참으로 한 마리 개였다. 앞에 있는 개가 그림자를 보고 짖으면 나도 따라 짖어댔다. 왜 그렇게 짖어댔는지 그 까닭을 묻는다면, 그저 벙어리처럼 웃을 뿐(眞一犬也 因前犬吠形 亦隨而吠之 若問而吠聲之故 正好啞自笑也己)"이라 한다.

흥미로운 것은 '아Q'가 강자에게 약하면서도 약자에게는 매우 모질게 군다는 점이다. 처지가 비슷한 날품팔이꾼과 머리를 잡고 사투를 벌이며 약해보이는 젊은 비구니를 마음껏 희롱한다.

엊그제 '근로자의 날', 한 분이 이 정권의 무차별적인 노조 탄압에 항거하며 분신을 하였다. 그는 유서에서 "대한민국을 바로 잡아주세요."라 썼다. 「American Pie」 영웅주의 한 소절에 아Q식 승전법, 파이 한 조각, 한 마리 개, 그리고 저이의 죽음이 마구 뒤엉킨다.

그 늙은 애들은 위스키와 호밀위스키를 마시며(Them good old boys were drinking whiskey and rye) '오늘 죽도록 마셔보자'고 노래했지(Singing, 'This'll be the day that I die').

사흘 연휴, 회색빛 하늘에선 때 늦은 봄비가 추적추적 내린다.

34. 리바이어든, 상식이 '이상'인 나라?

'F=ma': 'F[국민]'가 작동해야 세상은 변한다.

"신경 쓰지 마세요. 4년만 기다리면 돼요." 엊그제 지인과 만난 자리, 충고 아닌 충고를 한다. 사실 이 이만이 아니다. 여러 사람들에게서 저런 말을 들었고 듣는다. 국민이 위임해준 권력을 사유화하여 제 멋대로 휘둘러 발생한 일이다. 어떻게 대명천지에 노동자가 공권력에 위협을 느껴 분신(焚身)을 하는가. 한 언론사에서 이를 두고 '기획성 분신'이란 악마성 보도를 내보내도, 이를 국토부 장관이란 자가 인용해도, 분노하거나 항거하지 말잖다.

국민이 자기 권리, 자유를 지키기 위하여 저항하는 권리를 '저항권(抵抗權, Right of resistance)'이라 한다. 저항권은 국가권력에 의해 헌법이 보장하는 국민의 기본권에 대한 중대한 침해가 행해졌을 때, 헌법 보호 행위이자 기본권 보장의 최후 수단이다. 우리 헌법에 4.19혁명을 전문에 수록한 것도 이 저항권을 인정하는 행위이다. 지인에게 물었다. "국민으로서 방관자로 우두망찰 서서 기다리면 4년 뒤 민주주의가 정상적으로 작동할까요?" 답변이 돌아왔다. "완전히 상식이 통하지 않는 사회가 되겠지요."

'F=ma', 뉴턴의 운동법칙 중 제2법칙으로 '가속도의 법칙'이다. F는 힘(force), m은 질량(mass), a는 가속도(acceleration)다. '힘'은 정지하고 있는 물체를 움직이며 속도나 운동방향을 바꾸고 형태를 변형시킨다. '질량'은 어떤 물체에 포함되어 있는 물질의 양으로 장소나 상태에 따라 달라지지 않는 물질 고유의 양이다. '가속도'는 시간에 대한 속도 변화의 비율을 나타낸다. 물체의 가속도는 힘이 작용하는 방향으로 일어나며, 힘의 크기에 비례한다. '질량'과 '가속도'는 '힘'이 없으면 절대 변화하지 않는다. '힘(F)'이 0이면 '가속도(a)'도 0이다. '질량'은 아무 변화가 없다.

세상에 남을 단 한 글자를 찾으라면 '변할 변(變)' 자다. 내가 글을 쓰는 이 순간, 독자가 글을 읽는 그 순간에도 세상은 변한다. 대인호변(大人虎變),156) 군자표변(君子豹變),157) 소인혁면(小人革面)158)이라 했다. 『주역』 64괘(卦) 중 49 '혁괘(革卦)'에 보인다. '혁괘'의 '혁(革)'은, 물은 불을 끄고 불은 물을 말리는 것처럼 '변화'를 뜻한다. '호변', '표변'이 어려우면 '혁면'이라도 해야 소인이 된다. 한순간도 멈춤 없이 변하는 세상이다. 한 나라를 보전하여 지키려면 끊임없이 변하고 변해야만 한다. 변하지 않으면 후일 역사는 부패하여 썩은 내가 온 나라에 진동한다고 서술한다. 세계적인 역사학자 아놀드 토인비는 멸망한 21개의 문명권을 조사했다. 그 패망 원인은 '중앙집권화와 소유권, 변화에 대한 부적응'이었다. 역사는 진보와 퇴보만 있을 뿐이다. '힘(F)'이 작동하지 않으면 가속도가 없듯이, 민중의 힘이 작동하지 않으면 역사는 변화하지 않고 끝내 멸망으로 이어진다. 변하는 세상에서 역사란, 답보가 없다.

'5·18민주화운동 기념일'에 대통령의 성의 없는 기념사는 5분 만에

---

156) 대인은 호랑이 털 바뀌듯 변함.
157) 군자는 표범 털 바뀌듯 변함.
158) 소인은 얼굴빛만 변함.

끝났다. 기념사에 민주화를 말하였지만은 그 온도는 차디찼다. 민주화를 말하나 정작 그 기념사는 이 나라 민주주의의 퇴보 증명서요, 민주주의를 저해하는 작동기제일 뿐이었다. 더욱 뜨악한 것은 "광주·호남에 AI와 첨단 과학" 운운이다. 5·18민주화운동의 아픔을 되새기고 헌법적 가치를 말해야 할 자리다. 웬 'AI'와 '첨단 과학'인가. 이 날은 국가가 국민에게 가한 폭력을 사죄하고 다시는 국민이 준 힘을 국민에게 쓰지 말아야 함을 상기하고 민주주의를 위해 목숨 바친 이들을 추모하는 법정기념일이다.

"나는 헌법을 준수하고 국가를 보위하며 조국의 평화적 통일과 국민의 자유와 복리의 증진 및 민족문화의 창달에 노력하여 대통령으로서의 직책을 성실히 수행할 것을 국민 앞에 엄숙히 선서합니다." 이렇게 선서한 대한민국 대통령의 직무상 의무는 다섯 가지로 ①헌법 수호 의무, ②국가의 독립·보전 의무, ③직무 수행 의무, ④겸직 금지 의무, ⑤평화통일 노력 의무이다. 하지만 ①은 대법 판결 무시한 제3자 변제로, ②는 일본과 미국에 대한 굴종 외교로, ④는 검찰공화국으로 만드는 검찰총장 겸직으로, ⑤는 북한과 대화는커녕 반목과 질시로 전운을 감돌게 만들었다. 이러니 대통령으로서 직무 수행은 20~30%로 고정층만 지지한다.

이 정부는 1년 동안 국민과 불통(不通)·정부의 부도덕(不道德)·법치의 부조리(不條理)인 '3불(不)'과 정치 무능(無能)·인문 무지(無知)·단순 무식(無識)·예의 무례(無禮)·비전 무책(無策)인 '5무(無)'만 보였다. 이로 미루어 ③대통령직 직무수행 의무는 방기(放棄)로 보아야 한다. 이뿐만 아니다. 전제군주처럼 국민 위에 군림하려 들고 권력 기관들은 백성들을 겁박한다.

17세기 영국 철학자 홉스는 이러한 국가를 악의 상징인 '리바이어던

(Leviathan)'이라 했다. '리바이어던'은 『구약성서』 「욥기」 41장에 나오는 바다의 괴물 레비아탄에서 따온 영어식 표현이다. 국민을 위해 존재하는 국가가 그들만의 기형적인 괴물 국가가 되었다는 뜻이다.

오늘날 미국을 태동케 한 영국 출신 미국 독립운동가 토머스 페인(Thomas Pain, 1737~1809)의 『상식』이란 책이 있다. 페인은 이 '상식' 두 글자로 미국의 건국을 이끌었다. 페인의 말을 빌리면 "상식"이 바로 최고의 '혁명구호'이다. 2023년 대한민국, 백성이 위임한 자들도 위임을 맡긴 백성들도 상식이 통하지 않는다. 책에서 다음과 같이 말한다.

사회는 어떠한 것이라도 축복이지만 정부는 최고의 것이라도 필요악일 따름이다. 최악은 참을 수 없는 정부다. 정부에 의해 괴롭힘을 당하거나 고통을 겪을 경우 우리는 차라리 정부가 없는 나라가 더 낫다고 생각한다. 우리를 괴롭히는 수단을 우리 자신이 만들었다고 생각하면 우리의 불행은 더욱 커진다.

지금 이 나라에는 상식이 필요할 때다. '상식'이 '이상'이 되어서는 안 된다.

또 다시 이 나라가 거대한 절대 권력 리바이어던으로 변하지 않으려면 상식이 통하는 사회를 만들어야 한다. 상식이 통하지 않는 사회와 국가는 야만이다. 저 위 뉴턴의 공식을 'F[국민의 저항]=m[국가]a[국가의 변화]'로 바꾸어 본다. 국가의 변화는 국민의힘이 작용하는 방향으로 일어나며, 그 힘의 크기에 비례한다. 그러려면 'F[국민의 저항]'가 작동해야 한다. "만약 국가의 권력수단이 민중을 폐허로 이끈다면, 저항은 모든 개개인 시민의 권리일 뿐만 아니라, 의무이다." 아돌프 히틀러의 자서전 『나의 투쟁』에서 빌려 온 문장이다.

35. 저주(咀呪), 약자의 유일한 무기

'코뿔소 바이러스' 경고

딱 1인이 이 나라를 이렇게 만들었다. 무지와 포악, 야만의 시대로. 1년 동안 대한민국 민주주의는 군사정권 시절로 후퇴했다. 사회는 분열, 문화는 퇴보, 경제는 빈부 격차로 암담하다. 국민들은 '정치'라는 말만 들어도 경기를 일으킨다. 하지만 이를 보도하는 언론매체는 그 행태가 매우 고약하다. '까마귀가 열두 소리를 내도 하나같이 좋은 소리 없다'더니 보도마다 정권에 아부놀음이요, 검찰과 경찰 행태는 공포 분위기 조성이니 '조주위학(助紂爲虐)'159) 넉 자가 대형(大兄)으로 섬길 판이다. 그러나 대다수 국민들은 눈 가리고 귀 막고선 직수굿이 바보상자만 들여다본다. 마치 외젠 이오네스코(Eugene Ionesco, 1909~1994)의 「코뿔소」를 보는 듯하다.

「코뿔소」는 부조리극(不條理劇)160)이다. 줄거리는 대략 이렇다.

---

159) 잔학한 주임금을 도와 포학한 일을 저지름.
160) 절망적 상황을 그린 극.

어느 시골 마을 광장, 여름의 푸른 하늘에 눈부신 햇살이 비추는 일요일 정오 무렵이다. 갑자기 육중한 코뿔소 한 마리가 흙먼지를 일으키며 마을 한복판을 굉음을 내며 달렸다. 그 뒤 코뿔소가 점차 늘어났다. '코뿔소 바이러스'에 전염된 사람들이 코뿔소로 변해서다. 사람들은 하나 둘, 피부는 녹색으로 변하며 가죽이 되고 이마에 뿔이 나 코뿔소가 되었다. 마을은 추기경도, 귀족도, 소방수도, 코뿔소로 변한 사람들이 떼로 몰려다니며 건물을 부수기 시작했다. 가족도 사랑하는 연인도 친구도 코뿔소로 변했다. 홀로 남은 베랑제는 코뿔소가 되지 않겠다고 외쳤다. 하지만, 그의 목소리에는 코뿔소가 되지 못한 것에 대한 절망감이 감돌 뿐이었다.

코뿔소 한 마리가 마을 전체를 파괴하는 장면이다. 「코뿔소」는 사람들이 비인간적 폭력을 저항 없이 추종하고 힘 있는 집단 편에 서서 안주하는 모습을 비판한 부조리극이다. 코뿔소 앞에서는 집단적 지성도 가치관도 인간성도 상실하여 정상과 비정상, 악과 선도 구별 못한다. 코뿔소를 만드는 '괴상한 병균'은 매우 빠르게 전파되었고 일단 감염되면 누구든 맹목적인 코뿔소 숭배자가 되었다. 인간에서 비인간이 되는 과정이 이렇게 단순하다.

「코뿔소」에 이런 내용이 있다. 논리학자가 노신사에게 문제를 낸다. "자, 다음 문제를 계산해보세요. 두 마리 고양이에게서 다리 둘을 없애면 각 고양이는 몇 개 다리가 남겠습니까?" 노신사는 "여러 개 답이 가능하겠네요." 하며 끙끙 계산한다. "한 마리 고양이가 다리가 5개라면 또 한 마리는 다리가 1개겠지요. 두 마리 고양이 다리는 8개니 다리 2개를 없앤다면…" 고양이 다리 6개에 다리 없는 고양이까지 나온다. 어리석음의 극치를 보여주는 대목이다. 도대체 왜 고양이 다리를 자르고, 다리 없는 고양이가 어디 있단 말인가? 논리학자는 엉터리 삼단논법의 예까지 든다. "모든 고양이는 죽게 마련이다. 소크라테스도 죽는다. 그러므로 소크라테스는 고양이다." 그러자 노신사는 "소크라테스도 네 발 동물이 맞네요. 그럼 난 지금 소크라테스라는 고양이 한 마리를 기르고 있다"며 즐거워한다. 배움이 있건 없건, '코뿔소'가 되어 가는 과정을 그린 한 장면이다. 물론 이 두 사람도 코뿔소가 되었다.

작품은 마을에 단 한사람 남은 베랑제의 독백으로 끝난다. 베랑제는 코뿔소 흉내를 내며 이렇게 말한다. "메, 메, 브르르… 이건 염소 우는 소리지 코뿔소 소리가 아니야! 그들의 뒤를 제때에 따랐어야 하는 건데. 이젠 너무 늦었어! 아! 난 이제 괴물이다. 괴물이야! … 정말로 변하고 싶지만 이젠 안 돼. … 내 꼴은 너무 추해!" 정상인이 오히려 자신을 괴물이라 한다. 코뿔소 한 마리가 사람들을 비인간으로 만드는 마을, 마치 저주의 굿판을 벌이는 2023년 6월 대한민국을 보는 듯하다.

단재(丹齋) 신채호(申采浩, 1880~1936) 선생은 「금전, 철포, 저주」에서 "아아! 우리 조선 사람은 왜 그리 저주성이 부족한지" 하며 한탄하였다. 이 정부는 제 국민에게 저주가 뭔지를 제대로 보여주는 듯하다. 평생을 강개한 독립운동가로 살다간 단재 신채호 선생, 그는 일제강점기 독립운동가이자 민족주의 사학자였다. 단재 선생이 말하는 '저주(咀呪)'는 강자의 무기가 아닌, 약자의 무기였다. 선생은 저주를 이렇게 설명한다.

저주란 무엇이냐? 갑이 을에게 심수(深讐, 깊은 원한)가 있어 이를 갚으려 하면 힘이 부족하고 그만두려 하면 마음이 허락지 않는지라, 이에 그의 화상(畫像, 얼굴을 그린 형상)을 향하여 눈도 빼어 보며, 그 목도 베어보고, 혹 을의 이름을 불러 '염병에 죽어라, 괴질에 죽어라, 벼락에 죽어라, 급살에 죽어라!' 하는 따위가 저주다. 얼른 생각하면 백 년 동안 저주를 해도 저의 터럭 하나라도 줄이지 못할 듯하지만, 1인 2인 100인 1,000인의 저주를 받는 자라면 불과 몇 년에 불꾸러미가 그 지붕 위에 올라가며, 새파란 칼날이 그 살찐 배때기를 찔러 신음할 새도 없이 사망하나니. 거룩하다! 저주의 힘이여, 약자의 유일 무기가 아니냐?

그렇다. 제 아무리 강한 권력이 철포를 쏘더라도 물러서지 말아야 한다. 이는 역사가 증명한다. 밖으로 보면 중국 하나라의 걸(桀)왕과 은나라의 주(紂)왕도, 루이 16세와 왕비 마리 앙투아네트도, … 하지만 안으로 보면 이승만 하야, 박근혜 탄핵 정도이다. 단재 선생은 이 저주성이 조선 사람들에게 부족하다며 이렇게 탄식한다.

아아, 우리 조선사람은 왜 그리 저주성이 부족한지. 지난 역사를 돌아보건대 명분으로 우리를 속박하면 속박자에게 찬미한 이는 있지만 저주한 이도 있었더냐? 권리로 우리들을 살육하면 살육자에게 애걸한 이는 있지만 저주한 이도 있었더냐? 약한 여인이 모진 고통을 당해도 이에 대한 회답이 저주 없는 스스로 탄식만이 아니었더냐? 가난하고 또한 천한 자의 이 세상에 대한 불평이 저주 없는 스스로 탄식만이 아니었더냐?

선생의 말이 맞다. 우리 역사에서 우리네 삶을 유린한 자들을 저주한 게 있던가? 선생은 글을 이렇게 끝맺었다.

"이전부터 지금까지 우리 사회에 출현한 논문, 선언문 따위가 매양 애걸이 아니면 풍간(諷諫, 넌지시 나무람)이요, 그렇지 않으면 기도라. 하나도 저주에 상당한 문자가 없었도다. 저주는 무력자(無力者, 힘없는 자)의 행복을 구함이 아니다. 유력자(有力者, 힘 있는 자)를 불행하게 보는 것이다. 거룩한 저주는 금전의 농락에 빠지지 않으며 철포의 위압에도 물러서지 않고 목적을 이룬 뒤에야 그 소리가 그치느니라."

이미 이 나라에는 '코뿔소 바이러스' 경고등이 켜졌다. 약자의 유일한 무기여, 그것은 저주다! 포악한 자들에게 저주라도 해야 한다. 그래야 절벽을 향해 질주하는 코뿔소 떼를 막는다.

36. 졸로백성(卒勞百姓), 백성들이 괴롭다

무의식은 유죄이다.

마치 난세실록(亂世實錄)을 쓰는 듯하다. 한 사람의 독선과 아집에 국민, 국익, 민생은 없고 비정상적인 법만 설친다. 편 가르는 현수막 정치가 등장하고 소금을 사재기하고 어시장엔 파리만 날리는 데 재상이라는 이는 핵폐기수를 먹는단다.

이 정부에 묻고 싶다. 정치를 이렇게 하며 양심의 가책을 못 느끼는가? "급기야 기독교도 시국선언! 윤석열, 히틀러의 길 가려하나? 국민 인내 한계 넘어서"라는 기사까지 보인다. 히틀러의 충실한 하수인, 6백만 명 유대인 학살 실무 총책임자는 아돌프 아이히만이었다. 그 아이히만에게 "양심의 가책을 느낀 적은 없었나요?" 하고 물었을 때, 그는 이렇게 말했다. "월급을 받으면서도 주어진 일을 열심히 하지 않았다면 양심의 가책을 받았을 것입니다." "나는 억울합니다. 내가 관심 있는 것은 맡겨진 일을 열심히 했을 뿐입니다." 아마 이 정부도 저런 대답을 할지 모르겠다. 하지만 아이히만은 유죄였다. 8개월간 재판을 지켜본 철학자 한나 아렌트는 이렇게 말했다. "그는 아주 근면한 인간이다. 그리고 이런 근면성 자체는 결코 범죄가 아니다. 그러나 그가 유죄인 명백한 이유는 아무 생각이 없이 따랐기 때문이다." 한나 아렌트는 또 말한다. "타인의 고통을 헤아릴 줄 모르는 생각의 무능은 말하기의 무능을 그리고 행동의 무능을 낳는다." 정부 출범 1년을 본다. 저들은 열심히 했다지만 이룬 것은 단 하나도 없고 국민들의 고통은 아랑곳 않는다. 국민을 생각하지 않기 때문이다. 그렇기에 양심의 가책도 느끼지 못한다. 이것이 '악의 평범성'을 만들었다. 따라서 저들은 유죄이다.

『시경』「소아」 '절남산'에 보이는 글을 읽어 본다. 이 정부의 행태와 '절남산'에 보이는 윤씨의 행태가 사뭇 어금지금하기 때문이다.

혁혁사윤 민구이첨(赫赫師尹 民具爾瞻, 혁혁한 태사 윤씨의 세도, 백성들이 모두 보고 있도다) 우심여담 불감희담(憂心如惔 不敢戲談, 걱정스런 마음 불타는 듯한데 감히 농담조차 못하고) 국기졸참 하용불감(國旣卒斬 何用不監, 나라의 기운 이미 끊어지는데 어찌하여 살피지도 않는가)

태사는 영의정·좌의정·우의정 삼정승이고 윤씨는 윤길보의 후손인 듯하다. 윤길보(尹吉甫)는 주나라 11대 왕인 선왕(宣王, ?~B.C.782) 때, 문무를 겸비한 장군으로 만국의 법도가 될 만한 이다. 왕은 이 윤길보 후손인 윤씨를 등용하였다. 그러나 윤씨의 정치는 형편없기에 오히려 나라가 어지러워짐을 풍자한 시이다. 백성들이 모두 윤씨를 보고 있지만 그의 하는 바가 선하지 못하였다. 백성들의 마음을 근심이 불타듯 만들고 또 그 위세가 두려워 감히 말하지도 못하게 하였다. 윤씨가 이렇게 정치를 한다면 당연히 나라 운명이 끝내 끊어질 텐데 어찌하여 이를 살피지 않느냐는 뜻이다.

혁혁사윤 불평위하(赫赫師尹 不平謂何, 혁혁한 태사 윤씨의 세도 공평치 않으니 말하여 무엇하리오) 천방천채 상란홍다(天方薦瘥 喪亂弘多, 하늘이 재앙을 내리니 천재지변이 크게 많아지고) 민언무가 참막징차(民言無嘉 憯莫懲嗟, 백성의 말은 기쁨을 잃었거늘 일찍이 징벌하여 비통해하지 않는구나.)

소씨라는 이는 이를 이렇게 풀었다. "정치를 하는 자가 그 마음을 공평히 하지 않으면 아랫사람들이 영화롭고 곤궁함과 수고롭고 편안함이 크게 차이가 있게 된다. 그러므로 신이 노하여 천재지변 따위로 사람이 죽는 재앙을 거듭 내리고 아랫사람들이 윗사람을 원망한다. 그런데도 윤씨는 스스로 경계하고 탄식하여 행동을 고치지를 않는다." 1년이 넘도록 야당 대표를 범죄자 취급하며 만나지 않는다. 이러니 이태원 참사, 외교 참사, … 이 상태로 4년이 간다면 대한민국의 국운은 쇠망의 길을 걷지 않을까?

윤씨태사, 유주지저(尹氏大師 維周之氏, 태사 윤씨는 주나라의 근본이라) 병국지균 사방시유(秉國之均 四方是維, 나라의 공평함을 잡고 천하를 유지하고) 천자시비 비민불미(天子是毗 俾民不迷, 천자를 보좌하며 백성이 혼미하지 않게 해야 하거늘) 부조호천 불의공아사(不弔昊天 不宜空我師, 하늘에게 가엾게 여김을 받지 못하니 우리 태사가 백성들을 곤궁하게 해서는 안 되네)

윤씨 태사는 나라의 공평함을 잡고 있으니 마땅히 나라를 유지하고 백성들로 하여금 혼미하지 않게 함이 바로 그의 직책이다. 그러나 윤씨는 그 마음이 공평히 하지 않아 이미 하늘도 그를 버렸다. 오히려 윤씨로 인하여 하늘이 환난을 내려 백성들을 곤궁함에 빠지게 하였다는 말이다. 코로나 이후 IMF, OECD, 세계은행 이런 주요 기관들이 세계 성장률 전망을 잇달아 상향하는데 유독 대한민국만 역주행 중이다. 2023년 세계 경제 성장 전망치는 2.9%이다. 대한민국은 올해 초에 1.8%로 잡았다. 그런데 3월 발표된 경제 전망치는 1.6%로 낮춰 잡았고 현재는 더욱 떨어지고 있다. 오죽하면 OECD가 '세계 경제는 개선되고 있지만 한국 경제는 둔화하고 있다'고 공개 우려를 표명할 정도이다.

불궁불친 서민불신(弗躬弗親 庶民弗信, 정치를 몸소 하지 않으면 뭇 백성이 믿지도 않고) 불문불사 물망군자(弗問弗仕 勿罔君子, 제대로 묻지도 않고 일해 보지도 않은 사람으로 나랏님을 속이지 말라) 식이식사 무소인태(式夷式己 無小人殆, 공평한 사람을 쓰고 소인을 가까이 하지 마라) 쇄쇄인아, 즉무무사(瑣瑣姻亞 則無膴仕, 보잘것없는 인척을 후하게 씀은 법도 아니다)

왕은 윤씨를 믿고 정사를 맡겼다. 그러나 윤씨는 저와 가까운 친척이나 소인들만 들어 썼다. 그 일을 알지도 하지도 못하는 자를 임명하여 그 왕을 속였다. 그러니 자리에 마땅하지 않은 자가 있거든 벼슬을 그만 두게 하여 소인 때문에 나라를 위태롭게 만들지 말란다. 국민연금까지 검사출신을 임명할 정도다. 검사를 만병통치약 쯤 여기나 나라로 볼 때는 독약일 뿐이다.

군자여계 비민심결(君子如屆 俾民心闋, 군자가 마음을 지극히 하면 백성들의 마음은 편안해지고) 군자여이 오로시위(君子如夷 惡怒是違, 군자가 마음을 공평히 하면 백성들의 미움과 노여움도 멀어지리라)

군자가 치우치지 않고 그 마음을 공평히 한다면, 백성들 마음이 편하고 백성들의 쌓였던 분노도 풀어진다. 그러나 왕과 윤씨가 그렇게 하지 못하였기에 이를 서글퍼한 글이다.

부조호천 난미유정(不弔昊天 亂靡有定, 하늘에게 가엾게 여김을 받지 못하니 세상의 어지러움 진정되지 않고) 식월사생 비민불녕(式月斯生 俾民不寧, 날로 달로 늘어나 백성들이 편안케 하지 못하게 하는구나) 우심여정 수병국성(憂心 如醒 誰秉國成, 마음 근심이 술병에 술 찬 듯하니 누가 나라의 권세를 쥐었기에) 부자위정 졸로백성(不自爲政 卒勞百姓, 스스로 다스리지 않아 끝내 백성을 괴롭게 하는구나)"

하늘이 버렸기에 세상은 어지럽고 백성들의 고통은 세월과 더불어 자라난다. 도대체 나라를 다스리려는 자가 누구기에 백성들을 이토록 괴롭게 만드느냐고 한다. 자음과 모음도 괴롭다기에 이만 그친다. 참 괴로운 이 정권이다.

37. 노년(老年), 생물학 현상이 아닌 문화 현상

20%의 힘, 후대의 파수꾼이어라.

"노년에 대해 한번 써봐." 책 좋아하는 대학 동창이 전화 끝에 한 말이다. 그러고 보니 며칠 새 노년이라 할 분들에게 들은 말이 있다. "간 선생, 조심해서 글 써야 해. 아! 저 사람들이 좀 포악해야지. 잘못하면 해코지 당해." 내 또래에게 들은 말이다. "자네가 그런 글이나 쓰니까, 그렇게 사는 거야. 자네 글 누가 보나." 70대에게 들은 말이다. "아범! 나쁜 사람은 피해. 그렇지 않으면 세상 살기 힘들어. 세상이 다 그래." 80대이신 어머니께서 고추밭에 농약 주고 올라가는 나에게 하신 말씀이다.

노년이란 무엇일까? 현재 '노인'을 규정하는 우리나라 기준은 나이만 65세로 경제개발 5개년 계획을 짠 1964년에 도입했다. 한국보건사회연구원이 발표한 '2022년 빈곤통계연보'는 참혹하다. 65세 이상 노인 1인 가구의 빈곤율이 72.1%에 달해 높은 것으로 나타났다. 10명 중 7명은 빈곤 상태이다. 노령인구가 늘어나며 우리나라 노인의 사회생활이 열악함을 단적으로 보여주는 통계이다.

하지만 선거[정치]를 보면 완연 다르다. 노년층에 의하여 선거가 결정된다. 제20대 대통령선거 지상파 방송3사 출구조사 세대별 예상 득표율을 본다. '전체 지지율 최종: 20대 이하 → 30대 → 40대 → 50대 → 60대 → 70대 이상' 순으로 보면 이렇다. 이재명 후보: 47.8%: 47.8% → 46.3% → 60.5% → 52.4% → 32.8% → 28.5%이다. 윤석열 후보: 48.4%: 45.5% → 48.1% → 35.4% → 43.9% → 64.8% → 69.9%이다. 통계를 분석한 자료엔 "윤석열 후보 당선의 최대 공로자는 60대이고 70대 이상은 60대보다도 더욱 보수 지지세가 압도적"이라 하였다. 대한민국의 미래는 그렇게 정해졌다. 다른 세대보다 20%가 높다는 것은 다른 세대와 정치성향이 뚜렷이 다르다는 반증이요, 하나의 문화 현상임에 틀림없다.

살아갈 날이 많은 연령층이 아닌, 상대적으로 살아갈 날이 적은 노년층 힘이 얼마나 강한지를 보여주었다. 이러한 아이러니한 사실이 20만 표로 보수 윤석열 대통령을 만들었다. 그러니 이 땅에서 노인은 더 책임감을 느껴야 한다. 또 살아갈 날이 적다는 말은 지금까지 살아오며 정부로부터 각종 혜택을 후대보다 더 많이 받았다는 말이기도 하다. 그러니 이 정치에 작동하는 노인 문화 현상, 즉 '노인의 강력한 힘'을 후대를 위한 파수꾼으로 사용해야 한다. 후손들의 행복한 나라로 만드는 것은 노인들의 손에 달려 있기 때문이다.

'행복한 나라'가 되려면, 순응이 아닌 끊임없는 전진이어야 한다. 흐르지 않는 물은 썩고 정체된 사회는 도태되기 때문이다. 장애물은 '선입견'과 '편견'이다. 누구나 키우는 제 떡국 수만큼 나이든 이 두 마리 개를 삼가 경계해야 한다. '옳은 것 옳다' 하고 '그른 것 그르다' 해야 세상은 나아가서다. 그러나 요즈음 내가 노인 분들에게 들은 말은 사회에 순응하라는 충고이다. 이 충고를 들으면 내가 없다. 타인의 시선으로 정의되는 나는 내가 아니기 때문이다.

내가 대학 다닐 때, 철학자들 책 한 권쯤은 끼고 다녔다. 그때 베스트

반열에 올랐던 책을 쓰신 분이 요즈음도 정정하게 강의하시는 것을 보았다. 문득 이런 생각이 들었다. 저분이 국가와 민족을 위해 하신 일이 무엇일까? 군사독재시절 저 분은 '젊은이들이여! 꿈을 꾸어라' 역설했지만 독재자들에게는 단 한 마디도 없었다. 자신의 제자가 민주화를 외치다 감옥에 가도, "책상을 탁 치니 '억' 하고 죽었다"라는 황당한 거짓말을 늘어놓아도 단 한 마디 하지 않는 분이 어떻게 젊은이들에게 주는 글을 쓴 지성인인가?

가끔씩 생물학적 명칭인 노인보다는 '어르신'이라 부르자고 한다는 말을 듣는다. 그렇다면 노인은 몸이 이 땅에서 사라지기 전에, 이 세상을 사람 사는 세상으로 만들기 위해, 후손에게 행복하고 정의로운 나라를 물려주기 위해, 더 정치에 관심을 갖고 후대를 위해 파수꾼으로서 부조리한 현실에 저항하는 모습을 보여주어야 한다. 노인을 '어르신'으로 존경하는 나라는 거기서 만들어진다. 어르신은 몸은 비록 늙어가도 정신은 익어가야 한다. 그래야 당당히 지하철 자리에 앉을 우선권을 부여받고 '나라 상감님도 늙은이 대접은 한다'라는 속담도 제 자리를 잡는다. 우리나라는 더욱 그렇다. 60대 이상이 후대 세대보다 20%만큼 달랐다. 이 통계는 '노인이 노인다울 때 나라가 반드시 나라다워진다'는 유추를 가능케 한다. 후대보다 창의적이고 더 정의롭고 더 행동해야 할 당위성을 지닌다. 그럴 때, 노인이라서가 아닌, 격조 높은 인품을 지닌 '어르신'으로 존중 받는다.

나는 대학에서 학생들을 가르치는 교수로서 학문을 하고 글 쓰는 작가로서 세상을 바라본다. 학문은 연구를 하고 이를 논문으로 발표한다. 논문은 독창성, 윤리성, 검증 가능성이라는 조건을 충족시켜야 한다. 제1조건이 바로 독창성이다. 독창성은 새로운 것을 만들어내려는 창의성이다. 당연히 문제를 찾아 분석하고 비판하려는 의식이 없으면 안 된다. 작가로서는 세상을 치열하게 바라보아야 한다. '옳은 것 옳다' 하고 '그른 것 그르다' 하고 '선은 권장'하고 '악을 징계'하는 게 진실한 글이기 때문이다. 진실을 찾기 위한 작가의 비평적 태도는 그래 중요하다. 정의와 불의를 구별하지 못하면 작가는 작가가 아니요, 글도 글이 아니다.

내가 사회에 순응하면 내 학문은 진일보하지 못하고 글은 헛소리만 해댄다. 그러니 저 위 노인들의 충고는 이렇게 바뀌어야 한다. "간 선생, 정의롭게 글 써야 해. 아! 저 사람들이 포악하지만 글 쓰는 이는 그래야 하지 않나. 내 끝까지 지지함세." "자네, 그런 글을 열심히 쓰시게. 자네 글을 주위에 알리겠네." "아범! 남에게 모범을 보여야 할 선생 아닌가. 나쁜 사람을 보고도 못 본체해서야 되겠는가. 그래야 세상이 좋아지지."

노인을 위한 나라는 없다. 이 나라는 세대들이 함께 살아가는 나라이다. '노인들이 노인다워야 나라가 바로 선다.' 중요한 것은 나이 듦이 아니라 어떻게 노년을 보내는 거냐이다. 철학자이며 여성운동가인 시몬 드 보부아르(Simone de Beauvoir, 1908~1986)의 『노년』이란 책이 있다. 그녀는 책 말미에서 "정당하고 참여적인 인생"을 살라 주문하였다. '노년'의 삶과 대립되는 것은 죽음이 아니고 '살아있는, 깨어 있는 노년'이어야 한다는 말이다. 붉은 해는 서산마루에 걸렸을 때 가장 광채를 발하듯이. 이러할 때 노년은 단순한 생물학 현상이 아니라 문화 현상이 되고 후대의 파수꾼이 된다.

38. 3.5%, 민주주의를 지키는 법칙!

완장, 그 권력의 허망함

"한국의 젊은 민주주의가 진화했다."(뉴욕타임스) "한국에 민주주의가 존재한다는 것을 보여준 증거다."(워싱턴포스트) 박근혜 대통령을 파면했을 때 기사이다. 국정농단에서 대통령 탄핵까지 6개월여의 긴 여정을 끝낸 2017년 3월 10일, 마침내 헌법재판관 8명은 만장일치로 주문했다. "주문. 피청구인 대통령 박근혜를 파면한다." 대한민국 헌정사상 첫 대통령 파면 결정은 민주주의 쾌거이자 국민의 승리였다. 토요일마다 광화문 광장에서부터 제주도까지 밝혔던 1500만 '비폭력 시민운동' 촛불은 이 나라 '권력의 주인은 국민'임을 분명히 보여주었다.

이것이 바로 '3.5% 법칙'이다. "전체 국민의 3.5%가 비폭력 반정부 시위나 집회를 이어가면 정권이 바뀐다." 미국 덴버대 정치학 교수 에리카 체노워스(Erica Chenoweth)가 2013년, 20세기 이후 시민 저항 운동을 분석한 결과이다. 3.5% 법칙의 조건은 명료하다. '적극적이고 지속적인 시위나 집회'와 '비폭력'이라는 두 가지 원칙을 전제로 한다. 에리카 교수는 비폭력 방식으로 시위가 진행되면 더 많은 국민들의 참여를 이끌어 내 비폭력 시위가 폭력 시위보다 성공 가능성이 2배 이상 높다 한다.

대표적인 예로는 1986년 필리핀의 마르코스 정권을 붕괴시킨 피플 파워, 2000년 세르비아의 슬로보단 밀로셰비치 대통령을 물러나게 한 비폭력 저항운동, 여기에 박근혜 대통령 탄핵을 이끌어 낸 촛불혁명이 있다.

2016년 박근혜 대통령 퇴진을 요구하는 5·6차 촛불집회 참여 인원을 보면 우리 국민의 3.5%(약 180만 명)가 넘는 190만 명, 232만 명이 참여하였고 결국 탄핵을 이끌어 내었다. 이런 나라에서 다시 탄핵이란 말이 나온다. 쇼펜하우어(Arthur Schopenhauer)는 우리가 이 세계에서 살며 인식하는 세상을 모두 '표상(表象)'이라 하였다. '표상'은 눈앞에서 보듯이 마음속으로 생각하고 그려보는 일, 심상, 상상, 관념 따위를 말한다. 즉 우리가 무언가를 보고 그것을 상상하는 일이다.

예를 들자면 우리는 달 자체를 직접 알지 못한다. 눈으로 달빛을 보고서야 달을 인식한다. 그때 생겨나는 인식이 '달의 표상'이다. 여기서 중요한 것은 '나의 표상'이란 점이다. 내가 인식하는 달이나 태양은 어디까지나 '나의 표상'이지 '너의 표상'은 아니다. 그렇기에 쇼펜하우어는 '세계는 나의 표상이다'라 하였다.

박근혜 대통령이 탄핵되었을 때 나는 '대한민국이란 나라의 표상'을 상상했다. 백성이 주인인, 정의와 상식이 통하는, 민주주의가 궤도에 오른 나라였다. 하지만 내가 그린 표상이 이 정권과 이렇게 다를 줄 몰랐다. '완장(腕章)' 찬 저이들 표상과 나의 표상은 완연 다르다. "거친 말이 가야 고운 말이 온다." 검사들의 세계에서 통용되는 말이란다. 이 정부 들어 완장 찬 저이들의 거친 말, 거친 행동은 사뭇 저런 기세다.

이 정부의 완장 찬 이들이 보는 '대한민국의 표상'은 국민들의 보편적 상식과 어긋난다. '바이든'이 '날리면'이 되고, 159명의 집단 주검 앞에서도 책임지는 이 한 사람 없다. 국책 사업이 하루아침에 바뀌고 정부

각 부처는 검사들이 차지하고 앉아 검찰공화국을 조성하며 야당 불신에 언론 장악까지 하려든다. 여기저기 자리만 있으면 낙하산을 투하하고 막말 정치꾼들의 폭력적인 말들이 부유한다. 어느새 우리 사회는 완장 찬 이들로 공포분위기가 팽배하다.

윤흥길의 「완장」이 있다. 그릇된 권력을 풍자한 소설이다. 주인공인 건달 종술은 저수지를 감독하는 완장을 차고 마을의 권력자로 행세한다. '완장'은 권력을 상징한다. 그렇지만 과도한 권력 집착의 결과는 허무뿐이다. 끝내 종술은 마을에서 쫓겨나고 그가 찬 완장이 물 빠지는 저수지 위에 떠 있는 것으로 끝을 맺는다. 작가는 그렇게 권력의 허망함을 그렸다. 노르웨이의 사회학자 요한 갈퉁(Johan Galtung)은 이렇게 완장 차고 행하는 권력 행태를 '폭력 사회'로 규정한다.

갈퉁은 1970년대 이후 남북한을 직접 방문하여 평화 통일을 위해 노력한 오슬로대학교 교수이다. 그는 폭력이 인체에 내포된 '자연 폭력', 특정 사람이나 세력이 행위자로 개입하는 '직접 폭력'·법률과 제도들에 의해 가해지는 '구조 폭력'·언론을 통하여 직접 또는 간접 폭력을 정당화하는 '문화 폭력'·지속 가능성을 약화시켜 다음 세대에게 해를 입히는 '시간 폭력'으로 구분하였다. 이 중 직접적 폭력, 간접적 폭력과 문화적 폭력을 '폭력의 삼각형'이라 칭하고 이 삼각형이 폭력의 악순환을 반복한다고 보았다.

'직접 폭력'이란 인간의 목표 실현 가능성을 직접 파괴한다. 직접이란 육체적 언어적·심리적으로 고통을 가한다는 말이다. 이는 명백하게 가시적이고, 개별적이며, 비구조적이다. '구조·문화 폭력'은 특정 집단 혹은 계급이 지원과 시야를 독점함으로써 다른 인간 욕구의 목표 실현을 제한한다. 즉 '구조 폭력'은 가난, 굶주림, 독재, 사회적 소외, 불공평한 삶의 기회, 불공평한 자원 분배, 불공평한 결정권 따위 보이지 않는 폭력이다. '문화 폭력'은 상징 혹은 사건과 같은 문화적 측면을 가지고 같은 상징이나 사건을 공유하지 않는 사람들을 차별하고 직접, 또는 구조 폭력을 정당화한다.

1년 사이에 대한민국은 이 '폭력의 삼각형'에 에워싸였다. '폭력의 삼각형'은 어느 각에서나 시작하고 어느 방향으로든 방사한다. 그 과정에서 서로를 확대 재생산하며 폭력의 악순환을 만든다. 이 정부 들어 심화된 정쟁, 진실과 거짓을 뒤섞는 보도, 이분법적 사고, 묻지 마 충성, 괴담, 궤변, 막말, 빈부 격차 심화, 압수 수색 공포, 시행령 정치, 인권 유린, 색깔론, 공포 정치, 가짜 뉴스… 킬수능 문제, 후쿠시마 오염수, 윤석열 특활비, 양평고속도로에 이어 오늘은 물난리로 수십 명이 사망했는데 16명 수행원 대동하고 리투아니아 명품 매장서 쇼핑했다는 보도까지 뜬다. 도덕과 정의, 예의는 사라졌고 민주주의도 실종되었다. 결국 이러한 한국 사회 '폭력의 삼각형'은 입법·사법·행정 3권 분립까지 훼손(예를 들면 양평고속도로는 공정을 깨뜨린 행정부[건설교통부] 책임인데 이를 정치화하여 잘못을 희석시키고 있다.)하고 있다.

이러니 '독재 국가', '전체 국가'라는 말이 나오고 여러 사회단체와 지식인들에 의해 '탄핵'까지 등장케 하였다. 결국 이 모든 게 '완장' 찬 저들이 원하는 '국가의 표상'만 보기 때문이다. 정부의 이런 폭력적 행태를 차단하려면 반드시 국민이 깨어 있어야 한다. 깨어 있어야 한다는 말은 우리가 행동해야만 폭력의 악순환을 막는다는 뜻이다. '3.5%법칙'만 있으면 민주주의를 지켜서다. 바닷물이 썩지 않는 염분 농도도 3.5%이다. (야당 당원 수만도 400만 명이 넘는다는 사실을 완장 찬 이들은 알아야 한다.)

39. 대한민국 법, 공평합니까?

"내가 용서하지 않았는데 왜 법이 용서를 합니까!"

'헌재, 이상민 탄핵 기각!' 헌법재판소에서 선고한 행정안전부 장관 탄핵 심판 사건의 선고 재판 결과이다. 그것도 9명 전원 만장일치이다. 2022년 10·29 이태원 참사가 있은 지 269일 만이요, 올해 2월8일 국회가 이 장관의 탄핵 소추를 의결한 날로부터 167일 만이다. 부실 대응 책임이 있는 이상민 행정안전부 장관에 대한 국회의 탄핵심판 청구가 기각됐다. 참사 관련 구속 피의자들이 모두 보석으로 석방된 상황에서 재난관리의 컨트롤 타워인 이 장관까지 책임에서 벗어났다.

이유는 "재난기관 특정되지 않아 책임 없어" "헌법과 법률의 관점에서 피청구인(이상민 장관)이 재난안전법과 국가공무원법을 위반해 국민을 보호할 헌법상 의무를 다하지 못했다고 보기 어렵다." 또 이 장관의 참사 관련 발언에 대해서도 "파면을 정당화할 정도로 재난안전관리 행정 기능이 훼손됐다고 단정하기 어렵다"이다. 국회가 지적한 헌법과 법률상 문제에 대해 헌재는 대부분 인정하지 않았다. 법은 피해자와 가해자가 있다. 안전상의 문제로 피해자 159명이 주검이 되었는데, 주무 부처인 행정안전부는 아무런 책임이 없다고 한다. 면죄부를 준 셈이다.

피해자는 있는데 가해자는 없다. 분명 법과 현실의 괴리요, 국민 법 감정과도 배치되는 판결이다. 하지만 대한민국 법이 그렇게 결정했으니 5,155만 중 단 한 명도 이를 거부하지 못한다. 그렇게 법 앞에 주권자인 국민은 없었다. 법치주의 국가이기에 그렇다.

이청준(李淸俊, 1939~2008) 선생의 「벌레 이야기」가 떠오른다. 「벌레 이야기」는 영화 「밀양」의 원작이기도 하다. 내용은 이렇다.

마흔 살에 얻은 늦둥이, 다리 한쪽이 불편한 아이이고 어릴 적부터 성미가 남달리 유순한 알암이다. 이 알암이가 유일하게 좋아하던 주산학원을 다녀오다 사라진다. 애태우는 알암이 엄마에게 이웃인 김 집사가 하나님께 간절히 기원하면 돌아온다고 교회로 인도한다. 하지만 알암이는 사체로 발견된다. 자리에 누운 알암이 엄마에게 다시 김 집사가 범인이라도 찾자며 기도한다. 범인은 뜻밖에도 알암이가 그렇게 좋아하던 주산 학원의 원장이었다. 원장은 사형수가 되고 알암이 엄마는 하나님을 원망하고 원장에 대한 원한과 저주로 나날을 보낸다.

김 집사는 다시 찾아와 하나님을 믿고 범인을 용서하자고 달랜다. 그래야 죽은 알암이도 좋은 곳으로 가지 않겠느냐고. 알암이 엄마는 결국 원장을 용서하기 위해 교도소로 면회를 간다. 하지만 사형수인 원장의 얼굴은 의외로 평온하였다. 원장은 그동안 하나님이라는 신앙을 받아들였단다. 알암이 엄마는 절규한다. "내가 그를 아직 용서하지 않았는데 어느 누가 먼저 용서합니까. 그럴 권리는 주님에게도 있을 수 없어요."라며.

크리스마스 캐롤이 울릴 즈음, 알암이 엄마는 라디오에서 '원장은 신장과 두 눈을 아픈 이들에게 기증하고 하늘나라로 갔다고, 하나님께서 자신을 용서하였기에 지금 너무나 편안한 마음으로 하늘나라로 가지만 이 세상에 남아 있을 알암이 엄마가 걱정'이라는 방송을 듣는다. 알암이 엄마는 고통과 절망감을 이기지 못하여 자살하고 만다.

이 「벌레 이야기」는 1981년 세상을 떠들썩하게 한 이윤상 군 유괴 살인 사건이 실제 모델이다. 제자를 유괴해서 살해한 주영형은 사형 집행 전에 이런 유언을 남겼다. "나는 하나님의 품에 안겨 평화로운 마음으로 떠나가며, 그 자비가 희생자와 가족에게도 베풀어지기를 빌겠다." 이 말을 듣고 이청준 선생은 '참혹한 사건보다 더 충격'을 받아 이 소설을 썼다 한다.

몸이 불편한 아이, 그 아이가 자신을 좋아하는데도 참혹하게 죽인 원장, 그 원장의 평온한 얼굴과 오히려 남은 알암이 가족이 걱정이라는 원장의 말을 절망스럽게 들을 수밖에 없는 알암이 엄마. 이번 판결을 보며 이태원 참사로 주검이 되어 돌아온 159명의 가족들은 또 한 번 절망적인 심정일 것이다. 분명 국가의 방임이요, 직무 유기인 이태원 참사의 책임을 물을 곳 없다는 선고를 보는 국민 심정도 참담하다.

법률 「춘향전」도 그렇다. 「춘향전」은 연애 소설이지만 그 속엔 법이 도사리고 있다. 중세의 법으로 보자면 피고인 천민 춘향에 대한 재판기록이다. 춘향은 반인반물(半人半物)이기에 기생점고 대상이나 출두하지 않고 당연히 들어야 할 변 사또 수청을 거절하여 구속되었다. 피의자 심문에서 호된 형장을 당하고 이에 반항하니, 관장의 명에 거역하고 조롱했다는 죄목으로 '죄당만사(罪當萬死)'[161]라는 판결을 내린다. 춘향이 유부녀 겁탈 운운 항변하였지만 당시 강상의 윤리라는 조선법의 보호는 양반을 위해서 존재했다. 신분이 천한 춘향은 법의 보호 받을 대상이 아니다. 「법률 춘향전」이라면 그렇게 춘향은 이승을 하직했고 이

---

161) 만 번 죽어 마땅하다.

법이 조선 전제정치의 방패 구실을 하였다. "암행어사 출도야!"는 그때나 이때나 소설에서나 가능할 뿐이다.

이런 법을 비웃는 말이 '신상의 말류(申商之末流)'162)이다. '신상(申商)'은 신불해(申不害)와 상앙(商鞅)의 병칭이다. 신불해는 전국시대 한(韓)의 재상으로서 형명(刑名, 형벌 이름)에 근거해 15년간 다스렸고 상앙 역시 전국시대 진(秦)의 재상으로서 20년간 엄격한 법치주의 정치를 행하였다. 그러나 상앙은 그의 법이 너무 각박한 탓으로 사람들의 원망을 사서 끝내 극형에 처해졌다. 또 한 명, 법을 존숭한 법가(法家)로서 독살 당한 한비자(韓非子)가 있다. 그와 상앙을 '비앙(非鞅)'이라고도 하며 신불해와 함께 법을 모질게 집행하여 '참각(慘刻)'163)이라 불렸다. '신상의 말류'는 이렇게 나왔다.

『당률(唐律)』「명례(名例)」에 "형벌[법]의 목적은 형벌[법]을 쓰지 않게 하는 데 있다(以刑止刑)" 하였다. 즉 법을 집행하는 목적은 미연에 범죄를 방지한다는 말이다. '법에도 숨결이 있고 저울에도 변통은 있게 마련'이라던데 이번 헌법재판소 판결에는 차디찬 법만 있을 뿐이다. 헌재의 판결이 우리에게 건네는 것은 '법 돌아가다가 외돌아가는 세상'이란 속담이다. 법대로 하면 잘 되는 세상 같지만 오히려 그릇된 방향으로 간다는 뜻이다. 옳은 것과 그른 것이 뒤죽박죽이 되어 갈피를 못 잡는다는 말이다. 이번 헌재 판결이 법의 목적에 부합하는지? 우리네 삶의 갈피를 잡아주는지? 신상의 말류는 아닌지? 묻고 싶다.

로마 법학자 울피아누스(Ulpianus)의 법에 대한 정의로 끝맺는다. 그는 약 280책에 이르는 방대한 저서를 남겼으며 전 세계 법학에 많은 영향을

---

162) 신불해와 상앙이 존숭한 법은 말류다.
163) 사납고 독하다.

끼쳤다. "'법(jus)'은 '정의(iustitia)'에서 나왔다. 법이란 선(善)과 공평(公平: 정의)의 기술이다(Jus est ars boni et aequi)."

40. 대한민국,
군중심리가 작동하는 최면에 걸린 황홀한 상태

감정이 아닌, 논리로 판단해야

[1회] 가끔씩 찾는 순댓국집에서 일이다. TV에서는 잼버리에 대한 뉴스가 나왔다. "잼버리, 대한민국 위기 대응 역량 보여주고 있어." 여가부 장관 입에서 기함할 만한 명대사가 나왔다. 그렇지 않아도 불편한 국민들의 가슴에 기어코 비수를 꽂고야 만다. 세계 청소년들을 위험에 빠뜨린 장본인이 눈 하나 깜짝 않고 그들에게 '대한민국의 위기 대응 역량'을 보여주고 있단다. 대회를 주관하는 여가부 장관의 이 한 마디로 '2023 새만금 제25회 세계스카우트잼버리 대회' 성패는 결정되었다. 어떻게 이 정부 인사들은 한결같이 "죄송합니다." 다섯 글자를 모르는지 이해 불가다. 이어 화면은 잼버리 대회가 파행되는 데도 대통령은 휴가를 가서 횟집을 찾는다는 보도로 넘어간다. 독선적이고 비도덕적이며 공감능력이 현저히 떨어지는 행태이다.

[2회] "점입가경이로군! 쩝!" 내 옆자리 허름한 차림의 내 나이쯤 되 보이는 사내가 소주잔을 입에 털어 넣으며 하는 혼잣말이다. '왜 이런 일이 다반사로 일어나는 것일까?' 하는 생각을 하다가 기록적인 폭우로

수해를 입은 충남 공주·청양, 충북 오송을 국민의힘 지도부가 찾은 장면이 떠올랐다. 당 대표와 동행한 인사가 여기까지 찾아 온 당 대표에게 박수를 쳐주자고 한다. 그런데 진짜 박수를 치는 것이다. 30도를 웃도는 찌는 더위, 도로에 깔린 진흙과 물웅덩이, 침수된 집, 폭우가 휩쓸고 가 전쟁터처럼 폐허가 된 마을 주민에게 박수를 유도하는 정치인과 이에 응하여 박수를 치는 주민의 모습은 기이하다 못해 괴기스러웠다. 정치인이 떠나는 뒤로 한 주민이 들릴 듯 말 듯한 목소리로 "사진이나 찍으러 왔나." 하였다. 이 말이 그렇게 어려운가? 국민이 주인인 민주주의 국가이다. 당당히 말을 못한 이유는 정치인들의 위신이 자신보다 높다고 생각해서가 아닐까. 판단력과 비판정신의 부재이다.

[3화] '이상민 행정안전부 장관에 대한 탄핵심판 청구가 재판관 전원 일치로 기각'되었다. 이날 헌법재판소 대심판정에서 선고를 듣던 이태원 참사 유가족은 참았던 눈물을 터뜨렸다. 기각 선고 직후 유가족의 기자회견 중 극우단체 회원이 유가족을 향해 "이태원은 북한 소행"이라 외치고, "이렇게 좋은 날!"이라는 노래를 부르며 유가족을 조롱하는 일이 벌어졌다. "사진이나 찍으러 왔나." 목소리는 적었고 "이렇게 좋은 날!" 목소리는 컸다. 남의 불행 앞에서 하는 비이성적이요, 반사회적인 폭력 행위임을 저들이 모를 리 없다 그런데도 아무렇지도 않게 하는 이유를 굳이 찾는다면 자기 행위가 옳다는 맹신에서 나왔으리라.

[4화] 엊그제 택시를 타 운전기사님과 이런저런 이야기를 하게 되었다. 나이는 70세쯤 되어 보였지만 성량이 굵고 신수가 훤해 보였다. 현 대통령을 지지한다며 그 믿음이 대단했다. "요즘 사람들은 기다릴 줄 모른다"고 "1년 정도 갖고 어떻게 평가를 하냐"며, "지금은 잘 몰라 그렇지 곧 정치를 잘 할 거"란다. 어떻게 그렇게 단정 짓느냐 물으니 "나는 책을 많이 읽고 정치에 관심이 많다"고 하였다. 귀가 번쩍 뜨였다. 요즈

음 누가 책을 읽는가. 듣던 중 반가운 소리라. 그래 물었다. "아! 책을 많이 읽으시는군요. 요즈음은 무슨 책을 읽으시나요?" 기사님은 갑자기 나를 흘낏 쳐다보더니 "그걸 뭘!" 하였다. "아니, 그냥 궁금해서 그럽니다. 책을 많이 읽는다 하시고 또 정치적인 신념도 강하셔서 물어 본 것입니다." 기사님은 불쾌한 듯이 말했다. "허, 거참. 뭘 그런 걸 자세하게 꼬치꼬치 묻는 겁니까?" 대화는 거기까지였다. 이 분이 책을 읽었을 리 없다. 책 읽는 이라면 저러한 단언, 과장과 편협하고 과민한 행동을 하지 않는다.

[5화] 오늘 나온 대통령 지지도는 흔들림 없이 여전히 35%를 유지한다. 그가 정치를 잘하고 못하고는 아무런 상관없다. 저 사람에게 끝없는 신뢰를 보낼 뿐이다. 이른 바 '확증적 편향'이요, '불변의 신념'이요, '단순함'이다.

[1화]에서 [5화]까지 어떠한 공통점이 있을까? 연관성이 없는 것 같지만 분모는 현재 우리 대한민국 사회라는 공통점으로 이 나라 어디서나 보는 흔한 풍경이다. 분명 대한민국은 선진국에 진입한 나라이고 국민은 눈과 귀가 있고 이성으로 판단할 텐데, 왜 이러한 현상이 일어나는 것일까? 혹 이러한 모습이 우리가 군사독재를 거치며 '개인'보다는 '군중', '광장'보다는 '밀실' 문화에 익숙해서 그런 것이 아닐까 한다.

샤를마리 귀스타브 르 봉(Charles-Marie Gustave Le Bon, 1841~1931)의 『군중심리학(Psychologie des foules)』을 다시 읽어본다. 그는 프랑스의 의사, 심리학자, 사회학자, 철학자, 과학자이다. 시간적 거리도 한 세기요, 공간·문화적으로도 다르지만 사회와 군중에 대한 그의 분석은 21세기인 지금, 대한민국으로 끌어와도 전혀 이질감이 없다. 르 봉은 단언한다. "개인이 모여 군중이 되면 개인으로 존재하는 때처럼 이성적으로 추론하지 못한다." 개인보다 군중 성향이 강할 때 비이성적이고 불합리하게 행동하는 이유가 여기 있다. 르 봉은 군중심리의 특성으로 "충동성과 과민성, 이성적 추론 능력의 부족, 판단력과 비판 정신의 부재, 단순하고 과장된 감정" 따위를 들며, "군중의 일원으로 한동안 깊이 관여한 개인은 군중이 발산하는 열기나 우리가 알지 못하는 다른 원인으로 말미암아 특별한 상태에 놓인다"고 하였다.

우리는, 특히 60세 이상은 역사적으로 일본제국주의, 이승만 독재, 박정희·전두환의 군사독재를 거치면서 개인보다는 군중으로서 잘 훈육되었다. '개인'을 강조하는 민주주의 보다는 전체주의에 더 가까운 게 사실이다. 이것이 오늘날 대한민국의 기성세대에 작동하는 힘이라는 것을 인정하지 않을 수 없다.

『군중심리』에는 또 이런 말도 보인다. "당선될 수만 있다면 과장된 공약을 남발해도 괜찮다. 유권자는 공약에 박수를 칠 뿐 얼마나 지켰는지 알려고 하지 않는다." "흑색선전으로 상대에게 타격을 주되 증거를 찾아 제시할 필요는 없다." "군중의 지도자는 대부분 사상가가 아니라 행동가다. 미래를 내다보는 혜안이 없고, 앞으로 갖출 가능성도 무척 낮다."

음울한 해석이지만 우리 현실과 지근거리에 있다. 그는 "엘리트집단도 예외 없이 정신적으로 무척 열등"하다고 한다. 군중은 '논리'가 아니라 '감정'으로 판단하기 때문이라며 군중심리가 작동하는 사회를 "최면에 걸린 황홀한 상태와 매우 유사"하다고 비유한다.

41. 홍범도 장군을 육사에서 퇴출하지 말아야 할 이유(1)

홍여천만이 오호대장의 한 명

지금까지 홍범도를 알고 가장 많은 기록을 남긴 재러 작가 김세일 (1912~?) 씨, 그가 북한에 들어갔을 때 홍범도가 홍경래(洪景來, 1780~ 1812) 가문이라는 말을 들었단다. 1811년, 조선 왕조의 부정과 폐단에 맞서 대규모 민중 항쟁을 일으킨 홍경래, 남양 홍씨로 평안도 용강군 다미동에서 태어났으니 일리 있는 전언이다. 그때 백성들이 "철산 치오/ 가산 치오/ 정주 치오" 하고 부른 노래가 「홍경래 타령」이다. 홍경래가 평안북도라면 홍범도는 평안남도에서 떨쳐 일어났다. 묘한 울림으로 '홍범도 장군을 육사에서 퇴출하지 말아야 할 이유'를 쓴다.

차마 눈뜨고 못 볼 형국이다. 이 정부의 행태를. '타령(打令)'은 백성들 이 응어리진 한을 풀려 부르는 민요인데, 권력 쥔 자들이 때 아닌 '공산 당 타령'을 부른다. 이러니 백성들도 "대통령도 치오/ 장관들도 치오/ 국힘당도 치오" 「탄핵 타령」이 나올 듯하다. 교육부가 교무부(敎無部)가 되어 벽초(碧初) 홍명희(洪命熹, 1888~1968) 선생이 북한으로 갔다며 「임 꺽정」을 가르치지 말라더니, 이번에는 국방부가 국망부(國亡部)가 돼 홍 범도 장군이 공산당이라며 육사에서 흉상 퇴출이란 모욕을 가하며 '홍범도 함'까지 개명하려 든다.

①인품: 여천(汝千) 홍범도(洪範圖, 1868~1943) 장군의 태생은 비천하였으나 우리 독립운동사에, 아니 역사에 장엄한 획을 그었다. 홍범도는 산포수 생활을 하다 1895년(27세)에 명성황후 시해를 계기로 의병을 일으켜 의암(毅庵) 유인석(柳麟錫, 1842~1915)과 합류하였다. 이때 유인석은 50대 중반의 대학자로 역시 제자들과 을미의병을 일으켰고 1910년 6월 연해주에서 조직된 대한13도의군 도총재에 추대된 역사적 인물이다. 이 유인석과 홍범도는 연령도 26세나 차이 나고 신분도 완연 달랐다. 이 유인석의 문집 『의암집』에 홍범도에 대한 기록이 보인다. 「여홍여천범도(與洪汝千範圖)」 등 세 편의 답신이 그것인데, 홍범도의 호를 '여천(汝千)'이라 하였다. 유인석의 자(字)가 '여성(汝聖)'인 점으로 미루어 자신의 자로써 홍범도에게 호를 지어준 듯하다. 답신을 보면 유인석은 홍범도를 대단히 비범한 인물로 본다.

"족하께서는 대의를 믿고 큰일을 벌였소. 충모와 용맹을 발휘하여 무리가 당신을 믿고 복종하게 하였소. 전후로 여러 차례 싸워 왜적을 많이 죽여서 명성이 온 나라에 진동하는구려. 인석은 본국에 있으며 익히 듣고 마음으로 기뻐하였는데 이곳[러시아 블라디보스토크]에 왔기에 듣지 못할 것을 더 듣게 되니 지극히 마음속에 감동하오. … 근래 듣기로 휘하 군사를 이끌고 북쪽 청(淸) 지역으로 들어갔다는데 우러러 생각해보니 몹시 고되고 어려울 거라 생각하오. 또한 내어놓는 계책이 한편 비할 것 없이 놀랍고 한편 염려할 것 없이 믿을만 하오이다(足下仗大義擧大事 忠謀勇畧 致衆信服 前後累戰 多殺賊倭 聲名動一國 麟錫在本國 耳慣心悅 及到此地 益聞所不聞 極有感動于中者 … 近聞揮率麾下 北入淸地 仰念備辛艱 亦揣出謀策 一以驚無比 一以恃不恐)."(1908.12.2)라거나 "듣건대 의로움으로 사람을 감화시키고 도처에서 바람을 일으켜 사람들로 하여금 기운을 북돋는다 하더이다. 뿐만 아니라 왜적의 강함이 삼국시대 조조와 같은 데 우리는 제갈량도 오호대장도 없으나 우리 홍여천 만이 비록 오호대장의 한 명이오(聞仗義感人 到處風生 令人增氣 但倭賊之强 不啻如三國之曹操 在我先無諸葛亮 且無五虎大將 我洪汝千雖曰爲五虎之一)."(1910.1.28)라 한다. '오호대장'은 『삼국지연의』에 나오는 촉한의 다섯 호랑이 대장으로 우리가 잘 아는 관우, 장비, 조운, 황충, 마초이다. 또 같은 해 2월 24일에는 '적을 알고 나를 아는 명장이 되려면 글을 읽어야 한다'고 따뜻한 격려도 건넨다.

홍범도와 의병 활동을 한 리승(리민환)은 "홍범도 장군의 기력은 보통 사람 2~3명의 용기를 가졌고 특이한 것은 그의 눈에 시퍼런 불이 번쩍하는 것이 마치 범의 눈과 같다."[164]고 전언한다. 소앙(素昻) 조용은(趙鏞殷, 1887~1958)은 한국 독립운동가 82인 열전인 『유방집』「홍범도전」에서 "체구가 장대하고 기개가 높았으며, 글을 배우지는 않았지만 타고난 성품은 의협심이 강해 어려운 사람 돕는 것을 급선무로 여겨 그를 따르는 사람이 많았다."고 홍범도의 인품을 적바림하였다.

②가족: 홍범도의 구슬프고 격정적인 삶은 그가 구술한 『홍범도 일지』에 이렇게 시작한다. "고려 평양 서문안 문열사 앞에서 탄생하여 모친은 칠일 만에 죽고 아버지 품에서 여러분 젖을 얻어먹고 자라 9세에 아버지 세상을 떠나니 남의 집으로 다니며 머슴살이로 고생하면서…."(3쪽, 원문은 방언이 많아 필자가 현대어로 바꾸었다.)

홍범도는 15세에서 19세까지 평양감영에서 병정생활을 한다. 이때 보직이 나팔수였다. 20세에서 25세까지 종이 만드는 제지공으로 일한

---

164) 한국정신문화연구원, 「한국독립운동사자료집: 홍범도 편」, 1995, 454쪽: 이하 '쪽' 인용은 같은 책이다.

다. 하지만 품삯을 받지 못하고 모욕을 당하자 주인 삼형제를 살해하고 도피한다. 강원도 신계사로 들어간 홍범도는 지담 스님을 상좌로 모시고 글을 익힌다. 이 시절 비구니 단양 이씨를 만나 가정을 꾸리고 의병을 일으킨 해가 1895년 27세이다. 유인석과 합류하였으나 경험 부족으로 패하자 이후 농사짓고 산포수 생활을 하는 한편 단독으로 의병 활동을 하였다.

홍범도가 본격적으로 항일 의병 활동을 전개한 것은 1904년(36세) 일본 경찰에 체포되었다가 6개월 만에 탈옥해서다. 그는 주로 함경도 삼수, 갑산, 함흥 등지에서 산포수들을 규합하여 일병과 교전을 벌이고 친일파를 처단하였다. 이 활동 과정에서 일경은 부인 단양 이씨와 큰아들 양순을 잡아 고문하며 자수를 권하는 편지를 쓰게 한다. 홍범도는 『홍범도 일지』에 이렇게 구술하였다.

"'계집이나 사나이나 영웅호걸이라도 실끝 같은 목숨이 없어지면 그뿐이거든, 계집 글자로 영웅호걸이 곧이듣지 않는다. 너이 놈들이 나하고 말하지 말고 너희 마음대로 할 것이지. 나 아니 쓴다.'고 무수한 욕질한즉, 저 악독한 놈들이 발가락 두 사이에다 심지에 불 달아 끼우고 반죽음 엄 시켜도 종내 항복치 않으므로…"(6쪽) 이로 인하여 부인은 죽고, 같은 해 장남 양순도 아버지와 '정평 바맥이 전투'에서 중대장으로 일본군 500명과 싸우다 전사한다. 이 해가 1908년으로 양순의 나이 겨우 16세이다. 둘째 아들 용환도 이 해 12세로 아버지를 따라 의병의 길을 걸어 독립군 제4군 대장이 되었고 러시아에서 병마로 쓸쓸히 눈을 감았다.

(다음 회로 이어진다.)

42. 홍범도 장군을 육사에서 퇴출하지 말아야 할 이유(2)

신출귀몰, 홍범도

③의병 대장: 1895년(27세)에 시작한 홍범도 장군의 의병 활동은 1908년(40세) 고문당한 아내의 죽음과 첫아들 양순을 전투 속에 잃는 참담함에도 이어진다. 이 해 일본군을 피해 중국 길림성으로 부대원을 이끌고 들어가고 아들 용환은 러시아로 간다. 이후 용환 역시 아버지를 따라 봉오동 전투에도 참여하는 등 의병 활동을 하다 날짜조차 모르는 어느 날 러시아 스파스크 이국땅에 뼈를 묻었다.

홍범도 장군은 중국, 국내, 블라디보스토크 등을 오가며 의병 활동을 하는 한편, 자금 마련을 위해 노동판 짐꾼(43세), 항구 노동자로 모은 품삯으로 신문잡지를 발행(45세)한다. 계연수(桂延壽, ?~1920)가 1911년 펴낸 단군 관련 고대사 『환단고기』 머리말에 보이는 "홍범도 오동진 두 벗이 돈을 냄으로 모든 분들에게 부탁하여 펴낸다(洪範圖·吳東振 兩友 之出金付諸剞劂)."라는 기록은 흥미롭다. 우리 단군신앙을 독립운동과 연결하는 자료이기 때문이다. 오동진(吳東振, 1889~1944) 역시 평안북도 의주 출신 독립운동가였다. 홍범도는 이후 만주에서 조직된 단학회에 참여한다. 대종교처럼 단학회는 단군을 섬기는 단체이다. 서일, 김좌진

등 상당수 독립운동가가 대종교 출신이다.

홍범도는 1914년 제1차 세계대전이 일어나자 금광에서 노동(46~47세)을 해 무기를 구입, 북만주 밀산으로 들어간다. 1915년(47세)부터 3년 동안 학교를 설립하고 후학을 길러내다가 1919년 3·1운동을 계기로 다시 의병을 일으켜 대한독립군 총사령관이 되었다.

1920년에 지금의 중국 길림성 화룡현 봉오동에서(6.6~7) 일본군 1개 대대를 섬멸하였다. 『홍범도 일지』에는 "일본군 오륙백 명이 죽었다."고 하였다. 4개월 뒤, 홍범도는 김좌진이 지휘하는 북로군정서와 연합하여 청산리 천보산에서(10.21~26) 전투를 치른다. 이것이 우리 역사와 독립운동사에 찬연히 남을 '봉오동 전투'와 '청산리 전투'이다. 이때 그의 나이 이미 중년도 지난 초로의 53세였다. 박은식(朴殷植, 1859~1925)의 『한국독립운동지혈사』에는 청산리 전투에서 홍범도 장군의 전략전술을 기록해 놓고 일본군 1천 200명이 죽었다고 하였다.

홍범도의 대한독립군과 통합 교섭에 나섰던 서로군정서 교성대의 지도자 김승빈은 「레닌기치」(1968.8.27)에 기고한 글에서 청산리 전투를 치른 후 안도현(화룡현) 홍치허(홍기하)에서 휴식하고 있던 장군을 만났다면서 "홍 장군과 첫 상봉에서 나는 앞서 들은 바와 같이 그의 체격이 과연 장대하고 성품이 인자하고 태도가 겸손하며 일처리에서 태도가 과단성이 있다는 깊은 인상을 받았다."고 회상했다. 홍범도의 사심 없고 과단성 있는 결정으로 10월 하순 홍범도의 대한독립군, 서로군정서 교성대, 광복단이 연합하여 400여 명의 군인으로 '조선의용군'(대한의용군)이 결성되고 홍범도가 대한의용군 사령관으로 추대되었던 것이다.

④신출귀몰: 언급한 박은식의 기록 등을 보면 홍범도는 전술전략에 탁월하였다. 봉오동과 청산리 전투에서 장군 지략은 일본군을 놀라게 했다. 조선총독부가 간행한 청산리 전투 기록(『한국독립운동사자료집』 10

집, 1976, 237~238쪽)을 보면 '주력부대는 독립군이라 칭하는 홍범도가 인솔한 부대', '홍범도의 성격은 호걸의 기풍', '부하들로부터 하느님 같은 숭배를 받고' 등 적군인 홍범도에게 그 지략과 인품에 외경심까지 보인다. 이 기록에 '홍 장군이 다리에 관통상'을 입었다 하나 어느 문헌에도 없는 것으로 미루어 그들의 소망이 아니었을까 한다.

1928년 가을 이만의 '차우돈까'라는 한인마을에서 홍범도를 직접 만난 고려인 작가 김준은 이렇게 회상한다. "'신장구척'―그럴 듯하다. 실로 장대한 분이었다. 거의 다 그를 쳐다봤다. 보면, 말로만 들었던 '홍범도'란 그의 이름에 알맞은 인상이 떠오른다. 정기 끓는 시꺼먼 눈, 역시 시꺼먼 수북한 윗수염, 길고 거무스레한 얼굴, 옛말에 있는 장수 같다. '축지법' 우연한 말이 아니다. 과연 홍범도 대장은 의병대를 거느리고 '동에 번쩍 서에 번쩍'했다. 오늘은 삼수갑산, 내일은 북청, 모레는 봉오골.…'신출귀몰' 왜놈들한테서 생겨난 말이란다. 홍범도 의병대가 갑자기 나타나서는 왜병 웅거지를 족치었다. 놈들이 둘러싸려고 한다거나 둘러싸면 홍범도 의병대는 온데간데없었다. '신출귀몰!'"(「홍범도 장군을 회상함」)

(다음 회로 이어진다.)

43. 홍범도 장군을 육사에서 퇴출하지 말아야 할 이유(3)

직업은 '의병', 입국 목적은 '고려 독립'

⑤자유시 참변과 공산당 운운: 우리 독립운동 사상 최대의 비극인 자유
시 참변은 1921년 6월 28일 일어났다. 고려혁명군사의회가 사할린의용
대를 친 사건이다. 홍 장군이 자유시 참변에 가담하였다는 주장은 '뉴라
이트 계열'의 일부 주장일 뿐이다. 학술적으로 자유시 참변 때 홍범도는
그 곳에 없었고 다음 날 참변 현장에 와 보고 통곡했다는 게 정론이다.
이 참변을 직접 목격한 독립군 김승일의 기록은 이렇다.

낮 12시… 한 방의 총소리가 나더니 그에 이어 양측에서 사격이 시작되었습
니다. … 그(참변) 이튿날 싸특의용군(사할린의용대)에서 탈퇴하여 자유시에
와 있던 홍범도 군대와 하사양성소 두 부대에서 군인 80여 명을 동원하여 전장
(참변현장) 소제를 하였습니다. … 이 전장 소제 부대를 내가 지휘하였습니다.
즉 전사자들의 시체를 거두어 매장하였습니다.[165]

---

165) 『한국독립운동사자료집: 홍범도 편』, 한국정신문화연구원, 1995, 99쪽: 이하 '쪽' 인용은 같은 책이다.

이를 보면 홍범도 부대는 참변을 당한 싸특의용군 측이었으나 탈퇴했고 자유시 참변 다음 날 그 장소에 가 청소했음이 증명된다. 홍범도와 의병 활동을 한 최계립 역시 "범도 동무가 자유시 사변시에 군인들을 데리고 솔밭 속에 앉아 통곡하던 일을 생각하면 오랜 세월이지만 눈물이 납니다."(41쪽) 한다. 이 참변으로 군사재판이 열리고 홍 장군이 위원을 맡았다. 여러 증언들을 통해 '홍 장군의 명망과 권위 때문에 선임'되었다는 게 정설이다.

홍범도 장군이 레닌(Ле́нин, 1870~1924)을 만나 환대 받은 것을 두고도 딴지를 건다. 장군이 레닌을 만난 것은 1922년(54세)이다. 당시 레닌은 러시아 소비에트 사회주의 연방공화국 국가 원수였다. 그는 일본군과 싸우는 조선 독립군들에게 우호적이었고 자금도 대주었다. 홍범도 장군은 독립군 대장으로서 몸을 의탁하고 있는 국가의 원수를 만난 게 무슨 문제인가. 1927년 공산당 가입도 운운한다. 그 당시 중국은 제1차 국공 내전(1927~1936)으로, 소련은 나치 독일과 독소전쟁(1941~1945)으로 지금처럼 1당 독재 공산당이 아닌, '반제국주의'와 '민족해방투쟁'이 국가 이념일 때였다. 또 장군의 나이 이미 60세였고 연금을 받기 위해서였지, 공산당원으로서 활동하려 한 게 아니었다.

⑥말년: 홍범도는 69세인 1937년, 스탈린의 한인[고려인] 강제이주정책에 따라 카자흐스탄 크즐오르다에서 말년을 보낸다. 이때 자서전 『홍범도 일지』를 썼다. 고려인들은 '나는 홍범도, 뛰는 홍범도'라며 숭앙했고 그를 주인공으로 한 「의병들」이란 연극을 고려극장에서 공연했다. 해방 두 해 전인 1943년 10월 25일, 이국땅에서 구슬프고 격정적인 삶을 마쳤을 때 그의 나이 75세, 직업은 고려극장 관리인이었다. 나라의 독립을 위해 분골쇄신하였던 홍범도의 삶이 대략 이렇다. 박정희 정부는 1962년 건국훈장 대통령장 추서로 그의 삶을 추모했다.

⑦**뉴라이트 계열의 역사의식**: 시대와 권세는 한 때고 역사는 영원하다. 겨우 5년의 시대를 위임 받은 권력으로는 이 나라 역사를 바꾸지 못한다. 대한민국 국방을 책임지는 육군사관학교 교정에 이런 분 흉상이 자랑스럽게 있어야 하지 않는가. 의병 대장 홍범도가 가입한 '공산당'은 북한 공산당이 아니요, '자유시 참변' 또한 식민사관을 숙주로 하는 뉴라이트 계열 일부의 주장에 지나지 않는다.

이 뉴라이트 계열을 이끄는 것이 현재 대통령 소속 국가교육위원회이다. 이 위원회 수장은 이배용 위원장이다. 이 위원장은 박근혜 정부 시절 친일, 이승만 독재, 박정희 군사독재 미화 시비를 일으킨 역사교과서 국정화 추진의 장본인이다. 이명박 정부 시절인 2011년에도 역사교과서의 '민주주의' 표기를 유신헌법에 보이는 '자유민주주의'로 바꾸고 '이승만 독재' 삭제를 주도하였으며 끊임없이 공산주의 이념과 식민사관을 부추긴다.

⑧**독립군은 육사가 계승해야 할 적통 군대이다**: 2021년 8월 15일 광복절 카자흐스탄 크즐오르다에 있던 홍범도 장군의 유해를 조국으로 모셔와 대전현충원에 안장했다. 대전현충원이 있는 유성구는 홍범도 장군 유해 안장을 기념하고 '홍범도장군로' 명예도로까지 지정했다. "평생을 민족의 독립을 향한 일념으로 일제에 맞선 장군의 숭고한 애국정신을 마음속 깊이 담아 이 길에 '홍범도장군로'라는 이름을 부여합니다."라 적힌 안내판까지 세웠다.

정권이 바뀌었다고 이런 '홍범도장군로'도 없애고 홍범도 장군과 김좌진·지청천·이범석 장군, 그리고 신흥무관학교 설립자 이회영 선생의 흉상을 육사에서 퇴출하려 한다. 이제는 육사 충무관에 있는 홍범도, 김좌진 장군, 안중근 의사 등 독립 영웅 6명의 이름을 따 만든 교실인 '독립 전쟁 영웅실'까지 없애려 들고 을사늑약을 체결한 친일 매국노

이완용을 옹호하는 작자를 국방부 장관으로 임명했다.

현 대통령은 부부동반으로 공산 국가 베트남을 찾아 호찌민에게 조화를 바치고 참배까지 하였다(2023.6.23). 그런데 어찌 내 나라, 내 강토를 지키려 가정과 자신의 삶을 온전히 바친 의병들에게 몹쓸 짓을 하는가? 그 폄훼 수준이 현대판 부관참시(剖棺斬屍)이다. 우리 헌법 전문은 "3·1운동으로 건립된 대한민국임시정부의 법통"이라 분명히 명시하고 있다. 대한민국임시정부의 정규군은 광복을 위해 싸운 저 독립군[의병]뿐이다. 당연히 해방 후 육사가 계승해야 할 적통 군대이다.

1922년 1~2월 모스크바에서 열린 원동민족혁명단체대표회 참석 당시, 홍범도 장군은 조사표에 자필로 이렇게 적었다. "직업: 의병!, 입국목적: 고려 독립!" 2023년 10월, 아직도 저이는 의병대장으로서 조국의 진정한 독립을 외치며 어느 이국 땅 구천(九泉)을 떠도는지 모르겠다.[166]

---

166) 이 글을 쓰기 위해 본문에서 언급한 문헌 외에 『중국조선혁명투쟁사』(2009), 『빨치산 대장 홍범도 평전』(2013), 『홍범도 장군』(2014), 『민족의 장군 홍범도』(2023), 그리고 여러 논문을 참조했음을 밝힌다.

44. 이태원 참사 1주기를 맞아 곡(哭)하며

사실이 아닌, 진실을 찾아서

아래는 이태원 참사 4일째 쓴 글이다. 이 글을 참담한 마음으로 다시 읽어본다.

이태원에서 참변이 일어난 지 나흘째. 고귀한 영령께 곡을 한다. 못다 핀 젊은 영혼들이 많기에 더욱 가슴이 아프다. 이런 글 쓰는 것이 세 번째다. 첫 번째는 노무현 대통령 서거 때, 두 번째는 세월호 때. 세 번 모두 공교롭게도 국민의힘과 전신인 한나라당이었다. 모두 권력을 쥔 자들의 망동이 있고 비극이 일어났다. 인과관계가 그렇게 성립되었다고 믿는다. 노무현 대통령은 정적을 제거하려는 검찰에 의해, 세월호 때는 정부의 무능한 대처 때문에, 이태원은 매뉴얼조차 없었고 경찰은 출동조차 않았다.

정부의 행태와 드러나는 진실에 분노한다. 10만 명[실제 30만 명]이 모이는데 주최자가 없다고 경찰관을 배치하지 않았단다. 마약 단속 인원만 투입하였다는 게 말이 되는가.[137명 배치] 국민을 보호해야 할 경찰과 지방 조례, 국가의 의무에 대한 세계의 비판이 잇따른다.

이런데도 정부 행태가 전과 똑같다. 노무현 대통령 서거 때는 북한의 도발을,

세월호 때는 유병언으로 시선을 돌렸다. 이번에도 용산구청장과 행정안전부장 관, 국무총리, 대통령까지 변명으로 일관하더니, 대대적인 팀을 꾸려 토끼머리 띠를 찾겠단다. 토끼머리띠[혐의 없음으로 종결]가 있었다는 것은 사실이지만 진실은 아니다. 진실은 죄 없는 156명[159명]이 공권력 부재로 사망했다는 점이 다. 우리 보수 언론은 자제를 하는 것인지 아니면 이 정부를 위해서인지 저러한 '가십성 기사'로 또는 여론을 돌리려는 '획책성 시사'로 진실을 흐리고 있다.

범인은 이 나라를 야만공화국으로 만든 용산구청과 경찰청, 행정안전부, 대통령이다. 직무유기를 한 국가와 정부가 범인이다. 참사 이틀 뒤, 시민단체를 탐문하고 세월호 언급하며 '정부 부담 요인'이란 문서나 만드는 게 공권력이란 말인가. 이런 후진국 형 인재(人災)를 가리려고 참혹하게 죽은 '참사(慘死)'를 단순 '사고(事故)'라 부르고 공권력의 안일함과 무능으로 목숨을 잃은 '희생자 (犧牲者)'를 사고로 목숨을 잃은 '사고자(事故者)·사상자(死傷者)'로 정의하고 '근조(謹弔) 없는 리본'을 패용하라는 지침을 내리고 '얼굴도 이름도 없는 분양 소'를 만든 게 정부인가. 참사 사흘째 가서야 영혼 없는 사과를 하는 것이 국가인 가. 그러라고 국민이 권력을 위임한 것이란 말인가.

세계의 비판이 잇따르자 이 나라의 2인자인 국무총리가 급히 외신기자들을 불렀다. 이 자리에서 변명으로 일관하고 곤댓짓에 웃고 농담까지 하였다. 마치 인두겁을 쓴 괴물들 세상 같다. 피 한 방울 흘리지 않고 촛불혁명을 이룬 대한민 국이 윤석열 정권 출발부터 무너져 내렸다. 무능과 무지, 무례로 권력만을 탐하 는 저들에게 국민으로서 자존심은 처절히 짓밟힌다. 이 나라 역사상, 길 위에서 156명[159명]이 한 날 한 시에 참혹한 죽음을 맞은 것은 처음 있는 일이다.

엊그제 2022년 10월 29일 이태원 참사 1주기가 지났다. 159명이 차디 찬 주검이 되었다. 분명 피해자는 있는데 가해자가 없다. 1주기 추도식에 윤석열 대통령은 정치집회라며 불참하였다. 참사 유발자 그 누구도 잘못을 뉘우치거나 반성치 않고 수사도 지지부진하다. 미국 파라마운트사가 이 참사를 2부작 다큐멘터리 「크러쉬(crush)」로 제작 발표하였다. 이 다큐멘터리는 참사 발생과 원인을 집중 분석하는 등 진실 규명에 접근했다. 사건을 은폐하기에 급급한 정부로서는 매우 불편한 게 사실일 거다. 그래서인가? 인터넷이 그렇게 발달한 대한민국이건만 예고편조차 보지 못한다. 언론을 통제하는 보이지 않는 권력이 작동하지 않고서는 불가능한 일이다. 1주기가 되도록 그렇게 아무 것도 변하지 않았다. 사실이 아닌, 진실을 찾는 게 이 나라에서는 보물찾기가 되어 버렸다.

세계 외신들도 이를 비판적으로 보도한다. 『뉴욕타임지』는 "한국의 핼러윈 참사 이후 처벌이나 변화는 조금도 없다(Little Punishment or Change After South Korea's Halloween Calamity)"(10월 21일)라는 단정적 표제를 뽑았다. 기사에서 '정부는 오히려 이 참사에 거리를 두고 사람들은 여전히 슬픔이 가시지 않고 있다'고 한다. 하지만 이 나라 주요 언론은 이에 대한 진지한 보도조차 없다. '우리가 사는 2023년 대한민국은 중세 암흑기의 터널'로 퇴행하여 역진입한 듯하다. 이 가을, 꽤 시린 바람이 옷깃을 자꾸만 자꾸만 파고든다.

45. 속담으로 풀어보는 요즈음 정국

쥐, 모기, 파리, 그리고 참새

'제사해운동(除四害運動)'은 마오쩌둥 집권기인 1950년대에 '해로운 네 가지'를 없애서 인민들의 삶을 윤택하게 하겠다는 의도로 시작된 정책이다. 해로운 것 네 가지는 바로 쥐, 모기, 파리, 그리고 참새이다. 마오쩌둥이 이를 해롭다고 지목한 데에는 나름대로 합리적인 이유가 있었다. 쥐: 곡식을 갉아먹고 페스트의 매개체가 된다. 모기: 자체로도 짜증지수 상승에 뇌염이나 말라리아 같은 병원체를 전염시킨다. 파리: 비위생적인 곳에서 주로 서식하는 데다 옮기는 병균이 꽤 된다. 참새: 평시에는 해충을 잡아먹지만 추수기에는 곡식을 쪼아 먹어서 생산량을 감소시킨다. 요즈음 정국을 보면 저 '제사해운동'이라도 하고 싶다.

방송통신위원회: 쥐: 우리 사회를 이끌어 가는 두 단어를 말하라면 교육과 언론이다. 특히 언론의 중요성은 강조할 필요조차 없다. 그러나 국경 없는 기자회가 발표한 언론지수를 보면 대한민국은 2019년 41위에서 2022년 43위, 2023년에는 47위로 떨어졌다. 그런데 이를 이끌어야 할 방송통신위원장의 행태가 가관이다. 야당도 탄핵을 들고 나왔다. 국민 85%가 반대하는 이명박 시절 언론탄압 장본인이 이 정부의 방송통신

위원장에 임명됐다. '윤석열의 이동관'으로 좀비처럼 살아나는 모습에서 '히틀러의 괴벨스'란 망령이 떠오른다. 오죽하면 파견 나온 방통위 가짜뉴스 심의센터 직원들이 정권이 바뀌면 징계·수사를 받을 게 두려워 원래부서로 보내달라고 고충처리위원회에 청원했단다. '쥐가 하룻밤에 소금 한 섬을 나른다'는 속담이 있다. 쥐가 조금씩 날라 가는 것 같지만 하룻밤에 소금 한 섬을 거뜬히 나른다는 뜻으로, 보기에는 하찮은 것 같지만 입는 피해가 매우 큰 경우를 비유적으로 이르는 말이다.

법무부장관: 모기: 역시 야당 탄핵 대상에 오르내리는 인사이다. 그의 말 한 마디 한 마디를 듣고 있으면 짜증지수가 심각할 정도로 치솟는다. 정치적 중립성을 안 지키는 것은 물론이고 느물느물 국민과 국회의원들을 능멸한다. 꼭 하는 짓이 '모기 다리에서 피 뺀다'는 속담과 궁합이 맞다. 이 속담은 제 이익을 위해서는 교묘한 수단으로, 없는 데서도 긁어내거나 빈약한 사람을 착취함을 이르는 말이다. 일제 치하 서슬 퍼런 '영감'이라 불리며 영예를 누린 법관의 후예들, 아니 해방된 이후에도 이승만, 박정희, 전두환 시대를 거치며 권력의 시녀를 자임하며 패거리 문화를 건설한 영감들 우두머리는 그만 두어야 한다. 법치국가에 법과 정의가 없어져서다. '모기도 낯짝이 있지'라는 말이 있다. 염치없고 뻔뻔스러움을 이르는 말이다.

일부 검사들: 파리: 대학교수들이 뽑는 올 해 사자성어는 당연 '압수수색'이라는 웃지 못 할 말이 떠돈다. 야당의 탄핵 대상에 거론되는 검사들의 행태가 도를 넘는다. 검찰공화국이라는 말이 허언이 아니다. 2023년 9월 21일, 국회에서 '헌정 사상 처음, 사건'이 일어났다. '현직 검사에 대한 탄핵소추안'이 통과된 것이다. 대법원 판결로 안 검사의 위법이 세상에 증명됐지만 아무런 제재도 없이 검사직을 이어가고 있는 데 대한 정당한 탄핵이다. 수십 년 간 무소불위 검사들의 행태에 대한 입법부

의 경종이니 만시지탄인 셈이다. 또 정권에 아부하는 일부 검사들의 행태를 보면 '파리 경주인'이란 속담이 떠오른다. 시골 아전이 서울에 오면 그 고을 경주인(京主人)[167]의 집으로 모여들듯이 짓무른 눈에 파리가 꼬여 드는 것을 비유적으로 이르는 말이다.

경제기획원 장관: 참새: '눈치가 참새 방앗간 찾기'라는 말이 있다. 눈치가 매우 **빠르다**는 말이다. 또 '참새가 방앗간을 그저 지나랴'는 속담도 있다. 이익 되는 것을 보고 가만있지 못한다거나 자기가 좋아하는 것을 그냥 지나치지 못함을 이르는 말이다. 나라의 곳간을 책임지는 부서의 장이라면 저 참새가 되어야 하지 않겠는가. 그런데 '물가 낙관' 운운하며 땜질식 대응만 하고 있다. 통계청이 발표한 '2023년 10월 소비자물가 동향'에 따르면, 지난달 소비자물가지수는 지난해 같은 달보다 3.8% 상승했다. 물가상승률은 정부의 전망치를 벗어나 지난 3월 4.2% 이후 7개월 만에 최고치를 경신했다. "하반기에 물가상승률이 2% 중반 아래도 갈 수 있다"던 추경호 부총리의 말은 조롱거리가 되었다. 여기에 국가 경제의 기본수치인 '역대급 세수 펑크'를 내고 '세수 추계'조차 실패하였다. 이러니 국민들의 경제상황은 갈수록 수미산이고 삶은 고달프다. 저이들에게 이 글이 검은 것은 글씨요, 흰 것은 그저 종이일 뿐일 듯하지만, 백성의 한 사람으로서 '모주 먹은 돼지 벼르듯' 별러 글을 써본다.

---

167) 중앙과 지방 관청의 연락 사무를 담당하기 위하여 서울에 파견해둔 관리.

46. 오늘도, 실학은 대동일통의 세계를 꿈꾼다

5년 동안 117회 연재, 고맙습니다.

전화를 받았다. '지면 개편으로 연재를 중단한다'는…. 2019년 1월 8일 15면에 「아! 조선, 실학을 독하다」라는 제목으로 '연암 박지원' 첫 회를 시작하였다. 이후 격주로 다산 정약용, 초정 박제가, … 청담 이중환까지, 각 3~8회까지 15명의 실학자를 71회에 걸쳐 연재하였다. 그러고 신문사의 요청에 따라 2022년 1월 11일부터 「간호윤의 실학으로 읽는, 지금」으로 제명을 바꾸었다. 첫 회는 '대동일통(大同一統)의 세계를 그리며'였다. 이제 46회를 마지막으로 이 '란(欄)'을 떠난다. 5년 동안 117회를 연재한 셈이다.

정리해 본다. 「아! 조선, 실학을 독하다」는 독자들에게 우리 실학자들을 알리려고 필자의 책(『아! 18세기 나는 조선인이다』와 『아! 19세기 조선을 독(讀)하다』)을 중심으로 따라갔다. 열다섯 분 쯤 쓸 무렵, 신문사로부터 '이제 선생님이 공부한 실학으로 현 세상을 보면 어떻겠냐?'는 제안을 받았다. 실학의 현재성, 실학의 존재감이랄까? 흔쾌히 수락했고 「간호윤의 실학으로 읽는, 지금」이란 제명이 만들어졌다. "2022년 ○○일보 새 기획 「간호윤의 실학으로 읽는, 지금」은 현 사회의 문제를 실학을 통해 짚어보고 해법과 대안을 제시하려 합니다."라는 포부까지 적바림했다. 실학이 그리는 세계는 유학의 이상향인 '대동세계(大同世界)', 모두가 '어울렁 더울렁 사는 나라'였다.

2022년은 더욱이 대선의 해였기에 가슴이 설렜다. 글에 그 대동세계를 녹여내자고 하였다. 그러나 제명을 달리하여 쓰는 글의 차이가 극과 극임을 느낀 것은 연재하고 얼마 안 가서였다. 「아! 조선, 실학을 독하다」를 쓰는 것은 즐거웠다. 학문을 하듯이 저이들의 글줄만 발맘발맘 따라가면 되었기 때문이다. 「간호윤의 실학으로 읽는, 지금」은 완연 달랐다. 매 회가 글쓰기의 고통, 그 자체였다. 고인들이 온 몸으로 전한 실학의 세계로 현재를 본다는 것이, 이렇게 괴로운 일임을 처음부터 알았다면 사양했다. 이유는 실학이 이 대한민국에서 전연 이루어지고 있지 않다는 전율스런 사실 때문이었다. 정치, 경제, 사회, 문화, 교육, 그 어느곳에도 선인들이 꿈 꾼 실학은 없었다. 2년 전 내가 생각하는 실학은 이러했다.

여기, 지금: 이 시절 과연 우리는 어떠한 대통령을 뽑아야 이 난국을 헤쳐 나갈까? 그 해법을 최한기(崔漢綺, 1803~1877) 선생의 『기학(氣學)』에서 찾아본다. 『기학』은 지금, 현재를 중시하는 독특한 방금운화(方今運化)에 대한 학설이다. '방'은 공간개념으로 '여기', '금'은 시간개념으로 '지금'이다. '기학'에서 '기(氣)'는 우주의 기이고 본질은 활동운화이다. 활(活)은 끊임없이 움직이는 생명성, 동(動)은 떨쳐 일으키는 운동성, 운(運)은 계절처럼 가고 오는 순환성, 화(化)는 변통이라는 변화성이다. 지금, 이 우주에 존재하는 모든 것은 여기에서 끊임없이 생성, 성장, 소멸하는 지금의 활동이기에 '방금운화'요, '활동운화'이다.

변화하는 깨달음: 활동운화는 개인의 인식에 대한 깨달음으로 이어진다. 즉 나를 둘러싼 안팎을 이해하고 옳고 그름, 선과 악에 대한 지식을 확충시켜 상황에 따라 변통할 때 '일신운화(一身運化)'가 된다. 이 개인의 깨달음인 일신운화가 정치와 교육에 의해서 이루어지면 '통민운화(通民運化)'의 국가로 나아간다. 통민운화에서 한 발 더 나아가면 바로 '일통운화(一統運化)'이다. 일통운화는 한 나라를 벗어나 온 세상으로 확산시켜서 인류 공동체가 도달하게 되는 대동일통(大同一統)의 세계이다. 이 대동일통의 세계가 대동세계이다.

삶에 보탬이 되는 배움: 이제 기학의 '학(學)'이다. 바로 운화를 작동시키는 동력이다. 선각자가 깨우쳐 가르치고 배운 자가 뒷사람에게 전승하는 것이 '학'이다. 학은 백성의 삶에 보탬이 되어야 한다. 학을 가르는 기준은 헛된 것을 버리고 실질적인 것을 취하는 '사허취실(捨虛取實)'이다. 이 학이 인문, 사회, 자연을 아우르는 '일통학문(一統學問)'이다.

국가와 세계의 비전 제시: 한 나라 지도자라면 '통민운화'의 국가를 넘어 '일통운화'라는 세계적 비전을 제시하고 이를 현실화하는 능력을 갖춰야 한다. 이상세계를 구현하는 거대담론이기에 '일통학문'이라야 가능하다. 국가와 세계의 상황 변화에 맞추어 지속적인 배움의 자세는 기본이다. 지도자라면 마땅히 이러한 학문과 정치, 그리고 지금의 변화를 아울러야 한다는 게 2년 전, 내가 생각한 실학이었다.

다시, 지금: 2023년 11월 28일 바로 지금, 20대 대통령 선거 결과의 역사가 잔인하게 흐른다. 학자로서 교육자로서 글을 쓰며 뼈저리게 느낀 것은 '비열한 언론[특히 조선]의 사생아인 권력'이, 이 나라를 거머잡고 있다는 사실이다. 권력의 숙주로서 요사한 언론이 작동하는 한 대한민국의 활동운화는 요원하다. 이 정부의 언론관은 너무 심각하다. 이 란 '(44) 이태원 참사 1주기를 맞아 곡(哭)하며'는 네이버에서 '임시적으로 게시가 중단된 게시물'(2023.11.17)로 통보 받을 정도다. 하지만, 실학은 오늘도 '일통학문'과 '일통운화'로 '대동일통'의 세상을 그리는 꿈을 꾼다.

(지금까지 이 '란'을 애독해 준 독자분들께 깊은 감사를 표한다.)

글을 교정하며

글을 마지막으로 교정하다 깜빡 잠이 들었다. 신발을 잃어버려 찾는 꿈이었다. 그리스신화에 '모노산달로스(monosandalos)'가 나온다. 이아손의 별명으로 '외짝(mono) 신발(sandal)을 신은 사내'라는 뜻이다. 그는 나머지 한 쪽 신을 찾으러 온 세상을 헤맨다.

나는 양쪽 신을 다 잃어버렸다. 꿈이 깰 때까지 찾다가, 찾다가, 깼다. 언젠가 써 둔 〈자화상〉이란 시가 떠오른다.

〈자화상〉

나.
나인 듯, 아닌 듯.
나인 듯, 아닌 듯.
나인 듯, 아닌 듯.

인생이란,
끝없는 다이달로스의 미궁(迷宮),*
모노산달로스의 잃어버린 한 짝 신발 찾기,

오늘,

너는 어디쯤에서 너를 찾고 있니?

　　　　　　　2024년 5월 온종일 비가 내리던 날, 휴휴헌에서

---

* 다이달로스(Daedalos)의 미궁: 다이달로스는 미노스를 위하여 미궁(迷宮, 들어가면 빠져 나올 수 없는 궁)을 만들었다.